文芸社セレクション

さいごのじかん

——The Last 100 Days——

ファウスト・ブリッツィ

Fausto Brizzi

鈴木 孝子 訳

SUZUKI Takako

目次

九一	九〇	八九	八八	八七	八六	八五	八四	八三	八二	八一	八〇	七九	七八	七七	七六	七五	七四
121	125	133	137	143	147	151	156	159	164	170	174	177	181	185	187	192	195

もしわたしが大金持ちだったら、
一日中、フカフカのソファーに寝そべって、
死について思い巡らすだろう。

でもあいにくわたしには金がないから、
死を思うのは、
暇な時か、誰も見ていない時だけにしておく。

チェーザレ・ザヴァッティーニ

まずは冒頭から、ぼくの人生で一番大事な三日間について話そうと思う。ただ、それぞれの日にえこひいきしていると思われてもいやだから、ここはきっちりと時系列にそって進めていくことにする。

初めは一九七二年十月十三日、金曜日。十三日の金曜日だ。

その日、ウルグアイの空港を飛び立ったターボプロップ旅客機がアンデス山脈に不時着陸して、乗客乗員の四十五人は生き延びるためにお互いの人肉を貪るしかないという、究極の選択を迫られていた。

ちょうどそんな時、二人のティーンエイジャーがローマ郊外の広い空き地に、当時すでにヴィンテージだった愛車を停めていた。あたりには殺伐とした気配が漂っていて、捨てられた冷蔵庫やらぼこぼこになった廃車やらで足の踏み場もなかった。まさに甘いラブストーリーの始まりにぴったりの、理想的な舞台セットだ。その日、アントニオとカーラ、つまり当時十八歳のぼくの父さんと母さんは、そのダサいオフホワイトのシトロエン・ディアーヌの後部座席でぼくをもうけたんだ。

アントニオとカーラはその日の午後、マンリコの誕生日パーティで出会ったばかりだった。マンリコっていうのはフラスカティに住むデブで汗っかきの負け犬野郎で、中学の頃から母さんの尻を追いかけ回していたやつだ。若き日のエルトン・ジョンの物憂い歌声が流れる中、カーラはちょうど、そいつのスローダンスの誘いを断ったところだった。彼女はふと、ぼくの父さんが遠くから自分をじっと見つめているのに気づいて、危うくツナマヨとトマトのパニーニで喉を詰まらせそうになった。それもそのはず、父さんはいつだってパニーニで女の子たちの喉をつまらせるタイプの男だった。すらりと背の高い男前。エレキギターをかき鳴らしながら、ローリング・ストーンズのマイナーな曲をいけしゃあしゃあとパクっていた。ビジュアルは兄をも凌ぐショーン・コネリーの弟似で、片頬には007が夢にまで見たミステリアスで影のある雰囲気を醸しだす傷あとがあった。父さんは頬の傷がどうしてできたかという話で、何時間も部屋中の客たちを惹きつけることができた。話はその時々の聴衆にあわせて、メキシコシティの露天市で血なまぐさい喧嘩に巻き込まれたときにやられたんだとか、ベルガモ山育ちのバカでかいラグビー選手の妻を寝取ったせいで切られたんだとか、フランク・シナトラが父さんの歌のうまさを羨んで酒瓶で頭を殴ったからだとか、というように色々だった。

パパ・アントニオはプロ級のペテン師で、その気になればイタリアの首相にだって難なくなれていたくらい、嘘つきの才能にかけては天下一品だった。けれどぼくは、このぼくだけは、ことの真相を知っていた。南からきた危険な二重スパイ、ピーナ叔母さんがこっそり教えてくれたのだ。父さんの頬の傷は、三つのときに三輪車で転んで、道路に頭から突っ込んだときにできたものだった。まぁ、それはともかく、レディーキラーのアントニオは、連日連夜シトロエン・ディアーヌの後部座席にもぐり込んで、恥じらいがちに頬を染めた乗客をとっかえひっかえしていた。その夜は母さんの番だった。確かに母さんも手練手管にかかったには違いないんだけど、他の子のように用済みになった途端にポイと捨てられることはなかった。というのも、ふたりが絶頂の歓びを迎えたまさにその時、赤のフィアット500が父さんと母さんの乗った車の後部バンパーに激突したからだ。フィアットの運転席と助手席には、フロシノーネから来たほろ酔い気分の二十歳のふたりが乗っていた。彼らは決定的瞬間にコンドームを破く大役を果たして、ぼくが人生の大舞台に登場できるように直接手を貸してくれたわけだけど、そんなこととはまったく知る由もないだろう。今頃どこにいるかは知らないけれど、ここであなた方にひとこと言っておきたい。心より御礼申し上げます。

運命の十三日の金曜日、地球という惑星に降り立つことになったぼくは招かれざる客だったけれど、それでもアントニオとカーラは、少なくとも夫婦でいる間は、親の愛情らしきものを息子に注いでくれた。それはまた別の物語で、しかも底なしに悲しいやつだ。気が向いたらいつか話そうと思う。

ぼくの人生で二番目に重要な日は、二〇〇一年九月十一日。世界中がテレビの前で、ニューヨークのツインタワーにボーイング七六七機が激突する映像をくりかえし流している特別番組を見つめ、アメリカ国民には新たな敵があらわれ、それ以外の国民には新たな謎が生まれたその時、ぼくはと言えば、親友や最愛の女性パオラと一緒に、とあるビーチレストランにいた。それは何週間も前から計画していた夏の終わりの恒例バーベキューパーティだったけど、実を言えば、単なる夕食会なんかじゃなかった。その晩ぼくは、パオラにプロポーズするつもりだったんだ。だけど、まさかぼくにそんな魂胆があろうとは、パオラはもちろん、友人の誰も想像していなかった。

年配のウェイターがこの企みの共謀者になってくれた。二〇ユーロのチップを握らされた彼は、店内の照明を落とし、ぼくとパオラの歌（参考までに言っておくと、それは今も昔もエルビスの不朽の名曲『オールウェイズ・オン・マイ・マインド』だ）を流しはじめると、分厚いエクストラダークチョコレートの上に婚約指輪をのっけた特大ミモザケーキをワゴンに載せて、意気揚々と運んできた。

それはもう、準備の上に準備を重ねて計画した一大イベントだった。まるで生まれたばかりのキリストが飼い葉桶で眠るクリスマスの一場面みたいに、夜空には星がきらめいていたし、まるでイタリア産食後酒のテレビコマーシャルみたいに、友人たちは温かく気持ちのいい面々ばかりだったし、まるで神様の部屋にあるシーリング・ファンを「弱」に設定したみたいに、頬をなでる海風は心地よかった。何から何まで完璧だったのだ。そのときまでは。

ぼくは親友で獣医のウンベルトに、この計画の根回しをするのを忘れていたのだ。

ケーキが運ばれてくると、ウンベルトは椅子からさっと立ち上がって一瞬の隙にケーキの上のチョコレートをかっさらったかと思うと、ひとこと大声で言った。「チョコはもらったぜ」ガリッ。ご想像のとおり、ゴールドの婚約指輪はウンベルトの臼歯を粉々にした。大慌てで歯科医の救急外来にかけ込む。忘れ得ぬ魅惑のロマンティックな一夜はこれにて閉幕。

その晩のメインイベントは痛ましい結末だったにもかかわらず、パオラの返事はイエスだった。ぼくらは翌年の初め、ミラノ郊外にあるゴシック建築の美しい小さな教会で式を挙げた。それはいまだに一ミリの後悔もないという、ぼくの人生の中でも数少ない出来事のひとつだ。

パオラはぼくのスターだ。ぼくに言わせれば、妻役の見事な熱演ぶりは最低でもアカデミー賞には値する。ぼくの人生の主役であるパオラの話も、もう少しあとのお楽しみにしようと思う。

忘れられない三番目の日は、二〇一三年七月十四日、日曜日。四十歳の誕生日からちょうど一週間後のことだった。ぼくの一大事を出し抜くような航空機事故が何も起こらなかったというだけでも、やはり特別な日だったらしい。

その日は暑くてじめじめした退屈な夏の日曜日で、いつものように平凡な一日だった。ただし、午後一時二十七分頃、ぼくがひとつ深呼吸してから死んだ、という事実をのぞいては。

わかってる、わかってる。ネタバレされてこの先を読む気がしなくなったって言うんでしょ。悪かった、悪かった。でも、言っちゃったもんは仕方がない。読後感は台無しにしちゃったかもしれないけど、せっかく買った本なのにたった17ページで閉じるのももったいないから、この際ぼくを殺した犯人の名前を教えちゃおうかな。そう、これはアガサ・クリスティーの殺人ミステリーじゃないけど、犯人は確かにいる。連続殺人犯といってもいいかもしれない。問題のその悪党は、ヒトラーやハンニバル・レクター博士も裸足で逃げだすほどの実績をあげていて、ぼくだけじゃなく、それこそ何百万という人の命を奪ってきた。毎年、全死亡者数の約三分の一の命がこの殺人犯によって奪われている。統計によれば、欧米諸国における死因の第一位なんだとか。要するに、ぼくは大いに仲間に恵まれているっていうわけ。

この殺人犯には苗字がなくて、短くてシンプルで面白みのかけらもない、鳥みたいな名前がついている。つまりは、がん。腫瘍と呼ぶ人もいるし（ラテン語で〝腫れ物〟を意味する。これでラテン語を勉強した甲斐があったっていうものだ）、医師は新生物《ネオプラズム》と呼ぶ（ギリシャ語で〝新しい組成〟を意味する。これでギリシャ語を勉強した甲斐もあった）。だけどぼくはいつも〝アミーコ・フリッツ〟とイタリア語で呼んでいる。レオンカバッロ作曲のオペラの題名だ。わが友、フリッツ。

この物語は、ぼくがこの地球という惑星で、わが友フリッツを道連れにして生きた最後の一〇〇〇日間について綴ったものだ。

そしてそれは予想に反し、人生で最も幸せな一〇〇〇日だったのだ。

これまでのあらすじ

ここで一歩戻って、過去数ヶ月のぼくの人生についてかいつまんで話そうと思う。そうでもしないと、人気海外ドラマの『ロスト』をシーズン六あたりから見はじめるようなもので、話の流れがちんぷんかんぷんだろうから。

ぼくのファーストネームはルチオ。常に、嫌いな名前ランキングの第七位を占めている。ちなみに六位から順に言うと、ピーノ、ロッコ、フリオ、ルッゲロ、ジーノ、そして無敵の第一位はジェンナーロだ。

母さんが往年の大スター、ルチオ・バッティスティのファンで、〈ラ・カンツォーネ・デル・ソーレ〉を歌うその歌声が、当時イタリア中のジュークボックスから流れていたもんだから、おかげでぼくは死ぬまでこう署名することになったのだ——ルチオ・バッティスティーニ。

もう、わかった？　イタリア一の人気歌手はルチオ・バッティスティ、父さんのラストネームはバッティスティーニ、イタリア語では名詞の後に「イーニ」をつけると「小さな〜」という意味になるから、ぼくはミニ・ルチオ・バッティスティってわけ。これでぼくの人生がこれまでいかに険しい道のりだったかということがわかってもらえるだろうか？　デブでピザ顔でコーラ瓶の底みたいなレンズの眼鏡をかけた七十年代生まれのガキが、イタリア一の人気歌手と一字違いの名前なんてところをちょっと想像してみて欲しい。あっ、ほらね、やっぱ笑えるでしょ！

正直言って、幼い頃のぼくは神経質でみじめで自虐的な子どもだった。今なら、もっと短くて愛着さえわきそうな言葉――オタク、と呼ばれただろう。一ヶ月風呂にも入っていないホームレスにも負けず劣らず、女の子に嫌がられそうなあらゆる短所を備えていたし、マンガやスプラッター映画や、自殺願望をうずかせる感傷的なバラードが得意の流行歌手たちに、不健全なほどどっぷりハマっていた。コンピューターの天才になって、ガレージでOSを設計してビリオネアになるか、マシンガンを手にスーパーマーケットに押し入って大量殺人犯になるかの二択しかない人生だった。夜のニュース番組にぼくの顔が映ると、ご近所や親戚や友人たちは、たいして驚きもせず、口をそろえてこう言うはずだ。「やつは変わり者かって？　そりゃあもう！」

だけど幸運にもぼくは第三の道をみつけて、みにくいあひるの子から白鳥に変身した。華麗なるスーパースワンってわけにはいかないけど、お情けの及第点はもらえるくらい、十分立派な白鳥だったと思う。十四歳の時に、激しいホルモン台風の猛威のおかげで二十キロの減量に成功して、眼鏡をコンタクトレンズに変えた。三年後には、まだ十代ながらイタリアの水球メジャーリーグ・セリエAで歴代最年少チャンピオンになった。いや、マジで。と言いたいところだけど、実際には控えのゴールキーパーで、ほとんどタオル地のガウン姿でベンチを温めていたんだけど、その年には、ほんの短時間ながら二試合に出場し、一度はペナルティーショットを防いだんだから、看板にそれほど偽りもないだろう。

水泳はずっと好きだった。得意種目はバタフライだったが、蝶《バタフライ》は泳がないから、子どもの頃はみんな生来の論理的必然性から、〝イルカのキック〟と呼んでいる。ぼくがチャンピオンになれなかったのは、もうひとつの大好物「パン、バター、ジャム」と利害が一致しなかったからだ。カロリー計算はお手のもの、パン一枚一一〇キロカロリー、バター七五キロカロリー、ジャム八〇キロカロリー、計二六五キロカロリー。どうしたって勝ち目はない。

その後の十年間は、なんとか洗濯板のような腹筋を維持していたのだけど、二十六歳の時に原チャリの事故で膝の靱帯を痛めて競技スポーツをあきらめてからというもの、ぼくのウエストラインは容赦なく拡大の一途をたどった。腹立たしい体重計によれば、思春期に落とした二〇キロを今ではがっつり取りもどし、少しばかり上乗せしてしまったようだ。身長一八〇センチ、体重一〇七キロのスターウォーズのチューバッカを想像してみて欲しい。ぼくがどんなやつか、だいたいわかってもらえると思う。

そんな調子で——高校では文系を選択して卒業して、水球をやり、体育の専門学校を修了したあと、二十八歳でスポーツジムに就職する。そこはジョン・トラボルタの映画に出てくるようなきらびやかなところじゃなくて、街はずれの地元のジムで、五十年代風のアパート群の中に立っている、気の滅入るような建物の地下にひっそりと押し込まれている。色あせたタイルにおおわれたプールもあるにはあるが、きっと、次に生まれ変わったらカリブ海かどこかの無限大のプールの一部にでもなりたいと密かに夢見ているに違いないと思う。ぼくはと言えば――はい、ドラムロールとトランペットのファンファーレ！　どうも～――水泳のインストラクターで、エアロビクスコーチで、ＬＡＢの専門家で（ＬＡＢは脚《leg》腹《abs》尻《butt》の略）、一番重要なアクアジムの責任者だ。レッスン時間外には、リクエストに応じてパーソナルトレーナーも引き受けていて、主に脂肪吸引を頑なに拒む、ＬＬサイズの〈デスパレートな妻たち〉が顧客だ。つまりぼくは、絶えず塩素臭を漂わせながら、体を張って生計を立てているのだ。ところで、塩素のあの臭いは――誰でも昔からなじみがあると思う――、実は塩素と泳いでいる人の尿が化学反応を起こして生じたものだって知ってた？　塩素臭がきつければきついほど、プールに入ることは勧めない。さあこれで、なんで早く教えてくれなかったんだ、とは言わないでよね。

　というわけで、水球イタリア代表チーム〈セッテベッロ〉のキャプテンとしてオリンピックの金メダルを胸にさげて、鳥肌が両腕をざわざわと上下するのを感じ、イタリアの国歌が会場に響きわたるのを聞くという夢を抱きつつも、大人になってしまったぼくは人生から押しつけられたこの仕事を甘んじて受け入れることにしたのだった。そして、隣のヴェトナム料理店から漂ってくる香りと汗の臭いが絶妙に混じった地下二階の美容体操教室で、日に六時間を過ごしている。それでも、余暇にはささやかな夢をかなえてもいる。少年水球チームのコーチの仕事だ。選手たちのほとんどが十四歳と十五歳という、一番たちの悪い年頃ばかりがそろっている。妻が教えている学校でスカウトしてきた子どもたちを、週に二、三回、夕方から市営プールで教えているんだけど、チームの成績は正直言ってひどいもんだ。昨年は、懸命な猛練習と大量失点のおかげで、州の少年水球リーグ選手権で栄えあるビリから二番目だった。だけど幸いにも、マイナーリーグに落とされることはなかった。なぜなら、ぼくたちがいるところがすでにマイナーリーグみたいなもんだからだ。今年は順位の真ん中あたりでぼちぼちやっている。子どもたちにスポーツを愛することを教える仕事はなにより価値のあることだから、あんまり文句は言えない。

さて、仕事のことはこれくらいにして、もっと大事な話をしよう。前にも少し言ったけど、家族についてだ。妻パオラと出会ったのはぼくが二十歳の時で、とあるパブでのことだった。彼女はクラスメイトの女の子の友だちの友だちだった。クラスメイトの女の子の友だちの友だちっていうのは、たいていは退屈でやせっぽちで冴えない子と相場が決まっている。けれど、パオラが店に入ってきた瞬間、彼女のまわりだけが黄色い蛍光ペンでぐるりと囲んだようにキラキラしていて、その夜その場にいた女の子の中でもひときわ輝いて見えたんだ。明るい黄色のオーラが彼女の全身のシルエットを包んで光っていて、まるで要暗記の単語みたいに、絶対忘れるべからずの印をつけていた。十分後、早速ぼくはナンパの達人の腕をふるって、水球の試合を見にこないかとパオラを誘った（その時ぼくは心のなかで早々と、こりゃあコーチに土下座してでも、二分でいいからその試合に出させてもらわなくちゃと考えていた）。当時ぼくはまだプロ選手で、パオラは実家の小さなパティスリーを手伝っていたのだけど、そのことがあとになってぼくの肉体美と腹筋の喪失に大きく貢献することになる。この店の名物はチャンベラ・フリッタ・コン・ロ・ズッケロ、つまり砂糖がけドーナツだ。香ばしくて甘い香りのする子どもの頃の味。店には少なくとも三十年は続いている伝統がある。午前二時になると、パオラの父親のオスカーは店のシャッターを半開きにして、トラステヴェレ界隈をさまよっていた甲斐性なしのヴァンパイアたちが、揚げたてホヤホヤの砂糖がけドーナツに牙をたてられるようにしてやるのだ。オスカーの妻が亡くなった今では、彼とケラケラ笑ってばかりいるスリランカ人の店員の二人で店を切り盛りしている。パオラは文学と哲学の学位を取って、しばらく代用教員として教えたあと、今はリベラルアーツに重点をおいた優秀な進学校で正教員の職についている。

パオラと何ヶ月かつきあったあと（どんな恋愛も初めの二ヶ月が旬だというのは誰もが知るところ）、ぼくは男の専売特許のおかげでみごとに彼女にふられた。というのも、マルケから来ていた、わきの下の毛を剃るなんて愚の骨頂と宣もうモニカとかいう心理学専攻の美人女子大生とイチャついていたところを見つかったせいだった。

その後十年近くパオラと会うことはなかった。男女の愛はひとえにタイミングの問題で、最初の時はお互いの思いがうまくかみ合わなかったんだ。彼女はその時すでに家庭を望んでいたし、対するぼくは、地球上に存在する繁殖能力のあるすべての女性――わきの毛を剃っていようがいまいが――とベッドを共にすることしか頭になかった。ふたつの目的の落としどころをみつけるのは、なかなか難しいことだった。

ところがある日、運命がぼくたちをスーパーのレジで引き合わせたのだ。今だから言うけど、〝金髪のロング〟から〝褐色のボブ〟という彼女の変身ぶりのせいで、会ってすぐは誰だかわからなくて、最初の十分間はばあちゃんの友だちの孫娘とでも話していると思い込んでいた。ちなみに、このことは彼女には言ってない。

ぼくはさっそくパオラをディナーに誘って、究極のタロットカードの秘技を披露した。

つまりはこうだ。

ナヴォナ広場にロレンツァおばさんという老練なタロット占い師がいる。白髪を後ろでまげに束ねて、年季の入ったぼろぼろのカードを使い、お決まりの口上を早口でまくし立てる。どう見てもそのおばさんに未来のことなんかわかるとは思えないのに、どんな客もコロッと騙される。ことにインチキな手を使えばなおさらだ。ぼくは女の子に気に入られようとして、ちょくちょくロレンツァおばさんのところへ連れていった。作戦は次のとおり（拡散歓迎、特許未出願）。ローマ一美しい広場を、ロマンティックなムードで女の子と腕を組んで歩く。楽しい会話に楽しい散歩。ふたりは老占い師のいる小テーブルのそばを通りすぎる。ぼくは、その日の女の子の誕生日やら血液型やら好みやら、それまでに収集ずみの情報を書いてくしゃくしゃに丸めた紙玉を、こっそりとロレンツァおばさんに投げる。散歩も二周目に来た頃、ふたりの会話はうまい具合にいわゆる〝スピリチュアル〟な世界についての話題になっている。相手がその手の話を信じるタイプならぼくは懐疑的な態度を、そうでないなら理解のある態度を示す。次に作戦の第二段階に入る。ぼくがおごるから冷やかし半分で占いでもやってみない？　と彼女を誘う。ここで断る女の子は世界中一人もいない。さぁ、ここからがロレンツァおばさんの見せ場だ。あっと驚くような正確さで過去も現在もぴたりと言い当て、当然、未来の人生も「あんたの理想の男性は、『ル』からはじまる名前だ」と予言してみせる。「ル」はもちろんルチオの「ル」。動揺した女の子の心理状態につけ込んで、ぼくはこうささやく。「スピリチュアルな出来事を共に体験してはじめて、ぼくたちの魂は結ばれるんだ。そしてたいていの場合は肉体も」ぼくに言わせれば、未来を予言できる人間なんているわけない。女の子を連れてナヴォナ広場をそぞろ歩いている時のぼくをのぞいては。その場合、その夜がどんな終わりを迎えるか、ぼくならぴたりと言い当てられる。そしてパオラのときも予言どおりだったというわけだ。でも、誓って言うけど、ぼくがインチキをやらかしたのはこの日が最後だ。その晩、西風がそよそよと肌をなでていく中、ぼくたちは二度目のファーストキスを交わした。その場で結婚の約束をして、三ヶ月もたたないうちに、ティベリーナ島を見下ろすワンルーム・アパートメントで一緒に暮らしはじめた。典型的な再燃パターンだ。今度はようやくお互いの思いが完全に一致して、恋に落ちたのだ。

前にも言ったけど、ぼくたちはミラノ郊外にある殉教者サン・ロッコの小さな教会で式を挙げた。ローマから来るおおかたの参列者にとっては、とんでもなく不便なところだ。けれど、この教会を選んだのにはあるロマンティックな理由があった。マンションの管理人をしていた母方のじいちゃんばあちゃん、ミケーレとアルフォンシーナが、五十年ほど前に同じ教会で挙式したのだ。両親がいなくなってからは（この詳細は、またあとで）、じいちゃんとばあちゃんだけがぼくの家族だった。

神様は第七日目にも安息なさらなかったのだとぼくは信じてる。うちのじいちゃんとばあちゃんを創造してみたら、それまでで最高の出来栄えになったことを喜んで、残りの時間をふたりと一緒に楽しく過ごしたのに違いない。

じいちゃんとばあちゃんとは十五年くらい一緒に住んでいた。三人で囲んだ七面鳥のパン粉焼きとマッシュポテトにモッツァレラチーズをかけたディナーは、忘れられない思い出だ。今でも目を閉じるとキッチンから揚げ物の匂いがして、「ゴハンだよ、早くしないと冷めちゃうよ！」というばあちゃんの声が遠くから聞こえてくるような気がする。ふたりの仕事場兼自宅だった管理人室を通りかかるたびに、眼鏡をかけて郵便の仕分けをしているじいちゃんや、ゼラニウムに愛情を込めて水やりをしているばあちゃんがまだそこにいるような気がしてしまう。

パオラとの結婚式の最中、ミケーレとアルフォンシーナは証人としてぼくのとなりに立っていたのだが、ふたりの人生の中であんなに幸せな一日はなかったんじゃないかと思う。あれほどうれし泣きに泣いている八十代の老夫婦を、これまで見たことがないもの。カラブリア訛りの強い、背高のっぽのウォルター神父が式を中断してふたりをたしなめ、参列者はみんなげらげら笑っていたほどだ。

数年前、じいちゃんとばあちゃんは数週間をおいて続けざまに亡くなった。感動的な別れの涙も言葉もなく、眠るように旅立っていった。

彼らはとにかく離れ離れではいられなかったのだと思う。ぼくの娘と息子、ロレンツォとエヴァの顔を見てまもなくのことだった。

人生は不公平だ。

じいちゃんとばあちゃんというのはスーパーヒーローみたいなものだ。不死身でなきゃいけない。

数ヶ月して、ようやく管理人室の隣にあった二間の部屋の片づけをしたとき、背の高い棚の奥から、イタリア移民が使っていたような、厚紙でできた旧式のスーツケースをみつけた。中身は写真、それも膨大な量の写真だった。海辺の休日や、他人の誕生会や、その他もろもろを撮ったよくあるスナップ写真の類なんかじゃない。そんなもんじゃない。じいちゃんは六十年間毎日、ばあちゃんの写真を撮り続けていたのだ。来る日も来る日も。一日も欠かすことなく。はじめは白黒で、やがてカラーになり、ポラロイドがあり、最後はデジタル画像を印刷したものまで、すべての写真の裏に日付が書いてある。写真はそれこそいろんな場所で撮られていた。管理人室、道ばた、ビーチ、パン屋、スーパーマーケット、システィーナ劇場の前、ポポロ広場、ルナパーク遊園地の古い観覧車の中、サンピエトロ大聖堂など、長い人生の間に、運命によって導かれたあらゆる場所が映し出されていた。ぼくは写真に見入った。初めのうちは若く初々しいばあちゃんが、やがて顔に小じわができ、白髪が増え、身体に肉がつきだしはしたけど、その笑顔だけは変わらなかった。だけど一番印象に残ったのは、ばあちゃんが歳をとっていく変化じゃなく、その背景だった。ばあちゃんの背後にはイタリアの変遷があった。歴史があった。時代ごとのシンボルや個性がぼんやりと垣間見えていた。古いフィアット１１００やシトロエン〈シャーク〉、長髪のヒッピーたち、ティンバーランドのブーツをはいてボンバージャケットを着たパニナーロや《訳注：一九八〇年代半ばのイタリアで形成された若者文化のメンバー》パンクたち。ポール・アンカのコンサートポスター、シャルル・アズナヴァールにロビー・ウィリアムス。ランブレッタやヴェスパなどのスクーター。ビッグ・ジム人形やグラツィエラの折りたたみ自転車、ルービックキューブ。ＳＩＰの電話ボックス、黄色いタクシー、手描きの看板の店などなど。ところで、ほとんど誰も知らないだろうけど、最初の写真家はジョセフ・ニセフォール・ニエプスというフランス人で、一九世紀の類まれな天才のひとりだ。ただ、しつこいようだけど、最古の実験はかのレオナルド・ダ・ヴィンチ翁によるものだった。異常に多動傾向のあるこのトスカーナの発明家が考案したと言われているトリノの聖骸布が、〝写真乾板〟の最も初期の試みだと唱える人もいる。胸躍る説だ。

おっと話が脱線しちゃった。悪い、悪い。

で、登場人物について。

家族

ぼくの人生を彩るメインキャストのうち、五人はすでにはにかみがちに舞台に登場している。妻のパオラ、義父のオスカー、息子のロレンツォと娘のエヴァ、それに、親友のウンベルト、いつも腹ペコで、臼歯を失くした獣医だ。さらにもう一人、別の親友コラードも加えておこう。彼はアリタリア航空のパイロットで、離婚歴数回の〝いかにも〟っていうタイプの男だ（よくいるだろう、ＣＡの尻を追いかけまわしてばかりいる、浅黒い肌のイケメンの機長ってやつ）。

でも、何よりもまずはパオラ。パオラ、パオラ。

ぼくのパオラ。

パオラは美しい。ぼくの目から見たら最高に美人だ。他人から見ても感じのいい女性に違いない。よく教室の前から三列目あたりに座っているような、薄茶色の瞳におさげ髪の、形のいい丸々としたお尻をした女の子。最前列に座った小柄でギラギラなブロンド娘にちょっかいを出してばかりいるおバカな男に、なぜか恋してしまうような子だ。

パオラはイタリア版ブリジット・ジョーンズだ。明るくて控えめで気立てがよくて、おまけに自前のバストは九〇センチ。モルディブに雪が降るのと同じくらい、めったにお目にかかれない女性なのだ。大の読書好きで、汲めども尽きぬ好奇心にかられて、次から次へと小説を読みあさっている。お気に入りは『星の王子さま』で、単行本から手のひらサイズまで、ありとあらゆる言語の版のコレクションを誇っている。

前にも言ったとおり、彼女は優秀な進学校の高校教師をしている。だけど、そんじょそこらの教師とは訳が違う。パオラは高校教師界のマラドーナなのだ。イタリア語、ラテン語、歴史、地理を担当し、その卓越した能力は、レオナルド・ダ・ヴィンチも顔負けと言わざるを得ない。

これは何も、彼女がぼくの妻だから言うわけじゃない。パオラは本当に特別な教師なのだ。

くわしく説明しよう。

地球上で最も重要な仕事は教職だと思うけど、同時に最も単調な仕事とも言える。歴史の教師はフェニキア人とはどんな民族で、第二次世界大戦はなぜ勃発したのかを、数学の教師は微分積分を、ラテン語の教師は語形変化と動詞の活用やホラティウスの詩の翻訳法を、といった調子で、すべての科目において、来る年も来る年も同じことを口が酸っぱくなるほど生徒に教える。早晩、彼らはうんざりしてくる。指導力ややる気は失せ、ついにはダメ教師の一丁上がりというわけだ。パオラはこの落とし穴をよくわかっていて、退屈とくりかえしに打ち勝つための独自のやり方を考えついた。毎年違う教師を〝演じる〟というものだ。担当する各科目にあわせて服装や話し方なんかを工夫して役柄を作り上げて、最後の通信簿を書き上げるまで決してそれを変えない。ある年はワスプ風の気難しいオールドミスの教師、ある年は体育会系のさばさばした教師、ある年は気分屋で超ハイテンションの教師になり、またある年には気まぐれな変わり者教師になった。毎年、生徒たちは彼女の変身ぶりを大いに楽しんだ。たとえ口頭試験で情け容赦ないDの成績をつけても、〝女優〟先生の人気がかげることはない。ところがその人気を妬まれて、校長からは冷ややかな目で見られている。パオラは教壇での〝ワンウーマンショー〟をもう十五年も続けている。七十年代の映画に出てくるようなセクシー女教師や、『アルプスの少女ハイジ』のロッテンマイヤー女史みたいなかっこうで帰ってくる妻を見て、ぼくは腹を抱えて笑ってしまう。彼女には教えることに対する情熱がある。それはぼくたち夫婦の共通点でもある。ただし、ぼくが教えるのはロフトショットや反撃術だけどね。

彼女はとびっきりスペシャルな女性だけど、それでも数ヶ月前のぼくの浮気を阻止することはできなかった。わかってる、わかってる、ようやくぼくのことを好きになりかけてきたところだったのに、はやくも幻滅したって言うんでしょ。どう言い訳したらいいかな。ぼくを誘惑の罠に引きずり込んだ女性の写真でも見せようか。いやいや、それじゃあ余計ぼくの立場がまずくなる。手っ取り早く言えば、ぼくは結婚十一年目にして不倫という情けないワナにまんまとはまってしまったんだ。悪いと思っている。でも頼むから信じてほしい、情状酌量の余地はあるはずなんだ。あとで、ちゃんと順序立てて話すつもりだ。でも、その前に登場人物。

ロレンツォとエヴァ、我が家の子どもたちだ。

ぼさぼさ頭の息子のロレンツォは、小三でクラスでもびりっけつ。担任の先生は手の施しようがないらしく、決まり文句の王様みたいな例のセリフをひたすらくり返す。「頭はいいのですから、もうちょっと頑張りましょう」さらに、どうやら我が家の長男は躾がなっていないらしい。パオラはぼくのせいにする。ぼくがジムと水球に明け暮れてほとんど家にいない上に、息子に対して決して「ノー」と言わないからだそうだ。でも本当は、ロレンツォはあれこれ他のことで頭がいっぱいだからというのが正解だ。古代エジプト人がナイル川の土砂で砂漠を肥沃な土地に変えたとか、アッシリア人やバビロニア人が一体どこに行ったかなんてことはあの子にとってはどうでもよくて、ただただ自分の好きなことに没頭していたいのだ。つまり、ピアノを弾くことと高価な電気機器を分解すること。

我が家のアップライトピアノは、もともとじいちゃんばあちゃんのものだったけど、誰も、持ち主のふたりでさえ弾き方を知らなかった。ある日、ぼくたちが住んでいた3LDKのアパートメントの廊下の先から、まあまあ調和した和音が聞こえてきた。ロレンツォだった。息子は独学でコンサートピアニストになるために、せっせと練習に励んでいた。今ではラジオから流れる流行りの曲ならなんでも、一度聴いただけで弾けてしまう。我が家の居間にはモーツァルトがいる、とまでは言わないけど、この新進若手音楽家はすこぶる前途有望だ。

もう一方はちょっと厄介だ。ロレンツォはその小さな指が動かせるようになってからというもの、熟練した解剖医なみの器用さでもって、手あたり次第にあらゆるものを生体解剖している。だが検死解剖は、いまだ完全に使用可能状態にある製品に対して執り行われるのだ。テレビ、食洗機、ミキサーを手はじめに、ぼくのワンボックスカーのエンジン、学校の自動販売機、通りの角の信号機といった具合だ。息子は機械と電気工学に純粋な情熱を燃やしている。これだけなら、この趣味は楽しいうえに実益を兼ねてもいる。問題なのは、どれひとつ元どおりにできないことで、アッティラ大王の行軍のあとにも引けをとらないすさまじい破壊の爪痕を残して、あの子の手掛ける何もかもが〝要組み立て〟のイケアの家具みたいにばらばらの部品と化す。しかもこっちは取説なしだ。というわけで、どうやらロレンツォには勉強なんかしている暇はないらしい。これは真面目で優秀な教師である妻にとっては大きな悩みの種となる。でも、ぼくは気にしてない。むしろ気がかりなのは（傷つくのは、と言ったほうがいいかも）、ロレンツォがまだ泳げるようになっていないこと、それどころか水を怖がっていることだ。今のところ我が息子は、タイタニック号と寸分たがわぬ浮力線を描いている。水の中に入った途端、氷山の助けを借りるまでもなくまっすぐ水底に沈んでいく。残念無念とはこのことだ。

一方、そばかす顔で一年生のエヴァは、彼女が通う小学校の全教師のペットちゃんだ。闘志あふれる環境活動家のたまごでもある。我が家ではエヴァに説きふせられて動物たちを次々と引き取ることになって、今では、寄り目でよたよた歩きのジャーマン・シェパード（わかりやすく名前もシェパード）、おもらしと嚙み癖のある白いハムスター（アリス）、ディズニーアニメの『おしゃれキャット』から名前を拝借したベルリオーズ、トゥールーズ、マリーの少なくとも三匹の怠惰な野良猫たちと共同生活を送っている。

家でのエヴァは言葉のハリケーンだ。しゃべって、しゃべって、しゃべりまくる。話の要点にたどり着く前に、何がどうして、こうして、ああしてと、次々に話をふくらませる。エヴァは大人になったらテレビのニュースキャスターか政治家のどちらかになるのは間違いないと思う。どっちになってもたいした違いはない。エヴァの環境活動への情熱は、いろんなことに向けられている。娘はぼくたち家族に、単なる普通のリサイクルじゃなくて、形、素材、匂い、色ごとに分類するという、鑑識眼と収集力が要求されるハイレベルなごみ分別を強いる。エヴァは花のつぼみみたいにコロンとしてキュートなのに、それが有効活用されることはほとんどない。はじける笑顔と八月半ばの空みたいな淡いブルーの大きな瞳は、市民としての大そうな責任感から、仲間を説得するときだけ活かされる。前世は猫だったというエヴァの挨拶は、チャオの代わりにミャオなのだ。

ときおりエヴァは、自分がまだほんの六歳と六ヶ月だったということを思い出して、ソファーに座っているぼくの膝の上にちょこんと収まってアニメを観る。そんなとき時間は速度を落とし、やがてぴたりと止まる。子どもに対する親の愛情はなにより純粋で、我が子のためなら山にだって登れるし、歌だって作れるというが、まさしく真実だ。エヴァが玄関まで一目散にかけてきて、ぼくを迎えてくれたり、真夜中のかみなりを怖がって夫婦の大きな温かいベッドにもぐり込んできたりすると、ぼくは心の中で満面の笑みを浮かべ、皺はぴんと伸び、筋肉は二十歳の頃の弾力とパワーを取り戻す。

最良の薬だ。

エヴァのことを目の中に入れても痛くないほど可愛がっている人物は他にもいる。この物語のもう一人のスターである、義理の父オスカーだ。

オスカーの姿を思い浮かべるのは難しくない。俳優のアルド・ファブリッツィのそっくりさんだからだ。風船みたいな体型や大またの歩き方もよく似ているし、ブツブツつぶやくようなしゃべり方まで同じだ。義父の人生は〝事故前〟と〝事故後〟の二つに分けられる。十年ほど前、世界一優しくて物静かだった妻のヴィットリアが、過食症のラブラドール犬、ジャンルーカの散歩中にひき逃げ事故にあって亡くなった。

オスカーとは何かにつけてああだこうだと言い合うことも多いけど、ひとたび義父が人生の意味に関する持論を持ちだすと、ぼくはすぐに大笑いしてしまうから、そういう時は喜んで彼をパーソナル教祖に雇い入れることにしている。いつか学校の教科書にオスカーの話が載ったら、彼の同僚のソクラテスやプラトンと同じように、生徒たちに煙たがられるだろう。賭けてもいい。

オスカーのお気に入りのテーマは〝死後の人生〟についてだ。義父の説によると、前世で善人だった場合、今世では丈夫で健康で裕福な家に生まれ、容姿端麗、頭脳明晰になる。悪人だった場合、不細工で不自由な身体で阿呆で貧乏に生まれ、若くして死ぬか、でなければ一生を病弱で過ごすかなんだそうだ。この世の不公平さをみるにつけ、義父の言うこともなるほどその通りかもしれないと思わされる。オスカーにとっては、幸運も不運も当然の報いということだ。そこでぼくはこんな質問をしてみる。「運命ってものがすでに決められているんなら、何をしても無駄ってこと？」

オスカーは首を横にふってドーナツを作り続ける。答えは彼にもわからない。疑念を抱き、問いを投げかけるが、答えは謎のまま。そういえばどの哲学者もみなそうだ。「いいか、ルチオ。とどのつまり、人生の真の意味ってのは熱々のドーナツにかぶりつく以外にない」

ぼくは笑って一口かじる。例によって彼は正しい。

何にも何の関係もない何か

ぼくが世の発明家たちに並々ならぬ関心を持っていることは、じきにわかってもらえると思うけど、まずは人類史上もっとも重要な謎を解き明かさないことには、なかなか話が進まない。つまり、「誰がドーナツを発明したのか」ということだ。

イタリア人？　あちこちに登場するレオナルド・ダ・ヴィンチかって？　いやいや、それが違うんだ。

たしかにダ・ヴィンチはドーナツらしきものを発明したけど、実際にはプールで使う浮き輪のドーナツ、つまり水泳初心者のためのただのゴムの輪っかで、残念ながら、空気を入れて膨らませるビニールを発明するまでには至らなかった。

一方、ドーナツの起源についてはいまでも議論の余地がある。それはオランダからニューヨーク（その頃はまだニュー・アムステルダムと呼ばれていた）に渡ってきて、当時は〝オリクーク〟というあまりぱっとしない名前で呼ばれ、〝油っぽい《オイリー》ケーキ〟という意味だった。生地にりんごやプラムやレーズンを練り込んだものだったらしい。ドーナツ伝承によれば、ある日、一頭の牛がうっかり鍋につまずいて、熱した中の油をケーキの生地が入ったボールにぶちまけてしまい、その結果、われわれイタリア人がボンバ・フリッタと呼ぶものができあがったということだ。その驚きの創造力を備えた牛さんの記念碑を、建立してしかるべきかもしれない。

ここまでは納得してもらえたと思うけど……、じゃあ、例の穴は？

時は一八四七年、ニューイングランド地方に住む若き船長ハンソン・グレゴリーの母であるエリザベス・グレゴリーという女性が、ある日オイリーケーキのレシピを自分流にアレンジしてみた。ナツメグやシナモンやレモンの皮を加え、さらに一番火の通りにくい真ん中にもクルミとヘーゼルナッツを入れてみた。こうして出来上がったケーキはとても美味しくて、息子は長い航海に出かけるときには必ず、乗組員全員分のオイリーケーキをどっさり作ってくれるよう母親に頼んだほどだった。話によると、このニューイングランドの船長は、母親がいつもケーキの真ん中に詰めていたクルミとヘーゼルナッツがあまり好きじゃなかったみたいで、毎回その部分をくり抜いて、ケーキの真ん中に穴をあけて食べていたそうだ。それ以来、船長の命令により、船のコックはすべてのケーキ類の真ん中の部分をブリキの胡椒ひきを使ってくり抜いて、リング状にして作るようになった。

もちろん、これほどの発明が注目を浴びないはずはなかった。メイン州クラムコーブには、実際に、〝史上初のドーナツの穴の発明家〟としてハンソン・グレゴリー船長を称える記念プレートがあり、さらに一九三四年のシカゴ万国博覧会で、ドーナツは〝進歩の世紀における画期的な食べ物〟であると宣言された。このように、真ん中の穴がドーナツを華々しい国際的成功の糸口へと導いたということは、れっきとした事実なのだ。

当然、この物語あるいは伝承、まあどっちでもいいけど、とにかくこれはわれわれイタリア人、特に義父のオスカーにとって、まったくもって受け入れがたい話だ。なんだと？ドーナツが、いやチャンベル、いやいっそのことナポリで言うところのグラフェと呼んだほうがいいか——とにかく、あれがイタリア人の発明じゃないだって？　バカ言っちゃいけない。

真偽のほどはともかく、今頃はきっとお腹がすいてきたんじゃないかと思うから、みなさんが本を閉じておやつをとりに行く前に、話が横道にそれたところまで戻っておくことにしよう。登場人物だ。

親友

ぼくのドーナツへの情熱は、二人の親友、ウンベルトとコラードに対する思いにも匹敵する。ぼくたちは中学で知り合って以来、ウンベルトが高一で留年した時でさえずっと友だちだった。休日も一緒に過ごしたし、ボーイスカウト時代はキャンプ旅行に行ったたし、何をするにもいつも一緒だった。我らは北ローマの三銃士なのだ。ぼくは特大サイズのポルトス、ウンベルトは現実派のアトス、コラードはレディーキラーのアラミスだ。みんなはひとりのために、ひとりはみんなのために。ぼくはやつらのことなら本当になんでも、どんな秘密でも知っている。殴り合いをしたり、笑い合ったり、女の子をとり合ったり、お金の貸し借りをしたり、うじうじと妬んだり恨んだりし合ってきた。早い話、親友同士がやることすべてをやってきたわけだ。その後二十年たっても、フランスの伝説の三銃士みたいに、ぼくらは相変わらずつるんでいる。

ウンベルトがぼくたちの婚約指輪を飲み込んだ話は前にも言ったとおりだけど、それはさておき、やつの仕事は獣医だ。いまだに独身で、どんな女の子とつき合っても一年と続いたためしがない。理想の夫像が服を着て歩いているような男なのに、これぱかりは不思議でしょうがない。少々野暮ったくて猪突猛進的なところはあるが、不機嫌な顔を見たことがないし、控えめだし、ハンサムとは言えないがすこぶる健康だ。やつの短所をひとつ挙げるとしたら、きついローマ訛りを別にして、時間に関して几帳面なところかもしれない。イタリアの首都では、これは許しがたい欠点だ。レストランで一時に待ち合わせをしたら、一時五分前にあらわれるような頭のいかれたやつっているでしょ？　それか、待ち合わせの映画館に着いたと思ったら、むこうはとうの昔から待っていて、しかも全員分のチケットまで買っておいてくれるようなやつ。もっとひどいと、夕食に招いたりした日には、定刻通りにやってきて、こっちがスリッパで寝間着姿のまま部屋の中をウロウロしてるなんてとこも見られちゃうんだ。

ウンベルトみたいな男は、少々はた迷惑な存在かもしれない。というのも、ローマに住んでいる人のほとんどは、ローマ以外の世界から約三十分間遅れで生活しているんだから。かく言うこのぼくも遅刻の常習犯だから、ウンベルトはいつも文句たらたらだ。やつに言わせると、これまでの人生のうちの計一年分は、ぼくを待つことに費やしてきたらしい。やつの人生は誰かを待つことの連続だったから、この際、長い無駄時間を埋める方法をみつけようと考えた。そして、昔ながらの永遠の救世主——読書に行きついた。ウンベルトはどこへ行くにもポケットサイズのマンガ本を一冊持ち歩いて、ぼくの平均的な遅刻時間にあわせて、その日の読書時間を割り出す。

ウンベルトは、よく我が家でぼくたち家族と一緒に夜を過ごす。特に妻と娘とは仲がいい。パオラはウンベルトに信頼を寄せていて、自分に兄弟がいないもんだから、まるで弟のようにせっせとやつを甘やかして、なすのパルメジャンチーズ焼きやら、死ぬほど濃厚なティラミスをふるまったりする。エヴァっ子はやつをウンベルトおじちゃんと呼んで、お互いに共通する自然愛について熱く語り合ったりしている。我が家の小さな家庭農場の獣医として、絶大な信頼をおいているのは言うまでもない。時おりぼくたちは現代のキューピッドよろしく、パオラの同僚の教師をやつに紹介してみるけど、今のところ、ときめきの火花が散ったところを見たためしはない。

コラードは前にも言ったとおり、アリタリア航空のパイロットだ。まさにパイロットを絵に描いたような、完璧なサンプルみたいな男で、背が高くてイケメンで、手入れの行き届いた顎ひげをたくわえて、きれいに生え揃った白く輝く歯と、嫌みのない程度に筋肉のついた肉体を誇るジェントルマンなのだ。要するに、全キャビンアテンダントの憧れ。数回の離婚歴あり、子どもなし。この男には出会ったすべての女性のハートに火をつけておきながらあっさりと捨て、その後、傷心と失意に沈んだ彼女たちをおいて立ち去るといった性癖がある。コラードが言うには、やつは女嫌いなんだとか。嵐のような二度の離婚のあと、二人の元妻、やつの言うところの〝寄生虫〟に慰謝料の小切手を書くという義務をのぞいて、何も残らなかったから、というのがその理由らしい。

趣味は享楽。最大の関心事は、一緒に過ごした高校時代からずっと続いている統計学。

ぼくたちは席が隣同士だった。なのにぼくの成績は平均でCマイナスマイナス、やつは平均でAマイナス／Aだった。単なる統計学の問題だ、とやつはよく言っていた。勉強はちっともしなかったが、ノストラダムスなみの精度で口頭試験がありそうな日を言い当て、その上、この問題やあの問題が出そうだとまで予言してみせた。やつはあらゆることを記憶していて、それらをすべて計算して必然的な結論を導き出した。しかも、決まってドンピシャリだ。コラードはこのやり方を同じくいろんなことに、特に女の子たちに応用していて、もう想像はついただろうけど、これが当時から今に至るまでやつの弱点になっている。コラードはいつだって、フォンズ《訳注：米国の青春テレビコメディー『ハッピーデイズ』の登場人物。ちょっと不良っぽい若者》も顔負けなくらい女の子たちをものにしてきた。統計学のおかげだ。これは女の子をひっかけるためのやつの個人技と言っていい。パーティ会場に着くとすぐに、魅力的な順にその場にいるすべての女の子に声をかけ始める。その中で一番かわいい子のところへ行き、心臓に毛の生えた度胸を発揮してこう尋ねる。「今晩、ぼくと一発どう？」

愛のささやきなんていう手間は極力省いて、まさに直球勝負だった。

答えはほぼ例外なく、「バッカじゃない？」。

それでもコラードは女の子リストに一人ずつバツ印をつけながら、上から順番にあたっていき、即席〝舞踏会の華〟コンテストのエントリーナンバー十か十五番目あたりでようやく、「いいわね！」という声が聞けることになる。

ぼくがまだ独身だった頃は、やつが女の子を手近のベッドか隅の暗がりに連れていくのを、目を丸くしながら妬ましく見ていたものだ。すべては統計学のなせるわざ。やつの計算によれば、女の子百人のうち、少なくとも三十人は喜んでベッドについてくるそうだ。その三十人を見つけるために、ひたすら前むきに、まずは一番の美人から声をかけはじめて、最初に網にかかってきた子で手を打つ。それでも、これまでパーティ一不細工な女の子にあたったためしはなくて、いつもそれなりに可愛らしい子だった。対するぼくだって、その間ずっと、パーティ会場で一番きれいな子に猛アタックしていたんだけど、二時間もの無意味な会話と、ひょうきんでセクシーな男に見せようという虚しい試みの甲斐なく、空振りに終わっていた。

遊び友だちとしてなら、何といっても世界中でコラードほどスリリングで楽しい男はいない。だけど、この際だから女性読者のみなさんに言っておくと、もしどこかでコラードに出会ったとしても、疫病神か何かのように忌み避けて、くれぐれも近づかないことを勧める。なに、見ればやつだってことは一目でわかる。だってアラミスそっくりなんだから。

核心まであとわずか

これでようやく、ハッピーエンドじゃないこの物語を楽しんで、我が友フリッツの登場に立ち合ってもらうために必要な事柄は、ほとんどすべて話したと思う。もう二、三肝心な話がすんだら、準備は万端だ。

数ヶ月前まで、ぼくは毎朝八時十五分前頃にサン・ロレンツォのアパートメントを出て、まずはパオラを、そのあと子どもたちを学校でおろして、そして最後にジムまで歩いて十分もかかるティベーレ河の土手に車を停めるという生活をおくっていた。土手に車を停めていたのは、くそ面倒くさいZTL、ゾーナ・ア・トラフィコ・リミタート——つまりローマの交通区域制限のせいだ。その短い散歩は、いい具合に二杯目の朝のエスプレッソがわりになる。ぼくはほぼ毎日、トラステヴェレ地区を通る通勤路の途中にあるオスカーのペイストリーショップに立ち寄ることにしていた。天気や政治についての他愛ないおしゃべりをしていると、大好きなこの義父は、頼みもしないのに甘い香りの立ちのぼる熱々のドーナツをひとつ手渡してくれるんだ。

ぼくは店先の石畳の歩道におかれた、ペンキのはげた木製のカフェテーブルに腰かける。

テーブルは誰かが第二次世界大戦の終わり頃に置き去りにしていったんじゃなかろうかとおぼしき代物だった。この五分間が一日のうちの至福の時間だった。唇についた粉砂糖がぼくになめとって欲しいとせがんで、黄金色の外側の生地のサクッとした歯ごたえ、そしてその生地が全面降伏の体でかみ砕かれるその一瞬、急ぎ足の通行人がまるで芝居のなかの役者のように見えた。ぼくは一人じゃなかった。しばらくすると、一羽の社交的なすずめがテーブルに降りてきて、ドーナツのくずをついばんでいった。いつも同じすずめだ。見ればわかる。友達というほどではないけど、まぁ、それに近いようなもんだ。ぼくがドーナツを二、三切れちぎって投げてやったり、むこうも慣れたもので警戒する様子もなく近づいてきて、何度かぼくの手から直接食べたりした。すずめが行ってしまうと、それがアラームがわりで、ぼくの一日のはじまりを告げる合図になった。

この〝ドーナツタイム〟は、ぼくと義父とすずめの間の秘事だった。もっとバランスのいい健康的な食事をしろと、毎日口を酸っぱくして言うパオラにはとてもじゃないが話せなかった。一生口もきいてもらえなくなるだろう。

パオラとぼくはこの十数年間、山あり谷ありの結婚生活を送ってきたけど、数ヶ月前に、ほんの些細なことからふたりの関係はどん底まで転げ落ちた。些細なことっていうのは、前にも少し言ったとおり、ありふれた一語に要約できる。浮気だ。ジムに新しく入ってきた客のシニョーラ・モローニとちょっとした関係を持ってしまったんだ。本当にごくちょっとした関係で、ごくごくちょっとしたものだ。全部あわせても二回か三回ベッドを共にしたくらい。多くても五回はいっていない。いったとしても十回かそこらだ。わかったよ、十二回だ。でもただ体だけの関係で、それ以上のものでは決してなかった。われわれ男どもにとってそこは重大な違いだ。情状酌量の余地があるはずなんだ。

もし女性読者のみなさんがまだこの本をぴしゃりと閉じて火の中に投げ捨てていないようなら、きちっと納得してもらえるように、状況説明に真摯に取り組む所存だ。

シニョーラ・モローニ。

ぼくより四つ年下の三十六歳。五十年代のピンナップ・ガールばりのスリーサイズ、九二─六〇─八八を誇る。（ジムの顧客ファイルを読んで、ぱっと頭に叩き込んだ）ラファエロのマドンナのようなご尊顔に、外科手術でお直しした唇、色白の肌にそばかすがぱらぱらと散っている。

やたらそそられる。

結婚して何年もたつけど、旦那は仕事で年中あちこち飛び回っているらしい。

彼女がぼくをパーソナルトレーナーに指名したと知って、真っ先に浮かんだ言葉は「やべっ！」だった。

結婚して十年以上になる愛妻との夜の営みが、多くてもせいぜい月二回っていう哀れなトレーナーのいるジム内を、夫が出張がちの魅惑的な人妻に四六時中うろうろされちゃ困るんだ。法律で禁止したほうがいい。そういう人はエクササイズ・バイクでも買って、自宅の居間で励んでてほしい。頼むよ《ベル・ファボーレ》！

初めのうちぼくは、シニョーラ・モローニに対して断固としたビジネスライクな態度で接していた。あるいは、まあまあビジネスライクだったと言うほうが、より正確かもしれない。初めの数回は、せいぜい彼女の太ももをこぶしの角でちょこちょこなぞったり、筋肉の状態を確かめるふりをして、あちらを握りこちらをひねりする程度に自分を抑えていた。わかってる。これじゃあ、まるっきりその辺のスケベオヤジだ。そしてある晩、ぼくたちは閉館時間後にジムで二人きりになった。受付スタッフには、シニョーラ・モローニのエクササイズが終わったらぼくが戸締まりをしておくと伝えた。イタリア語の辞書によると、エクササイズとは〝肉体的、精神的な健康を保ち、特定の能力や技術を開発、向上、発揮するために行われる行為〟という意味だそうだ。

そこでその晩ぼくたちは、世界最古の能力や技術を盛大に開発、向上、発揮させたというわけだ。

その後、トレーニングとエクササイズは何週間も続いた。何週間もの嘘とストレスと、周囲にバレちゃうんじゃないかという恐れももれなく続く。エクササイズはたいてい、ミュージシャンの彼女の夫がベテランシンガーとのツアーに出かけている間に、彼女の家で行われたが、ジムでもフォローアップレッスンなるものを何回かやった。ぼくの自宅では一度もない。それだけはできなかった。だからといって罪が軽くなるわけじゃないことはわかってる。

　ある日、まずいことにパオラにふたりの関係がばれてしまった。妻による浮気調査は二月のある晩からはじまった。その日の夕食時、ぼくは自分の携帯電話をテーブルの上においたままだった。こんなのはまったくの初心者、浮気のド素人のやることだっていうのはよくわかっている。でも言ってみれば、確かにぼくはまさにそのド素人だったんだ。家族で絶品チキンカレーに舌鼓をうっている時、電話が鳴った。彼女の名前が画面いっぱいに表示された――〝ドクター・モローニ〟。ド素人ながら、救いのないド阿呆じゃない。

「電話出なくていいの？」パオラが尋ねる。

「あっ、いや。モローニからだ。ジムの医師」ぼくはどぎまぎしながら適当に出まかせを言う。「超うっとうしいやつでさ。いや、マジで。いい加減うんざりしてるんだよね」

「なんなら、わたしが出て、今留守ですって言おうか？」

「いや、いいって。グラツィエ、ダーリン。彼には明日の朝、電話しとくよ。ところでこのカレーさ、ほんっとにおいしいよね」

　パオラはぼくの言葉を鵜呑みにしただろうか？

　ぼくの話はもっともらしく聞こえただろうか？

　もしや怪しく思われただろうか？

　ぴったり四十八時間後、正解は、順番にノー、ノー、イエスだとわかる。そして、妻がまさにこの瞬間、ただちに刑事コロンボに変身していたこともあとで判明する。わずかな疑いのかけらさえも、犯人《ホシ》を挙げるための糸口になるのだ。

　けれどその晩は何事もなかったかのように終わって、ぼくは胸をなで下ろす。子どもたちとディズニーの『美女と野獣』を観て、携帯電話をマナーモードにするというさらに重要なことも忘れない。これでもう悩ましい電話にわずらわされる心配はない。それでも、その晩ぼくは一睡もせずにトイレにこもって、パオラに見られたらまずい架空のモローニ医師からのメールをすべて削除する。

　翌朝、シニョーラ・モローニに電話して、迷惑電話の理由を問いただす。旦那が予定外の仕事で出かけたから、夕食後に会えないかと思ったんだという。ぼくにも家庭があって、おそらく彼女よりも幸せな生活を送っているんだと言い聞かせて、自殺行為にも等しいこの関係にそろそろ終止符を打とうと思うと伝える。その晩、閉館時間の数分前になって、魅惑的な男たらしがタイト過ぎるスウェットスーツを着てジムに現れ、結局、ぼくたちはインストラクター専用のシャワールームで何度もセックスする羽目になる。ぼくは健康的な欲望を備えた男だ。けれどそれ以上に、みなさんもうわかったと思うけど、やはり救いようのないド阿呆なのだ。

　翌日、イザベラ・モローニは、前夜のことなどすっかり忘れてしまったかのような、おかしなメールを送ってくる。

「いつ会える？　会いたくてたまらない！　あなたなしじゃわたし生きていけないわ」

　ぼくは彼女のメールの文面がなんだか妙だってことは気にも留めずに、すっかり舞い上がっていそいそと返信し、巨大な落とし穴に真っ逆さまに落ちていく。ぼくたちは一日中、いちゃいちゃしたメールを送り合う。刺激的でふざけた、とりわけ赤面ものの露骨な内容だ。その夜、家に帰るとパオラが待ち構えている。リビングルームのど真ん中でギリシャ神話に出てくる三つの頭の地獄の番犬ケルベロスさながらに立ちはだかって、中に入ろうとする人間に今にも牙をむきそうだ。妻の顔を見た途端、ぼくは悟る。スクリーンにデカデカと字幕が映し出されたかのようだ。あんたは救いようのない大バカ者、と。

ぼくはどうやら妻の勘の良さを甘くみていたようだ。夕べの謎のドクター・モローニからの怪しい電話のあと、パオラはすぐに自らジムに電話して、このうえなく誠実で最高に頭の切れる受付スタッフから、ドクター・モローニという人物はいないがイザベラ・モローニという会員がいて、その上、「あらやだ、なんという偶然でしょう、他でもないルチオさんが彼女のパーソナルトレーナーじゃありませんか」、と教えられた。フェイスブックを通じた迅速な調査により、このイザベラは美人であるばかりでなく、とびきりセクシーなタイプだということが判明した。わかってる、わかってる。携帯電話には別の名前で登録しておけばよかった、いやそうすべきだったんだろうけど、時すでに遅し。しかも最低限の予防をした程度で、ぼくってなんて賢いんだろうといい気になっていたんだ。マキャベリも真っ青の権謀術数的な高校教師の妻は、その後どうしたかって？　彼女はぼくの携帯の電話帳にはいって、ドクター・モローニの番号を自分の番号に書きかえて、イザベラの番号をすべて削除した。自分の妻からメールが来るたびにドクター・モローニと表示されていたもんだから、こっちもその気になって返信して、荒れ狂う嘘の大海に頭から飛び込んで、底へ底へと沈んでいった。パオラが調査の各過程を説明するあいだ、ぼくは、その日に送ったメールについての弁解を必死にひねり出そうとする。その場しのぎのみえすいた言い訳を必死にでっちあげる。「イザベラ・モローニさんはジムのいいお客なんだけど、どうやらぼくに気があるみたいでね。ぼくはやんわりと、でもきっぱりと断ろうと思ってる。つまらないことで君に心配かけたくなかったんだよ、アモーレ・ミオ」

浅はかにも善人ぶって、裁判官の良心に訴えようとしたこの粗末な弁明は、十秒とたたずにあっさりと却下され、はやくもこの時点で、不倫の動かぬ証拠に完全に阻まれた。こうなったらもう洗いざらい白状して、法廷の慈悲に身を委ねることにする。

それは大いなる過ちだった。

法廷は炎上する。

状況は目も当てられないほど泥沼化する。要するに、あらゆる演出が盛り込まれた本格的な悲劇だ。家族や友人までもぼくらの結婚生活の破綻に巻き込まれ、特にウンベルトとコラードのふたりは、何ヶ月もぼくの火遊びに手を貸していたんじゃないかと疑いをかけられる。確かにコラードには下ネタ的なことまでぺらぺらとしゃべっていたが、パオラとも親しいウンベルトに対してはかなり用心していたつもりだ。やつには、ジムの顧客のひとりとキスしてしまったけど、それ以上のことは理性を働かせて我慢した、程度に留めておいた。誰よりも手厳しい非難の矢を放ってきたのは義父のオスカーだった。彼はパオラの目の前で十九世紀版騒擾取締法の法令を読み上げて、おまえは家庭の価値を侵害して我が娘の信頼を裏切ったのだと説教する。自分の娘がぼくに家を出ていくよう命じるのを横で聞きながら、オスカーはぼくに口をはさむ隙ひとつ与えず、眉ひとつ動かさず、威風堂々たる牡鹿のごとく立っている。

その晩、ぼくはコラードの部屋のソファーベッドで寝る。カオスのようなワンルームのアパートメントは、物やごみや食べ残しや汚れた洗濯物でしっちゃかめっちゃかだった。さしずめコンサート終了直後のウッドストックの原っぱだ。

翌朝、ぼくは義父の店の前まで来ると、中に入って一言くらい言い訳しようかと思ったけど、怖気づいて踵をかえす。と、そこへ、オスカーの威圧的な声がとどろいて、一瞬にしてぼくを引き留める。

初めの四語は聞き違えようがない。

「おまえ、は、負け犬、だ」

ぼくはふり返る。義父がローマ男っぷり全開で目の前に立っている。

「悪いことをした……、と思ってます……」なんとか弁解しようとしたが、たちまちさえぎられる。

「ルチオは負け犬だと、娘にも言っておいた」
これだけ言われれば、さすがに話の趣旨は伝わっている。
「はい、自分でも認めます……」
「なんでかって言うとな、浮気を白状するなんてのはみじめな負け犬のすることだから
だ！」驚いたことに、義父は吐き捨てるようにこう言う。「なにがあっても白状したりし
ちゃいかん。結婚の大原則その一だ。その他のことはほとんどどうでもよろし。愛人を一
度に三人囲ったたっていいし、妻の誕生日や結婚記念日を忘れたってどうってことない。そ
んなのはあとでどうとでもなる。だが、浮気を白状することだけはいかん。神父は結婚の
誓いにこの一項も加えなきゃなるまいな」
ぼくはてっきりまた、情け容赦のない叱責が飛んでくるとばかり思っていたのに、まさ
か男同士の連帯感を示されるなんて予想外だった。
「ルチオ、我が息子よ。遅かれ早かれ、世の男どもは一人残らず、一度は職場の簡易ベッ
ドか地下室の寝床で眠ることになるのが、世の常なんだ」
「お義父さんも、ですか？」とぼくは訊いた。
「おれも、だ。だが、詳しいことは訊くんじゃない。おれにも忘れたい過去ってものがあ
る」と言いつつ、義父は話したくてウズウズしている。「ウクライナから来た見習いパ
ティシエでな。あの子が二十四、おれは四十五だった。イタリア語は片言しか話せなかっ
たが、この目で直に確かめたくなるほど、立派なおっぱいをしとった。パイ生地作りや砂

糖のアイシングの腕は使い物にならんかったが、それ以外のことはなんでも上手だった」

オスカーがシュークリームを並べたトレイの間で片言の英語を駆使しながらウクライナ娘を口説こうとやっきになっている姿を想像して、ぼくはふき出してしまう。その間にも、義父は浮気におけるすべきことすべからざることに関する話を繰り広げる。「浮気は犯罪じゃない。遺伝子の転写エラーであり、太古の昔からの男性DNAの誤植なんだ。これぱっかりはどうしようもない。男っていうのは肉体型パソコンで、浮気をするようにプログラミングされている。個人差があるとすれば、それはチャンスがなかったか、そいつに魅力がなかったか、そんなことしている時間がなかったか、女性に貢げる金がなかったかのいずれかだ。いいか、おまえは自分のDNAの欠陥のせいで、友だちのアパートの簡易ベッドで寝る羽目になったんだ！　おそらくこの先一生な」

自分の経験談を打ち明けてくれたオスカーの同志愛には深く感謝する。だけど、夫婦関係が泥沼状態だったり、ぼくが家を追い出されたりしているわりに、パオラは離婚したいとまでは言っていないと、ぼくは義父に説明する。少なくとも、まだ。ところがそれから数時間後、妻はとうとうその二文字を口にし、ぼくに向かって、さっさと荷物をまとめて出て行って、金輪際、自分の前に現れるなと言い放つ。ぐうの音も出ない。そう言われても致し方ない。つまるところ、何もかも自業自得なのだ。

ひとつだけ訊きたいことがある。「子どもたちはどうするんだ?」

「それはまたこんど決めましょ。とりあえず、当分の間あなたは残業でジムに泊まっているって言っておくわ」

もっともらしい筋書だ。ああは言っているけど、これはきっと一時のおかんむりだろうし、ぼくはお世辞にも金持ちとは言えないし、コラードのところじゃ実際問題とてもやっていけそうにないから、とりあえずウンベルトのワンルーム・アパートメントに転がり込むことにする。だけど、どうやら獣医の友人は仕事を家に持ち帰るのを厭わない男だってことがわかる。一ダースの犬やら猫やらが、四二㎡の部屋の中でてんやわんやの大騒ぎをしているんだ。今のぼくにできるのは、パソコンを開いてジムからそう遠くない一つ星の小さな下宿屋を探しはじめることくらいだ。

そんな折、思いがけないところから助け舟がやってくる。それは当然バリケードの向こう側にいるはずの人物からだった。義理の父だ。


オスカーが菓子屋の作業所に寝泊まりしていいと言ってくれる。パオラもそのうち許すって言ってるからせめてそれまで、と義父は言うが、あの剣幕からしたら彼女にその気はなさそうだ。オスカーはパオラに内緒でぼくに寝床をくれるつもりなのだ。妻はぼくがトラステヴェレ界隈の、ありもしないとびきり格安の賄いつき下宿屋に泊まっていると思ってる。

そんなこんなで、とりあえずはそこに落ち着くことにする。ダッフル・バッグを部屋の隅に押しやって、スリランカ人の助手がクロワッサンを焼き、ドーナツにクリームを詰め、ケーキのデコレーションをしているそばで、なんとか眠ろうと必死になる。朝、ぼくはくしゃくしゃで油まみれになって目覚める。毎日、どこか別の、もう少し人間の住処らしいところを見つけようと心に誓うけど、まだここに残って、さくさくのパイの載ったトレイやさらさらの小麦粉の袋の間で寝ている。ひとつには職場のジムからほど近いというのがその理由で、もうひとつには、オスカーがぼくを実の息子のように思って接してくれるからだ。ロレンツォとエヴァに会えるのは、平日の数晩と土曜の午後だけだから、早いところ状況がおさまってくれるといいと思っていた。

そういうわけで、それはフリッツという新しい友だちに出会うには、泣きっ面にハチ的ななんとも絶妙なタイミングだった。

わが友、フリッツ

実を言うと、不調の兆しはイザベラ・モローニとの情事がはじまる一年ほどまえからあったんだけど、ぼくはそれを完全にみくびっていた。初めてフリッツがぼくのドアの呼び鈴を派手に鳴らしたときのことを、今でもはっきりと覚えている。その日の午後、ぼくはプールで選手たちに戦術を教えていた。水球っていうのは過酷で男性的なスポーツなんだけど、我がチームのやわなもやしっ子たちの写真を見てもらえればわかるとおり、コーチの仕事はあんまり報われていない。前にも言ったけど、ぼくたちはランキングの真ん中よりちょっと下あたりをうろちょろしている。ゴールキーパーのアレッシオは、本名よりニックネームの落球《バターフィンガー》くんで知られているくらいで、まぐれですらシュートを止めたためしがないし、ストライカーでディフェンダーのマルティノは、動きは素早いが寄り目ときてる。アシスタントコーチのジャコモは三十歳の自閉症で、水球史上の全試合を暗記しているが、へボチームの成績を上げるのには大した役には立たない。それでも彼は子どもたちから慕われているし、〈まっすぐ撃てないギャングたち〉に見事に溶け込んでいる。このチーム名は比喩なんかじゃなくて、本当に〈まっすぐ撃てないギャングども〉という名前なんだ。名は体を表すとはよく言ったもんだ。

はじめて胃のあたりに刺すような痛みを覚えたのは、水中でバターフィンガーに、選手が一人少ない場合のキーパーのポジショニングを教えようとしていた時だった。ネットに向かってシュートした瞬間、体に激痛が走った。このときは単なる一過性の痛みで、筋肉の痙攣か軽いヘルニアかなにかだろうと片づけ、その後何ヶ月も忘れていた。生まれてこの方、ほとんど病気らしい病気をしたことがなかったぼくは、まさかこれが何か重篤な症状だとは夢にも思わなかった。

「重篤な症状」なんて言葉を、人生のうちで何回くらい聞いたことがあるだろう？

そのうち体調はどんどん悪くなっていって、はじめは時々感じる程度だった痛みが、ひっきりなしの痛みに変わり、もう以前のようには泳げなくなる。鎮痛剤と抗炎症剤をたらふく飲んで、これは単に腹筋の（あるいは他のどこでもいい）うっとうしい痙攣が続いているだけなんだと自分に言いきかせる。パオラにこのことを話すと、すぐに腹部超音波の検査を受けろと言われたけど、この程度の痛みならぼくの栄光のアスリート時代にはよくあることだったし、休んでいればそのうち治るだろうと言って、ろくに取り合わなかった。正直言って、シニョーラ・モローニとの情事はとても安静と言えるようなものじゃなかったが、セックスの最中なら我慢できる程度の痛みだった。この時すぐに腹部超音波検査を受けなかったことを、映画『スライディング・ドア』のワンシーンみたいにあとからよく思いかえす。
もし、パオラの言うことを聞いていたらどうなっていただろう？
あと十年二十年、いや三十年は生きられただろうか？
それとも、病院の入り口でバスにひかれて即死したりして？
ぼくの個人的なスライディング・ドアはその日、目の前で閉じた。
ただ、その時にはそうとは気づかなかった。

ぼくは徐々に、これは筋肉の問題というよりおそらく陰湿な軽いヘルニアだろうと自己暗示をかけるようになる。簡単な手術をすればすべて解決するだろうけど、それでも、ある朝起きたら突然ぴかぴかの健康体になっているほうに望みをかけて、もうすこし様子をみることにする。その間にも、症状はどんどん増えていく。以前よりずっと疲れやすくなり、ある日の午後には嘔吐し、またある時にはうっとうしい微熱が何週間も続く。そのたびに、「最近ストレスがたまっているから」とか、「昨晩食べたものがいけなかった」とか、「昨日プールで冷えたんだ」とか、「三七度二分なんて熱のうちに入らない」とか言って理屈をこねる。それでもまだ、それがぼくの命をつけ狙う敵からの警告だとは思いもしなかった。
そして数ヶ月が過ぎ、その間にご存知のとおり家庭生活は崩壊し、挙句の果てに菓子屋の作業部屋で寝起きするありさまとなる。三月初めの雨の夜、オスカーがチョコレートマフィンを並べた大きな天板をオーブンに入れるのを手伝おうとした時、いきなりいつにも増した強烈な痛みの一撃に襲われ、ぼくはたまらずうずくまった。天板を床に落として大声をあげる。おどろいたオスカーとスリランカ人のアシスタントが二人でぼくを支え、おろおろしながら椅子に座らせる。ぼくは彼らに、忌々しいヘルニアにかれこれ八ヶ月も悩まされてて、この手の痛みはこれまでも頻繁にあったけど、なんとかやってきたから心配はいらないと話す。それにしてもちょっと長すぎるけど。

「専門医に診てもらえ」とオスカーが言う。

「ありがとう、義父さん。でも大丈夫。二、三週間もすればよくなると思う」

「今のは助言じゃない」義父がきっぱりと言う。「命令だ、『専門医に診てもらえ』。潰瘍ってこともあり得る。うちのお客さんの中に潰瘍で死んだ人がいるぞ。笑いごとじゃない。ある日ここに座ってロールケーキを食べながらASローマの最新の勝ち試合についてしゃべっていたと思ったら、翌日には地下二メートルの墓の中だったんだから」

この言葉で船は撃沈した。オスカーの話はいつだって単刀直入で明快だ。「死」という言葉に冷水を浴びせられたような思いがして、自分でも潰瘍に違いないと思って、はじめて病院に行く気になる。そこでぼくはウンベルトのところに行く。獣医だけど医者には違いない。

ウンベルトの診療所の待合室は満員だった。まわりにはいろんな人が座っている。ペルシャ猫を入れたケージを膝にのせた小柄な猫ばあさん、母親とカメレオンを連れた十三歳くらいの男の子、飼い主にそっくりの鼻持ちならないコリー犬と一緒の厳めしい五十代の男性、タトゥーを入れた三十代前半の若くてきれいな女性は、中身のわからない謎めいたバスケットを隣の席に置いている。

猫婦人は不思議そうな顔でぼくを見ているが、やがて好奇心に抗えなかったらしく、こう尋ねてくる。「おたくは何の動物をお連れでいらっしゃるの？」

「マダニです」ぼくはさわやかな笑顔で答える。

ぼくが冗談を言っているのかそれとも本気なのか、婦人は判断がつきかねるようだ。いずれにせよ、彼女はひとつ隣の席に移る。

ぼくは最後に診察室に呼ばれる。真っ先にタトゥー女子のかごの中身をウンベルトに確かめる。

「にしきへビ。最近の流行だ」ウンベルトはサラッと言う。そしてぼくの突然の訪問の訳を訊く。診察目的でやつのクリニックに来たのはこれが初めてだ。

ぼくは八ヶ月ほど前から続いている腹痛について打ち明ける。病院にはもうずいぶん長いこと行っていない。パオラもかかりつけにしている保険医に診てもらえば、むやみに妻を心配させることになりそうで、できるだけ行きたくはない。保険医はパオラの友人でもあるから、きっとそのことを彼女に話すだろう。おそらく潰瘍だと思う、とウンベルトに説明する。

友はぼくに仰むけに寝るように言って、熟練した手つきで胃のあたりを触診する。鋭く刺すような痛みが走る。ウンベルトの表情が少し曇ったのがわかる。

「痛むのはここか?」

顔をゆがめたのがぼくの答えだ。

ぼくが服を着るとウンベルトが説明する。彼の診たてではヘルニアでも肋間筋肉痛でも、ましてや潰瘍でもないという。

「小さな塊がある」とウンベルトは言う。「肝臓と胃の間だけど、触診だけじゃなんとも言えない。脂肪腫かもしれない。わかりやすく言えば、変則的な良性の脂肪の塊だな。すぐに腹部超音波検査の予約をしたほうがいい。最近のあの手の機器なら、あっという間に正確な診断ができるから」

「確かにパオラも、何ヶ月か前に同じような検査をしろって言ってた」

「つまり彼女の判断は正しかったわけだ。それこそいつものようにな」

ウンベルトは医者や高校教師の専売特許とでもいう風に、しばしばぼくを叱る。やつの言うとおりだ。妻の言うことをちゃんと聞いて、例のスライドドアを閉めるんじゃなかった。

「血液検査もしてみよう。まぁ、おそらくなんでもないとは思うけど」ウンベルトはこう話をしめくくる。「おまえは酒もほとんど飲まないし、たばこも吸わない。なんたって元プロアスリートなんだから!」

ぼくを不安にさせないように、ウンベルトが気を使っているのが手に取るようにわかる。やつの笑顔がほんの少し気に障る。

つまらない途中経過は飛ばして、それから二日後に専門病院で受けた腹部の超音波検査の結果がでた。結果の説明をしてくれる腫瘍専門医を待つ間に結果用紙を読んで、すぐさまスマホでウィキペディアの解説を仰ぐ。ぼくは「検査結果は以下のとおり……」という文の後に太字で書かれた二語を検索する。その二語は「……肝細胞、悪性腫瘍」だ。

ウィキペディアはいつもながら手際がいい。

悪性腫瘍とは、悪い腫瘍という意味。

腫瘍。悪性。

ひとつでも十分気が滅入る言葉がふたつも並ぶ。

一方、肝細胞はというと、肝臓を組織する細胞のことだ。

肝臓か。

上等だ。

生まれたばかりの赤ん坊だって、肝臓の腫瘍が一番危険だってことくらい知っている。

二行下には、侵入者のサイズ。

長さ六センチ。

長さ六センチ、直径七ミリの肝細胞悪性腫瘍を、居心地のいいぼくの腹のなかでゲストとしてずっともてなしてきたわけだ。

フライドポテトの長さくらいだ。

生まれたばかりの赤ん坊だって、フライドポテトは体に良くないってことくらい知っている。

ぼくの肝臓に六センチの腫瘍がある。血液検査からも腫瘍マーカーの数値が恐ろしく高いことがわかり、体内に居すわる招かれざる客の存在をはっきりと示している。何かの間違いじゃないかという可能性はゼロに等しい。

検査結果を説明してくれるはずの医師を待つまでもない。ぼくは病院をあとにして、街に出た。

肝臓に六センチの腫瘍があるのだ。

あてどもなく歩きまわる。

肝臓に六センチの腫瘍。

頭にこびりついたマントラのように、この言葉を何度も繰りかえしつぶやく。

肝臓に六センチの腫瘍。

止めたくても止められない。

肝臓に六センチの腫瘍……肝臓に六センチの腫瘍……肝臓に六センチの腫瘍……肝臓に六センチの腫瘍……肝臓に六センチの腫瘍……。

『シャイニング』のジャック・ニコルソンの物まねを数秒間中断して、ようやく頭がわずかに働くようになる。ぼくは「ところで、肝臓の腫瘍で六センチってそんなに重症なのか？」と自問してみる。

ぼくの超音波検査をしながら眉間にしわを寄せていた腫瘍専門医に言わせると、腫瘍としても相当立派な大きさらしい。すくすく成長した血気盛んな凛々しい腫瘍ということだ。まず最初に医師が指示、いや命令したのは、徹底的な上半身CTスキャンを受けることだった。

ぼくはその検査を予約し、検査日までの間、夜通しネットサーフィンをする。ずっと忌嫌っていたことに戻る。勉強だ。食べることも、飲むことも、寝ることも、何もする気が起きない。唯一やりたいのは「腫瘍」、「肝臓」、「治療法」なんかの単語をひたすらググることだけだ。

それから数時間のうちに、ぼくは悪性腫瘍に関する世界的生き字引になる。最初に腫瘍の塊の摘出手術をしたのは古代エジプトの科学者、イムホテップだったことまで調べ上げる。いわばナイル川流域のレオナルド・ダ・ヴィンチのようなこの博識家は、不朽のピラミッドを設計し、西洋医学を確立し、ついには医術の神と崇め奉られるまでになった。当時、彼の患者のほとんどは、麻酔なしで手術を行われたせいで手術中に死亡したか、さもなくば手術直後に出血多量で死んだかのどっちかだった。その後の医学史四千年分はとばして、我が友フリッツの最新の研究に焦点をあてることにする。

「肝細胞がんは、原発性肝臓腫瘍の中でももっとも一般的なタイプである」という内容のウェブページを読む。

ぼくの場合、病気ですら独創性には乏しかった。

「肝細胞内で増殖し、正常な細胞を破壊する」

でかした。

「腫瘍細胞が増殖し続けた結果、悪性腫瘍となる」

あっぱれだ。

「初期段階では顕著な症状は見られず、所見を認めるのは非常に困難である」

なんとおバカな。

「腫瘍が一定の大きさになると、腹痛、腸内ガス、体重減少、吐き気、嘔吐、疲労、肌や白目が薄く黄色を帯びるなど、さまざまな症状が表面化する」

すべての症状に当てはまる。

「このタイプの腫瘍は主に男性にできることが多い。腫瘍の性質やステージによってさまざまな治療法が用いられる。手術や肝臓移植は、腫瘍が小さく、肝臓内に留まっている場合のみ可能である。腫瘍が広範囲に広がり、進行している場合には、化学療法および放射線療法などの延命措置が考えられるが、完治は不可能である」

完治は不可能。

その言葉がパヴァロッティの〝ハイC〟のごとく菓子屋の作業所に響き渡る。ぼくはノートパソコンの前に座って、画面を見つめながらフリーズする。

完治は不可能。

完……治……は……不……可……能。

この検索結果には、曖昧さの割り込むスキがない。

イムホテップの時代から何も変わっていない。

ぼくは、死ぬのか。

この動詞は、子どもの頃から今の今までずっと未来形で使ってきた。人はみな誰でも死ぬ。ただぼくは、予想より少しばかり早く死ぬことになる。

望んでいたより少し早く。

みんなと同じだけ時間があると思っていた人生よりも少し短い。

ぼくは少しばかり早く死ぬ、以上。


パオラにはまだ何も話していない。合わせる顔がないというのもあるし、彼女が電話に出てくれないというのもあるけど、主には自分でもまだ信じられないからだ。信じたくないし、本当に信じられない。

三銃士の他の二人と朝食を食べにいき、ウンベルトとコラードにこのことを伝える。場所は高校生の頃から行きつけの小さなカフェで、内装もメニューも当時のままだ。一九七九年からカウンターの上にあるガラスケースの中には、干からび気味なのに自分ではフワフワなつもりでいる、前むき思考のブリオッシュまでまだある。

やたらと面倒くさい朝食になりそうだ。思いっきり面倒くさい。

誰かに『親友から朝食の席で肝臓がんだと打ち明けられた時の対処法』というタイトル

のガイドブックを緊急出版して欲しいくらいだ。考え得る何十億通りもの会話例のなかで、これほど難しいものはない。一番の問題はどうやって適切な口調を設定するかという点だ。

例えば、だめな会話例

「みんな、ぼく肝臓がんなんだ」

「マジで？　伯父さんが去年、同じ病気だった……」

「それで、今どうしてる？」

「あぁ、死んだ！」

間抜けな会話例

「みんな、ぼく肝臓がんなんだ」

「なーんだ。もっと悪いことを想像してた！」

「もっと悪いことだって？　これ以上悪いことなんてあるのか？」

「そうだな、例えば……、うーんと……、あっそうだ。半身不随はもっと悪いんじゃないか？」

「ありがとよ。おかげで気分がよくなった」

バツの悪い会話例

「ぼく肝臓がんなんだ」

「うそ、マジかよ！　おまえはいつだって大好きな三銃士の仲間だったのに！」

「なんで過去形なんだ？」

励ましの会話例
「ぼく肝臓がんなんだ」

「心配するな、おまえは強い男だ。そんなものぶちのめしてやれ！」

「でも、もしぶちのめせなかったら？」

「先のことはクヨクヨ考えないほうがいい」


現時点では励ましの会話例が採用になって、ぼくたちの涙はあふれだし、その後三十分近く三人で号泣する。

ぼくはこの張りつめた空気をやわらげようと、病気のことを皮肉って話す。肝臓に住みついているちっちゃなフライドポテトのニックネームを思いついたのはこの時だった。〝わが友フリッツ〟とあだ名をつけるが、それはイタリア語で善人ズラした友だちの名前をあからさまに口にできないときに使う、一種の隠語だ。その瞬間から、「がん」という言葉はぼくの辞書から削除される。

アトスとアラミスに、その日の午後にＣＴスキャンを予約してあることや、ぼくと同じタイプの病気でもさらに四、五年は生きた人たちもいると話す。ぼくは今じゃ肝細胞悪性腫瘍のことなら何でも知っている。この病気のエキスパートだ。

二人ともひどく動揺して、まともに言葉が出てこないみたいだ。気持ちはよくわかる。結局ぼくたちはテーブルサッカーをすることにして、ぼくは十四歳になるあばた面のバリスタの息子とペアを組んで、病気についてはそれ以上何も話さない。それでもフリッツはわれわれのそばにぴったりと張りついてゲームを見守り、片時もぼくから目を離すことはない。少年は驚くべき名キーパーぶりを発揮し、我がチームが六―四で勝利する。

その日の午後、ずっと先延ばしにしていたコンピューター体軸断層撮影をようやく受ける。やけに長ったらしい名前の機器から出る光線の束が、ぼくの胴体を個別包装されたクラフトチーズみたいに一枚一枚薄くスライスして、精密に調べる。

結果は〝戦争〟の次に世界でもっとも醜い言葉だ。

事実上に死と同義語。

つまり、転移。

転移したがん細胞で肺が蝕まれているのだ。

そういえば、どこかのページで読んだ覚えがある。「肝臓がんが初めに転移するのは、主に肺であることが多い」

まさに医学書どおりの展開が、ぼくの体内で繰り広げられている。

あとどのくらい？

問題は、あとどのくらいかということだ。

ぼくにはどれだけの時間が残されているのだろう？

このことですでに頭が一杯にもかかわらず、実はもうひとつ、ずっと差し迫っているであろう問題がある。病気のことをパオラにどうやって話そうか？　何て言えばいいんだろう？　こっちの方はイメージすらわかない。自分事じゃないような、何か奇妙な感じがするんだ。目を閉じて、ぼくが病気のことを打ちあけたら彼女がどんな顔をするか、どんな表情、まなざしをするか想像してみる。どうもうまくいかないから、しばらく放っておくことにする。

すると、また別の問題があれこれと浮上してくる。

その中でも一番の不安は――どんなふうに？

どんなふうに死ぬのだろう？

その時が来たことは自分でわかるのだろうか？

痛むのだろうか？

苦悶するのだろうか？

そのとき初めて、〝苦悶〟という言葉は、〝死〟という不吉な言葉よりもずっと不快に感じるのだと知る。どうしてぼくの身の上にこんな悪夢みたいなことが起こるのかわからないけど、自分にはあとどのくらいの時間が残されているのか知る必要があることだけはわかる。

再度、担当医の予約をとる。今ではこの医師に対して、子どもじみた憎悪を感じている。ぼくが海辺で遊んでいたビーチボールを、いきなり彼がバンッと叩いて破いてしまったような感覚。それと同時に、余命を確かめることをズルズルと先延ばしにしないと決める。もうこれ以上、自分の中に留めておくことはできない。パオラに話さなくては。「学校の近くで会えないかな」ぼくは妻に電話をかけ、さりげなく落ち着いた口調で尋ねる。「話したいことがある」

パオラが車を停める。ぼくの方を見ようとはしない。彼女がバッグを取り上げ、オートロックボタンを押すのを見守る。薄いブルーのワンピースがハイライトのブロンドと瞳のグリーンによく映える。彼女がきっぱりとした大きな足取りでこちらに向かってくるのを、まるで初めて出会う人のように眺める。ぼくも彼女のそばまで行く。パオラは生き生きとして美しく、ぼくは刺すような痛みを覚える。何て言えばいいんだ？　どう話せばうまく伝わる？　結局、余計な演出はやめて単刀直入に切りだすことにする。故障中の街灯の下に停めた、彼女のルノー・トゥインゴのそばにふたりで立っている。街灯がついたり消えたりする中、ぼくは勇気をふりしぼって口を開く。

「肝臓がんだって」一息おいて続ける。「肺にも転移している」

はじめパオラは目を細めて、ただじっとぼくを見る。その表情をどう解釈していいのかわからない。ぼくが冗談でも言っているのか、それともただ許してもらいたいがためにそんなことを言い出したのか、だとしても自分はまだとてもそんな気になれないのに、とでも思っているようだ。真剣な面持ちで彼女を見返しているぼくのことをパオラも見る。ぼくが芝居なんかできないことは彼女もよく知っている。家族の中でそんな才能がある者がいるとすれば、それはパオラだ。ついに彼女は長いため息をつく。ぼくの話を信じることにしたらしい。「昔、あなたが連れていってくれた占い師のこと覚えてる？　まったくインチキだったわね。末永く幸せな結婚生活が送れますよ、だなんて」

ぼくは顔をゆがめる。まったく、思いもよらないところで過去がよみがえってくるものだ。

「いつわかったの？」

これまでの経緯を手短に説明する。「十日前。検査という検査はすべてやった。残念ながら、何かの間違いっていう可能性はゼロだ」

ぼくが妻に選んだ女戦士はそれを聞くと、今すぐに自分ができる役割を果敢に果たそうとする。ひとまずほこを収めて、一緒に担当医に会いに行ってくれると言うのだ。彼女の態度は仲直りをするとかすべてを水に流すというようなものじゃないけど、ぼくはものすごく前向きな気持ちになる。それは同情なのか、恐れなのか、あるいは何か他のありえないくらいネガティブな感情によるものなのかはわからない。パオラは顔に憐れみの色を浮かべ、帰ってきていいわよと言うと、その色はさらに濃くなる。ぼくはためらう。こんな形で家族のもとに帰りたくはなかった。ぼくの思惑が通じたのか、ただし例のことはこれっぽっちも忘れてないから「誤解しないでよね」と釘を刺される。帰ってきていいと言ったわけは単にぼくが病気だからだと、パオラは言葉少なに伝える。家に帰れはするものの、案の定、もとの鞘に収まるというわけじゃない。

忌々しい担当医が一縷の望みをぶちっと断ち切る間、パオラはぼくの手を握ってくれる。医師はCTスキャンの画像と血液検査の結果を見ながら、宣告を下す。「シニョール・バッティスティーニ、あなたの腫瘍はもっとも進行の速いタイプということに加えて、残念ながら発見した時にはすでに末期でした。血中の腫瘍マーカーは非常に高い数値を示しています。これがその値で、ヒト絨毛性ゴナドトロピン腫瘍マーカー血液検査の結果です」

この時、パオラの「だから、言わんこっちゃない」的視線が千本ものナイフのように突き刺さる。

「CTスキャンの結果から、肺にも非常に広範囲な転移が認められます」

ぼくはだんだんとイラついてくる。「それはわかっています。……とりあえず要点を教えてください」

「仮に状況が違っていれば、肝臓のほうの原発巣を手術で摘出するという方法もお勧めできたのですが、バッティスティーニさんの状態ですと、それも一時しのぎに過ぎないでしょう。肝臓移植も同様です。移植手術の成功率は極めて低いうえに、手術待ちの患者さんが大勢いますし、さらにあなたの場合、転移が広範囲に及んでいて完全に手遅れです。率直な言い方ですみません。ですがこの点に関してははっきりさせておくことが重要かと思いまして。バッティスティーニさんに有効と思われる治療法は、もはやありません」

診察室が静まりかえる。パオラを見ると、目を開けていられるだけの力を失くしている。ぼくは喉まで出かかっている質問がなかなか言い出せず、十分もの間押しつぶされそうになるが、なんとか切りだす。

「あとどのくらいですか？」

「難しい質問ですね、シニョール・バッティスティーニ……」

くされ医師はためらう。くそったれ、これも仕事のうちだろうが！　人生の灯が消えるまでに、あとどのくらいの時間が残っているのかと訊いてるんだ。

「どのくらい？」

「それは今後の様子次第で……」

「どのくらいだ!!!」

「四、五ヶ月ほどかと」医師は特定する。「肝臓がどれだけ持ちこたえられるかによります。それと、どんな治療を選択するかにも」

あたりから音が消える。

「ただ、いろいろなケースがあることも事実です」医師が続ける。「五年間生存した患者さんもいるのです」

「いるというのは、何人くらい？」

「そうですね……、かなり少数です」

かなり少数。かなり励みになる数だ。

ぼくは二つ目の質問をする。

「あとどのくらい、健康体でいられるんでしょうか？」

「健康体とはどういう意味です？　あなたはすでに病人ですよ」

「何を言いたいか、よくわかっているはずでしょう。あとどのくらい普通に生活できるかっていうことです」

「それも場合によりけりで……」

「おおよそでいいから！」ぼくは語気を荒げ、たたみかける。

「三ヶ月と、少しでしょうか。やがて鎮痛剤を使わなくてはならなくなるにつれ、昏睡状態が続き、その後、終末期にはいります」

あと三ヶ月と少しの人生。人間らしく生きられるのがそのくらいということだ。多かれ少なかれ。

「一〇〇日」ぼくは小声で言う。

「はい？」

「余命、一〇〇日」

「さっきも言ったとおり、それよりは多少長いかと、もし――」

医師の言葉なんかもう耳に入らない。一〇〇日。この数字が心の中にこだまする。

パオラが口をはさむ。

「何か延命処置はできないんでしょうか？　なんでもいいですから」

「化学療法ならがん細胞の増殖を抑えるのには有効です」と医師は言う。「しかし、日常生活がまったくままならなくなるほどの無数の副作用があります」

ぼくはいまだ進行中の診察に、意識をもどして質問する。

「例えばどんなものが？」

化学療法によって脱毛、吐き気、嘔吐、極度の疲労なんかが起こることはぼくもよく知っている。誰もがドキュメンタリー番組や映画なんかで見たことがあるだろう。そしてほとんど誰もが、じいちゃんやばあちゃん、あるいはおじさんやおばさんがゆっくりと死に向かっていくところに立ち会うといった間接的な経験があるはずだ。けれど実際はそんな生易しいもんじゃない。

「化学療法というのはですね、バッティスティーニさん。決して万能な武器というわけではないのです。健康な細胞まで攻撃してしまうのですから。実際には目ざす敵を殺すために体内に毒を注入するわけで、その上、目的を果たす過程で無差別の大量殺りくが行われるのです。副作用はすでにご存知のもの以外にもたくさんあります。無気力感、消化不良、食欲不振、味覚の変化、発熱、咳、のどの痛み、頭痛、筋肉痛、神経の苛立ち、聴覚の低下、性欲減退、生殖機能不全など」

へぇ、それっぽっち？

何もしなければ、ぼくは数ヶ月のうちに死ぬだろう。最後の数日間は有難い鎮痛剤のおかげで苦しむこともない。がんの標準治療といわれるものを受けても死ぬことに変わりないだろうけど、おそらく多少は生き永らえる。ただ同時に、ぼくはぼくでなくなってしまうだろう。ぼくはもうルチオ・バッティスティーニじゃなくなってしまい、体重一〇〇キロのただの幽霊となって、茫然自失でぐったりとソファーに横たわり、ただひたすらテレビのチャンネルを追っかけているだけだろう。

担当医は一回目の化学療法を受ける気があるかと尋ねる。ぼくは何も言えない。ただただ本当に、何もわからない。

診察室のドアの外でパオラにさよならのハグをして、身の回りの荷物をとりに菓子屋の作業所へむかう。家に帰ればまた妻に会え、子どもたちとも一緒に夕食を食べられる。

ロレンツォとエヴァ。

二人の名前を思い出しただけで泣きそうになる。

考えないようにしよう。特に今は。

義父は診察の結果報告を聞きながら、座ったまま無言。ぼくはかいつまんで説明する。ぼくの余命は一〇〇日。数日間長いか、数日間短いかだ。そのあと、医師が言うところの〝終末期〟がはじまるが、いったいそれがどんなものなのかは考えたくもない。

オスカーの問いは実に的を射ていて胸をつかれる。「その一〇〇日間を、おまえさんはどう過ごしたいんだ？」

またしてもぼくは答えられない。

一〇〇日間。

休暇にしてはずいぶんと長い。

一〇〇日間もの休暇をとれる恵まれた人間なんてそうはいない。

残念ながら、これは休暇の話じゃない。

一〇〇日間。

考えたこともなかった。

普通、誰も考えないだろう。

余命わずか一〇〇日だったとしたら、あなたは何をする？

長い沈黙。

質問を繰り返そう。

余命わずか一〇〇日だったとしたら、あなたは何をする？

じゃあ、いくつか提案をしてみよう。

翌朝も起きて、仕事や学校へ行く。

残り時間の一分一秒を惜しんで、愛しい人と愛を交わして過ごす。

家財道具をいっさい売り払って、南の島へ引っ越す。

あなたの信仰する神に祈る。

これまで信仰したことのない神に祈る。

息が続く限り叫ぶ。

その場に寝そべって永遠に天井を見つめながら、あれが崩れ落ちてきて自分を押しつぶしてくれたらいいのにと願う。


書き込みができるように空白のページを用意したから、あなたの答えを自由に書いてみてほしい。ぼくの気に障るんじゃないかって？　そんな心配は無用だ。

一〇〇

体内時計に朝四時に起こされる。

パオラは寝ている。夫婦の大きなベッドで一緒に寝かせてもらっているが、体のふれあいはなし。

一〇〇日。

最初に頭に浮かんだ数字。

一〇〇日。
二、三日多いか、二、三日少ないか。統計的な誤差。
かなりの日数だ。時間にして二四〇〇時間、そのうち約八〇〇時間を睡眠で無駄にすることになる。

八六四〇〇〇〇秒。八〇〇万だなんて、秒に換算するとやたら膨大な時間に思える。

だけど、一〇〇日のほうがずっと楽し気な響きがする。なんというかのんきで青春っぽい気分がする。

「高校の期末試験まであと一〇〇日」

なんと素晴らしい時間だったんだろう。あの頃、ぼくは謝肉祭《カルネヴァーレ》の仮装をして、小銭を恵んでもらうための切り込みを入れた靴の空き箱を抱えて街に繰り出していた（いうまでもなく仮装のテーマは決まって三銃士だ）。そのあとクラスみんなでピザの食べ放題を楽しんだのだけど、ピザ代は、かつては自分たちも仮装組だった、古き時代を懐かしむ太っ腹な通行人たちのおごりだった。

あれは未来への扉を開けるまでの一〇〇日だった。

一〇〇日。

机に向かって引き出しの奥をひっかき回し、罫線の入った古い学習ノートを見つける。表紙では、サッカーイタリア代表のキャプテン、ディノ・ゾフがワールドカップのトロフィーを頭上に掲げている。毒々しい色合いのイラストで、写真ですらない。一九八二年に手に入れたノートだ。代表選手全員のカードを集めた、ほとんど完全版ともいえるコレクションアルバムと交換したのだ。今思えば、割を食った交換だった気がしないでもない。ぼくは九歳だった。もったいなくてとても使えなかった。何年かしたらレアものとして価値がでるようなコレクターアイテムのつもりで、ずっと大事にしてきたノートだった。

表紙を開けて、手書きでページ番号を書き入れる。

一〇〇から〇まで。

最後にペンで字を書いたのはいつだったか思い出せない。今でも書き方を覚えているのは自分の署名くらいなもんだ。電話番号を紙にメモするなんて人はもういない。代わりに携帯電話に打ち込むのだ。ぼくは再び文盲になるくらいまで退化している。机の上にあった新聞から適当にみつけたフレーズをノートに書いてみる。ぼくの字は恥ずかしくなるほど下手で、まるで医師がカルテに殴り書きでもしたような楔形文字みたい。

日記でもつけてみようか。

やっぱり、やめておこうか。

だいたい、日記なんかつけてなんになる?

アンネ・フランクやブリジット・ジョーンズをのぞけば、読む価値のある日記なんてそうあるものじゃない。もしかしたら、人口統計上ではもっとも〝日記好きな年代〟に分類にされる十五歳の女の子たちが、ノートやホーリー・ホビー《訳注：アメリカ人絵本作家》のスケジュール帳にびっしりと書き込んだ、隠れた文学的傑作がどこかに山ほど埋もれているのかもしれないけれど。男性に比べて女性のほうが日記に興味があるらしい。なぜかはわからない。

ぼくはこれまで日記というものをつけたことがない。

紙の上にペン先を置いてみる。

手をとめて、考える。

よし、残された一〇〇日間でやりたいことをあげてみようか。

そう思った途端に書けなくなる。

典型的な物書きのスランプ、空白ページ症候群。

手の中のボールペンに目がとまる。濃紺色のビックボールペン。グリップつきの新モデルだ。

どうしても自分を抑えきれない。

ついググってしまう。

ボールペンを発明したのは誰か？

ボールペンは多くの国々で商品名の「ビロ」とも呼ばれているが、その名は発明者であるハンガリー人の編集者兼ジャーナリストのラズロ・ビロに由来していて、このビロ氏なる人物が一九三八年に発案したものだった。ある日ビロが、大勢の子どもたちが点々と水たまりのできた道端でボーリングをしているところを眺めているときに、ボールペンの仕組みが初めてひらめいたのだという。水たまりにはまったボールを路面の乾いた部分に転がすと、その後に濡れた線の跡が残った。その後、製品の耐久性、書き易さ、手頃な価格といったことから、わずか数年でビロあるいはボールペンは万年筆に取ってかわった。今日、ボールペンは自動車に次いで、古今を通じてまれにみるほどの、もっとも広く普及した発明と言っても差し支えないだろう。世界中のどこでも少なくとも一家に一本はあるはずだ。お世辞にも裕福とは言えなかったビロは、その特許権をアメリカン・パーカー商会に売り渡して、そしてご存知のとおり、商会にとってそれは間違いなく賢明な買い物だったと言える。

だけど、本当に本当は誰がボールペンを発明したのだろう？

ビロのひらめきよりも五百年ほど前に、世界で最初に発明したのはいったい誰だったのだろう？

答えは明白だ。驚くにはあたらない。考えるまでもない。

レオナルド・ダ・ヴィンチ。

ルネッサンス時代におけるトスカーナ地方のジャイロ・ギアルース《訳注：ディズニーのドナルド・ダックファミリーの一員で発明家》が空前絶後の発明をし損なうはずがない。考えてもみて欲しい。

世界で初めてボールペンの図案を描いた人物は、ヴィンチ村生まれのインテリ野郎だったことは間違いない。ダ・ヴィンチが描いたとされる巻き物の中の図面にあるのは、先端に向かって細くなっているシンプルな筒状のもので、筒の中には一連の溝が刻まれており、その溝の上をインクが伝い流れていき、先端の短い管をふさいだボールでせき止められて、文字や絵を描くことができるようになっている。

というわけで、残念ながらビロさん、あなたは二番手でした。


それはともかく、まずはこれからの一〇〇日間で最初にやりたいことを決める。

わが友フリッツを無視したいのだ。

ぼくは着替えをすませ、いつものように仕事場へむかう。パオラが起きてくるのも待たずに家を出てしまう。顔を合わせたところで、何と声をかけたらいいかわからない。妻の顔に浮かぶあの混乱と微かな恐怖を見たくない。義父の店の前まで来る。いつもより二、三時間早い。それでもいつもどおり、ぼくの朝のドーナツは揚げたてホカホカだ。店先に置かれたカフェテーブルに座って、あちこちの店のシャッターが開くのを見ている。こんな時間に来たのは初めてだ。朝六時の日常は八時のとは違う。皿の隣にとまったすずめだけがいつもと同じだ。やつがぼくを見る。鳥がイタリア語を話したら、きっとこんな風に訊いてきただろう。「今朝はまたずいぶんと早いな、何かあったのかい？」

そしてぼくは嘘をついてこう答える。「いいや、何にもない。そっちはどうだ？」

「ちょっと困ったことになってね。女房のやつが失業しちまったんだが、我が巣には腹をすかせたチビどもがまだ四羽もいるんだ。ドーナツをひとかけら恵んでもらうわけにはいかないだろうか？」

「どうぞ、どうぞ」

すずめはやや焦げ目のついた塊を、くちばしでつついて飲み込む。

「おつれあいはどんな仕事を？」ぼくは好奇心をそそられて尋ねる。

「プラーティに住む男やもめの元歯医者のつき添い婦だ。その男が朝の散歩をしていたテベレ川のほとりがお決まりの仕事場だった。ちょうどあんたとぼくみたいに朝メシを共にしていたんだ」

「それで？」

「ところが最近、その老人に十九歳のウクライナ娘のガールフレンドができてな、今じゃ朝食は二人で家で食べるようになった。それ以来、うちのはおまんまの食い上げってわけさ」

「そりゃあ大変だ……」

「ま、生きてりゃそういうこともあるよな。もうひとかけらもらってもいいかい？　チビどもに持って帰ってやりたいんだ」

「もちろん……」

すずめはいつもより大きめなかけらをくわえ、ぼくに感謝のまなざしをむけると飛び立って、優雅に角の先に消えていった。

ぼくはドーナツを食べ終わる。唇についた砂糖をなめとる。店内で忙しそうにしているオスカーに大声で別れを告げて、ジムにむかう。

ポケットの中にディノ・ゾフのノートが入っている。

まだ白紙のまま。

九九

すでに一日無駄にしてしまった。

どういうわけか、日数を正確に数えていると、ひどい無気力に落ち込まなくてすむ。実際それはただの数字上の話で、今のところ、〇日を過ぎたらどうなるのかなんてことはまったく想像もつかない。自分が死ぬところを思い浮かべられる人なんて、そうそういないだろう。それどころか、人間誰しもいつかは死ぬのだという事実すら受け入れようとしないものだ。自分だけは例外だと、みんな信じて疑わないのだ。

部屋を出て我が家のワゴン車に乗り込む。ぼくはこの車が嫌いだ。

車というのは、その人の人生のステージにかなり象徴的な形で一致しているところがある。初めは父親の車で運転を覚え（ぼくの場合はじいちゃんのルノー4で、いまだ他に類をみない名車だった）、次は少しスポーティーで、できれば四輪駆動の中古車を買い、ガールフレンドができたら、ロマンティックな週末旅行用にやや大きめな荷台のある乗り心地のいいコンパクトカーにし、結婚して子どもができたら、車の魅力という点ではもっとも劣るワゴン車に買いかえる。今のところぼくはこの段階まできているが、残念ながらこのあとの二段階を経験するまで生きてはいられないだろう。五十代になると中古のポルシェを買って、自分が二十歳の遊び人の放蕩息子にでもなったような大いなる勘違いを経験し、やがて六十代後半になったら、運転を習いたての頃に乗ったのと同じ車、ただし今度は高価なヴィンテージモデルを買い、心臓が口から飛び出すほどワクワクしながらハンドルを握るものの、パワステはないし、アクセルを踏めば牛が山道の長距離自動車レースを走っているようだし、ラジオもカーナビもエアコンもパワーウィンドウもないし、燃費は大型トラック並みだし、蒸気機関車みたいな煙をはき散らすし、シートのスプリングに至ってはでこぼこ道を走るたびに背骨を粉々にされるのがおちだろう。ひと走りした途端、その後永遠に修理工場行きになるのは必至。だけどありがたいことに、ぼくはこの自動車災害に遭わずにすみそうだ。なんだか今は、過去と未来のこと以外考えられそうもない。今はぼくにとってすっかり意味を持たなくなってしまった。だけど本当は存在しないのは過去と未来のほうで、今こそが唯一ぼくに残されたものなんだ。そうは言ってもこればかりはどうしようもなくて、ぼくの神経細胞は記憶と想像の間を横切って、いかれたピンボール台の中を転がる銀の玉みたいに、リズミカルに行ったり来たりしている。ぼくはできるだけ台を揺すったり動かしたりせずに、ただ銀の玉がさまように任せておく。脳に〝ティルト〟ランプがついたら、その場でゲームオーバーだ。人生のプールの中で自分の思いを自由にひょいひょい泳がせて、おもむくままに漂わせる。このところどうも頭がすっきりしない。脳腫瘍というわけでもないのに、思考が古ぼけたコンピューターみたいにクラッシュする。目を近づけたら、昔懐かしの爆弾マークがついたり消えたりしているのが見えたりして。〝システム・エラー〟。

目を覚ましたら、これまでのことはすべて青唐辛子が引き起こしたものすごくリアルでよくできた長い悪夢だったと思えればいいのにと、毎日考えるけど（だから夕食に青唐辛子を食べるのは非常に危険だ）、さすがにそんなわけはない。

ぼくは駐車スペースを念入りに確認してから車を停める。ここトラステヴェレでは、すでに駐車禁止の反則チケットを三枚も切られている。思うに、交通巡査はぼくに何か恨みでもあるのかもしれない。それから、いつもどおり菓子屋に立ち寄って、わが友フリッツのことには触れずに義父としばらくおしゃべりを楽しみ、愛しのドーナツを食べる。友人ならぬ友すずめは今日はずいぶん機嫌が良さそうだ。そのあとようやく、ぼくはジムに向けてぼちぼちとなじみの通勤路を行く。

歩道にできた割れ目や穴、道沿いに並んだ花壇の何から何までをぼくは知っている。どの家の犬が吠えているのか、どこの窓が開いていて怒鳴り合う声が聞こえてくるのか、通る前からわかっている。これからの九十九日でやりたいことを考えてみよう。思いつくのはひとつだけ、だけどものすごく重要なこと――パオラと仲直りする。

その場でディノ・ゾフノートを取りだす。まっさらなまま。ノートを開いてページをなでつける。そして最初の文字を書く。パオラと仲直りする。

〝パオラと仲直りする〟

すぐに、上から線を引っぱって書き直す。

パオラに許してもらう。

このほうがずっとしっくりくる。

ジムに着くと、ぼくが受け持つ朝の〝クラス〟の生徒たち、四十代前半の六人の三重顎ガールズに迎えられる。これは比喩でもなんでもなく、彼女たちは正真正銘に三重顎なので、ぼくが勝手に命名させてもらった。この六人のOLさんたちは、経済的には豊かでないにしても、肉体的には大いに豊かで、ぴちぴちでド派手なピンクのトレーニングウェアに身を押し込み、出勤前にぼくのこの名高い〝脚・腹・尻〟クラスを受けにジムに通ってきている。テレビに出てくるような有名なパーソナル・トレーナーを雇うことなどとうの昔にあきらめ、かわりに、おデブだけど愛想のいい元アスリートで手を打つことにしたらしい。それにここだけの話、ぼくのことをわりとセクシーだと思ってるらしい。時の流れに抗う三重顎ガールズたちの熱い闘志には頭が下がる。全身汗みどろになろうとも、決してあきらめない。驚愕するような成果は決して得られないが、一心不乱なその姿は称賛に値する。何人かに至っては、先生さえよければ……とあからさまに誘いをかけてくるが、その手のトラブルはもうこりごりだ。ぼくはミケランジェロばりの集中力で、彼女たちの尻の筋肉をいかに磨き上げるかに神経を研ぎ澄ます。ところが今朝、まさに文字どおり瞬きした瞬間にあることを悟った。この仕事はおそらくぼくのワゴン車よりも、およそ面白みがない。仕事から得られる唯一の愉しみは、月に一六〇〇ユーロの給料だけど、それ以外は、錆びついた関節や逃れられない重力と格闘する汗だくの背中を押し、ついぞ履行されないトレーニング計画書を作成し、炭水化物抜きダイエットとジム内のゴシップについてひたすらおしゃべりするだけの毎日。いわば、社会的貢献度および生産性の高い職業の典型的な一例だ。

ジムマネージャーのエルネスト・ベルッティのオフィスにむかう。日焼けサロンの常連でステロイド注射を常用するこの元ボディービルダーは、地球上の空間と酸素を無駄使いすることしか能のない男で、ぼくはそいつに、このゴージャスなレインボージムとの雇用契約を今月限りで終わりにするつもりだと伝える。彼は月三八ユーロ（税引き前）の賃上げを申し出て、必死でぼくを引きとめる。この男の他人の気持ちを読む能力にかけてはミジンコも脱帽だ。やつの二の腕の偽マオリ文様のタトゥーや、長髪の白髪頭（四十過ぎて脳天が壊滅的につるつるの男性は長髪を禁止する法案を提出したいものだ）、二十年前にすでに流行おくれだった、アイアン・メイデンのキツキツのティーシャツに目をやる。ぼくはずっとこの男が大嫌いだった。いまならこいつがどんな野郎かがよくわかる。体重一〇〇キロ超の典型的なローママフィア。近所でソフトドラッグなんかを売って、ポルタ・ポルテーゼからテベレ川の岸まで、都市部を縄張りにするけちなチンピラだ。今までぼくは、見ざる言わざる聞かざるを決め込んできた。だけど今日ばかりはどうにも抑えきれそうにない。

「で、あんたはこの穴倉みたいなところで働いてて楽しいか？」

やつにはぼくの言葉の意味が理解できない。

「つまりだ、子どもの頃、国語の時間に書かされた作文に、大人になったらモンテヴェルデの薄汚いジムの安ピカマネージャーになりたいですって書いたのかってことだよ」

やつはようやく、もしや自分はバカにされているのかもしれないと気づきはじめる。そこでぼくは追い打ちをかける。

「あんたは自分がコンメディア・デッラルテ《訳注：仮面を使用する即興演劇の一形態。十六世紀中頃にイタリア北部で生まれ、主に十六世紀頃から十八世紀頃にかけてヨーロッパで流行し、現在もなお各地で上演され続けている》のローマ版三文芝居に出てくるちんけな登場人物だってことがわからないのかい？」

この時点でぼくは、やつを完全に煙に巻いてしまったようだ。ついにじみ出てしまう教養のせいでやりすぎてしまった。なので、少々話の次元をさげる。

「あんたは三六五日、きっちきちの同じティーシャツを着て、髪の毛をポニーテイルになんぞしくさってるが、だいたいそれはＥＵの条例で大衆の美的感覚を害すものとして禁止されているはずで、おまけにあんたの話すイタリア語ときたら、お情けでクリエイティブとでも呼んでやるが、想像を絶する文法ミスだらけでまるで意味不明だし、その上クスリ漬けのせいで数年のうちにはインポ街道まっしぐらだろうし、果ては誰かに何かを聞かれても、答えるまでに日が暮れそうなほど時間がかかって、たいていみんなが聞き直さなくちゃならないほどのノロマ野郎なんだよ！」

「なにぃ？　おれがインポだと？」ぼくの雇い主は思わず叫んだ。「おまえ、何考えてんくが甘かった。

彼が理解できた言葉は〝インポ〟の一語だった。この男に侮辱が通じると思っていたぼだ？」

「やっぱりやめた」ぼくは言う。「やっぱり気が変わったよ。今月いっぱいなんて待っちゃいられない。じゃあ、みんなによろしく。これまでありがとな」

ぼくはあわや判定負けかと思われた最終ラウンドになって、いきなり敵をノックアウトしたボクサーの足取りで自分のロッカーにむかう。

支配人がぼくの背中に怒声を浴びせる。「負け犬め！　荷物をまとめてとっとと消え失せろ、このくそ野郎！」

なんと優美に洗練された解雇通告だろう。物事はとらえ方次第。ぼくに言わせれば、こっちから辞めてやったのだ。汗と塩素とクレゾールの混ざったこの悪臭にはこれ以上耐えられない。

時に、人は窮地に追いこまれると思いもよらぬ力が出るものだ。肩にジム用バッグをしょって歩いていくと、受付嬢から尊敬にも似たまなざしを初めて向けられる。今日のぼくは彼女のヒーローだ。ぼくは出ていき、彼女は依然、檻の中。いつか抜け出せるすべがみつかるといいけど。

駐車スペースに車をとりに行く。ぼくがあんまり早く戻ってきたもんだから、車が驚いている。ぼくは彼女に笑いかけ、洗車に連れて行ってやる。車にだってたまには息抜きが必要だ。洗車ブラシが回転している間、ノートに書いたフレーズを読み返す。

〝パオラに許してもらう〟

九八

ぼくは神を信じない。

どんな宗教のどんな神も。

宗教は嫌いだ。何の役にも立たないし、第一、何の生産性もない。どこの進化した社会が古代の迷信の奴隷になり下がろうっていうんだ。

ぼくは洗礼も聖体拝領も堅信も受けたけど、世間の慣例に従っただけで自分の望んだことじゃなかった。数年前には、洗礼の取り消しができないかどうか調べたこともあるくらいだ。取り消しの手続きは意外に簡単らしい。自分の意思表明を書面にして、それを初めてカトリックの聖餐式をした教区の教会に提出するだけだ。そして一度洗礼が取り消されたら、一連の秘跡がすべて自動的に無効になる。ただ、面倒くささが先だって、そこまではまだやっていない。

ぼくの人生にとって宗教は本当にどうでもいいものだった。少なくともこれまでは。でも今ならば、どんな種類のどんな宗教でも、たとえ低俗で怪しげな新興宗教でさえも、きっと何かの役に立つ。確かに信仰は人の心に寄り添ってくれるだろう。その点ではラブラドール犬といい勝負かもしれない。だけど、運命はぼくにその恩恵を授けてはくれなかった。そもそもぼくには信仰心ってものがない。といって無神論者というわけでもない。しいて言えば不可知論者で、辞書にあるとおり、経験的に立証も否定もできない問題は問わないことにしているだけだ。それは不確定要素だらけの方程式を解こうとするようなものだ。そういえば、旧知の仲のレオナルド・ダ・ヴィンチ君も不可知論者だったが、当時この言い方は、異教徒や異端者という言葉の代名詞みたいなものだった。ダ・ヴィンチは、うなる炎や怒れる暴徒に囲まれた例の恐ろしい火刑用の柱に縛りつけられたり、彼の神聖なる芸術への注文が途絶えて生計が立ちゆかなくなるなどという羽目にならないように、自分の意見を口にすることをできるだけつつしんだ。彼は全著作をつうじて、カトリック教会や聖職者、あるいは宗教全般に関して肯定的なことはほとんど書かなかった。ぼくには心強い同志がいるのだ。

ロレンツォとエヴァは相変わらず毎日学校に通っていて、夏休みまでまだ一ヶ月半もある。同じくパオラも、毎年四月の終わりのこの時期はたいていテンテコ舞いの忙しさで、生徒たちの留年か進級がかかった、最後の追い込みを目前にしている。

仕事を辞めたことをパオラにまだ打ち明けていない。そもそも会話がほとんどない。話すにしても今はまずい。あまりにタイミングが悪すぎる。夫婦の大きなベッドを共にしながらも、後悔や恨みつらみ、愛情、いら立ち、気まずさなどが入りまじった複雑な思いが、ふたりの胸の中でぐるぐるとトグロを巻いている。なかなかパオラとゆっくり話をするチャンスがない。最初の、そして今のところ唯一の生きる目的をどう叶えたらいいのやら、途方に暮れてしまう。

九七

上位チームと戦って負けてもどうってことはない。どうってことないし、驚くことでもない。だけど、ときおり喜びたくなるような負けがある。今日、我が〈まっすぐ撃てないギャングたち〉は、水面下の暗殺集団、脅威のリーグトップチーム〈レアル・トゥフェッロ〉に八対六で敗れた。試合終了のホイッスルが鳴る二分前まで六対六の同点を保ち、常に決勝戦進出を確実視されているようなチームを相手に真っ向勝負をしたのだ。まあ、結局、敵はファイナルまできっちり七日を残して、無敗のまま来シーズンでの自動昇格に向けて順調に駒を進めた。対するわれわれは、数チームが準々決勝を戦う、来シーズンのプレイオフになんとか食い込もうと必死だ。現在十二位のぼくたちにも、わずかな望みはある。この先も今日みたいな戦いぶりで、明日はないものと思って挑み続けなくちゃならない。

明日はないものと思って戦え。これは元センターディフェンダーで、俳優のバッド・スペンサーからあごひげをとったような顔のぼくの最初のコーチが、笑いと愛嬌のあるルカニアなまりでいつも言っていた言葉だ。

「いいか、みんな。最後の最後の瞬間まで勝負は終わってないぞ」

シンプルだが真実である。だけど、たとえば終了まで残り一分のところで五点差をつけられ、逆転するには奇跡でも起こすしかないっていうときには、この言葉がうらめしい。それでもスポーツにおいては、まさにその奇跡が起こるかもしれない。だけど普段の生活に当てはめてみると、そんなことはまずあり得ない。カトリック教会の懸命な宣伝と諸聖人たちの無節操な増加もむなしく、科学的に立証された奇跡というのはいまだかつてひとつもない。だったらここはひとつ、ぼくがその例外になるとするか。そして医学、宗教、魔術に関する教本に載るのだ。「奇跡などあり得ない。ただし、ルチオ・バッティスティーニなる男性が肝細胞悪性腫瘍と広範囲に肺転移した末期がんを実際に克服したケースをのぞいて」

ディノ・ゾフノートを取りだして、〝パオラに許してもらう〟に線をひっぱる。これもいつかは実現するつもり。でももう少しあとにする。今は、他にやらなくちゃいけない大事なことがある。

この状況に置かれた人間がしなくちゃいけないもっとも大事なこと。

ノートにこう書く。

〝あきらめない〟

九六

ぼくが気楽に話のできる医師はウンベルトくらいだ。場所は行きつけの小さなカフェ。支配的なムードは黒。話題は化学療法。賛否両論あるこのテーマに関していろいろと読んでみたけど、今後の治療法の決め手になるような情報はなかなかみつからないのだ。

「化学療法には」と、ウンベルトが切りだす。「医学上の禁忌をくつがえすほどのメリットはないというのがここ最近の定説だよ。さらにぼくの意見を言わせてもらえば、化学療法は体の免疫システムを医学用語でいうところの阻害、あるいは衰弱化させてしまうものだと思う。例えて言えば、足の親指にできたささくれをショットガンで吹き飛ばすようなものだ。ささくれは確かに取れるだろう。だけど足ごとごっそりなくなってしまう。ぼくは自分の患者には、というか患者の飼い主には決して化学療法はすすめない。犬であれ猫であれうさぎであれ、彼らのよく知る最愛のペットが、もとの姿のままではいられなくなるということだけは間違いないからだ。ソファーにぐったりと横たわったまま、食べることも駆けまわることもできなくなる。ただ息をしているだけで死んだも同然だ」

「そうはいっても、ぼくはまだそこまで悪くない。きっとやれるさ。体の他の部分は健康なんだから」ぼくはいつもの自分らしからぬきっぱりとした口調で言いかえす。

「自分では大丈夫だと思っているだろうけどな、ルチオ。実際、血液検査はしっちゃかめっちゃかだぞ。がんはすごい勢いで進行している」

「明日の午後、もう一度ＣＴの検査を受ける予定だ」

「二週間前に受けたばっかじゃないか！」

「あれはおそらく間違いだ」

「ＣＴの精密検査は何度も受けりゃいいってもんじゃない。あれだってエックス線なんだから。体にいいわけがない」

ぼくは助言に耳をふさぐ。頑固で自信過剰なぼくの脳みそは、この期に及んでも何もかもすべて間違いで、不注意による壮大な過失であることを期待している。「バッティスティーニさま、このたびの件に関しましては、私ども病院一同、心よりお詫び申し上げます。過去二ヶ月にわたって行いました検査はどれもこれもすべて間違いでした。実際にはあなたの身体は馬並みに頑健です。こちらはほんのお詫びのしるしですので、キャッシュで一〇〇〇万ユーロの入っておりますこのブリーフケースをどうかお収めください」

ウンベルトがしつこく迫る。「化学療法を受けたいのか、それとも別の治療法を試してみるか？　どうしたいんだ？」

「わかんない……」ぼくは不意の右フックでダウンしたボクサーみたいな声で答える。

がんの副次的初期症状は、どうやら脳機能の低下らしい。ウンベルトの言うことに答えたいのに、筋の通った話が思いつかない。

「おまえならどうする？」期待をこめてウンベルトに訊く。

「ぼくはおまえの友だちだ。患者が友だちだと医師は的確な指示ができない」

「そりゃそうだ、だったらもういい。で、おまえならどうする？」ぼくはしつこく食いさがる。誰かに決めてもらいたいのだ。

「じゃあ、明日のＣＴの検査結果を見てからにしよう。そのあとで腫瘍専門医に予約をとろう」

「腫瘍専門医ってのは、どうもいけ好かない」

「だろうな。だけどぼくができることといえば助言くらいだ。おまえの主治医にはなれないよ。わかってるだろ、ぼくは獣医で、しかも外来動物《エキゾチックアニマル》が専門だ」

「今晩の予定は？」やつの話を無視して、ぼくは尋ねる。

「プラーティから来た歯医者と出かけることになってる。二度目のデートさ」

「ベッドにはもう連れこんだのか？」

「まだだ、今夜あたりを狙ってる」

「キャンセルしろ。ベッドの歯医者は退屈だぞ。コラードも誘ってピザでも食いに行こう」

ぼくが有無を言わせぬ厳命を下すと、ウンベルトはいつものように折れる。

「がっかりさせるようで悪いが、今夜コラードは東京だ。帰りはあさって。やつ抜きでもいいなら行ってもいいけど」

　ぼくはもう気が変わっていた。末期がんの患者は気まぐれなのだ。

「わかった、もういいよ。歯医者と楽しんでこい。ぼくはウッディ・アレンの新作でも観に行くさ」

「それなら封切りはまだだ」

　今日は空振り続き。

「しょうがない、家に帰るとするか」

「家って言えば、パオラとはその後どうなんだ？」

「あんまりうまくいってない。一音節ずつしか話してくれない」

「そうか、まあ、身から出た錆だな」

「うるさいな、もう。今夜は説教は勘弁してくれ。とにかく、時間をとってもらって悪かったな。診察料はいくらだ、先生？」

「大型動物の基本料金は一〇〇ユーロ」

「アホか」

「アホはおまえだ」

　軽口を叩き合っていると、たちまち小学生に戻る。

　ぼくはウンベルトの背中をぽんとたたき、別れを言って戸口へむかう。ウンベルトがひとつ訊いてもいいかとぼくを引き留めるが、きっとこの数分間、喉まで出かかっていた質問に違いない。「ベッドの歯医者は退屈ってどういう意味だ。おまえ歯医者と寝たことあるのか？　その女がだめだっただけじゃないか？　歯医者はみんな退屈ってわけじゃないんじゃないか？」

「別に経験があるわけじゃない。ただの言葉のあやだ。ほら、おまえも聞いたことあるだろ、〝ベッドの中の歯医者くらい退屈〟っていう比喩を。みんなよく言ってる」

「誰が言ってるって？　どこのみんなだ？　ぼくはそんなの聞いたことないぞ」

「歯医者をベッドに連れ込んだことのあるやつみんなだ。そいつらはみんな言ってる」

ぼくはウンベルトに疑いと伝票を押しつけて、カフェを後にする。

家に帰ってから、シェパードの注意深い監視下のもと、二、三時間子どもたちと遊ぶ。

これこそ、なによりの特効薬だ。

九五

「仕事辞めた」

　パオラはシャワー中だから顔は見えないけれど、どんな表情をしているかは完璧に想像がつく。

　ぼくは黙って三分間ベッドに横になっている。そのあと妻がバスローブにくるまって浴室から出てくる。背後の照明がまぶしくて、彼女がどんな顔をしているのかよくわからない。けれどその表情も完璧に想像がつく。

「どっちの仕事？」

「どっちって？　給料をもらってる仕事はひとつだけだ、仕事って言ったら普通そっちだろ」とぼくは答える。

「ということはつまり、無償のコーチは続けて、ジムのサラリーを手放すことにしたわけ？」

「おっしゃるとおり」

「じゃあお訊きしますけど、我が家は毎月、月末はかつかつだってことくらいよくわかっているでしょうに、なんでそんな真似したの」

〝病人の行動心理〟をテーマに一席ぶつこともできたけど、そんなのは自分でもうんざりなのがわかっている。

「しばらくはやりたいことだけをやることにした。それが一番いい気がするんだ」

「そりゃあ、あなたにとってはそれが一番でしょうよ」

「喧嘩売ってんのか？　言っとくけど、ぼくはすでに炎症を起こしてんだ。焚きつけないほうがいいぞ」

「焚きつけてるのはそっちでしょうが。もういい」

「辞めるつもりじゃなかった。流れでそうなっただけだ」

「わかった、わかった。もう、カリカリしないでよ……。今日は体調どう？」

「お気遣いにはありがたくて涙がでますよ。絶えず腹が痛いのと、息が苦しいのと、くそ忌々しい気分なのを別にすれば、なかなか悪くない」

「セカンドオピニオンを受けてみたらどうかしら？　別の専門医のところで」

遅かれ早かれ、そうくるだろうと思った。いわゆる〝医療スパイラル〟ってやつで、何軒もの病院をわたり歩いて、そのたびに正反対の診断や治療法を下される。エッシャーの階段画みたいに終わりのない堂々巡りをすることになる。

世界中で多くの家族が医療スパイラルの無益と屈辱をこうむってきた。開業医のふところを肥やして、あり金をしぼり取られたあげくに、あの世へ送られるのがオチみたいな治療を順繰りにめぐるのだ。ぼくはそんなペテンにかかるつもりはない。誓ってもいい。

「今日の午後、またCTの検査を受けることになってる。その後で一緒に決めよう」

〝一緒に〟と言ったのは、夫婦として行動することが、ぼくにとって今でも何より大事なことなのだと、パオラにわかってもらいたかったからだ。パオラは無言。自分自身がどん底の気分のときに、どうやって妻を楽しい気分にしてあげられるのか、ぼくにわかるわけがない。だからぼくも無言でいる。

ディノ・ゾフノートを取りだして、赤ペンで書く。

パオラに許してもらう。

ふたつの大きな目標ができた。たとえがんを克服できても、パオラに許してもらえなければ、ぼくは死人も同然だ。

九四

さっきCTスキャンの最新結果が届いた。

開けてみる勇気がない。

出かけることにする。

友だちで本屋のロベルトのところに行く。いや、友だちというほどの仲じゃない。知り合い。親しい知り合いというところか。ここ数ヶ月ほど彼の顔を見ていない。というのも、ご存知のとおり数えきれないほどのトラブル続きで、そんな暇がなかったのだ。

五十五歳にしてはなかなかの男前のロベルトは、フィオーリ広場の角を入った狭い通りで、本とコミックの小さな店をやっている。壁には穴が開いていて、埃まみれのショーウィンドウには、ジョルジョ・ファレッティやダン・ブラウンといった最新のベストセラーから、黄色く変色した年代物の古典まで仲良く飾られている。大好きなコミックシリーズ『ダイアボリック』全巻を数年がかりで揃えることができたのも彼のおかげだ。ロベルトはなんでもかんでも表紙に書かれている定価で売る。五十年前に出版された定価一五〇リラの本も、ユーロに換算して最後の一セントまできっちりお釣りを寄こす。店の目玉は、隅の棚に並べられたとりわけ特別な本だ。過去三十年間に、ロベルトが接客の合間をぬって書き上げてきた小説なのだ。何十冊もある。一ページ一ページタイプされ、一冊一冊らせん綴じになっている。どれも世界でたった一冊。定価は二〇ユーロ均一。売れたらそれっきり。初めてこの話を聞いた時は冗談だろうと思った。「え？　せっかく小説を書いたのに、コピーもしないで売っちゃうんですか？」

「なんでって、えーと……。コピーしておけば、同じものが何冊もまた売れますよ」

「ばかばかしい。書いている間じゅう幸せな気分を味わえたんだ。別世界を旅してたんだ。二〇ユーロで紙代とインクリボン代さえまかなえればそれでいいのさ」信じがたいほどの愚かなロマンチストぶりに、ぼくは胸を打たれた。称賛を望んだり、ベストセラーや文学賞を夢見ることもなく、書く喜びのために書くのだ。

　今日は青い表紙の本を手にとってぱらぱらとめくってみる。ジュール・ヴェルヌ風の冒険物のようだ。他に第一次世界大戦を背景にした歴史ロマンス小説で、イタリア人ロマンス作家リアラが書きそうな作品もある。作家ロベルトはそのときの気分やひらめきによって、さまざまな作風を書きわける。誰も聞いたことのない本、決して不朽の名作と呼ばれることのない本。ロベルトの作品は、幸運にもそれらを手にとって買うことのできる、一握りの顧客によって愛読されるしかない。ここ数年でぼくも何冊か、おそらく十数冊以上は買ったけど、どれもすごく面白かった。特に何がすごいというわけじゃない、この点に関してははっきりしているのだけど、とにかく読んでいて楽しい気分になれるし、何といっても世界でたった一冊しかない本を読んでいる（あるいは持っている）という魅力はお金では買えない。

ぼくは椅子に腰かけ、彼がオリベッティのタイプライターをパチパチさせている音を何分間か聞きながら、まるでショパンのライブ演奏でも観ているかのようにうっとりする。それから次のベストセラー作品を予約する。一秒足らずで完売とは、途方もない大ヒットだ。

散歩のあと家に帰って、パオラの見ていないところでようやく検査結果を開封する。

悪い知らせだ。

恐ろしく悪い。

がんはめまいがするほど転移していて、ぼくの体をゆっくりと食い尽くそうとしている。体内に散らばっている小さな黒点の画像を見ながら、場違いながら思わずにやりとする。ぼくの肺が〈点つなぎパズル〉化しているのだ。おそらく病気がぼくのユーモアのセンスに影響しているらしく、いつにも増して笑えない。

九三

「化学療法だけどさ、やろうかどうしようか迷ってるんだ。試しに一回くらい受けてみようかな。どう思う？」スパゲティーをゆでこぼしているパオラに率直に訊いてみる。

「なんでまた気が変わったわけ？」

「さあね。このまま何にもしないでいるのもどうかなと思って」

「ジジのお父さんのこと覚えてるでしょ？」

ジャンルイジ、略してジジはワインの醸造家でパオラの仲のいい友人だけど、彼の父親が数年前に大腸がんで亡くなった。ジジのお父さんは有名なテレビのニュースキャスターだったけれど、晩年は地方局のテレビショッピング番組なんかをやるようになっていた。そんなユーモアのセンスと竜巻のような激しい情熱あふれる、エネルギッシュな人だった。そんな人が化学療法のせいで、バッテリーからパワーを吸い取られたかのようにみるみる衰弱していくのを、ぼくたちは目の当たりにしていた。七十年代にイタリア中の主婦たちを虜にした、輝く笑顔のテレビ司会者が、亡くなったときは見る影もなかった。

「あの人を引き合いにだすことないだろ」つい語気が荒くなる。「ジジのお父さんは七十を過ぎてたし、酒飲みでスモーカーだったし、長年のひどい生活習慣で身体はぼろぼろだったはずだ。対するぼくはアスリートだぞ。まぁ、そこまでじゃないにしても、アスリートみたいなもんだ。彼とは全く違うじゃねえか、くそったれ」

「ちょっと、子どもたちがいる時に汚い言葉を使わないでよ」

「汚い言葉なら、あの子たちのほうがよっぽど詳しいさ。ロレンツォなんか罵り言葉上級講座の講師にだってなれる」

「そりゃあそうでしょうよ。全部あなたから教わってるんだから」と妻は責める。

「ダーリン、そんなもんはテレビだのどこだの、そこらじゅうで聞いてるだろ。あの子に汚い言葉を聞かせないようにするのは、暴風雨で雨粒を避けようとするようなもんだ、ったく勘弁してくれよ」

「あなたはいつだって言い訳ばっかり」

ぼくたちの夫婦喧嘩には中身がない。突然、重箱の隅をつついたような取るに足らない言い合いになり、たちまち火に油を注いだように手に負えなくなると、もうとどまるところを知らない。

だけど幸いパオラは、怒りの応酬の連鎖を断ちきるうまい方法を考案していた。だしぬけに両手を耳みたいにして頭の上に載せ、「ワタシ、猫。アナタノ言葉ワカラナーイ」と言うのだ。これにはいつも笑ってしまう。ケンカ腰の態度を一瞬にして和らげる見事な技だ。残念ながら、シニョーラ・モローニとの一件が発覚して以来、彼女はこの技を使うのをやめてしまった。最近では、ちょっとした意見の食い違いが本格的な口論になり、さらに怒鳴り合いにまで発展し、皿が宙を飛びかったことも一度や二度じゃすまない。子どもたちのいい手本になっているところだ。お互いにぴりぴりするのも無理はない事情があるから、そういう意味では当然の成りゆきと言える。

今回はぼくが喧嘩を打ち止めにする番だ。外に出かけて腫瘍専門医に電話する。

「決めました。化学療法を受けてみます」

九二

我が家の飼い犬はぼくのことがあまり好きじゃない。というより、毛嫌いしている。なぜなのか理解に苦しむけど、シェパードにとってぼくはどうにも我慢のならない存在らしい。パオラやロレンツォやエヴァが家に帰ってくると、やつは尻尾をぶんぶん振って身をくねらせ、嬉しさのあまり大きなボールみたいにそこらじゅう跳ねまわる。なのに、ぼくが仕事から帰っても、ソファーに寝そべったまま顔を上げようともしない。シェルターから引き取ってきたのはぼくだし、誰も行きたがらない早朝や深夜のトイレ散歩に連れ出してやるのも、いつだってこのぼくだと思うと、我ながら哀しくなる。餌をやるときでさえ(その餌っていうのが、とりわけ信頼のおける近所の農家から買う超イマドキな平飼いの鶏肉と野菜なのだ)、こっちを見むきもしないし、お手をしたり嬉しそうにクンクン鳴いたり鼻をしっとり湿らせたりといった感謝の意を示すことなどあったためしがない。それこそ、なんにも! シェパードからしたら、ぼくは全くの赤の他人で、自分の家に住み込みで働く使用人風情なのに違いない。執事、いやそれどころか奴隷だ。ぼくが思うに、やつはきっと、市役所に行けばこのアパートメントの法的な所有者は〝シェパード〟と登録されているのがわかるはずだと信じているのだ。自分はこの家の主人であり、パオラの正式な夫であり、二人の子どもの実の父親だと信じて疑わない。ぼくのことは、ただの惨めな召使いで、なにかと便利だからおいてやってるけどやたらに馴れ馴れしくしてもらっては困る、くらいに思っているのだ。

　ところが、ぼくが病気になってからというもの、シェパードの態度に変化が現れる。ぼくがソファーでくつろいでいると、ちょくちょくやって来ては隣に座って、猫みたいにべったり体をすり寄せてきたり、ベッドで寝ているぼくを上手い具合に舌でぺちぺちと叩いて起こしたりする。まるで犬の第六感が、ぼくの奴隷期間がまもなく満了を迎えようとしていることを告げたみたいだ。そこで初めて、ぼくの存在がやつの暮らしにどれほど重要な意味を持っていたのかに気づいたんだろう。今朝、シェパードは顔を上げてまっすぐにぼくを見た。ぼくの目をじっと見つめて何か言いたげな表情をしていた。

「わかってる、オマエ、もうすぐいなくなるんだろ。なんだかんだいっても、ちょっとはさびしくなるな。たしかにオマエはセカイ一ゆうしゅうなドレイとはいいがたい。こーえんでオレが例のキュートなギャル犬たちをナンパしようとするとリードをやたらとぐいぐいひっぱるし、ライスにオイルをいれすぎるし、モーフもたまにしかあらってくれないし、オレのだいすきなあのきゅーきゅーおとのするゴムボールもかってくれない。だがそうはいっても、ハシにもボーにもかからないほどのダメドレイってわけじゃない。なんたってオレをわらわせてくれるもんな。とくにチビちゃんたちとあそんでいるときや、オマエがオレのパオラにいいよるときなんかにする、わがやのボス犬のモノマネな、あれにはかなりわらえる――ただしホンモノのボス犬はこのオレだが。いっしょにくらしたこの五ねんかんで、オマエをこーそくどーろのみちばたにすててこようとおもったのも一どや二どぢゃすまないくらいだったが、ロレンツォやエヴァがかなしむだろうとおもって、ふたりのためにおいてやってたんだ。オマエ、どうやらビョーキみたいだな。なんならオレがシマツしてやってもいいぞ？　しりあいの男がじぶんのかい馬にしたみたいに」

テレパシーの言葉が、げんこつで顔をがつんとやられたようにぼくを打った。

「オレがシマツしてやってもいいぞ」

「始末する」というのはうまい婉曲表現だ。たいていの人は「マリオは病気の馬を殺した」という言い方に抵抗があるらしく、「馬を始末しなくてはならなかった」と言うほうがまだましだと思うみたいだ。

目をそらそうとしないシェパードを見て、ぼくは笑いかける。それを無視してやつはすたすたと行ってしまう。「おいおい、チョーシにのるなよ、このドレイ野郎！」

思慮深いシェパードの愛情と思いやりに大いになぐさめられる。

もしぼくが馬だったら、とっくの昔に始末されていたはずだ。

こういうのを、コップには水がまだ半分もあるというのだ。

九一

空港にコラードを迎えに行った。コラードはとびきり美人のCAを連れてあらわれたが、おそらく日本で夜な夜な一緒に過ごした相手なのだろう。フライト毎にいつも違う獲物を連れて帰ってくる。なのにちっとも幸せそうじゃない。やつの目を見ればわかる。

ぼくたちはシーフードを食べにフィウミチーノにあるレストラン、〈インカンヌッチアータ〉に立ち寄る。ぼくたちのささやかな恒例行事で、少なくとも年に一度はここでランチをすることにしている。ウンベルト抜きのぼくたち二人だけだ。数日後に化学療法の予約をしたことをやつに話す。コラードのほうは、さっき空港で見た魅惑的な客室乗務員が、妊娠していることを告白した時の話をする。

「父親は誰だ？」

「それ、どういう意味だよ？　おれに決まってるだろ。〈ロスト・イン・トランスレーション〉に出てきたホテルでディナーを食べていたんだ。覚えてるか、あの映画？」

「ああ、世界一退屈だったけど、ラストシーンはいい。それで？」

「今までで一番うまい寿司だった。それに天ぷらときたら、口の中でとろけそうなんだ」

「余計な話はいいから、さっさと本題に入れよ」

「そろそろ食事も終わり頃になって、彼女がさらっと言ったんだ。『妊娠したの』ってな」

「で、おまえは何て言ったんだ？」

「天ぷらがのどに詰まって、寿命が確実に十年は縮んだぜ。それで、おれもおまえと同じ質問をした。『父親は誰だ？』って。そしたら彼女は言った。『それどういう意味？　あなたに決まっているでしょ』。その時点でおれの心臓は不整脈を起こしかけて、おまけに勘定を頼んだら目がとび出そうな値段で、今度は発作を起こすかと思った」

「じゃあ、おまえもとうとう父親になるんだな？」

「話はまだ終わってない。その後二時間、彼女は赤ん坊をどこで産むかとか、これからどこに住むかとか、フライトのない地上勤務に異動願を出そうかといったようなことをあれこれ話した。正直、その間おれはほとんど言葉もでなかった。実のところ、妊娠って言葉を聞いた瞬間から昏睡状態におちいってたからな」

「でもあのCAのこと好きなんだろ？　どうなんだ？」

「おまえも見ただろ。彼女はミス・ワールドアリタリアだぜ。アリタリア航空全パイロットの憧れの的で、その上、頭も切れる。問題はかなりイカれてることだ」

「似たもの同士だな」

「今のは聞かなかったことにする。翌朝、朝食の席で、彼女があれはぜんぶ冗談で、父親になるってわかったらおれがどんな反応をするか見たかっただけだって言うんだ」

「面白い子だ」

「まあな。早速、母さんに電話して、もうすぐばあちゃんになるよなんて言わなくてよかった。あとからやっぱり間違いでしたなんて言おうものなら、バルコニーから身投げしかねないからな。ミックスフライを二人前頼もう。今日はとことんやろうぜ。

　面白いことに、彼女の話を聞いて肝を冷やしたのは確かなんだけど、正直、悪い気はしなかった。ほんの一年前だったら、一目散に空港へ行って、直近の空いている便でオーストラリアあたりにトンズラしてたと思う」

「そりゃあいい話じゃないか。アラミスもようやく大人になったってことだ」

　やつが微笑む。

「他言無用だぞ」コラードが小声で言う。「でないとおれの名声に傷がつく。これは今まで言ったことなかったけどな。おまえを羨ましいだなんてサラサラ思わないが、ロレンツォとエヴァのことだけは別だ。子どもたちと一緒にいるおまえを見てるといつも、ひょっとしておれより賢いんじゃないかと思っちまうよ」

　ぼくも微笑む。

「おまえの〝パオラ〟がいつかみつかるさ」

　ぼくの叶えたい願いの一つは、友だちが身をかためるのを見届けることだ。いや、身をかためるなんて言い方は古臭くて正確とは言えない。ぼくが言いたいのは、心の平安を得てもらいたいということだ。そう言えば、あのふたりが心から安らいでいるところを見たことがない。ウンベルトはいつだって引っ込み思案と時に度が過ぎるほど礼儀正しい性格に足をひっぱられているし、対するコラードはいつだって次に征服する女の子を追いかけてばかりで落ち着かない。実に対照的だけれど、ふたりとも安らぎのない生活を送っているという点では実によく似ている。今日ここで、コラードとぼくの友情がアップグレードされたような気がする。コラードがマスクの下の素顔をほんの少しのぞかせた。ぼくを受け入れてくれた。ぼくらはもうただの友だちなんかじゃない。兄弟だ。

九〇

ぼくは針が嫌いだ。ただし、針っぽいものならなんでもかんでも嫌いかと言えばそうでもなく、松の葉っぱなんかは別に気にならない。つまり、体にぶすっと刺すような針に限ってどうにも苦手なのだ。そう言えば、ばあちゃんは針のことをとげって呼んでいたっけ。とにかく、ぼくは血を見るのも、予防接種も、抗生物質の注射も、あの手のものがどうしても好きになれない。

いけ好かない担当医が処方した抗がん剤は、点滴によって投与される。小部屋の椅子に座って、一〇分間ほどチューブと瓶につながれている。静脈に注入された化学物質のカクテルが、好むと好まざるとにかかわらず、ぼくの体内のあらゆる生命体を破壊するのだ。ジョー・ダンテ監督の古い映画〈インナースペース〉みたいなことが自分の中で起こっているところを想像してみる。ミクロ化された小型潜水艦の入った注射器を、マーティン・ショート扮する主人公の男に間違って刺してしまうあれだ。ぼくの血管の中を進んでいく小型潜水艦はなんの音もたてず、外界と連絡もとれない。ぼくは小部屋のアームチェアに座って頭をもたせかけ、目を閉じる。

血管に針を刺したままままだと、一〇分間が永遠にも思える。意識があちこちをさまよう。現実世界が遠のいていく。そしていつもの夢の世界へと迷い込む。


「いったい、誰の仕業だ？」

ストロンボリの声が人形劇の移動馬車じゅうにとどろき、その声は、車内の両脇の壁にずらりと並んでフックにぶらさがったまま黙ってじっとしている、何十体ものあやつり人形に向かってこだました。

ストロンボリが大またで歩いていくと、人形たちははじきとばされ、アルレッキーノは壁に叩きつけられた。大男は自分の人形王国のど真ん中でふんぞり返って立った。

「誰の仕業かと訊いてるんだ」男は燃えるような目で、車内をぐるりと見まわした。

ぶらんぶらんと揺れていたアルレッキーノは、ゆっくりと動きをとめて息を殺した。ほかの人形たちもできるだけ目立たぬように、いぶかしそうな目くばせを交わしていた。

怒ったストロンボリは、大きな羊のもも肉のローストを片手でつかんで宙にふりまわした。

「こいつを食ったのは誰だ？　おとなしく白状すれば……見逃してやっても……」

（はい、はい……）人形のプルチネッラは胸の中で思った。（そんな甘い言葉にわたしたちが騙されるとでも……）

「おまえらの考えてることくらいお見通しだ。なんたっておまえらを作ったのはこのおれだからな……、おまえらはしょせん、板っきれを貼り合わせただけのもんだ……、自分の考えなんてもんはありゃしないのさ……、わかったか、プルチネッラ？」

それだけ言うと、大男は自分のあごひげがかすめるほど近くまでアルレッキーノの顔におおいかぶさり、ペンキで描かれた人形の口の端にべっとりとついた脂じみを左手でぬぐった。

「あの羊のもも肉は、まだ味見もしていなかったんだ！」彼は人形の茶色い瞳をするどく見すえて言った。

「お腹が……すいてたんです」派手な色合いのあやつり人形は、きついヴェネチア訛りの消え入るような声でつぶやいた。

他の人形たちは驚いて目くばせし合った。あのアルレッキーノがしゃべったぞ！

「やっぱりな……」ストロンボリはそう言って、マリオネットを壁からおろしトランクの上に寝かせた。」「……おまえの仕業じゃないかと思ったんだ。……おれが留守のすきに、おまえがちょくちょく遊びに出かけていることに気づいてないとでも思ったか？」

アルレッキーノは糸でぐるぐる巻きになったままじっとしていた。

「おい、どうしちまったんだ？　猫に舌でも抜かれたか？　だが、こうなることはわかってた……あやつり人形なんてもんはもう時代おくれなんだ。それを言うなら、あやつり人形使いも時代おくれに違いない。アルレッキーノ、まずはおまえが口火を切ったってわけか、わかったぞ、おまえらおれを置いてけぼりにする気だな。……はっ、はっ、はっくしょん……くっそ寒いぜ。あのピノキオで初めてくしゃみをしてから、止まらなくなっちまった。おれも歳をとったか？　どう思うかね、アルレッキーノさんよ？」

　アルレッキーノは首を横にふった。

「羊のもも肉についた歯形を見たとき、もう終わりなんだとわかった。ピノキオが言っていたあのブルー・フェアリーのせいなんだろう。おまえたちみんな人間の男の子や女の子になるんだってさ、おれの可愛い人形さん。きっと伝染病みたいなもんなんだろう」

　プルチネッラはストロンボリの頬に涙が一滴伝っているのを見た気がしたが、なんだかうさん臭いので、見まちがいだと思うことにした。

「おまえが察したとおりだよ、プルチネッラ……」手で顔をなでながら大男は言った。「おれが泣いているとこなんて初めて見たと思っただろう。おれだって好きこのんで泣いてるわけじゃねえ。ひとりでに出てきちまうのさ。……はっくしょん」

　アルレッキーノは男に涙をふくようカラフルな布切れを手渡した。ストロンボリが布切れを受け取った拍子に、彼の手が人形の手に触れた。それは温かかった。

　大男は目を上げると、糸と布に囲まれた、いたずら好きそうな愛らしい顔立ちの少年がいた。

「知ってたさ……」男は涙をふきながら言った。「最近、人間になる伝染病が流行ってるらしい。もう何日か続けばおれのグランド人形劇場はなくなるだろう。……そしておれも一緒に消えちまう……人形のいない人形使いなんて聞いたことないもんな……それじゃ車輪のない馬車みたいなもんだ……動けやしない」

ストロンボリは立ち上がってそっとあやつり人形を集めだした。

「お客は今夜も人形芝居の券を買ってくれたんだ。あの人たちをがっかりさせるわけにはいかねえ……芝居をやっている間は気づかれることもないだろう……」

ストロンボリは人形たちを残らず腕に抱えて扉へむかった。馬車のステップを降りかかったところでふりむくと、トランクの上に座っているアルレッキーノを見た。

「むこうの部屋に羊肉の皿を置いておいたから……好きなだけ食べればいい。また後で、もう少し焼いておくから……。馬車から出てどっかへ行くんじゃないぞ……。一時間かそこらで帰ってくる……眠くなったらそこに横になってろ……だが毛布をかけるのを忘れるなよ、おまえはもう木でできてるんじゃないんだ、風邪をひいちまう」

そう言い残し、返事も待たずに、大男はステップをきしませて馬車から降り、あたりのあばら家をおおう霧の中に消えた。

アルレッキーノはしばらくそこに座っていた。

羊肉を少し食べようか、それとも眠ろうか、どっちにしたらいいかわからなかった。

迷うほどのことじゃない。

ただ、何かを決めるということに慣れていなかったのだ。

「バッティスティーニさん？」

一瞬、ストロンボリが呼んでいるのかと思って慌てる。

「バッティスティーニさん？　起きてください！」

ストロンボリじゃない。だけど、当たらずといえども遠からず。病院の玄関で出迎えてくれた、おしゃべりな看護師だ。すでに血管から針を抜いてくれていた。ぼくは夢を見ていたのだ。子どもの見るような夢。

子どもの頃に見たような夢は久しぶり。

「二、三分、そのまま座っていてください……」看護師が言う。「めまいがするかもしれませんので」

ぼくはうなずいて、言われたとおりにする。

目をぱっちり開けたまま、白昼夢を見続ける。

ピノキオは大好きなおとぎ話だ。生まれて初めて読んだ本だったかもしれない。ぼくの中では、海賊の出てくる『宝島』の次くらいに気に入っている。だけど、よりによってなんで今こんなことを思い出したんだろう。作者のコッローディは、話の続編であるぼくの夢を気に入ってくれるだろうか。

たった一冊の本で名声を博した一発屋たちの王様、コッローディはずっと好きな作家だった。彼も実は他に何冊も書いたのかもしれないが、ひとつの作品があまりに有名になってしまったせいで、他のをすっかり蹴散らしてしまう。

ダンテは？『神曲』。

スウィフトは？『ガリバー旅行記』

デフォーは？『ロビンソン・クルーソー』
マンゾーニは？『いいなづけ』
サン＝テグジュペリは？『星の王子さま』
コッローディは？　もちろん『ピノキオ』
特に『ピノキオ』の書き出しは、他に類を見ないほど印象的だ。統合主義的アプローチであり、面白おかしいメタフィクションの傑作だ。

むかしむかし、あるところに……、
「おうさまがいましたっ！」――良い子の読者ならすぐさまこう言うだろう。
だが、子どもたちよ、それが違うのだ。むかしむかし、あるところに一本の棒っきれが転がっておったんじゃ。

これに比べたら、〝我が人生の旅の道半ば〟とか、〝コモ湖より流れいずる支流は南へとむかう――〟なんて書き出しは、素人まるだしの日曜詩人が書いたとしか思えない。
コッローディは一対〇でダンテ／マンゾーニ組を下す。競技場の中央にペンを戻しなさい。

化学療法の予期せぬなりゆき。ぼくの意識がテレビのチャンネルサーフィンをするみたいにあちこちに飛んでいってしまう。

空想上のサッカーチームで偉大な文豪たちとフォーメーションを組んで、『ピノキオ』の失われている章の物語を創作するというくだらないことを思いつく。治療初日にしては上出来だ。

病院を出て歩きはじめる。体調は良くもなければ悪くもない。願わくば、次に目を覚ましたときには、すべてが夢であって欲しい。

八九

　夕食会になかなか現れない客でも待っているみたいに、化学療法の副作用が出てくるのを待っている。あまりありがたくない客だ。食卓はととのい、レンジの上ではリゾットが食べ頃で、キャンドルが赤々と燃えている。なのに来るはずの客はあらわれず、おまけに携帯電話もつながらない。もしや来ないつもりなのかも、という気になってくる。そんな心配に追い打ちをかけるように、リゾットは焦げつき、キャンドルの火は燃え尽き、白いシャツに赤ワインをこぼし、さっき料理に使ったミルクは消費期限を一週間も過ぎていたことに気づいた途端、ピンポーン。罪な呼び鈴が鳴る。

「すまない、すっかり遅くなっちゃって。あやまってすむことじゃないって？　そうかもしれないけどさ、この辺って駐車できるとこがなかなか見つからないだろ！」

　例によって話に脈絡がないけれど、どうかご容赦願いたい。ええと、そう副作用の話をしていたんだっけ。それだったら、小学校で習った詩みたいに諳んじている。

「極度の疲労、消化不良、吐き気、食欲不振と味覚の変化、発熱、咳、のどの痛み、頭痛、筋肉痛、神経のイライラ、毛嚢の衰え、性欲減退」

　ほとんどすべてと言っていいほどの副作用が、順不同にじわじわと現れてきている。

食欲減退。

そういえば昨日の昼食以来何も食べていないことに、今はじめて気づく。食事との約束をすっぽかしたことなんて、これまで一度もなかったのに。
☑該当!
味覚の変化。

無理にでも、りんごを一つ食べてみる。少し酸っぱい気がする。きっとぼくの舌がおかしいせいだ。
☑該当!
咳。

公正な判断不可。咳なら前からでている。でも☑にしておく!

消化不良。

さっきのりんごがすでに喉までこみあげてきている。
☑該当!
のどの痛み。

のどがちょっといがいがして、明日の朝には声ががらがらになりそうな例のあの感じがしている。
☑該当!
頭痛。

鎮痛剤のイブプロフェンを六〇〇ミリグラム飲んだら頭痛はおさまった。でも、またなるに決まっている。
☑該当！
性欲減退。

確かに、セックスで頭がいっぱいっていうことがなくなってきた気がする。以前なら、全世界の男性同様、一日に何千回も考えていたはずなのに。
☑該当！
筋肉痛。

この副作用のたな卸しをしているまさに今、坐骨神経痛がぶり返してきた。坐骨神経痛ってやつには、午前三時に玄関ドアの呼び鈴で叩き起こされるみたいに、ほとほとうんざりする。
☑該当！
神経のイライラ。

ぼくは噴火寸前の火山状態。
☑該当！
むかつき。
☑該当！
吐き気。さっきのりんご。

☑該当！

疲労。

昨日と比べて、大した違いは感じない。

該当せず、にしておこう。

毛嚢の衰え。

ぼくの髪はふさふさで、一本の白髪もない。

これも該当せず。

副作用のコレクションはまだ未完成だ。我が家の狭いバルコニーに座って一日過ごす。水球チームの練習に行くなんて、考えただけでも無理。オスカーにも嘘をつく。

「調子はどうだ、ルチオ？」

「上々です。今のところすべて順調にいってますよ。朝食に抗がん剤を飲みました」

「でかした。大丈夫だ、おまえなら必ず勝てる」

「大丈夫だ、おまえなら必ず勝てる」という言葉から、同情と哀れみが微かににじみでている。励ましのつもりなんだろうけど、むしろ墓碑銘みたいに聞こえる。

しばらくくだらないおしゃべりをしたあと電話を切る。それから少し体を動かしてみる。明日になればきっと気分がよくなるはずだと信じている。

八八

その明日になった。

副作用の棚卸しの続き。

ベッドから起きあがることすらできない。仰むけのままぐったりしたよれよれの状態で、体を起こすという精巧な運動能力を失っている。だけどそんなに難しいことのはずがない。どれ、まず左足を床に降ろして、上体を起こして、右足を床に降ろして、両手をついて、どっこいしょ。なんとか立ちあがる。これじゃあまるで、バッテリーの切れたロボットだ。

極度の疲労。
☑該当！
廊下をよろよろと歩いていって、顔を洗う。

シンクに抜け毛が散らばっているのを見つける。頭をなでると、魔力でも使ったのかと思うほど、髪の毛がごっそりと束になって抜ける。

毛嚢の衰え。
☑該当！
これで副作用はすべて取り揃えた。

それらの症状の中で、本物の副作用はどのくらいで、自己暗示からきているものはどのくらいなのか、はっきりとはわからない。

わかっているのは、体調はこれっぽっちも良くないということだ。

パオラはそのことに気づいているみたいで、帰宅を許されて以来、初めて優しい気遣いを見せてくれる。ぼくがソファーで休めるように手を貸してくれ、一九八〇年に行われた伝説のウィンブルドン決勝戦の再放送にチャンネルを合わせてくれ、野菜のクスクスを作ってトレイで運んできてくれる。そのあと彼女もぼくの隣に腰かけ、第五セットで強打を放つボルグが、粘り強く巧みなリターンを重ねるマッケンローをついに下す場面を一緒に観る。妻はテニスにさほど関心はないはずだから、隣に座っているのは彼女なりの愛情表現だと解釈する。クスクスを食べ終わると同時に、審判が叫ぶ。「ゲームセット、ボルグ」パオラは寝てしまったみたいだ。ぼくに寄りかかる彼女の重みを感じた瞬間、突然、妻が無性に愛おしくなる。彼女が隣にいて、ぼくに体をあずけているという事実がなんだか不思議な気がする。まだ妻の愛情を取り戻せたとは言えないけど、こうやって長年慣れ親しんだお互いの心地よさに浸っていると、許しを得られる日もそう遠くないいんじゃないかと期待してしまう。この先ずっとこんな感じなんだろうか——残していくみんなのことが、さよならを言う前から恋しくてたまらなくなるんだろうか。ぼくは絶望的な気分になりながら立ち上がって、ロレンツォとエヴァは何をしているんだろうと子ども部屋へ向かう。さっきからやけに静かすぎるのだ。

戸口のところで立ちどまる。子どもたちはぼくに気づかないみたいだから、立ったままそっと見ている。ロレンツォが分解した扇風機を、妹の手を借りながら元どおりにしようとしている。ぼくは隠れてふたりの様子を見守る。ロレンツォは部品と部品をくっつけようとする。接着剤が要るとロレンツォが言う。エヴァは「まってて！　わたしもってくる」と言う。エヴァが自分のベッドのそばにあるプラスチックのバケツの中をひっかき回して、チューブを手に戻ってくる。「はい、これ」と言って兄にわたす。ロレンツォが何と言うかは、聞かなくてもわかる。「おもちゃの接着剤じゃないか。こんなんじゃ扇風機はくっつかないよ」

無駄なあがきだ。元どおりにするための工具がない。けれどロレンツォ――ぼくのレオナルド・ダ・ヴィンチはあきらめないだろう。エヴァの「いそいで、パパにみつからないうちに！」という言葉を聞いて、涙があふれそうになる。

ぼくは元に戻す方法を知っている。この扇風機はもともとぼくが組み立てたものだ。子どもたちの様子があんまり面白いから、彼らの苦境をついつい長引かせたくなる。だけど、そろそろ頃合いだ。小さな足音を立ててぼくがいることを知らせると、ふたりの陰謀者は万事休すとばかり観念する。「パパ！」ロレンツォは後ろめたそうな顔でこちらを見る。エヴァは兄を全面的に擁護する構えで、はやくも口をとがらせている。「お兄ちゃんはただ、さわっただけなのに、せんぷうきがかってにばらばらになっちゃったの。わたしみてたもん。なんにもしてないよ」とエヴァが訴える。

ロレンツォの最初の一言がまた気が利いている。「パパ、ぼくが必ず新しいのを買ってあげるから！」

「どうやって？」好奇心が頭をもたげ、ぼくは笑みを押し殺す。

「おこづかいで！」ロレンツォは真顔で答える。

「小遣いは週に五ユーロだろ。扇風機は五〇ユーロ位するだろうから、夏じゅうかかっちゃうぞ」

「わたしもてつだう」エヴァが加勢する。

二人で小遣いを出し合うだなんて感心してしまう。父親として一番胸を打たれるのは、子ども同士が団結することだ。

ふたりの予想に反して、ぼくは一向にロレンツォを叱ろうとしない。それどころか、こんなことまで言いだす。「パパが修理してあげるから、よく見ておくんだよ。また壊しちゃったときのためにね」ロレンツォは口をぽかんと開けている。どういう風の吹き回しだろうとでも思っているのだろう。ぼくがパーツを組み立てていくところを、子どもたちは食い入るように見つめる。それは少々厄介な扇風機で、複数の細かな部品が同時に連動するよう慎重にねじ止めしないといけない。ひとつひとつはめていくたびにロレンツォが小さくうなずく。「もうわかったよ、パパ」と息子は言う。「最後はぼくにやらせて」ぼくは譲ってやる。エヴァはにこにこ顔だ。お兄ちゃんは機械の天才だと思っているのだ。パオラが部屋に入ってくると、ぼくらはいっせいに顔を上げる。エヴァがすっかりよみがえった扇風機をさして、「みて」と声を上げる。「お兄ちゃんがなおしたのよ」みんなで一緒になって笑いだす。普段なら、こんな時にはロレンツォに厳しい小言のひとつやふたつ言うのが常のパオラまで笑っている。家族団らんのこういう小さな一コマがしみじみありがたく感じる。こんな時間を過ごすのは久しぶりだ。ぼくは悲しくなる。何もかも、良いことさえも、ぼくを悲しい気持ちにさせる。

子どもたちの目に、ぼくはどんな風に映っているんだろう。我が家の親業の力学において、これまでずっと自分は善良な警官の役目を受け持っているつもりでいたが、もしかしたら彼らの見方は違うのかもしれない。

ふと見ると、ロレンツォが分解したのは扇風機だけじゃなく、ぼくの古いレコードプレーヤーのターンテーブルもその犠牲になっていることに気づく。

ぼくは十数えてから深呼吸し、リビングルームに戻る。せっかくの創造的努力に文句をつけて、尊大な父親という印象を残したまま彼らのもとを去りたくはない。それにしても、あのレコードプレーヤーにはひとかたならぬ思い入れがあったのに。十七歳の誕生祝いにじいちゃんからもらったもので、多少、レコード盤に傷がついてしまうようになったけど、奇跡的にいまだに使える。そこでどういうわけか、ふいに遠い昔の記憶がよみがえる。十三歳を過ぎると誰も読まないようなジョヴァンニ・ヴェルガの短編小説『財産』についてだ。読者のみなさんも一旦この本を脇へおいて、大人目線でヴェルガを読んでみてほしい。インターネットで簡単に手に入るはずだ。シチリア人の著者によって描かれた、農場主マッザーロの物語だ。莫大な資産家で、自分の所有する財産に執着していた彼は、臨終のときになっても、自分が死ぬことより財産を墓の中まで持っていけないことにひどく落胆する。ほんの数ページの短い話の中に、シンプルながら驚くべき人生の教訓が含まれていて、ヴェルガの長編、『かりんの家』にも引けを取らない。ぼくは何年も何年もこのマッザーロだった。ありとあらゆるくだらないものを買い集め、漫画本やレコード、ティーシャツや水着を収集してきた。いまでも、マッザーロっぽいところは多少残っているかもしれない。ぼくの個人的なガラクタを後に残していくのは気がひける。でも近いうちに少しずつ意識の変化がおこって、物への愛着はだんだんと薄れていくような気がする。つい数ヶ月前までは、神聖なものにでも触れるような気持ちで大事に大事に扱っていたはずの漫画本を、今では読みながら表紙を折り曲げてしわをつけてしまったりするときなんかに、そんな風に思う。ふいにぼくは悟る。人間は善人か悪人かに二分するものじゃない。北国出身か南国出身かでも、利口か阿呆かでも、その他、人生を多彩にするために編み出された何千通りの分け方でもない。「本を折る人」か「折らない人」のどちらかだ。前者のほうがより幸せなのは言うまでもない。

八七

両親の夢を見る。痛みどめのイブプロフェンを業務用量飲みはじめてからというもの、だいぶ眠れるようになってきた。頻繁に夢を見るし、寝ている間に頭の中でおこったことは、だいたいいつも覚えている。そして、どの夢でもぼくは子どもになっている。

今回は、家族みんなで小さな赤いボートに乗ってラディスポリの沖合に出ている。ぼくが二歳、父さんは六十で母さんが十六だ。夢だけに、時間の感覚も何もばらばらだけど、どちらの年齢の両親もぼくは知らない。

あるところまでくると、巨大な白い鮫が一匹、モーターボートみたいな速さでぼくたちの後ろから突進してきて、二、三メートルの距離まで近づいてくると、その波の勢いでぼくたちはボートの外に投げだされそうになる。たとえ夢でも、ラディスポリ沖四五メートルのところに、怪物みたいな白鮫が出るなんてあり得ない。しかも鮫は一匹どころか群れをなしていたのだ。ゆうに二〇匹はいる鮫どもがぼくたちを取り囲み、ドでかいミンチ器のような歯をむき出しにして、今にも襲いかかってきそうだ。ギラギラと光った巨大な空洞のような口が待ち構え、ぼくたちを頭から飲み込んでかみ砕き、腹におさめようとしている。父さんが勇敢にもオールをふりかざして鮫に向かっていくものの、真っ先にオールもろとも飲み込まれる。母さんは迷うことなくさっさとぼくをおいてきぼりにし、海に飛び込んで泳ぎだす。腕を十かきもしないうちに、鮫は人間アスピリンか何かのように母さんをごくんと飲み下す。ぼくはひとりぼっちで残される。まるで〈ライフ・オブ・パイ／トラと漂流した227日〉のイタリア版リメイクだ。

両親の夢は長いこと見ていなかった。父さんと母さんがたまらなく恋しい。そして、たまらなく憎い。言ったとおり、彼らのことは心の準備ができている時じゃないと話せない。そう、今日は準備ができている。これでみなさんも、ぼくと同じくらいあの二人のことが嫌いになるだろうと思う。

望まぬ妊娠の後の数年間、父さんと母さんは、みなさんすでにご存知の、ぼくのじいちゃんとばあちゃんと一緒に暮らしていた。その後、父さんがリド・ディ・オスティアのダンスホールでディスクジョッキー（当時のイタリアではこんな呼び名じゃなかったけど）の仕事を見つけ、アパートを借りられるだけの給料をもらえるようになると、ぼくは母さんと一緒に移り住んだ。そんなわけで、わずか二歳のぼくは、オスティアのワンルームアパートで、いかれた二十代の若者二人と一緒に暮らすことになった。夏のオスティアなら話はわかるが、冬はまったくいただけなかった。母さんは観光シーズンの間に海の家の掃除をしたりして家計を助けた。夜にはもうくたくたで、父さんがダンスホールに出勤する時には、たいていいつもぼくの隣ですやすや眠ってしまっていた。

子どもにとって最大の悲劇が訪れたのは、三歳になるかならないかの頃だった。父さんと母さんが愛し合っていないことを知ったのだ。二人が一緒にいる理由はぼくが生まれたから、ただそれだけで、おたがいの間には共通点も尊敬の気持ちもなかった。愛の火花どころか、はじめから火なんてものは熾っていなかったのだ。イタリアで妊娠中絶が合法になったのは一九七八年だったから、望んでいようがいまいが、ぼくを受け入れる以外、両親に選択の余地はなかった。言わせてもらえば、自分が望まれない存在であることをわずか三歳の若さで知るというのは、決して楽しいことじゃない。夫婦喧嘩の種はいつもぼくだったし、都合が悪いことがあるといつだってぼくのせいにされた。もしぼくが十五歳だったらとっくに家出していたところだけど、十五歳までにはあと十二年もあった。

ある日、父さんが大型客船での長期の働き口を見つけたと言い出した。六ヶ月間の契約で業務リーダーとしてカリブ海で働くらしい。ぼくと母さんは空港に見送りにすら行かなかった。別れのあいさつはキッチンで慌ただしくすませた。ぼくは一階の部屋の窓から、父さんがタクシーに乗り込むところを見ていた。父さんはそれっきり帰ってこなかった。母さんは六ヶ月間泣いていた。母さんの両親のところに舞い戻ったのは、ぼくにとっては幸いだった。じいちゃんとばあちゃんは、ぼくの人生でたったひとつの揺るぎないよりどころだった。その間にもますます鬱屈したヒッピーになっていた母さんは、翌年の夏、女友だちと一緒に、自分探しの旅にインドへ行ってしまった。母さんが自分自身を見つけられたのかどうかはわからないけど、二度と会うことはなかったのだけは確かだ。母性愛はどう考えても母さんの得意分野じゃなかった。この時から、いろんな意味でじいちゃんとばあちゃんがぼくの肉親になった。ふたりはぼくのすべてだった。さあこれで、どうしてぼくが慈愛あふれる両親について、あまり話したがらないのかわかってもらえたかな。

八六

日曜はオスカーの店の定休日だ。次の営業開始は、翌日のお菓子を作りはじめる午前二時。日曜日、義父は暇なのだ。オスカーは妻に先立たれてから、あるいは本人曰く独り身のちょい悪おやじになって以来、家には寝に帰るだけ。義母がまだ生きていた頃は、よく二人で我が家に食事にきたり、ぼくたちがむこうへ行ったりしていた。今はトラステヴェレ界隈をぶらぶらし、バーに立ち寄ってASローマの試合をテレビで観たり、十五分ほど愉快に相手をしてくれる誰かを見つけては、会話を楽しんだりしている。

「で、先週の日曜におれが何をしたと思う？」と、義父は珍しくもったいぶった口調で尋ねる。

「さあ、何です？」ぼくはむこうの台本どおりに答える。

「散歩の途中で、地下鉄のオッタビアーノ駅から観光客の集団がぞろぞろ出てきたのに出くわした。北欧からきた修学旅行生が数クラス分、首からカメラをぶら下げたいろんな年齢層の日本人の群れ、短パン姿のドイツ人年金族の大群なんかだ。で、そのあとおれがどうしたと思う？」

「さあ、どうしたんです？」聴衆がちゃんと話をきいているかどうか確かめるのに、義父がいちいち質問するのには、実のところうんざりしている。しかも今日の聴衆はぼく一人。

「ドイツ人たちにくっついて一緒にぞろぞろ歩いていったのさ。ツアー内容はコロセウム、サンピエトロ大聖堂、ヴァチカン美術館だ。ガイドのマルティナなんとかはイタリア人だけどツアー客にはドイツ語で話すから、おれにはちんぷんかんぷんだ。で、おれが何を思いついたと思う？」

「さあ、何を思いついたんです？」ぼくはあきらめモードで尋ねる。

「口がきけないふりをした！　おかげでみんなの人気者だ」

オスカーがバイエルンの八十歳のあだっぽいご婦人方にすすめられたザワークラウトのサンドイッチをむしゃむしゃ食べたり、わかりもしない冗談にげらげら笑ったり、サンピエトロ大聖堂の中の階段をえっちらおっちら上ったり、記念の集合写真の中にちゃっかりとまぎれ込んでいるところなんかを想像すると笑ってしまう。

「で、ガイドさんには全く気づかれなかったんですか？」

「ああ、全くな。だけど、なかなか面白そうな女性だった。おそらく相手は娘さんだと思うが、イタリア語で電話しているのを盗み聞きした。彼女は未亡人で、暇な時間に限ってツアーガイドをしているんだ」

「もしや気に入ったとか？　その女性のこと」

「話もしとらんよ。おれは口のきけないドイツ男だったんだ」

「ああ、そうでした」

「だがまあ、とにかく、そうだな。気に入った。でなけりゃ、彼らと一日中一緒にいたりせんよ」そう言ってオスカーはウインクする。

「一日中、一緒に？」

「夕食まで一緒に食った。フィオーリ広場の近くのレストランでな。ツアーバスでホテルに帰って、部屋のある階まで行ったあと、裏口から出てきた。そのあとシニョーラ・マルティナのあとをついて駐車場まで行った。彼女に声をかけてインチキを告白しようと思ったんだ。一杯どう？　と誘うつもりでもいたがな」

「ところが？」

「なんで、〝ところが〟だってわかるんだ？」

「どんな話にも〝ところが〟はつきものですから。で、どうなったんです？」

「ところが、若造が彼女を迎えにきた。おそらく孫かなんかだろう。二人して車に乗って闇夜に消えちまった」

「で、その人にまた会いたいと思ってるとか？」

「ツアーを主催した会社に電話してみたんだが、マルティナなんて名前の人間はいなかった。とにかく、個人情報だなんだってまくし立てられた」

「マルティナっていうのはペンネームなのかも」

「ツアーガイドにペンネームか？」

「ほかに手がかりは？」

「これだ」

オスカーはコロセウムの前で撮った写真を見せてくれる。義父の隣に、アガサ・クリスティーのミステリードラマに出てくるミス・マープル似の、七十歳くらいのはつらつとした女性が立っている。

「美人、だろ？」

だろ？　につられて、ついうなずいてしまう。義母が亡くなってからというもの、オスカーが他の女性にこれほど興味を示したところを見たことがない。例外はカトリーヌ・ドヌーブが道を尋ねに店に入ってきた時だけだ。あの日のことは、数あるお気に入りの逸話のひとつで、「カトリーヌとおれがよ」ではじまるのが常だ。まあともかく、こうなったらこのマルティナだか何だかいう女性をなんとしても見つけださねばなるまい。

ぼくは写真のコピーを自分宛にメールし、ディノ・ゾフノートを取りだして書きつける。

ミス・マープルを探せ。

八五

とは言っても、たった一枚の写真から、どうやって人を探し出せばいいんだろう？

まずはウンベルトに知恵を借りることにする。

「フェイスブックに投稿してみたらどうだ。写真は行方不明になった祖母のマルティナってことにしてさ。犬の場合はたいていこの手で見つかる」

そこで、ウンベルトのとっちらかったタイムラインに写真を投稿してみると、一時間後には何十件もの目撃情報が寄せられる。ジャニコロの丘でマルティナを見たという人がいたと思えば、トリルッサ広場で見かけたという人があらわれ、さらにはプラーティのスーパー、フィジー島、東京のカラオケバーなどでも目撃されている。これらの情報のウラをすべてとろうと思ったら、それこそ一生かかっても無理だし、インターポールの後方支援が必要だ。

「もしもし、インターポールですか？　おはようございます！　ローマからかけています。実は義父がやもめなんで新しいガールフレンドを見つけてあげたいと思っているんですが、苗字もわからないこの婦人を捜すのを手伝ってもらえませんかね？」

こんなんじゃ、らちがあかない。こうなったら偶然の幸運にいちるの望みをたくすしかない。ぼくは写真をコピーして、行きつけのカフェをはじめ、近所のバーにも貼りだしてもらう。写真の下にはあいまいにこう書いておく。「至急の伝言あり。下記に連絡されたし」これでしばらく様子をみよう。そうこうしている間に、気づけばこの追跡調査による最初の成果が得られていた。ぼくの気がまぎれていたのだ。明日の午後には二回目の化学療法の予約がある。前回の副作用は落ち着いてきているけど、ぼくは早くもこの道の大家になってしまったから、毎回、さらに強力な毒性と耐性をともなった副作用が襲ってくることは容易に察しがつく。それを思うと急にパオラの顔を見ずにはいられなくなって、学校まで迎えに行こうと思い立つ。だけど、今日は彼女の休みの日だということをすっかり忘れていた。妻が出てくるのをアホづらして待っていると、最後の教師が校舎から出てきてぼくに気づく。

「バッティスティーニさん！」

相手の名前も思いだせないけれど、当然のごとくよく覚えているふりをする。

「どうも！」

「奥さんは今日はお休みですよ。このあたりに何かご用でも？」

「この辺に何か用かですって？　ええ、すぐそこの角に、とびきり美味しい菓子屋があるんでね、パスタレーレを買いに行こうかと思ってるんです」

「確か、義理のお父様がお菓子屋さんをなさってるんじゃありませんでした？」

これだから、つまらないことをよく覚えている教師は嫌なんだ。

「そう、そうですとも。でも義父はシチリア風のは作らないもんでね。なんでも義母がカルタニセッタの漁師と浮気をしたことがあるとかで。今日は何だかカノーリを食べたい気分なんで、ここまで買いに来たというわけなんです」

「カルタニセッタの漁師？　カルタニセッタに海はありませんけど！」

いよいよぼくは、道のど真ん中だろうとなんだろうと、その場で彼女の首をこの手で絞めてやりたくなってくる。

「あ、そうだった。実はその男は失業中で、新しい仕事を見つけなくちゃならなかったんです」

彼女は不審げな表情だ。ぼくは会話を切り上げようとするも、むこうが振りだしにもどす。「ご病気なんですって？」

これだから、ぼくが病気だということを知っている学校教師は嫌なんだ。

「ええ、でも治りました。もうすっかりいいんです……」ぼくは柄にもなく不愛想に、事実を少々控えめに言う。

「まあ、それはよかった。いえね、わたしの兄と伯父が両方ともがんで亡くなってますし、うちの学校の先生もひとり、そういう人がいたものだから」

この会話そのものが、ほとほと嫌になってくる。

「あの、お話ししていたいのは山々なんですが、店に着いたらカノーリが売り切れなんてことになってても何なので。なんてったって一番人気の菓子ですからね。しゃべり逃げみたいですみません」

がんという病気は、葬式とよく似ているということが今になるとよくわかる。みんなが寄ってたかってお悔やみを言いにくるのだ。唯一の違いは、当の本人がまだ棺の中じゃないから、お悔やみの言葉は遺されたつれあいや近親者ではなく、近々謹んで故人となるはずの者に直に伝えられる。もしぼくがもう一度がんになったら、そのときは絶対に、周囲にはただ扁桃腺をこじらせただけだと言うつもりだ。

歩きながらパオラに電話する。

「ダーリン、どこにいる？」

「美容室よ」

「迎えに行こうか？」

「車で来てるの。自分のがあるからいい」

「そっか、よかった。じゃあ、ひとっ走りして子どもたちを迎えに行ってこようか？」

ロレンツォとエヴァは、離婚率低下のため新たに考案された素晴らしい試み、全時間授業をうけている。

「そうしてくれると助かる」

「あのさ……、明日、二回目の化学療法の日なんだ」

「つきあうわ。じゃあとで」

会話終了。パオラが一緒に来てくれる――よかった。ただ、今の会話を心の中で思い返してみると――単調で、毎日変わりばえのしない内容、口調は丁寧だけど愛情が感じられない――やっぱり気がふさぐ。ぼくはパオラの愛情を取り戻したいし、彼女に許してもらいたいのだ。少しでもゴールに近づいているんじゃないかと、毎日期待する。なのに、ますます遠くなるばかり。

八四

化学療法の第二回目。待合室で同じ年くらいのおしゃべり好きな男性と話をしていると、彼がやや自慢げに、自分はすでに三回目なのだと打ち明ける。二十秒後、男は再び言う。この治療は効果がない、と。中の部屋から、別の患者が奥さんとおぼしき人に寄りかかりながら出てくる。まだ五十歳にもなっていないだろうに、足どりは危なっかしく、棒きれみたいにがりがりで、目はうつろでどんよりとしている。

いよいよぼくの番がくる。前回と同じストロンボリ似の看護師が出てきて、ぼくの名前を呼ぶ。パオラは待合室に残り、ぼくはすでに勝手知ったるその小部屋に入る。二分後、またまた血管に針を刺され、頭の中で無数の思いがとぐろを巻きはじめる。

子どもの頃、ぼくの想像力をかき立てる職業が三つあった。

一つ目は、ばあちゃんが鏡台のいちばん上の引き出しに大事にしまっておいてくれた昔の作文、〝大きくなったらなりたいもの〟によると、遊園地の乗り物検査員だ。小利口な子どもだったぼくは、仕事と娯楽を一緒にしようと思いついたのだった。いずれにせよ、誰か「この乗り物は万全に整備されています、楽しく安全ですから、どうぞどなたでもお乗りください」と言うのを仕事にする人が必要だ。しかも、検査員なら生涯チケットをもらえるから、いつでも好きな時に遊園地に行き放題というのがうれしい。

ふたつ目の職業、これは犯罪行為の領域に足を踏み入れることになる、つまり夜盗だ。おそらく大好きなコミック『ダイアボリック』の影響だろうが、夜中に宝石店に忍び込んで根こそぎかっさらう夢をよく見ていた。さすがに、こんな大それた野望を実際に叶えようと思ったことはないけど、告白すれば、旅先のホテルからバスローブを失敬したことなら一度ならずある。

三つ目の仕事だけど、これについては、ぼくが時代を先取りしていたと言ってもいいだろう。つまり今で言うところのライフコーチで、当時自分で呼んでいたのは、単純ながらかなり正確に言い表している言葉――助言者だ。マザラン枢機卿かルイ十三世の宰相だったリシュリュー枢機卿みたいな人物をイメージしていて、人生における無数の厄介な選択について、顧客の相談にのるのが仕事だ。

「今つきあっている女の子は、本当にぼくにふさわしいのでしょうか？」

じゃーん、ここで助言者が登場し、確固たる回答を述べる。

「この仕事を引き受けたほうがいいでしょうか？　どうでしょう？」

じゃーん、最善のアドバイスを用意した助言者が待っている。

だけど結局、ぼくはこれらの仕事のどれにも就くことはなかった。遊園地の乗り物検査も、泥棒もしないし、自分の頭の上の蝿も追えないのに、ましてや誰かに助言することなんかできやしない。

急に、自分が負け犬な気がしてくる。

そうこうするうちに、針は汚れ仕事をすませ、いつもの用量の毒物をぼくの体内に注入し終える。これが正しい選択かどうかなんてことは、もうわからなくなる。

「気分はいかがですか、バッティスティーニさん？」看護師が尋ねる。

ここのところ、答えはいつも同じ。

「おかげさまで、最悪です」

閉所恐怖症を引き起こしそうなその小部屋を出て、待合室を抜けて歩いていくと、さっきのおしゃべりな男にふたたび出くわす。自分はこれが三回目の化学療法なんだと、またもやくりかえす。ぼくだったら四回目はご免だ。ぼくはパオラの差しだす腕につかまり、外の新鮮な空気の中に出ていく。泣きたくなってくる。

八三

もうジムに働きに行かなくていいというのは、なんだか妙な感じがする。午前十一時半なんていう時間にボルゲーゼ公園をぶらぶらと散歩するというだけでも、ぼくにとっては非日常だ。特権階級の人間にでもなった気分になる。不意に、コロセウムとそこで行われた残虐性と運動競技を融合した血みどろゲームを連想させる、あるラテン語が思い浮かぶ。モリテュラス、死にゆく者という意味だ。悪くない。小学校の教科書に出てくるようなノスタルジックな雰囲気がある。モリテュラス。死にゆく者。ぼくはモリテュラスなのだ。気に入った。歓喜に湧く観衆の見守る中、最後の戦いを前にした勇ましい剣闘士さながらの気分になる。ぼくにとってはフリッツが人喰い虎だ。けれど、フリッツなんて名前の虎はあんまり怖そうじゃない。ただの無邪気な大猫っていう感じ。

早くも気分がよくなってきた。

モリテュラス。

我まさに死せんとす。

名刺の肩書に書いたらかっこいいかもしれない。「ルチオ・バッティスティーニ、モリテュラス」、なんてね。

半ズボン姿の観光客たちの大軍が行進していくポポロ広場の歩行者天国を抜けて、フラミニーオ広場にむかう。途中で自由の女神のコスプレをした女性がいたから、立ち止まって眺める。顔を白塗りにして、おひさま型花火みたいなギザギザの帽子をかぶっている。オベリスクの土台のところで身動きひとつせずにじっと立っている。女神の顔の塗料が暑さで徐々に流れおちる。ぼくは彼女のとなりの階段に腰を下ろすと、〝無為道〟の神髄を極めた達人になる。

そのあと裏道をジグザグに抜けて、ヴェネチア広場方面へと進む。すると途中で、見たことのない小さな店が目に留まる。表の看板がまだ新しい。〈井戸端会議《チットチャット》〉という店名に惹かれて、ぼくは中に入る。元警官で今はリタイア族だという店主、マッシミリアーノに迎えられる。店内にあるのは、火のない暖炉、大きさもデザインもばらばらのソファーがいくつか、ワイドスクリーンのテレビとその前に置かれたアームチェアが一脚、冷蔵庫、やかんが湯気を立てているのが見えるオープンキッチン、小さなテーブルがひとつ。まるで旧式のアパートメントのリビングルームに、寄せ集めの家具をなんとなく並べただけみたいに見える。まさにそのとおりなんだろう。

マッシミリアーノは七十歳ということだけど、見た目はそれよりずっと若い。生涯独身ですでに身寄りもない。読書家で知的な印象だ。彼が言うには、引退したはいいが、ひとりアパートメントの一階の部屋で、来る日も来る日も昔の映画を観たり長年の趣味だった料理に耽る毎日に、早々と退屈してしまったらしい。何か物足りない。ひどい孤独感に襲われるも、わずかな年金では世界一周旅行なんて夢のまた夢。そこで彼は、アパートメントの玄関ドアを、新しく店舗用のガラス張りのものに変え、そこに手描きの〈チットチャット〉の看板をさげた。そして獲物がかかるのを待っていたというわけだ。

「とまあ、単純な話だ」マッシミリアーノはぼくに説明する。「見ず知らずの他人を自宅にあげて、お茶やビスケットを振る舞って、店名どおりちょっとしたおしゃべりをして、一緒にテレビを観て、そんな感じさ。つまりは社交の場ってとこだな」

〈チットチャットの店〉。なんてことはないけど、素敵だ。レオナルド・ダ・ヴィンチだってこんなのは思いつかなかっただろう。陳列棚に友情を並べた薬屋みたいなものだ。客は帰り際に、経費がまかなえる程度の（たいていは五ユーロ）、妥当と思う金額を自分で決めて支払うことになっていると、マッシミリアーノは言う。

「で、経営のほうはどうなんです？」

「順調さ。いまどきの人たちはみんな物には不自由してない。けど、愚痴を聞いてくれる暇がある相手には不自由しているようだな。おかげでぼくは自分の時間がほとんどなくなった」

「お客さんはどういった人たちなんですか？」

「いろいろだよ。恋人にふられた人、ぼくみたいな年金生活者、たまに会社のエグゼクティブなんかも来る。昼休みに〝祖父ちゃんもどき〟と一時間ほど息抜きしにな」と彼は笑う。

　マッシミリアーノは陽気なおしゃべりとビスケットやケーキで客たちをまんべんなくもてなし、今ではたくさんの熱心な常連が近隣から集まっていた。彼と過ごす数時間には優れた癒し効果がある。いろんな人にすすめたい。指圧マッサージや抗うつ剤なんかやめて、ここへ来たほうがずっといい。そのうちどこかの多国籍企業がこのアイデアを盗んで、ファスト・フレンドのアウトレットショップをチェーン展開するだろう。キャッチコピーは「あなたにもできる、友だち一〇〇人！」

　二、三時間ほどこの店で過ごす。テレビの衛星放送でやっていた『ハッピーデイズ』を観て、がんと最近はじめたばかりの治療のことを彼に話す。話しながら初めて、自分の心はすでに決まっていることに気づく。じわじわと植物人間になってしまうような治療はもう受けない、血管に針を突きたてることは二度としたくない。さらば《アリベデルチ》、化学療法。そう思っただけで、気分がすっと良くなる。

　マッシミリアーノはもう何年もベジタリアンだそうで、何を食べるか食べないかでがんを予防しているのだと言う。彼は専門家ではないけれど、代替療法を探してみたらどうかと助言をくれる。偽医者は避けて、自然療法を取り入れているところに限る、とつけ加える。

「一度、自然療法医に診てもらうといい」

「自然療法医はどんなことをしてくれるんです？」

「健康的な生活のためのアドバイスをくれる。自然療法医ってのは、言わば、栄養士と精神分析医を足して二で割ったようなもんだ」

ぼくは教えてもらったとおりにメモし、そのあともう一時間かそこら、ふたりで他愛ない話を続ける。

帰り際、テーブルの上に一〇ユーロを置く。

すっかり気分がいい。また来よう。

八二

「いいですかバッティスティーニさん、悪性腫瘍の治療法には二つのタイプがあります。従来のがん治療と、いわゆる〝代替療法〟と呼ばれるものです。わたしはこの代替という言葉はあまり好きではないのですが……。なぜなら、何に対する代替なのかと思うからです。むしろ自然療法と呼んだ方がよいのです。自然界の流れにそった治療法なので」

ぼくは自然療法医のドクター・ザネッラの話を黙って聞いている。五十代前半、マドンナのほとんど生き写しと言ってもいい。

「従来の治療は主に病気にフォーカスします」と、ポップスターは言う。「対して、自然療法は体全体《ホリスティック》にフォーカスします。言ってみれば、患者さんを丸ごと治療するということです」

目の前にいるのは偽医者なのか、本物のマドンナなのか、それとも深い真理をつく悟りをひらいた導師《グル》なのか、今のところなんとも言えない。

「従来のアプローチでは」と医師は続ける。「合成薬品や化学療法、放射線療法などで健康の回復を図ろうとしますが、患者さんの生活習慣や食事に関しては、ほとんど、あるいは全くと言っていいほど目をむけません。いったいあの人たちは、人の体を化学物質漬けにして、どうやって病気を治すつもりなんでしょうね。毒を盛り続けて？　合成薬品《ファーマスーティカル》という言葉はギリシャ語のファルマコンからきています。この単語が〝毒〟を意味するのは、もちろん偶然などではありません」

学校でギリシャ語を勉強していた時にこれを聞いていたら、薬屋には決して足を踏み入れまいと思っただろう。

「腫瘍細胞というものは、大気汚染やアルコール、たばこの煙、不健康な食品や農薬で汚染された食品、乳製品、肉、精製された砂糖などの人体に悪影響を及ぼす食品といったものを摂取した結果、体内から放出される毒素のせいで、絶えず増殖を繰り返しているのです」

「待ってください……、乳製品や肉や砂糖が体に悪い……ってどういうことなんです？」

「いろいろな点で非常によくないです。日常的によく食べているものはありますか？」

「いつも食べてるものですか。ええと、地中海料理ですかね。パスタとかトマト、ステーキにチーズ」

「最悪ですね。朝食には何を？」

ぼくはためらう。

「朝食はいつも、あの……ドーナツです」

「油で揚げてある、あれですか？」

「そりゃあもちろん、揚げてあるやつです。昔ながらの砂糖がけドーナツ。義父が菓子屋をやってるもんで」

シンガーは、ぼくが朝食には毎朝赤ん坊の丸焼きを食べてます、とでも言ったかのような顔でこっちを見る。

「それがどういうことなのかご説明しましょう、バッティスティーニさん。ドーナツというのは、精製されて漂白したり機械で加工したりしたために、ビタミンもなにもなくなったあとの精白小麦粉でできています。精白小麦粉は他のいろいろな精製食品同様、血糖値を上げ、結果としてインシュリン値を上げる原因にもなります。それ故、トータルに身体の衰弱が進み、病気や腫瘍ができる条件がどんどん揃っていってしまうのです」

医師が真面目な話をしているのか、それともただぼくをからかっているだけなのか、さっぱりわからない。彼女はぼくが毎日食べている基本的な食品、つまり卵（彼女によれば、卵はほとんどが抗生物質入りの餌を与えられケージ飼いの雌鶏が産んだもの）から、牛乳（大量のカゼインを含んでいるため、炎症を引き起こし体内のカルシウムを奪い去る）まで、さらには、砂糖（有害物以外の何ものでもない）から油（発がん性あり）まで、すべてやめるように強調する。

「発・がん・性ですよ」と、医師は意地悪そうな満足顔でくりかえす。「朝のドーナツは最大の敵です！」

ショックだ。これまでの人生のなかでも、両親に捨てられた時と、一九九四年のワールドカップでイタリアが敗退した時以来の最大のショックかもしれない。まさかドーナツが健康に悪いだなんて。ぼくはトイレに行かせて欲しいと頼む。本当は隠れてスマホで手短にオンライン検索するのが目的だ。知りたい。知識に飢えている。

例によって親友のグーグル君の手を借りる。どうやら、自然医の言うことは紛れもない真実らしい。医師の話は何もかも、確固たる科学的根拠に基づいている。

ぼくはザネッラ医師の部屋にもどり、もう少し深掘りすることにする。主たる質問はいつもどおり直球勝負。「ぼくは手遅れなんでしょうか？」

「おそらくそんなことはないと思います。人体というのは、ある程度の時間をかけて有害物質に侵されることによって病気になります。毒性のある食品や合成薬品、ドラッグ、アルコールや抑圧された感情などにです」

「ぼくは酒もたばこもやりませんし、ドラッグだってマリファナを年に二回くらい吸うのをのぞけばほとんどやらない」

「しかしドーナツを食べています。その他にも、体に良くないものを食べているかも」

ぼくは教室の隅に立たされている小学生の気分になる。

「いいですか、がんを治療するには食事や生活習慣をかえる必要があります。つまり、ローフードや野菜ジュースや十分な日光浴やヨガ呼吸のエクササイズを取り入れ、発がん性のある食品や薬品、その他のものを全面的に排除することが必要なのです。もし腫瘍がまだそれほど大きくないのなら、進行を遅らせたり、あるいは寛解の可能性すらあるかもしれません」

「何をすれば？」

「まずは二日間の完全断食からはじめましょう。がんはあなたの体内に寄生しているのです。あなたが何も食べなければ、がんも食べません。でも体のほうには、がんよりも長生きできるだけのエネルギーの蓄えがあります」

素朴な疑問が浮かぶ。

「だったら、みんながそれをしたら良さそうなものなのに」

「製薬会社が問題なのです。お答えになってますかしら？　つまり、もしみんなが、もっとも浄化作用の高い物質はイラクサエキスだなんてことを知ってしまったら、製薬会社は商売上がったりでしょうからね」

「なるほど。それで二日間のダイエットですか」はやくも、恐怖に縮み上がってしまう。

「ダイエットではありません。断食です。初めに二日間かけて消化器官を休ませ、それから適切な食餌療法をはじめます。腫瘍を小さくする目的の食養生では、新鮮な有機野菜を生で食べることを基本としながら、部分的に断食を取り入れていきます」

医師は食べていいものいけないものを、次々とリストアップしていく。実質的には厳格な菜食主義の食事だ。

「夜寝る前には、肝臓と肺に当たる体の部位にキャベツの葉と鉱泉泥でパックをすることをお勧めします」

ぼくは医師の話をさえぎる。「回復の見込みはどのくらいでしょうか？」

「この際ですからはっきり申し上げましょう。もしバッティスティーニさんが一年前にここにいらしたなら、まだ腫瘍が初期の段階で、化学療法を一度も受けていないときでしたら、九九パーセント見込みがあると言えたと思います。ですが、病気がここまで進行してしまうと、回復の見込みは少ない。ただ、残された日々の生活の質を向上させて、気力や体力をより充実させるチャンスならあります……、それに、とどのつまり、どうなるかは誰にもわかりませんから。人体というものは予測不能で複雑な機械みたいなもので、自然治癒力というものがもともと誰にでも備わっているのです。それにはいつも驚かされるほどです」

最後の数行を聞いたおかげで、なんとか落ち込まずにすむ。

「やってみますか？」マドンナはそう言うと、初めてわずかに微笑む。

八一

断食一日目。

正午までは、頭がぐるぐる回って胃がグーグー音をたて続けていた。幸い、なんとかピークは過ぎ去る。食べ物が入ってこないことがわかると、身体は落ちつきを取りもどし、警報を発するのをやめる。

ぼくはまた〈チットチャット〉に行く。助言にしたがったことをマッシミリアーノに伝えたい。

「そうか、それはよかった」ハーブティーを淹れながら、彼は言う。

「手遅れかもしれないけど、できるだけのことをしてみようと思います」

「それがいいとぼくも思うよ」

前回紅茶に浸して食べたビスケットを、ぼくは飢えてギラギラした目でみつめる。三匹の子豚をねらう悪いオオカミみたいによだれが出てくるのがわかる。ビスケットを戸棚にしまってもらえないかとマッシミリアーノに頼む。見ぬこと清し。いつもの最善策だ。

「しばらくは様子見だな?」貴重な珍味をしまい込みながら、マッシミリアーノは言う。

「体にいいものを腹八分目に食べていると、日に日に活力が湧いてくるのがわかるだろう」

「だといいけど。今はまだ、朝起きた瞬間からぐったり疲れてます」

と、そのとき、客が呼び鈴を鳴らす。五十代前半くらいの背の高い痩せた紳士が、すっかり憔悴しきった様子で入ってくる。ぼくはここが公共のスペースで、友人の家じゃないことを忘れていた。

「すみませんが、三十分くらいしてから出直してもらえますか？」マッシミリアーノは新客に言う。「それか、よければ座って一緒にちょっとテレビでも見ますか」

痩せた男はそれでいいと言う。そういうわけで、ぼくらは三人で〈ハッピーデイズ〉の再放送を観ている。フォンジーが賭けで、むこう見ずにも鮫の上を水上スキーで跳び越える、例のあの強烈な一話だ。

「この話があんまりばかばかしすぎたから」マッシミリアーノが解説する。「アメリカじゃあ、〝鮫越え〟って言葉は、テレビ番組が下り坂になりはじめることを指しているんだと」

「この回は好きでしたけど」ジャンアンドレアと名乗る痩せ男が言う。男が悲し気なのは、おそらく赤ん坊の時につけられたこの名前のせいだ。

「ぼくも」とぼくは同意する。

「あの時はみんな好きだったんだ。要はおれたちの見る目が前とは変わったってことだ」

空腹のうずきが胃をわしづかみにする。ぼくはマッシミリアーノとジャンアンドレアに別れを告げて家に帰る。

突然、電話が鳴って驚く。ウンベルトからだ。

「フェイスブックに彼女からの書き込みがあった！」

「彼女って？」

「彼女って？　はないだろ。マルティナだよ、ツアーガイドの。ミス・マープル！」

ぼくはウンベルトの家へ急ぐ。このニュースを一刻もはやく義父に伝えたい。だけどその前に、お世辞にも感じがいいとは言えないこの婦人のメッセージに返信しなくては。

「こんにちは。わたしが写真の者です。ですがわたしはあなたの祖母ではありませんし、どういうつもりでこんなバカげた悪ふざけをするのか理解できません。ただちに写真を削除しないと、警察に通報します」

これじゃ、ラブストーリーが始まる前から下り坂になってしまう。

彼女にわけを話すことにする。実を言うと、ぼくの義理の父は二週間前にツアーに参加した小太りのドイツ人の唖者で、もう一度あなたにお会いしたいと思っている。ツアー会社にあなたのことを問い合わせてみたが、マルティナという名前の人はいないといわれた、と書いて返信する。婦人はオンライン状態だったようで、すぐに返事がくる。

「ときどき孫娘の代役としてガイドをするだけですので、ツアー会社はわたしの名前を知らなかったのです。あの人たちは何も知りません。お義父さまが唖者ではないことは最初からわかっていましたし、喜んでディナーをご一緒いたしますと、どうぞお伝えください。このアドレスにメールをいただければと思います。よろしくお願い致します」

二時間後には、翌日の晩にトラステヴェレのこぢんまりしたレストランでデートをする約束が成立した。オスカーにはいたく感謝されたうえに、何を着ていけばいいか助言まで求められる。

恋のキューピッドとしては、文句なしでA＋の成果だ。

八〇

ぼくがプールのロッカールームにいると、頼り甲斐のないゴールキーパー、バターフィンガーがやって来て、出しぬけに尋ねる。「具合はどうです、コーチ？」

「どういう意味だ？」

これまで誰もぼくの体調を気にしたりしなかった。どちらかと言えば、練習後や試合の前なんかにやつらの調子を訊くのはぼくのほうだ。

「いえ別に……、コーチが咳をしてたみたいだったから」

病気に気づかれたのかとひやりとする。チームのみんなは知らない。アシスタントコーチのジャコモにだけは知らせたが、他言無用と言ってある。言わなくても、どっちみち彼からもれることはないだろうけど。

「大丈夫だ。ただ、ちょっと気管支炎ぎみでな」

「風邪でも引いたのでは？　今日の試合について何かありますか？」

「ひとつだけある。おまえのところに来たボールはすべてブロックしろ。いいな？」

今日の相手はリーグ最下位のチーム、コランダーズ・アスレティックス、ぼくらはザル《コランダー》・アスレティックスと呼んでいる。一試合に平均で十五失点するチームだ。引き分けすらしたことがない。

　選手たちはプールに入り、すっかりリラックスして、余裕しゃくしゃくの体だ。そして案の定、第三クォーターの終盤には一点差の八対七でコランダーズにリードを許してしまう。ぼくはプールサイドで怒り心頭となる。もっとぶつかって行け、ボールを奪いに行け、と大声で選手たちに発破をかける。この試合を落とせば、プレーオフ進出への望みに別れのキスをすることになってしまう。普段はかなり無口で英国風のジャコモですら、珍しく怒りをあらわにして罵り言葉を発している。

　最終クォーターは、実に我がチームらしからぬ攻撃性を全開にして臨む。最後の最後でなんとか一点差をつけ辛くも勝利するが、誰も喜ばない。ぼくは激怒する。選手たちは敵を甘く見過ぎて、危うくこれまでのシーズンをすべて水の泡にするところだった。めったに口にしたことのない厳しい言葉で選手たちを叱りつける。と、次の瞬間、目の前が真っ暗になって、ぼくは床にくずおれる。

　プールの小さな医務室で目を覚ます。そばにはジャコモと若い水泳のインストラクターがいる。

「心配いりませんよ」とインストラクターの女性が言う。「今、救急車を呼びましたから。二、三分、意識を失っていらしたんです」

　救急車なんていらない。

「ただ、急に強いストレスがかかっただけだから」とぼくは言って、ベッドから起きあがる。本当を言うと、断食か、でなければ前回の化学療法のせいじゃないかと思う。あるいはその両方。

医務室を出ると、プールのロビーに所在なさげにうろうろしている子どもたちがいる。彼らが妙によそよそしい態度でぼくを見る。コーチにとって、戦場の指揮官にとって最悪なのは、戦士たちに弱みをさらすことだ。恐れを知らぬ完全無欠のコーチとしてのぼくのキャリアは、今日、幕を閉じた。あるいは、これが新たなはじまりなのかもしれない。

七九

　ローマに夕闇がせまる頃、義理の父のオスカーはデートの準備にとりかかり、ぼくは絞首台にむかう死刑囚の心境で、アパートメントの管理組合の会合へと出かける。

　そこで真に問われるのは次の点だ。余命わずか七十九日の人間が、なぜアパートメントの会合なんぞで時間を無駄にしなくちゃならないのか？

　ぼくがご近所さんたちに挨拶すると、彼らの目には、早くも一触即発な不穏な色が浮かんでいるのがわかる。次の瞬間、やはりこんなところにいる場合じゃないと思いなおし、部屋を立ち去る。ウンベルトとコラードに電話をかける。そのあとレストランにも電話する。ちょうど三十分後にオスカーが〝ミス・マープル〟とデートするはずの、まさにそのレストランだ。

　オスカーが柄にもなく慇懃な態度でマルティナを案内しながらテーブル席に向かって歩いてくると、ぼくたちがすぐ隣のテーブルに座っている。彼は憎々しげにこちらをにらみつける。

　おいおまえら、そこで何やってんだ？　義父の心の声を字幕スーパーにするとこうなる。

ニヘッと笑ってごまかす。こんな高みの見物を逃すわけにはいかない。

ぼくは大盛サラダを注文し、ミックスグリルを丸のみに平らげている肉食男子たちをげんなりさせる。オスカーが相手のレディー（確かにとても感じのいい人だ）の好感を得ようとまくしたてている与太話に聞き耳を立てながら、ぼくらはその晩を過ごす。アフリカで二年間ボランティア活動をした話や、自分が太っている理由はひとえに世間のイメージに合わせているせいだという話はなかなか説得力がある。「パティシエたるもの痩せるわけにはいかない。でないと、お客さんにいったいどんな菓子屋かと思われる」

メイン料理が運ばれてきた頃には、この隠居のおばあさんも義父に興味をひかれていることがわかり、むこうみずな冒険の末ではあったものの、どうやら義父は首尾よく新しいパートナーをみつけたらしいと、ぼくは確信する。彼が勘定をすませマルティナと一緒に出口にむかうと、あとは二人きりにしてあげることにする。出ていき際に、オスカーがぼくにウインクを投げてよこし、ぼくは友人たちと店に残り、冗談を言っては笑いころげる。

家に帰るとパオラがテレビの前で眠り込んでいる。頭のてっぺんにキスをして妻を起こす。オスカーからは当分の間、彼の色恋話はパオラに内緒にしておくように言われている。ぼくはドレッサーの引き出しからノートを取りだしてリストのひとつに線を引いて消す。「ミス・マープルを探せ」そのあとシャワーを浴びる。今日は一日野菜しか食べていないけれど、確かに少し気分がいい気がする。いつもより元気だし、気持ちも前むきだ。そしてなによりも、愛を交わしたいという欲求がふつふつとわいてきている。もう三ヶ月もセックスしていない。ぼくたちの間では記録だ。彼女が妊娠中でもこんなにごぶさただったことはなかった。十分後、ハーブティーの入ったマグカップを手に妻もベッドに来る。ぼくは寝たふりをする。少ししてから腕でパオラにそっと触れようとしてみる。彼女はそれを払いのける。

「ルチオ、お願いよ」

ルチオ、お願いよ。

これを構文解析してみる。

「ルチオ」は補語の呼格だ。「マイラブ」、「アモーレ」、「スイートハート」などといった呼称を使用しないことにより、彼女の敵意や心の距離を表していることがわかる。以前なら、ただルチオとだけ呼ぶようなことは決してなかった。

「お願いよ」は機能的副詞で、使用範囲は極めて広い。多用途で使われる。しかし、特にこの場合においては、明らかに不快感や我慢がならないといった感情（やめて、お願いよ！）、あるいは嘆願（これやっておいて、または、あれはやめて、お願いよ）を意味する。間違いなく妻はぼくのことを疎んじていることがわかる。わが友フリッツのことがなければ、ここ最近一緒に過ごす場所は病院じゃなくて、離婚弁護士のオフィスだったかもしれない。

ぼくは反対側をむいて、ふたたび愛を交わす日のことを夢見る。

さっそく、残りの人生でもっとも大事な日のことをリストに加えるとしよう。

七八

「ルチオ、おれは恋をしちまった」

　もちろんこれはオスカーのセリフだ。聴衆はぼくをのぞけば、ミニティラミスを手際よく並べながら聞いているスリランカ人のアシスタントだけ。

「そりゃあ、いいニュースじゃないですか」

「そうだろう。ところがだ、悪いニュースも一緒にくっついてきた」

「悪いニュース？」

「彼女にはボーイフレンドがいるんだと」

〝ボーイフレンド〟という言葉と、マルティナまたの名をミス・マープルの取りあわせがおかしくて、ぼくは思わず笑みをもらす。

「『ボーイフレンドがいる』って　どういうことです？　彼女は未亡人だって言ってたじゃないですか」

「ボーイフレンドのいる未亡人だ。相手はミラノ在住の元エンジニアだとさ。月に一度会っているらしい」

「それで？」

「それで昨日の夜キスしたんだが、その後、彼女が逃げ帰っちまった。今朝になってメールが来てな。あなたのことは大好きだけどちょっと混乱してるの、とまあ、こう言うんだ」

話が込み入ってくる。なんだかチューボーカップルの淡い恋物語みたいだ。

「よくある展開ですね。なんて返信したんですか?」

「ちょっとストレート過ぎたかもしれんがな。こう返事を書いた。『愛してる。ミラノ男とは別れてくれ』」

「さすが。それでこそお義父さん。きっぱりと男らしい。で、返事は?」

「なかった。だがそれは携帯電話のクレジットが切れたせいで、そのあと孫息子の電話を借りてかけなおしてきた」

話を盛り上げるオスカーの能力は周知のところだ。

「お義父さん、要点を言ってください」

「そうだな。つまりおれは今見習い期間中ってことだ。そのエンジニア野郎との決選投票の結果待ちと言ってもいい」

「決選投票?」

「そうだ。彼女の言うには、今すぐどっちかには決められないし、おれのことをまだよく知らないし、二年間つきあってきた男を、一時のよろめきのために捨てるのはどうかと思うってことらしい。それからこうも言っとった。あなたとはベッドでの相性だってまだわからない、となと」

「あのレディーが本当にそんな風に言ったんですか？」スリランカ人が訊く。彼の興味はもっぱら下ネタに限られる。

「おまえは自分のやることをやっとれ。仕事に戻れ」オスカーが助手をたしなめる。「おれとベッドを共にするのはやぶさかではないが、ミラノ男を裏切るのは気が引けるんだとさ」

「年頃になってからっていうもの、なんど同じ言い訳を聞いてきたことか。そういう場合はですね、しばらく時間をおいてから、また少しプッシュすればかならず落とせます」

「おれがその手を知らないとでも？　次の土曜の夜に一緒に映画に行くことになっている。まあ、そこでどうなるかだ。このことパオラには言ってないだろうな？」

「一言も」

「しばらくは様子見だ。娘をやきもきさせるのは、それからでも遅くない。おれが母さん以外の女性とつきあいはじめたら、あいつはなんと言うかな」

「素直に喜んでくれるに決まってますよ」

「だといいが、ルチオ。おまえのほうはどうなんだ？」

「なんとか生きてます」作り笑顔でぼくは答える。

「おれに何かできることはないか？」

「残念ながら、なさそうです」

ぼくらは立ったまま、しばらくお互いの顔を見ている。

「こんなこと間違っとる。病気ならおれがなればよかったんだ。おれはもう十分生きたし、やりたいこともやった。七十過ぎて、順番からしたらおれが先に死ぬべきだ。本当に、できることなら代わってやりたいよ」

オスカーが本心を語っているのだとわかる。ぼくたちはハグしあう。これまで一度も義父をハグしたことはなかった。ぼくは彼の腕の中に身をあずける。深い安堵に包まれる。

七七

ついさっき、ぼくの心臓は十五億回目を打った。統計的に言えば、人間にとって最も重要なこの臓器は、プスプス音を立てやがて止まってしまうまでに、三十億回鼓動するらしいから、十五億回というのは記念すべき折り返し地点だ。心臓にはアルカリ乾電池みたいな厳密な消費期限があるそうで、言われてみればアスリートには短命の人が多い。彼らは一分間あたりの脈拍数が増加して、生命維持に必要なエネルギーを余分に消費してしまうためだ。ぼくの心臓もすでに四十年間働いてきて、日数にすると一万四五四〇日（閏年含む）、かなりな走行距離と言える。

この四十年で、一一万六三二〇時間眠り、三万一四一〇時間テレビを観て、二二四三キロのパンを食べ、九四五二本のバナナを食べ、そして残念ながら一万一二三四個のドーナツを食べてしまった。

これまで車を四台、バイクを六台、原付自転車を七台所有した。

本を三四二冊、漫画本を約一〇〇〇冊、レコードを五八枚、CDを一五三枚持っている。

およそ二万五〇〇〇回、電話をかけた。

三二七回、散髪をした（一度、丸坊主にしたこともある）。

映画を二三一六本、芝居を二八八回観た。

泥酔したのはたったの四回。一度はパリでだ。

隣の奥さんにそそられるのは、それこそ毎日。

四十三人の女性とベッドを共にした。パオラとはだいたい六百回くらい愛を交わし、妻は無敵の絶対王者として他の女性たちを打ち負かす。

親戚や友人の葬式に九回、結婚式に三十一回参列した。

こんな調子であれこれ数えていたら、午後じゅうかかってしまった。

なんでわざわざこんなことをするのか、自分でもよくわからない。確か「人生の中のいろんな数字を合計してみよう」と思いついて、この子どもじみた遊びにはまってしまったのだ。だけど、これらの数字をみてみると、人生とはなかなか悲しいものだという気分になる。

残り七十七日、なのに今日ぼくがしたことと言えば時間の浪費。今、唯一意味のある数字は七十七だけだ。食餌療法のおかげで体重はみるみる減っていき、ライオンなみの力が湧いてくる。手負いのライオン、でもライオンには違いない。

七六

「ルチオ！　選挙に勝ったぞ！」オスカーが受話器に向かって声をはり上げている。「マルティナがミラノ男と別れて、おれとつきあってくれることになった」

「まずはベッドでの相性を確かめてからって話じゃなかったでしたっけ？」好奇心にまかせてぼくは尋ねる。

「それなら昨晩、確認ずみだ。心配はいらん、首尾は上々だった」興奮気味の義父は答える。

　ぼくは微笑む。自分のことのようにうれしい。

「ところで」オスカーは続ける。「今晩マルティナを連れて、食事にいってもいいか？　夜中の十二時になったらパオラの誕生日を祝って乾杯もできるし、ついでにおまえたちに彼女をひき会わせることもできる」

　明日は妻の誕生日だ。毎年何かしらの準備をしてきた。でも、今年はどうしていいやら。

「大歓迎です。パオラには何て言えば？」

「友人をひとり連れていくと言っておけ。知り合いの女性とかなんとか。適当にぼやかしておいてくれよ」

「マルティナは食べ物の好き嫌いは何かありますか？」

「ありがたいことに、彼女は雑食だ」

「よかった。じゃあ九時に待っています」

ぼくは電話を切ると、パオラにそのことを伝える。曖昧に話したつもりなのに、彼女はすぐにピンときたらしく、質問が矢継ぎばやに飛んでくる。

「そのマルティナって誰なの？　何してる人？　あなたの知ってる人？　いい人？」

どう見ても年老いた父親を気づかう娘というより、息子を心配する母親だ。ただ、オスカーが女性と会っていることについては、特に気にしていないようなのでほっとする。母親が亡くなって十年にもなるというのに、いまだにこの件に関しては、パオラがどんな反応を示すのか予測不能なのだ。


九時になると、ぼくらはやきもきしながらおしどりカップルを待ち受ける。上等のフォークやスプーン、布製のナプキンを並べた。ぼくはテレビ番組の〈マスターシェフ〉顔負けのチキンカレーと野菜炒めを作った。ぼくの活力維持のためと、義父が居眠りせずにデザートまで持ちこたえられるように軽めのメニューにしてみた。残念ながら本物のおばあちゃんに会えずじまいだった子どもたちは少々興奮気味だ。初めてのお客さんは〝おじいちゃんのガールフレンド〟だと教えると、彼らは会ってもいないうちから、早々にマルティナを自分たちのおばあちゃんということにする。エヴァは新おばあちゃんが動物好きかどうか尋ね、ロレンツォは継祖母でもクリスマスプレゼントをくれるかどうかと訊く。

玄関の呼び鈴が鳴る。ふたりは入念に特訓を重ねてきたチームみたいで、今にも肩を並べてグラウンドに出ていき華麗なゲームを披露してくれそうだ。ぼくはドアを開け、ジャケットとネクタイ姿のオスカーと、こってりメイクに階段の踊り場まで匂いそうなほどたっぷりと香水を浴びてきたマルティナを見て、笑いをこらえるのに必死だった。

夕食会はすこぶる順調に運ぶ。マルティナは以前、高校の美術史の教師だったそうで、今はたまに、パートタイムのツアーガイドをしている孫娘クラウディアの助っ人をしていることは前に聞いたとおりだ。二人の子どもと四人の孫に恵まれ、亡くなった夫は国税庁の長官だった。

「それがな、一九九一年におれは、よりにもよって彼女の旦那に店の会計監査を受けたことがあったことがわかったんだ。客に領収書を渡してなかったもんだから。ほとんどの客に渡してなかったんだ。そのときの彼の署名入りの書類が出てきた」

この偶然の出来事にオスカーは大笑いし、マルティナは少々困惑した様子だ。亡き夫を思い出しているのかもしれない。ぼくは話題を変え、楽しい夕べはあっと言う間に時間が過ぎていく。ロレンツォとエヴァは婦人に自分たちの部屋を見せ、エヴァは言葉の洪水で彼女をおぼれさせ、しまいにパオラが助け舟を出しにいくことになる。

「彼女、どうだい？」ぼくと二人だけになったすきを見はからって、オスカーが訊く。

「良さそうな人ですね」

「良さそうな人じゃない。良い人だ。それにベッドでの彼女ときたら、想像もつかんだろうよ。メス豹だ」

ぼくは廊下にいるミス・マープルを眺めながら、ムチを片手に網タイツ姿の彼女を思い浮かべるのに難儀する。

「あなたと結婚するつもりはない、と彼女からはすでに言われている」義父は続ける。「でないと旦那の遺族年金をもらえなくなってしまうからだ。おれもそれで構わない」

オスカーがやたらと話題をごっちゃにしたあげく、それを上手くまとめるのには感心する。

その晩は、このあとにジェスチャーゲームが続く。二人の子どもがそれぞれキャプテンになって、男性チームと女性チームにわかれる。ぼくのひときわ優れたジェスチャー力にもかかわらず、ロレンツォとオスカーが映画の『プライベートライアン』を当てられなかったせいで、男性チームが惨敗を喫する。

真夜中になると、オスカーが持ってきてくれた南国フルーツのケーキにキャンドルを立て、パオラが吹き消す。子どもたちが拍手喝采し、ぼくはその様子をスマホの動画におさめる。要するにぼくらは幸せなのだ。我が家の上に漂っていた暗影も、今夜はそっとしておいてくれるらしい。

成長過多の二羽のオシドリたちが巣に帰っていき、パオラが制御不能な二人の跡継ぎたちをベッドに連れていくと、ぼくは一人残ってキッチンのあとかたづけをする。食餌療法では明らかにルール違反だけど、ケーキの食べ残しをつまみ食いする。その後、椅子に腰かける。深く息をする。肺が燃えるようだ。あふれる涙をこらえられない。最高に楽しい夜だった。そしてそのことが、かえってぼくを苦しめる。この先ずっと、ぼくの悲しみの一瞬一瞬はことごとくこんな風になるのだろう。楽しくも悲しい。

少ししてから、すでにパオラの寝ているベッドにぼくも入る。シーツと上掛けの間にもぐり込み、彼女の香りをかぐ。ぼくはこの香りに心底恋している。りんごの香り。パオラに触れることはしない。まだその時じゃないのはわかっている。明日あたりがちょうどいいだろう。彼女の誕生日の夜は特別な計画がある。今度はしくじらないぞ。

七五

　ぼくのロマンティックな計画は、朝食の途中で、今夜は親友たちとディナーに出かける予定だとパオラが告げた瞬間、粉々に砕けた。女友だちが誕生日を一緒に祝ってくれるんだそうだ。ぼくは傷ついて、せっかくの計画が完全に水の泡だとがっかりしたけど、なんとか挽回できないものかと頭をひねる。そしてひとつ名案が浮かぶ。今晩、帰宅した彼女をびっくりさせるようなプレゼント大作戦だ。

　家を出て、迷わず道楽小説家のロベルトの書店へむかう。

「『星の王子さま』はあるかい？」

「もちろん！」

「普通のじゃなくて古くて特別なの、そう、稀覯本ってやつだ」

「まさにお望みのものがある」

　思ったとおり。

　ロベルトは本がうずたかく積まれた、紙と糊のあのうっとりするような独特の匂いを放つ本棚に首を突っ込む。数分ののちに、時間と共に黄ばんでわずかに反りかえった本を片手に戻ってくる。

「一九四三年のフランス語版の初版だ。英語版のわずか数日後に出版された。でもぼくに言わせりゃ、著者がフランス人なんだからこいつが初版に決まってる。あげるよ」

ぼくは代金を払うと言いはったのだけど、ロベルトはきいてくれない。何か重要なことに使うのだろうとロベルトはわかっている。ご名答。まさに最重要案件なのだ。

喜んで頂戴することにするが、ただし最低でも一回は、ぼくに朝食をおごらせてくれるという条件つきだ。彼が書き上げたばかりの最新刊の代金二〇ユーロに五ユーロを足して渡す。新作は『愛の解放』という題名で、黒人奴隷と雇い主の令嬢との悲恋物語だ。またもやデジャブかと思わせる話ではあるが、ぼくは喜んでその本を買う。

パオラが帰ってくるのを寝ないで待っている。本をプレゼント用に包装し、赤いリボンをかけて、彼女の枕の上に置いておく。

寝室に入ってきたパオラはすでに死ぬほど疲れているみたいで、十分間はプレゼントに気づきもしない。シーツの上にすべり込む時になってようやく目に留める。

「これ、何？」

「君にだよ。誕生日おめでとう、アモーレ・ミオ」

パオラは瞬きひとつしない。包みを開ける。中身を見る。

彼女のハートは感激で一杯になっているはず。

賛辞の言葉を待つ。「ダーリン、なんて素晴らしい贈り物なんでしょう。一体どこで見つけたの?」

ところが、返事はこうだ。「これなら持ってる。しかも、わたしのやつのほうがきれいだわ。返品して。レシートとってあるでしょ?」

そして一言「おやすみ」と言って、妻はその日の眠りについた。

個性的な女性とはパオラのことをいう。

だからこそ、ぼくは結婚したのだ。

七四

悲嘆に暮れるということがなかなかできない。なんとかして、もっとどっぷりと悲しみにひたろうと努力してみる。

なんの感情もわかない。悲しくもない。まるでこの惨めな人生の展開は、ぼく個人とはなんの関わりもないかのようだ。

今日は屋上のテラスに出て、日光浴用のベッドを広げた。携帯電話の電源は切った。ティーシャツと短パンで寝そべった。ぼくの視線は空をおおう雲にはりつき、雲は白く光を放ってロールシャッハの心理テストみたいな染みになり、やがてだんだんと薄れていった。

まるまる四、五時間、テラスで過ごした。

打ち捨てられた漂流物のようにじっと動かない。

永遠にここにいてもいいくらい。

ようやく、憂鬱な気分になってきた。

七三

今晩、ロレンツォとエヴァはおじいちゃん家で夕食をごちそうになり、その後はそのままお泊まりの予定で、パオラは昔なじみの女友だち二人とアートフィルムを観に行くことになっていて、ぼくだけひとりで留守番だ。こんなことも珍しい。

ぼくはウンベルトとコラードに電話して、久しぶりにスーパー・スパゲティー祭りをやることにする。三人で一キロのカルボナーラを平らげるのだ。大量の精白小麦に卵、その他の毒素がてんこ盛りだっていうのはもちろん承知の上。でもこれ抜きじゃはじまらない。カルボナーラソースのパスタは昔の恋人みたいなもので、たまに再会すると気分が落ち着くから不思議だ。パスタとの再会は、食べる前も、食べている間も、食べた後も実に楽しい。いろいろな食材や調味料が混ぜ合わさったせいで消化に負担がかかって、強くて質のいいマリファナを吸ったときみたいに、頭がぼおっとしてくる。ぼくたちは高校時代によくやっていたみたいに、ソファーに寝そべってしゃべりまくる。ステレオから低く流れるジャズとぼくの咳がBGMだ。

「飛行機に乗っている時に、携帯電話の電源を切らなくちゃいけないのは何でなんだ？本当に航空計器に影響するのか？」ウンベルトが我らが花形パイロットに質問する。

「もし本当に危険なんだったら、アナウンスすればみんな電源をオフにしてくれるだろうだなんて、乗客の良識に頼るようなことは絶対しない。飛行中は有無を言わせず携帯を取り上げるさ」とコラードは答える。「実際に何が問題かっていうと、飛行機の速度で、一つの携帯基地局から別の基地局に通話が移動してしまう。結果として間違い電話だらけになって、回線を妨害してしまうんだ。将来的にはどうなるかわからんけど。飛行中にwi‐fiが使えるようになったエアラインもすでに出てきたから、スカイプもできるよ」

ぼくは通信業界の未来になんて全く興味はなかったから、黙っている。また咳がでる。

「痛みはどうだ?」ウンベルトが訊く。

「相変わらずだ。またいくつか違う検査をした。肺の状態は週ごとに悪化している。食餌療法はやめようと思っている。それか、せめてあんまり厳格なやつじゃないのにするか」

「それがいい」コラードが言う。「ぼくが見たとこ、あんなのは一時の気休めにしか思えなかったぞ」

ぼくの病気に関しては、暗喩や婉曲な言い方はやめて、お互い率直に言い合うことにしている。

「どのみちぼくは死ぬ。時間の問題だ。だから好きなものを食べたほうがいいんじゃないかと思う。ついでにもう一つ言っておくと」

「何だ?」我が家のかかりつけ獣医が尋ねる。

「気分が落ち込んでいる。こんなこと人生で初めてだ。おそらく今はうつだと思う」

「うちの親父が死んだあと、おふくろがうつになった」コラードが話しはじめる。「だから、毎日が忙しくなるようにいろんなことをさせた。こういう場合はそれしかない」

「やることなら山ほどある。ただやる気が出ないだけだ」

「ひとつ提案がある」ウンベルトが口をはさむ。

「何だ」

「ぼくの通っている精神科医のサントロ先生に会ってみたらどうだろう。彼は天才だぞ」

「何のために？　一回二〇〇ユーロの診察料を巻きあげられるためか？」

「診察料は一三〇ユーロで、レシートもくれるから医療費控除の対象になるってことをさっぴいても、あの先生ならきっと助けになってくれる。少なくともぼくの助けにはなっている」

「じゃあ聞くが、おまえ、そこへ通って何年になる？」ぼくははなから疑ってかかる。

「十年くらいかな」彼は誇らしげに答える。

「じゃあ、もしそこへ行っていなかったら、今頃どんな具合だったか考えてみろ！」コラードがタッチの差でぼくを出しぬいて、皮肉気味に言う。

精神科医なんてのは政治家と似たりよったりで、自分の仕事を天職だと胸を張ってやっている人間なんてひとりもいやしないと、ぼくが日頃から言っていることをウンベルトに思い出させる。

「好きにしろ」やつが言いかえす。「先生と話すだけでも、楽になると思うんだけどな」

ちょうどその時、女友だちと出かけていたパオラが帰ってくる。少々浮かれて興奮気味だ。

「誰と話をするって？」

「ウンベルトがかかりつけの精神科医の所へ行ってみろっていうんだ」

「それ、すっごくいいアイデアじゃない」ウンベルトに微笑みかけながら妻が言い、彼も微笑み返す。

がんが見つかって仕事を辞めて以来、ぼくが何にたいしてもやる気を起こさないことを、パオラはまるでぼくがその場にいないかのようにみんなに話す。

ぼくはぼんやり考えごとをしながら、その場に座っている。精神科医だって、ヘッ。

七二

七十年代に、占星術の〝かに座《キャンサー》〟という星座は、同じ名前であるがん《キャンサー》のマイナスイメージを払拭するために、その名称を変更しようという動きがあったのをご存知だろうか？　変更名の候補は〝ムーンチャイルド〟だった。

暇さえあればインターネットで同じような言葉ばかりを検索していると、しまいに雑誌の『週刊クロスワード』に出てきそうな同音異義語を見つけることになる。

デュースブルク・エッセン大学、応用気候学科の研究者たちの調査によると、地球上でもっとも発がん性の高い場所は教会だという。教会の礼拝堂には、ろうそくと香から発生する高濃度の毒性極微粒子が充満している。堂内に漂うこれらの物質の濃度は、屋外と比較して八倍も高く、礼拝が終わったあとも一日中、上昇し続ける。

がんの診断ができるスマート・ブラというものをご存知だろうか？　臨床試験で約九二パーセントの精度を誇る乳房組織撮影ブラだ。乳房のさまざまな部位の温度変化を測定する。この機器のおかげで、約六年間早く腫瘍を発見することが可能になる。

オーラル・セックスががんを発症させることをご存知だろうか？　近年、急激に増加している口咽頭がんだ。避妊具の使用により危険性は減らせるが、感染のリスクをゼロにすることはできない。

マリファナにはがんを抑制する効果があるということをご存知だろうか？　だけどこの場合、われわれは矛盾に陥る。というのも、マリファナに含まれるカンナビジオールという成分が、痛みと吐き気を軽減し腫瘍細胞の増殖を遅らせはするものの、マリファナを吸うときに発生する煙に、窒素酸化物、一酸化炭素、シアン化合物、ニトロソアミンなどが含まれ、そのどれもが発がん性物質だからだ。これじゃまるで古代から〝生と死の象徴〟といわれる、自分の尾をのみ込むへびだ。

だけど、もう一ヶ月以上も検索している報道記事がなかなか見つからない。〝日本人科学者が信頼性の高い新たながんの治療法を発見した〟というものだ。

それでもぼくはあきらめない。現代のレオナルド・ダ・ヴィンチがきっとどこかにいるはずで、ある晴れた日、彼が目覚めてこう言うのだ。「やあみんな、ようやくわかったよ。がんを治すには、しょうがとタイムとニンニクを混ぜ合わせた薬を毎食前に二錠飲めばいいのさ！」おそらく治療法というのは、いつだってすぐ目の前に転がっているものなのだ。

エドガー・アラン・ポーの『盗まれた手紙』みたいに。

夏が近づくごとに、ローマはかつての姿を取りもどすようだ。歩きたくてうずうずしてくる。スラム街をぬってあちこちをぶらぶらし、そのあと階段を下りてテベレ川のほとりまで歩いていく。ぼくは腰を下ろして、最愛のこの街を流れる下水溝みたいな川をぼんやりながめる。

そして、うっとりとマリファナをふかす。

七一

これまでぼくは、精神科医に通う友人たちのことをバカにしていた。なのにどうだ、今じゃ自分がドクター・サントロのむかいのアームチェアに座っている。ドクターはディズニーアニメに出てくるアライグマに似た小柄な人で、メモを取りながら黙ってぼくの顔を見ている。海外ドラマ『イン・トリートメント』の話の中に迷い込んだ錯覚に陥る。患者が話して医師が聞くというのがセラピーだから、ぼくは話したくもないのに、与太話をべらべらとしゃべらざるを得ない。

なぜかわからないが、がんのことを素直に口にできない。

死を最初に意識したのは一九九三年で、二十歳のときでした。当時は、スクーターに乗るときにヘルメットをかぶらなくちゃいけない法律はまだなくて、ぼくは原付自転車の〈チャオ〉に乗って、いつもローマの通りを最高速度でぶっ飛ばしていました。ある日、むかうところ敵なしの気分で走っていると、どこかの阿呆が車から降りようとして開けたドアがぼくに激突したのです。原付が急停止して、ぼくは宙を飛びました。エビ型前転飛び込みでアスファルトに突っ込んだのです。警察による現場検証が行われたときも、ぶつかった瞬間の衝撃は思い出せませんでした、ただ、その十秒後に起こったことならはっきり覚えています。ぼくは地面に倒れていて、十人ほどの人がまわりに立って小声で話をしていました。

「死んでる！」

「うそ、まだ眼球が動いているわよ」

「救急車を呼べ」

「意味ない。どうせもう何分ももたないよ」

なんだって彼らは、そんなに自分たちの診断に自信満々なんだ？ ぼくはどこも痛いところなんてないのに。そこでようやく気づいて、頭に触ってみました。髪の毛から血が滴り落ちていました。頭蓋骨が思いっきり歩道に叩きつけられていて、赤血球の小さな池ができていました。見物人の言うとおり、確かにぼくは死にかけているようです。覚悟しました。

だれでも一生に一度くらいは、こんな感覚を経験したことがあるでしょう。万事休すってやつです。

自分自身の血にまみれてその場に倒れていると、なんとなく体が軽くなった気がしました。すべてのものが本来の重さに戻ったような感覚でした。原チャリで自分がどこに行くつもりだったのかすら、思い出せません。水球の練習か、あるいはパブかどこかだったのか、わかりませんでした。

郵便はがき

料金受取人払郵便

新宿局承認

2523

差出有効期間
2025年3月
31日まで

（切手不要）

1 6 0-8 7 9 1

1 4 1

東京都新宿区新宿1－10－1

(株)文芸社

愛読者カード係 行

ふりがな お名前		明治 大正 昭和 平成	年生　歳
ふりがな ご住所	□□□-□□□□		性別 男・女
お電話 番　号	（書籍ご注文の際に必要です）	ご職業	
E-mail			
ご購読雑誌（複数可）		ご購読新聞	新聞

最近読んでおもしろかった本や今後、とりあげてほしいテーマをお教えください。

ご自分の研究成果や経験、お考え等を出版してみたいというお気持ちはありますか。

ある　　ない　　内容・テーマ（　　　　　　　　　　　）

現在完成した作品をお持ちですか。

ある　　ない　　ジャンル・原稿量（　　　　　　　　　　　）

書　名			
お買上 書　店	都道 府県　　市区 郡	書店名	書店
		ご購入日	年　月　日

本書をどこでお知りになりましたか?
1.書店店頭　2.知人にすすめられて　3.インターネット(サイト名　　　　　)
4.DMハガキ　5.広告、記事を見て(新聞、雑誌名　　　　　)

上の質問に関連して、ご購入の決め手となったのは?
1.タイトル　2.著者　3.内容　4.カバーデザイン　5.帯
その他ご自由にお書きください。
(　　　　　　　　　　　　　　　　)

本書についてのご意見、ご感想をお聞かせください。
①内容について

②カバー、タイトル、帯について

ご協力ありがとうございました。
※お寄せいただいたご意見、ご感想は新聞広告等で匿名にて使わせていただくことがあります。
※お客様の個人情報は、小社からの連絡のみに使用します。社外に提供することは一切ありません。

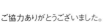

十分後、救急車の中でぼくは頭皮がぱっくりと口を開けているのを知って、これは大きな傷跡が残りそうだとは思いましたが、なぜか命に別状はないだろうという確信がありました。頭部に張りめぐらされた無数の血管のせいで、実際よりもひどい怪我を負ったと錯覚してしまったのです。頭に包帯を巻いて十日間を過ごしたあと、ぼくはすっかり回復しました。

ドクター・サントロは時々ノートに何かを書きつけながら、最後までじっと話を聞いていた。診察の終了時間までには、まるまる二十分も残ってたから、ぼくはもう少し話を続ける。今度はまったくのホラ話だ。

初めてぼくが人を殺したのは、小学三年生の時でした……。

アライグマはまばたきひとつしない。目を開けたまま居眠りをしているのか、あるいはたいして驚かなかったのか。ぼくは先を続ける。

相手は小学校の用務員でした。子どもたちと冗談を言い合うようなタイプの用務員さんじゃありません。がみがみと口やかましい意地悪な老人で、人生に敗れて、若者や活気のあるものすべてを憎んでいたような男でした……。

よくマンガにあるみたいに、精神科医が自分のまぶたの上に目の絵を描いていたのか、あるいは単に、冷たく軽蔑した目でぼくをじっと見ていただけなのかよくわからない。メモを取る手はとまっていた。マダム・タッソー博物館のろう人形みたいに見える。

放課後ぼくは用務員の男を待ちぶせして、椅子で頭を殴りつけました。男はすぐには死ななかったので、わめきたてるやつをさらに殴りつづけました。男の声に別の年老いた女の用務員が気づいたので、しかたなく彼女も殺しました……。

ドクターが二度まばたきをする。生きているらしい。

せっかくだからもう少し続けることにする。あと数分残っているのだ。

翌日、警察の現場検証のために学校は休校になりました。再開まで一週間かかりましたが、その間ぼくを疑う人は誰もいませんでした。しかしひとりだけ例外がいました。のちに獣医になったクラスメイトのウンベルトです。彼には計画を打ち明けていました。それ以来ずっと、彼にはゆすられ続けているのです……。

ドクターは自分の患者の名前を聞いてぎょっとする。

「つまり、ウンベルトも……知っていたと？」

　今まで彼は恐怖のあまり完全に固まっていたらしい。ぼくの話をすべて真に受け、この五分間、ぼくのことを錯乱した人殺しだと思っていたのだ。精神科医が聞いてあきれる。こんな男がセラピーをするなんてちゃんちゃらおかしい。

「五分早いですけど、帰ってもいいですか？」規定料金の一三〇ユーロを彼の机の上におきながら尋ねる。

「どうぞ」男はぼおっとして答える。ドクターをすっかり手玉にとってしまったようだ。彼は自分が話をしている相手が、うつ病患者なのかそれとも血に飢えた殺人鬼なのかすらわからない。

　ぼくは診察室を出ると、三種類のフレーバーのアイスクリームを買う。ピスタチオとチョコレートクランチとバニラの融合。

　ぼくに言わせれば、精神科医よりこっちのほうがずっと癒し効果があるし、しかも安上がりだ。

七〇

今やディノ・ゾフノートは、メモやらスケッチやら予定やらでびっしり埋めつくされている。ぼくの逆境の毎日を支えるかけがえのない相棒だ。この世から消えてなくなるその日に向かってカウントダウンに入ってから、駆け足で過ぎていく日々に印をつける。カウントダウンには単に数字が減っていくという意味しかなかった。この日までは。

はじめに伝えたのはマッシミリアーノだ。〈チットチャット・ショップ〉の新しい友人で、今では一番信頼のおける相談相手だ。ぼくのことをあまり、というよりほとんど何も知らないから、感情的になって客観的な判断を下せないウンベルトやコラードよりも、たいていの場合ずっと的確な助言をくれる。

このひと言に、曖昧さのつけ入る隙はない。「ぼく、自殺することにしました」

「何の話だ?」

「心配しないで、別にここの窓から飛びおりたり、天井から首を吊ろうっていうんじゃないですから。ぼくが言っているのは、スイスの幇助自殺のこと。いろいろと調べてみたんです。クリニックも決めました。ルガノのです」

「なんでそんなこと……」マッシミリアーノの気づかいが伝わる。

「理由なら山ほどあるけど、一番は自分の体がぼろぼろに壊れていくのをこの目で見たくないし、なにより妻と子どもたちに見せたくないからです。彼らには絶好調なぼくを、それが無理ならせめてそれに近い姿をおぼえていて欲しいんです。それくらいの権利はぼくにもあるはずだから」

「食餌療法のほうはどうだ？」

「なかなかいいです。体重は減っているし、痛みもやわらいできました。でも血中腫瘍マーカーの数値は、残念だけどずっと右肩上がりです。ついこの間、最新の検査結果が出たところです。フリッツとの出会いはちょっと遅すぎたみたいです」

「フリッツ？」

「がんのことをぼくはそう呼んでいるんです。深刻な感じがなくなるでしょ？」

「確かにな。だけどそのフリッツに関しては、あんたの気が変わってくれることを願うとしか言えないよ」

「それはないですね。この一ヶ月、ずっと考えてきたことなんです。これ以外に手はないでしょう。病院のベッドの上で腐っていくのなんてまっぴらだもの」

「奥さんにはもう話したのかい？」

「いいや、まだ。ここんところ、ちょっといろいろとあって」

マッシミリアーノが冷たいピーチティーをいれてくれる。自家製だ。有機栽培の桃とミネラルウォーターだけでできてる。マドンナも太鼓判を押すだろう。

少しすると、先週もここで会ったうつのジャンアンドレアが加わる。今では常連らしい。今回、彼が仕立屋で、奥さんがウディネのガソリンスタンドの従業員と駆けおちしたことを聞く。

ぼくたちは、『スケール40』というイタリアのカードゲームをする。スケール40なんて、何十年ぶりだろう。ルールもほとんど覚えていない。ここ最近、こういうことがひんぱんに起こる。何年もやっていなかったこと、あるいはまったく初めてのことをするのだ。そのせいかどうか、ようやく気分が上向いてきた。

六九

　コラードとぼくはウンベルトを迎えに彼のクリニックに立ちよる。街中のバーで、公認ごくつぶしにぴったりの食前酒を楽しむ予定なのだ。

　友人たちにはまだ話していない。

　一杯目のスプリッツを飲んでからにする。

「六十九日後、ぼくはスイスに行く」

「そりゃあいい、ドライブ旅行か？」コラードには伝わってない。ぼくの言い方があいまいだったのかも。

「むこうのクリニックに自殺幇助の予約をした」

〝自殺〟という単語が聞こえた瞬間、非現実的な静寂がテーブルを覆う。数分間、オアシスのヒット曲が遠くから流れてくる他は、なんの物音もしない。ぼくの咳がたてる音ですら、おずおずと隅に控えている。

「なんで六十九日なんだ？」とにかく何か言わなくちゃと思ったのか、ウンベルトが訊く。

「余命のカウントダウンをしてる。一〇〇から〇まで。ただの数字にすぎないけど、それなりに統計的な意味もある。ゼロ日あたりになると、かなり危機的な状況になるらしい。

それからの数週間はぼくにとって相当、屈辱的だと思う。だから、〇日を自分の最後の日にした。もう決めたことだ」

「あきらめるのか？」コラードには理解できない話だろう。

「そうじゃない。ただ自分の体が壊れていくのを見たくないんだ。それに子どもたちにも、リクライニングチェアの上の囚人になって衰弱した父親の姿を記憶してほしくない」

「パオラは知ってるのか？」ウンベルトが訊く。

「まだだ」

「そんな話、嘘だろ！」正気の沙汰じゃないとでもいうように、コラードは言いはる。

「嘘ならよかったんだけどな。じゃあおまえたち、ぼくが本当はがんでもなんでもなくて、これまでのことはただの悪い冗談だったなんて言ったら信じるか？　いいや、ぜんぶ本当の話だ。よし、これではらが決まった。ぼくに残された二ヶ月とちょっとの時間を目一杯楽しむぞ」

「ぼくたちに残された二ヶ月とちょっとだ」感傷的なコラードが正す。「三人そろってはじめて三銃士なんだから」

「本来は四銃士だよな。それどころかダルタニャンが一番重要な役どころだ」とウンベルトが指摘する。

ぼくらはデュマが本のタイトルを間違えたことについて激論を交わして、高校時代の昔なじみ、アンドレアのことをなつかしく思い出す。我らがダルタニャンは何年も前に外国へ行ってしまった。彼もくわえて、われわれは無敵のカルテットだったのだ。その後、スプリッツをもう一杯飲み、ぼくらに自分のティーバックをチラ見させながらバーのカウンターに寄りかかっている女の子の尻についてコメントを述べ合う。会話はわざとフリッツについての話題を避けるように、別の方向に流れていく。

六八

「六十八日後、ぼくは自殺する」

　パオラが固まる。

「何の話?」

「わが友フリッツは文字どおりぼくを叩きのめしてくる。日に日に自分が弱っていくのを感じるんだ。医師が言うには、あと二ヶ月もすれば何リットルもの鎮痛剤の点滴につながれたまま寝たきりになって、そのあと終末期に突入するらしい。とても見られたもんじゃない。そんなことになる前にぼくは逝きたいんだ。象だってそうする。だからぼくもそうしようと思う」

　妻は衝撃を受ける。顔を見ればわかる。もう少しましな言い方をすればよかった。気がまわらなかった。

「意味わかんない……」

「ルガノのクリニックに予約した」

「安楽死ってこと?」

「自殺幇助っていうほうが正確だけど」

「いつ決めたの？」

「一週間前」

「何でなんにも言ってくれなかったのよ」

「最近ぼくたち、あんまり会話がなかったから」

「どうかしてる」

ありえないほど長い時間、ぼくらはどちらも口を閉ざしたままでいる。やがてパオラがバッグをつかんで部屋を出ていく。

ぼくはアパートメントに残る。

人生の大事な相棒を失ってしまったようで悲しい。なんとか取り戻したいと思う。だけど、今はただ待つしかない。パオラのためにも。

シニョーラ・モローニとの過ちのせいでぼくはたくさんの人を失ったが、そのすべてはパオラの中の住人だ。妻であり、親友であり、恋人であり、人生の共犯者であり、ぼくの最大のファンであり、ぼくのすべてだ。

ぼくのすべて。

パオラはぼくのすべてだ。これが正確な定義。

けれど、彼女にとって今のぼくは何なのだろう？

重荷であり、ルームメイトであり、子どもたちの父親であり、裏切り者。

まだ少しは、ぼくを愛してくれていることはわかる。それは肌で感じる。

そのおかげで、ぼくは前へ進んでいける。
ディノ・ゾフノートに書いた言葉。
パオラに許してもらう。

六七

プールに行く途中で車がプスプスいいはじめる。こむら返りを起こした自転車乗りがドロミテアルプスの急斜面をのぼるみたいに、車もジャニコロの丘をのぼるのに苦労している。そのうち黒煙をもうもうとはき出したかと思うと、突然ぴたっと動かなくなる。やったね。

とりあえずギアをバックに入れてなんとか駐車できるところまで移動し、トラステヴェレ界隈へ続く階段をおりていく。自動車修理工場をみつけると、十八歳くらいの暇そうな修理工がいて、「ボスが帰ってきてからなら、誰かが行けると思います」と言う。ぼくは車のキーを彼にあずけ、近くのカフェに入る。この辺りはトラステヴェレのはずれで、これまで一度も来たことがない。バリスタのニーノはなかなか面白い男のようだ。店の出入口のそばに、歩道に面した窓のない壁があって、そこにニーノが考えついたという書き込みスペースがある。幅約一〇メートルほどの壁面はふたつに分かれていて、片方には赤いペンキで大きく〝大好きなもの〟、もう片方には濃紺色で〝大嫌いなもの〟と書かれている。ニーノのねらいは、われわれ客たちの大好きなことと大嫌いなことの寄せ書きを作ることらしく、誰でも自由に書いていいそうだ。書き込む際の簡単なルールがいくつか、壁の端のほうにニーノの手書きで書かれている。人を侮辱することや攻撃するようなことは禁止、サッカーチームや政党についての話題は禁止——それ以外なら何を書いてもOK。ぼくはパイナップルジュースを注文して、壁の書き込みを読みはじめる。壁は一面、いろいろな大きさや色の言葉で埋め尽くされていて、無記名のものもあれば、名前が書かれているのもある。

面白いのはあるかって？

〝大好きなもの〟からぼくが気に入ったのは次のとおり。

「おばあちゃんがよく作ってくれたりんごのすりおろし　レナート」
「フォンジーがジュークボックスを叩くと、歌がはじまる場面　ロレンツォ」
「かみなり（無記名）」
「マリアソーレのおっぱいの幸せな眺め　グイド」
「たき火のぱちぱちいう音　K」
「冬の海　エンリコ」

〝大嫌いなもの〟の勝者は以下のとおり。

「SUV車でローマを走り回る人たち　マルティナ」
「地球上のすべての人類　ジャンルイジ」
「リアリティー番組の『ビッグブラザー』を続けているおバカたち（無記名）」
「自分のお尻　ロレダーナ」

「おれの原チャリを盗んだやつ　ファビオ」

世の中に対するものの見方や意見のとりどりな寄せ集めだ。

クモの巣なみに軽薄なものもあれば、宝石細工のように繊細で深みのあるものもある。

誰かこの壁の写真を撮って、後世のために保存しておいたほうがいいと本気で思う。千年後に、ニーノの壁は現在のイタリアの姿を、どんな歴史書よりも如実に後世に伝えてくれるだろう。

ぼくはパイナップルジュースを飲みほし、自分の言葉を書く。

大好きなもの：生
大嫌いなもの：死
月並みだけど、本心だ。

このあとに、みなさんの大好きなものと大嫌いなものの書き込み用に、二ページ空けておこうと思う。何年かして屋根裏でこの本を見つけ、自分の書き込みを読みながら、おそらくその時になってもまだ同じものが大好きだったり大嫌いだったりして、かすかなもの悲しさを感じるかもしれない。

221　さいごのじかん

六六

今日はなんだか楽天的な気分だ。だから、できるだけ最期のことは考えないようにする。

もちろん、そんなにうまくいくはずはない。

だけど、二ヶ月以上先のことなのだ。時間はまだたっぷりある。場合によっては、もっと困ったことになっていたかもしれない。例えば、臨終十分前のお知らせサービスみたいなものがあったとしよう。便利な自動削除メールが配信されてくるかもしれないし、あるいはバイクに乗った配達員が、知らせを一軒一軒届けに来るかもしれない。

「こんにちは。あなたはあと十分で死ぬことになりましたので、お知らせにうかがいました！」

「そりゃどうも。けど、まいったな。ちょうどパスタを茹ではじめたとこなのに。これは十三分かかるんだ」

「残念ですが、そのような時間はありません。アルデンテで召し上がっていただかなくては」

「えー、やだよ、ぼくはやらかめが好きなんだ。トイレに行く時間はある？」

「どうでしょう、手短にすませていただけるのでしたら」

「じゃあ、せめて軽くシャワーだけは浴びさせてほしいな。あっちの世界で誰に会うかわからないし……」

「お客さまの夢に水をさすようで申し訳ありませんが、あっちの世界などというものはございません。宗教団体の作ったただの妄想です。それでは、パスタの茹で時間、残り九分をお楽しみください」

「それにしても何でぼくなんだ？　ひとのものを盗ってもいないし、神さまの御名をみだりに口にしてもいないし、隣の奥さんにちょっかいだしてもいない……。なのに何で？　その分じゃ、『最後の審判』ってやつもなさそうだな？」

「はい、ございません。せっかくだから好き放題おやりになっておけばよかったのに！　残念でした」

　彼がしゃべり続けているそばで、ぼくは居眠りをしてしまう。

　はじめに言ったとおり、今日は楽天的な気分なのだ。

六五

ディノ・ゾフノートがかなりしわくちゃになってきた。六十五日目のページにはトマトソースのしみみたいな、何か赤いものまでついてる。さくらんぼジャムかもしれない。

時間はこんな調子で過ぎていく。やるべきこととそうじゃないことがよくわからない。ただ毎日生きて、川の流れに引きずられていく。チャンピオンシップの決勝戦の間はコーチの仕事を続け、ロレンツォとエヴァの宿題をみてやり、今じゃぼくを核家族の一員として受け入れ無害なライバルだと思っているシェパードと遊ぶ。最近ではパオラの動揺も、学校の日常業務や母親としての務めに追われているせいか、だいぶおさまってきたようだ。

数日前、ロベルトに海賊が主人公の、正確に言えば海賊船が主役の小説を注文した。どういうわけかぼくは、マライ帆船よりもガリオン船がテーマの本のほうが好きなのだ。言いかえれば、『パイレーツ・オブ・カリビアン』よりも『宝島』のほうがいいってこと。できあがった本を受け取りに、胸を躍らせながら速足で書店にむかう。自分がまるで、寵愛する芸術家たちの絢爛たる作品を財政面から後押しして、芸術や文学のパトロンとしても名声を博した、あのロレンツォ・ディ・メディチにでもなった気分だ。

ぼくは二〇ユーロを払って新作『夢のガリオン船』を手にし、店をあとにする。ボルゲーゼ公園の芝生の上で太陽を浴びながら寝そべる。そして一ページ目を開く。

ガリオン船は怠惰な貿易風にあおられ、波間をぬって水面を切ってゆくが、より高速のスペイン帆船から逃れるには、風はあまりに弱すぎた。遠くで大砲の音が轟くと、砲弾が甲板をかすめて飛んでいく。

これこそまさに願ったり叶ったりだ。続く二時間は、乗船団の帆船の乗っ取り、宝探し、人喰い、裏切り、銃殺隊など、真の冒険小説にかかせない小道具たちが次々に登場する。今回に限って、筋書はエミリオ・サルガリのコピーじゃない。乗客たちの夢を船倉に閉じ込める幽霊船が主役だ。上陸する頃には、不運な犠牲者たちは生きる意欲をすっかり奪われてしまったことを知る。パンドラの箱の昔話や、その他たくさんの神話の海賊バージョンだ。

最後の一行を読んで、おそらくロベルトは無意識にぼくの現在の状況を素敵な寓話にしてくれたのだとわかる。ガリオン船＝病気がぼくのエネルギーを閉じ込め、すべての夢を消し去り、生命力の歩みに足かせをはめているんだと。まさにぼくの現実を描いたような物語に、励まされるどころか、逆に気落ちしてしまう。正直なところ、どんなにがんばっても、残り時間を楽しむ余力なんてあまりない。

だけど、今日からまた新しいページをめくることにする。

六四

ごく短いメールを書く。「いたずらタイム」。そしてコラードとウンベルトに送信する。これは招集を知らせるぼくらの暗号で、さあ、腕まくりをしていたずらをしに行こうという意味でもあり、映画『マイ・フレンド』の中のマセッティ伯爵と親友たちみたいなノリだ。ずいぶん久しぶり。

人の気持ちをもてあそぶことにかけては無敵の我らが大将コラードが、相棒がいないときにやるいたずらの中でもとりわけ好んでするのがこれだ。まず、フィウミチーノ空港に帰ってきたやつは、機長の制服を着替えスーツケースを持って、国際線の到着ロビーの人ごみに紛れる。次に、迎えの運転手たちが掲げているボードをよく見る。〝クレベール様〟とか〝ヘルヴェチカ・ホテル〟とか〝ジェイムス・ヘルスナー様〟とか〝ファールズ様〟などだ。コラードはその日の標的を選ぶ――仮に〝クレベール様〟としておこう。そして真顔で歩み寄っていき、きついアングロサクソン訛りのたどたどしいイタリア語で話しかける。十回中九回は、彼の狙いどおりになる。哀れ、迎えの運転手は〝クレベール様〟の顔を知らないものだから、なんの疑いもなくコラードを車へ案内する。さぁ、ここからが、本格的なコラードの冒険のはじまりだ。謎の〝クレベール様〟はいったいどこに向かっているのだろう？　満員の会場で演説する？　豪華なスイートルームに泊まって、映画のプレミアショーに案内される？　地元のおしゃれなレストランに予約をとってある？　ローマ貴族のハイソなカクテルパーティに招待されている？　たいていの場合、嘘がばれる前に（その時に備えて、コラードはいつでも逃げだせる態勢でいる）、ぼくらのヒーローはすでにたらふく飲み食いして、ひと通り楽しい時間を満喫し終えている。経費は当然〝クレベール様〟もちだ。時おり、空港の駐車場あたりで、早々にイカサマが判明してしまうこともあるにはあったが、おおむね首尾は上々だった。ある時には、パスポートやら他の身分証明書を失くしたふりをして、実際に他人のために用意されたホテルの部屋に泊まって一夜を過ごし、またある時には、前払いずみでコンパニオンサービスから派遣されたベラルーシの双子と、マラソンセックス大会を催したこともある。

いつものカフェでウンベルトとコラードと落ち合う。コラードはロンドンのフライトから帰ってきたところで、ウンベルトはクリニックを早めに切りあげてきた。

ぼくたちは三種のフルーツシェイクをすすりながら、次なる一手を練る。ウンベルトは常に三人の中でも一番の慎重派で——いつも法的かつ倫理的な問題点を一〇〇〇個くらい並べたてるが、そのくせ計画にビビってるわけでもない。

この日のいたずらはぼくの提案で、絶対多数で可決される。

ぼくはある一言を発する。

「ヴァチカン」

一時間後、ヴァチカンの壁の近くにあるこぢんまりした有名レストランの前に停めたコラードのメルセデスから、ぼくたちはいそいそと降りたつ。レストランは超値段の高い超高級店、〈アル・ヴィコレット〉。顔に興奮の色を浮かべた、チオチアリーアあたりのアクセントまる出しの支配人に出迎えられる。

「本日はようこそおいで下さいました、猊下」

彼がコラードに向かって言う。コラードは友人の経営する舞台衣装の店からレンタルしてきた、枢機卿の衣装を着こんでいた。馬子にも衣装、いやパイロットにも衣装だ。枢機卿にしてはいささか若すぎる気がしないでもないが。銃士らしい容貌のコラードは、さながら現代の高慢なリシュリュー卿といったところだ。ウンベルトとぼくも彼の運転手と助手役を立派に務めている。スタッフはこの椿事をさも名誉なこととして、われわれを店内に迎えいれる。ぼくたちはまず、この店自慢の逸品の味見を所望する。新鮮なシーフードの珍味がこの店の看板メニューだということはバッチリ調査ずみだ。牡蠣と、絶滅危惧種に指定されているため捕獲は完全に違法であるはずのイシマテガイと、料理界の偉業とも言える巨大ムール貝とハマグリの前菜からはじめる。コラードはさらにリストの中でも一番高価なワインを注文するも、コルク臭がすると言って二度つき返す。枢機卿様に反論できる者などいるわけがない。あらゆる食餌療法のことはこの際忘れて、前菜やメイン料理を片っ端から注文する。最後はウチワサボテンの実のシャーベットでしめくくる。究極の美味。支配人が六三〇ユーロの勘定書を持ってきても、われわれは瞬きひとつしない。ぼくは紙切れを受けとると、義父の菓子屋の電話番号を書きつける。そして、わずかに微笑んで支配人に手渡す。

「こちらが教皇庁のオフィスの直通電話番号です。ここに、そちらの国際口座番号と合計金額を伝えてくださるだけで結構。その後、振込前にわたしのほうに番号の確認の電話がきます。通常は迅速に処理されるはずです」

　コラードが優雅な所作で、支配人の手に五〇ユーロのチップを握らせる。

「スタッフの皆さんに」

「グラッツェ、猊下。お心遣い、恐縮です」

「オフィスはあと一時間ほどで開きますが、今日の午後にでもかけてみてください」と、ぼくは信憑性を高めるために言い添えておくが、いずれにせよ疑念をはさむ余地はないはずだ。

「アリベデルチ《さようなら》」コラードはそう言って、その辺の道端で売っていそうな、けばけばしい安物の指輪をつけた片手を差しだし、支配人の敬慕の口づけを許す。

　二分後、ぼくたちは車の中でバカ笑いする。

「一人前一七ユーロ。ピザ一枚分くらいだ」見事な演技力を存分に発揮して自分の役目をこなしたコラードが言う。みんなは興奮が冷めやらず、ぼくはこの数時間、病気の現実から解放された。いたずらの第二部を見逃すまいと先を急ぐ。世間知らずの支配人が義父に電話をしてきて、ヴァチカンの管理オフィスに用があるんだがと言う場面だ。ここ何年も、ぼくらはオスカーの電話番号を誰かれかまわず教えてきたので、今では彼は、自分のところの電話は配線工事のミスで接続に問題があるのだと思い込んでいる。ぼくらが菓子屋の店内に座っていると、待ちかねた電話が鳴る。オスカーが間違い電話だというと、受話器のむこうから聞こえてきたのは、二度と行くことのないレストランのオーナーのチオチアリーア訛りの悲痛な叫び声だ。彼は激怒して、オスカーに思いきり悪態をつき、驚いた義父が電話を切って幕が閉じる。

「近頃のローマはクレイジーな連中ばかりだ」

幸い、オスカーはこの見えすいた偶然の一致に気づいていない。ぼくたち三人がそろって菓子屋の店内にたむろしているときに限って、どこかの精神異常者が金をせびりに電話をしてくるという、この偶然に。

壁に掛かっているオスカーとパオラの写真を見て、ぼくは一瞬、気分が沈む。何年か前までは、彼女も一緒にこのいたずら遠足に出かけたものだった。それにもちろん、人を煙に巻いて架空の人物になりすますことにかけては、彼女の右に出るものはいない。いつしか彼女はぼくたちと一緒に来なくなった。どんどん成長する子どもたちの世話に忙しいというせいもあるが、彼女自身が成長したからというのが大きな理由だ。今ぼくはようやくわかったが、われわれ三銃士は必死になって時間を遅らせ、永遠の若さをとどめようとしているのだ。

若さ。もう何年もこの言葉を口にしていなかった。〝若さ〟には優しい響きがある。〝子どもたち〟や〝キッズ〟や〝若者〟なんかよりもずっと胸がキュンとする。人によっては、ぼくたちのことを、四十にもなって幼稚な三バカトリオだと言うかもしれない。だけど、勝者はぼくらで、他のみんなが負け犬なのだと言ってやりたい。ほんの少しだけ若さを保とうとすることは、この世で唯一挑む価値のある戦いだ。詩人のジョヴァンニ・パスコリもそう言っている。その場に踏ん張れ！　と。今、気づいた。最近のぼくは、今までずっと忌み嫌って、憂鬱な学生時代には軽蔑すらしていた作家や詩人たちの言っていることが、なんとなくわかる気がしてきている。

これはどういうことだろう？

病気の重い症状がまたひとつ増えたということにしておいて、それ以上はもう考えないようにしよう。

六三

最終プレーオフ進出まであと三試合。そのためにも、我々は総力をふりしぼって、さらなる得点と追加ゴールをもぎとらなくてはならない。

ロッカールームで、選手たちのモチベーションを高めようとぼくは持てる限りの気持ちをこめてひとりひとりの目をみつめる。最後はキーパーのバターフィンガーと、我がチームで（シュートが的確だからというよりは、度胸があるからという理由で）唯一まともなストライカーのマルティノだ。我々なら勝てる。これはオリンピックほどのものじゃないけど、それでもありったけの気合をこめていけ。今日は、以前アウェイで負けたチームとの直接対決になる。前回の借りは必ず返さなくては。ロレンツォとエヴァがウンベルトと一緒にスタンドに座っているのが見える。遠目には三人で何かをして遊んでいるらしいけど、何をしているかまではわからない。我が親友は動物と同じく、子どものあつかいもうまい。

今回は順調な試合運びだった。序盤から早々に二点を先制し、試合終了の笛が鳴るまでリードを保つ。非の打ちどころのない完璧な戦いぶりだった。毎回、今日のような試合ができていれば、決勝戦でもチャンピオンシップでも勝てただろうに。ロッカーに戻ってきた選手たちに称賛をおくって、駐車場で待つウンベルトと子どもたちに合流する。

「やったね、パパ！」エヴァがかけ寄ってくる。

「すごかったよ。あのへっぽこのマルティノまで、オリンピック選手みたいだった」とはロレンツォのコメント。

あまり紳士的とは言えない息子の言葉には目をつぶることにして、みんなを車に乗せる。と、その時、腹部に痛みが走る。大きい方の腫瘍が、まわりの他の臓器を徐々に強く圧迫してきているのだ。マラソンでもしているかのように肺が苦しく、膵臓が痛み、やがて肝臓も痛みだして、ぼくのエネルギーが衰えてもうすぐ枯渇するというサインを送ってくる。呼吸はますます苦しくなってきたのに、咳はあまりでなくなった。そのかわりに、肺をぎゅっと絞られるみたいな喘息の症状に変わってきている。自分の肺が、照りつける太陽の下で干された二個のスポンジになったような気になる。

みんなでイタリア風のアイスクリーム、クレモラートを食べに行くことにする。ローマで唯一の記念碑的建物のそばにある、絶品アイスの〈カフェ・ドゥ・パルク〉に立ち寄る。昔ここで、元水球選手で映画監督のナンニ・モレッティが、クレモラートを美味しそうに食べているところを見かけたことがある。クレモラートは水球選手を結びつける引力があるに違いない。

とりわけ手作りのものは珍しいイチジク味のアイスに、子どもたちは大喜び。エヴァは自分のアイスクリームからイチジクをほじくりだして、ぼくにくれようとする。出されたスプーンにぼくが口を近づけると、イチジクがすべって地面に落ちる。「パパがもたもたしているから！」と、エヴァがしかめっ面でぼくを叱る。

「パパはノロノロ人間なんだ」とぼくは言う。「カメよりノロマだ」

「もっとノロい」とエヴァが言う。

ぼくはエヴァの気持ちに胸を打たれる。もうひとつイチジクを探そうと、カップの中をさらにほじっている。娘のがっかりした顔を見ると、今度は肝臓じゃなく心臓《ハート》が痛む。

子どもたちはぼくのがんのことを何も知らない。ぼくも教えるつもりはない。〇日を迎えたときどうするかは、まだ決めていない。だけど、できるだけ多くの時間を、ロレンツォとエヴァと友人たち、そしてもちろん妻と過ごしたいということだけは決めている。これこそ唯一、意味のあることのような気がする。

家に帰ると、ディノ・ゾフノートに一言だけ書く——クレモラート。もう一度、今度はパオラと一緒に行こうと、心の中にメモする。

六二

　テラスにいる妻を眺める。妻は植物に水をやっている。何千回も見ている光景なのに、今は彼女から目を離すことができない。ぼくのおさがりの灰色のジャージをはいて、色あせたティーシャツを着ている。髪は後ろでまとめて、ガーデニング用の手袋をしている。時おりじょうろを下に置いて、枯葉を摘みとったり、ブーゲンビリアの枝を紐で手すりに結びつけたり、テラコッタの鉢にたまった落ち葉をかき出して上から土をならしたりする。その熟練した所作は、禅における悟りのように穏やかだ。パオラにとってテラスの手入れは、ヨガ一時間に相当する効果がある。手を伸ばせば触れられそうなほどすぐそばに、好きなことに没頭している妻がいる。彼女の存在がひどく現実味をもってぼくに迫ってくる。パオラはぼくのもの。彼女の心を取り戻せていないのはわかっているけれど、激しい思いが胸に湧きあがる。パオラはぼくのものだ。

　ぼくは早くもくたびれてきたディノ・ゾフノートを取りだす。アームチェアに腰かけて、カーテン越しにテラスを動き回る妻の姿を見る。

　この日のページにタイトルをつける。「パオラに会えなくなって恋しくなること」

日曜の朝に焼いてくれる洋ナシとレーズンとシナモンのタルト。

さくらんぼを食べたあとの種を、妖精《ノーム》のカスタネットみたいにカチカチ鳴らすとき。

外出前に何を着ていこうかと、とっかえひっかえ着替えているところをのぞき見すること。妻は何を着ても気に入ったためしがない。

ベッドの上で枕に寄りかかって本を読みながら、眠くて重いまぶたが閉じていくところを見ること。

夏、小さな女の子みたいに髪を結んでポニーテールにしているところ。

隣の部屋で、子どもたちに寝る前のおとぎ話を読み聞かせている静かな声。ぼくまで眠りに落ちてしまうことしばしば。

スーパーで何かを買うとか買わないとか言い争うこと。ぼくはくだらないものでカートを一杯にし、パオラがそれらをいちいち取りだす。

一緒にクリスマスツリーの飾りつけをすること。パオラはオーナメント、子どもたちはカラフルな花綱飾り、ぼくはライトの担当だ。

ベッドの上につまれた大量のウールのブランケット。冬ともなると、彼女には何枚あっても足りない。

ワンピースの水着を着て砂浜を走る姿を見ること。水着はシルクのように艶やかな素材で、肩がむき出しになったストラップレス。

夜、二人でソファーに座ってテレビを見ながら、氷のように冷たい脚を投げだし、ぼくにマッサージさせること。

　ビーチで一日すごした後の、日焼けで火照ったそばかすだらけの素肌の匂い。どう説明していいかわからないけど、すごく美味しそうな香りがするのだ。例えば、焼きたての全粒粉のハニークロワッサンとか、そんな感じ。

　夫婦喧嘩の時――みなさんすでによくご存じかと――、すべてをいったん中断して、ひどく大真面目に、自分は猫になったからあなたの言葉は理解できないというとき。おかげで険悪なムードが一瞬にして笑いに変わる。

　実にイタリア的なそのお尻。

　物事を決める時に鼻に皺をよせる癖。

　生徒の作文を台所のテーブルに広げ、神々しいほどの集中力で採点している姿。

　夜のテレビで、残虐さや不公平さや暴力や、生きる希望を失くした年金生活者や、貧困に苦しむパートタイムの労働者についての話ばかりのニュースを見ながら、彼女がこぼす塩辛い本物の涙。

　人気アーティスト、レナート・ゼロへのティーンエイジャーにもおとらぬ情熱。

　よくとおる澄んだ笑い声と、笑うたびにえくぼが少し深くなるところ。

　寝るときに寝室の照明を消したあと、ぼくの右腕をコアラみたいにぎゅっとつかむこと。

　筋肉質で引きしまった脚。いつもロングスカートで隠している。

　朝、出勤前に「チャオ、アモーレ」と言ってくれること。そしてその「アモーレ」とはぼくのことで、他の誰でもないぼくだけのことをさし、パオラにとってぼくは唯一の愛する男なのだと思い出すこと。その言葉はしばらく耳にしていない。ぜんぶ身から出た錆だ。いつになったら、もう一度、彼女の口からそれを聞けるのだろう。

まだまだ書ける。リストがこんなに長くなっているとは思わなかった。妻のことは隅から隅まで知り尽くしているつもりだけど、だからといって、彼女への愛情が薄れることにはならない。ダンテ研究者が『神曲』を隅から隅まで学び尽くしてなお、一層魅了されてしまうのに似ている。

パオラはぼくの『神曲』だ。

六一

　このところ、睡眠時間が四、五時間の日が続いている。朝四時から七時までぼくは独りだ。

　本。買ったきり読んでいない小説をリストアップしてみる。どうやらぼくは冒頭の十ページ以上は読みすすめられない体質らしい。ぼくの集中力は最大で『ダイアボリック』の漫画本どまりなんだろう。

　映画。このところヒッチコックとキューブリックとスピルバーグの全作品を観かえしている。他は趣味レベルか、ただのサラリーマン監督による、観る価値もない駄作ばかりだ。昨日は『激突！』を観た。かなりハマった。逃げるぼくを、フリッツが殺人的大型トラックのハンドルを握って追いかけてきた。

　あたりが白みはじめると、インターネットにはりつくのが日課だ。

　そしていつも同じ致命的な言葉をググってしまう。死。誕生。

　今朝はこんな情報を見つけた。毎日、世界中で約三六万五〇〇〇人の新生児が生まれ、あらゆる年代の一五万五〇〇〇人が死んでいる。言いかえれば二一万人が日々増加していることになって、この数はラティーナ市の人口のほぼ二倍にあたる。われわれはいわば終電のない地下鉄の駅にいるようなもので、人々がひたすら乗り降りをくり返している。地下鉄の車両はいつか破裂するであろうその日まで、あとからあとから乗客を乗せつづける。ひねりはないけれど効果的な比喩だ。

他にも、自分の死亡日時を、クロスリファレンスの統計学を駆使して、驚くべき正確さで算出できるという、なかなか面白いサイトを見つけた。誕生日や住んでいる地域、職業、手術歴、既往症やアレルギーなどの質問項目に記入する。その後、家族や親戚全員の死亡日時やそれぞれの死因も記入する。

ぼくは自分のデータをすべて入力して、リターンキーを押す。

結果を待つ。

ぼくの予想死亡日時が画面に現れる。

二〇三八年、七月二日。

このサイトはいかれている。

ぼくはその場に座って、じっとパソコンの画面を見つめる。

グーグル検索してみる。

二〇三八年、七月二日。

サッカー・ワールドカップの真っ最中。ちょうど準々決勝が行われる日だ。ぼくは準決勝と決勝を見逃すことになるのか。それはあまりに酷というものだ。

そんな目にあうのなら、とっとと死ぬのもあながち悪くはない。

六〇

コラードが一緒にパラシュートをしようと、ぼくとウンベルトをさかんに誘う。彼自身はもう百ぺんも飛んでいる――仕事にはしていないものの、パラシュート・インストラクターの免許も持っている。ぼくはやつの話に乗る。ウンベルトはやらない。そのかわり、地上からぼくたちが飛んでいるのを眺め、着地の瞬間を動画で撮影してくれると言う。コラードの説明によれば、ジャンプするときはお互いの身体をつなぎ合わせるんだそうだ。なんだか自分が病気の子ども扱いされているような気になってくる。気に入らない。コラードにそう言うと、やつは軽くむっとする。

「おれはただ、いつもと違う一日をおまえに過ごして欲しかっただけだ！」

やや張りつめたその場の空気をはらうように、空を飛んでみてもいいとぼくは言う。

一緒に行かないかとパオラも誘ったんだけど、作文の添削があるからと断られた。作文がなくても、どっちみち来なかっただろう。シニョーラ・モローニとのごたごた以来、妻はコラードのことをあまり良く思っていない。

空港に向かう前、ぼくにはどうしても気になることがあった。つまり、誰がパラシュートを発明したか、だ。

目星はついていた――ダ・ヴィンチ。

ぼくのひいきの発明家は『アトランティコ手稿』の中で、下部が空洞で、ふところ寸法で十二の長さ（約七メートル）の頑丈な四本の支柱のピラミッド型の麻製のテントがあれば〝どんな高いところからでも誰でも何の危険もなしに飛べる〟、という内容の走り書きを残している。

ぼくみたいな初心者むけにコラードがアレンジしてくれたパラシュート降下は、〝タンデム〟と言って、説明してもらったとおり、二人の身体をつなぎ合わせた状態で一緒に空中に飛びおりるところから、その名がついている。まずはターボ・フィニストプロペラ機に乗って高度四二〇〇メートルまで飛び、そこからジャンプする。パラシュートを開くまでの一分間の自由落下のあと、コラードがパラシュートを開くのは、地上約一五〇〇メートルの上空だ。

説明を聞いただけで縮みあがってしまう。

小型機に乗り込みながら、コラードがぼくの気を落ち着かせようとする。

「スカイダイビングは地球と愛を交わすようなものだ」

「ありがとよ。なかなか粋なたとえだ。怖いことには変わりないけどな」

「いい加減あきらめろ。もう空の上だぞ」

小型機はほんの十五分ほどで所定の高度に達する。

　ぼくらがハーネスを装着する間に、誰かがドアを開けてくれる。何の前ぶれもなく、コラードがいきなりぼくを空中に突きおとす。もし無事に生きて帰れたら、絶対にこの手でやつの首を絞めてやると心に誓う。

　だけど次の瞬間、ぼくは言葉ではとうてい説明できない体験をする。〝下むきに突進する〟というのは、みんなが考えている〝落下する〟のとは全く別ものだ。むしろ〝水泳〟にずっと近い。空の真ん中で体を動かし、水中でするようにあらゆる方向に体の向きをかえる。高度一万三〇〇〇フィートの空間を泳ぎながら、スリルと興奮に酔いしれる。コラードが何か叫んでいるが、まったく聞こえない。六十秒間、ぼくは我を忘れた。空中スイマーになってパイク型飛び込みをしたり、タイ人のインストラクターがぼくの一挙手一投足を追いかけてこなくちゃならないほどめちゃくちゃに動き回る。やがてコラードがパラシュートを開くと、ひとつの魔法が終わり、次の魔法がはじまる。はるか上空から見下ろす世界、われわれが飛行機の窓から見慣れている景色は、プレキシガラスのフィルターをとおさずに見る方がはるかにエキサイティングだ。ぼくたちは徐々に降下し、旧友の熟練した指示のもと、地上に向かって高度を下げ、さっき飛び立った空港めざしてまっすぐ降りる。

「どうだった？」とコラードが尋ねる。「楽しかったか？」

「なんで今まで誘ってくれなかったんだ？」ぼくは興奮状態で言う。

「だって、おまえビビりだから！」

確かに。自分がこれまでいかに臆病猫だったかを、今頃、思い知る。身体にくくりつけていったゴープロ・ビデオカメラの画像に映るぼくの顔を、コラードが指さして見せる。結婚式以来のベスト映像だ。画面に映る自分の顔をじっと見る。一分間というもの、最初から最後まで笑いどおしだ。自分ではまったく気づいていなかった。空中を泳ぎながら、赤ん坊がくすぐられてきゃっきゃと喜んでいるように笑っている。

赤ん坊と言って思い出すのは、妊娠中ずっとパオラが輝くように美しかったことだ。数回息んだだけで、あっさりと出てきてくれた赤ん坊は、この世界へやって来るのを今か今かと首を長くして待っていたかのような、ぴかぴかの新生児だった。生後五分、へその緒を切って身体を拭くと、まずはパオラが息子を抱いた。すっかりきれいになったロレンツォを見て、彼女は顔中をくしゃくしゃにして笑った。

ぼくは身体中の細胞からアドレナリンがわき出るのを感じ、父親として誇らしい気分でベッドの脇に立っていたものの、子どもの人生に対する責任にすっかり戸惑ってもいた。パオラが「抱いてあげて」と言った。赤ん坊をくるんだ柔らかいウールの毛布の下で、自分の手が震えているのがわかった。やがて震えはとまった。ロレンツォが柔弱な瞳でぼくを見上げると、その顔は朝露のように瑞々しくて、ぼくはとろけそうになった。人生からこんな贈り物を授かったなんてことが、笑っているこの赤ちゃんが他の誰でもないぼくたちの子どもで一緒に家に帰れるなんてことが、ただただ信じられなかった。

やがてエヴァがぼくたちの世界に加わったとき、ふたたび奇跡がおきた。生まれた時からあんなに警戒態勢な赤ん坊もはじめてで、エヴァは思いもよらないやり方で、世界に挑もうと早くも戦いの構えをみせていた。そのくせ、くすぐられるのが大好きだった。ぼくは赤ん坊を腕に抱いて、あごの下の柔らかい肌を優しくなでた。赤ん坊がきゃっきゃと喜ぶので、ぼくは飽かずなで続ける。娘の笑顔見たさに生きてきたようなものだった。それは今も変わらない。

五九

熱帯地方のしずくが、今にも滝のように天から下界に落ちてきそうな、無益な五月の一日。何のことかわかるかな? 答えは〝今日〟だ。

ぼくは身じろぎひとつせず、ただアームチェアに座って死について考える。

五八

ジョゼッペ・ガリバルディには自分の記念切手がある。その点に関しては何の異論もない。記念切手があるのは他に、聖カテリナ、カルロ・ゴルドーニ、ピエトロ・メンネー、フェデリコ・フェリーニ、エミリオ・サルガリ、プリモ・レビ、エンニョ・フライアーノ、アレッサンドロ・マンゾーニ、ミケランジェロ、マッシモ・トロイジ、スマーフ、エンリコ・カルーゾ、アルベルト・ソルディ、そしてもちろんレオナルド・ダ・ヴィンチ。言うまでもなく、輝かしい功績を誇る聖人や詩人や探検家たちのオンパレードだ。

ぼくの切手がつくられることはないだろう。切手収集家は浅はかにも、ぼくが死んだあともぼくの前を素通りする。まぁ、いい。

ぼくは有名な歌を作ったわけじゃない。

命を救うワクチンを発見したわけじゃない。

奇跡を起こしたわけでもない。

オリンピックで金メダルをとったわけでもない。

名作映画を撮ったわけでもない。

壮大な大聖堂を設計して建築したわけでもない。

『いいなづけ』を書いたわけでもない。

ガーガメルなんていう敵がいたこともない。

「ルチオ・バッティスティーニ、一九七三――二〇一三、著名な水球選手」なんていう大理石の記念碑を、建物の横に建ててもらえるようなことは何もしていない。通行人が目にとめて、「今度、このバッティスティーニってどんな人なのか、ウィキペディアで調べてみよう！」と言ってくれるような記念碑。

まあいいか。ぼくには愛する妻と二人の子どもがいて、素晴らしい友だちがいて、ぼくに人生を託してくれる水球チームの少年たちがいる。これまでいくつもの失敗をやらかしてきたし、これからもやるだろうと思うけど、少なくとも人生のパーティには出席した。ぼくも確かにいたのだ。ただ隅っこのほうでうろちょろしていただけで、主賓じゃなかったかもしれない。でもパーティに出席したことだけは間違いない。ひとつだけ後悔があるとすれば、自分がもうすぐ死ぬことがわかってはじめて、本当の人生を生き始めたということだ。エットーレ・ペトロリーニの古い歌があった。こんなリフレインだ。「喜んで死ねるが、悲しくもある。死ぬのは悲しいが、喜びでもある」

なんだか笑えるけど、真実をついている。

喜んで死ねるが、悲しくもある。

死ぬのは悲しいが、喜びでもある。

今後は、これを座右の銘にしよう。

五七

これまでの人生でいちばん感動した出来事といえば、息子のロレンツォをはじめてこの腕に抱いた時のことだ。

　ロレンツォが三歳半になると、パオラとぼくはミッキーマウスのマンガで読み方を教え、四歳で書き方を教え、四歳半でレゴの家の作り方を、五歳で補助輪なしで自転車の乗り方を、八歳になる頃にはトマトとバジルのパスタの作り方を教えた。唯一後悔しているのは、すでに話したように一度も泳ぎ方を教えなかったことで、ましてや水球熱に火をつけるなんてのは到底無理な話だった。息子に対しては、愛情、羨望、そしてあらゆるものから守ってやりたいという思いが混ぜあわさったものを感じている。

　今朝ぼくは、ロレンツォが食洗機の水漏れを直そうとしているところを見ていた。息子は五分ほどあれこれ点検すると、ぼくのほうをふりかえって言う。

「パパ、これは洗浄部分が壊れてるだけだ。型番はB60だから、角の金物屋にスペア部品があるはず。ちょっと行って買ってきてくれたら、ぼくが十分で直してあげるよ」

　ぼくは言われたとおり、急いで基本部品のゴムリングを調達しに出かける。道の途中で、頭のなかに、ぼくの愛する若き発明家に会えなくなって恋しくなることのあれやこれやが、次々に浮かんでくる。

顔じゅうチョコレートだらけにしながら、「ぼく食べてないよ」というとき。

悪だくみをしているときのずる賢そうな顔つき。

全身を揺さぶってたたき起こさなくちゃならないほど、ぐっすりと寝ている姿。

まるで大学の教科書か何かみたいに、ヤングアダルトの小説に赤と青の下線を引くこと。

ピスタチオへの果てしない愛。

学校や町でこっそりと撮った、不細工な顔の写真集。

ぼくのダイアボリック・コレクションの漫画本で火を熾そうとすること。

毎年、驚くほど具体的に書かれたサンタクロースへの手紙。

ぼくと二人だけでスーパーヒーローの映画を観に行くときの狂喜乱舞している様子。

学校なんか大嫌いと公言してはばからないこと。

ハムスターに芸を教えてやること。

二サイズくらい小さくなってしまったスパイダーマンのパジャマ。

ぼくよりはましな英語力。

すでに九十九回観せられた『ハリーポッター』を、さらにもう一回ぼくに観せようとすること。

創造的カオスに陥った小さなベッドルーム。

誰にも邪魔されないように、クローゼットの中に座って懐中電灯で本を読むこと。

予告もなくいきなり排水管の〝実験〟をはじめて、アパートメント中を水浸しにしてしまったこと。

ベビーベッドで眠る妹を、いい子いい子となでてあげていたこと。

学校の作文に、「パパは負け犬アスリート」と書いたことや、「自動宿題機を発明したい」と書いたこと。

ぼくの服をこっそり試着していること。

欲しいものが手に入らないと、しつこくごねるところ。

叱られると、すねてその後三日間、口をきかなくなること。

ぼくがウンベルトとテニスをするとき、ボールボーイ役を買ってでてくれること。

今まさに目の前にいる人に、会いたくてたまらない恋しさを想像できるだろうか？　何とも言えない喪失感が胸をおおって苦しくなるほどだ。ぼくは部品を買って帰り、自分がこの世に送りだした若き配管工が食洗機を修理するところを見守る。ロレンツォの人生の時間の一瞬たりともこれ以上見逃したくない。すでに多くを失ってしまったのだから。

五六

今日は引き分けだった。いよいよ今シーズンの最後の一試合を残すのみとなる。勝ち点次第では、先へ進めるチャンスがまだある。コーチとしての自分は、我ながらまんざらでもない思う。だけど、がん患者としてはひどいもんだ。病人としての自覚がないらしい。パオラには毎日叱られているが、叱られるのがまた嬉しかったりする。ぼくのことを気にかけてくれているという証拠だ。パオラに許してもらうという、最大にして唯一の目標を片ときも忘れたことはない。ただ、それにはぼくの心からの思いを伝えないと。

今朝、ぼくが子どもたちのコップに牛乳を注いでいたら、パオラが突然、何気ない口調でものすごく重大なことを訊く。「子どもたちにはいつ話すつもり？」

「話すって、何を？」

「あの子たちと一緒にいられる時間はあと少ししかないって、つまりあなたが、その……、死ぬってことを」

「子どもたちに言えって？　ぼくが死ぬことを？」妻が考えていることを知ってぼくは驚く。

「そうよ」パオラが言う。「あの子たちにも伝えるべきよ」

「あり得ない」ぼくは言う。「絶対、無理だ。なんでそんなことをしなくちゃならない？」

「わからないの？」

「ああ、わからないね、何をわかれっていうんだ？」

「あの子たちはこの先もこの世界で生きていくのよ。父親を失ったあとも。それがどういうことなのかわからない？」

「話して何になる？　言い合うだけ無駄だ。子どもたちに言うつもりはない」

ぼくは会話を終わらせた。あの子たちには何も話さない。一緒にいられる時間はもうわずかだ。なのに、わざわざぼくが死ぬなんてことを伝えて、せっかくの時間を台無しにしたくない。

五五

〈チットチャット・ショップ〉は最近、ぼくの避難所のような存在になっている。ディズニーの三つ子のアヒル、ヒューイ、デューイ、ルーイのツリーハウスみたいなものだ。何かというと、つい店に足がむいてしまう。今日はコラードとウンベルトも連れて行った。ぼくの幼なじみをマッシミリアーノとジャンアンドレアにひき会わせるいい機会になった。パイロットのコラードは非番の日はヒマだからいいが、ウンベルトのほうはクリニックの診療時間を減らしてぼくとの時間を作ってくれている。本当にありがたい。

その日の午後は、マッシミリアーノが戸棚から卓上サッカーゲーム《サブーテオ》を引っぱりだしてきたあたりから、予想外の展開になる。サブーテオという名前を聞くだけで、四十歳以上の男性読者は背筋がぞくぞくするような興奮を覚えるに違いない。それに比べて、あらゆる年齢層の女性たちにとってサブーテオは、いわゆる〝強き性〟とあざけりと共に呼ばれる男性どもの劣等感をあばき、哀れみの情を起こさせるだけだ。

四十代のイタリア男でサブーテオゲームの魅力に抗えるものはいない。

ぼくらは床に布を敷いて試合表を書く。プレーヤーが五人もいると、正確な順位とゴール数の差にもとづいた、本物のイタリアのチーム表を作るのは並大抵じゃない。三時間にわたる熱戦の末、指はじきの魔術師に化けたジャンアンドレアとの決戦を制したぼくが勝利の栄冠を手にした。

　こうして日が経つにつれ、つくづく感じるようになったのは、これまでとっておいたわずかな金なんてものは、もはやこの人生で大した役には立たず、ただパオラと子どもたちが安心して暮らしていくための足しにしかならないということだ。とにかく、こうやって遊んでいれば楽しい。そしてありがたいことに、こんな遊びには金がかからない。

五四

エヴァ。

友人たちは皆、ぼくが第二子をエヴァと名づけたのは、人類最初の女性であり、アダムの妻であり、とりわけ愛情深いケインとアベルの母であるイヴにちなんだのだと思っている。

はずれ。

『ダイアボリック』の美しきガールフレンド、エヴァ・カントから頂戴したのだ。

愛しのエヴァがリビングルームで遊んでいるところを見守る。ロレンツォのレゴでアパートメントを作っている。インテリアもおしゃれなデザインで、もはやプロ並み。次は屋根に取りつけた何枚ものアルミホイル製の板にエナメル剤を塗る。

「ソーラーパネルよ。エコロジーハウスなの」

ぼくは微笑む。

椅子に座って、娘がフェアトレード住宅の仕上げをするところを見ている。

この子に会えなくなって恋しく思うことは山ほどある。

常に具体的で難解な質問の数々。

別れぎわに〝チャオ〟のかわりに〝ミャオ〟ということ。

その香り。母親と同じく、エヴァもりんごの香りがする。

つんと上をむいた鼻。ありがたいことに、ぼくの鼻とはまるで似ていない。

ラジオのパーソナリティばりの、やむことのない早口のおしゃべり。

エヴァがテラスで丹精して育てたオーガニックのレタス。しょっちゅうぼくたちに食べさせようとする。

リサイクルの分別がちゃんとできていないとロレンツォに文句を言っては、きょうだい喧嘩をすること。

ぼくに買わせた毛布を、動物愛護センターに寄付すること。

生来の正義感。

日課や予定を書き込んだスケジュール帳。

スパゲティーを反時計回りにフォークに巻きつける変な癖。

「パパ」と呼ぶ時の、やや鼻にかかった声。

類まれなる豊富な語彙。

エヴァのお気に入りの人形、ミラ。目下、うつ状態で引きこもり。

毎日のニュース番組に対する並外れた興味。

我が家専属の〝おしゃれキャット〟たちと床で遊んでいる様子。

みつろうへの愛着。なんでこんなところに？　というような部屋の片隅で、溶けたろうを見つけたことがある。
ぼくを見るたびに向けてくれる、えくぼのできた笑顔。
エヴァ。
ぼくの可愛い女性《ひと》。
ある時、エヴァのこんな質問にぼくは完全にやられてしまった。
「パパ、どうしてネズミ味のキャットフードってないの？」
鋭い指摘だ。どうしてだろう？
ぼくにもまともな答えは思い浮かばなかった。
エヴァ。
これからも好奇心旺盛で突拍子もない質問に、あと一〇〇〇回くらい答えてやりたい。
パパはそのためにいるようなものだ。この命のともしびが消える日まで。

五三

一九七八年、夏。どういうわけか、今日のぼくの脳神経細胞は、はるか昔の七月にさかのぼっている。すでにじいちゃんとばあちゃんが親代わりになっていて、ぼくは丸々太った幸福な少年で、ジョン・レノンがまだ生きていて、オゾン層にまだ穴があいていなかった頃のことだ。

ぼくたちはラディスポリの海辺で休暇を過ごしていた。この場所になじみのない人のために言っておくと、ラディスポリはサント・ロペのようなおしゃれリゾートとは違う。そこはローマ風アーティチョークのお祭りで知られていて、この野菜つながりでスペインのベニカルロの姉妹都市でもある。ラディスポリのビーチの最大の特徴は、砂浜の砂が鉄分の含有量が高いせいであり得ないほど真っ黒なことだ。

ぼくの初恋であり、最初のロマンティックな思い出の相手はステラだ。

同い年の五歳。

そばかす。

赤毛。

すきっ歯がチャーミングな笑顔。

ぼくの女神。

おそらくぼくは、今でもまだ心のどこかでその子を想っている。

その朝の出来事を、まるで昨日のことのように覚えている。

ステラは同じ年頃の子どもたちと一緒に、水際で砂遊びをしていた。もちろんぼくも一緒だった。砂の城はどんどん大きくなっていき、わずかに傾いでいたけれど、どのみち満潮までの数時間の命だった。ステラの両親のウーゴとフランカは、近くのビーチパラソルの下にいた。父親はスポーツ新聞《ガゼッタ・デロ・スポルト》を、母親はエラリー・クイーンの小説をそれぞれ読んでいた。ぼくのじいちゃんたちも彼らの隣にパラソルをたてていた。じいちゃんはリクライニングチェアでうたた寝をし、ばあちゃんはクロスワード・パズルをしていた。

まもなく十一時という頃で、それは水泳の時間になったことを告げていた。フランカは消化のために、朝食後三時間は水の中に入ってはいけないというルールを、子どもたちに厳格に課していた。彼女はステラの浮き輪を取りあげ、娘の姿を探した。

「ステラ！」

ステラはいなかった。母親は砂浜の端から端まで見渡した。どこにもいない。彼女は夫を呼び、夫婦は不安が徐々に頭をもたげる中、娘の名前を叫びながらそこら中を捜しまわった。ステラの友だちとぼくは、少し前に彼女が立ち上がって砂の城を離れ、どこかへ歩いていくところを見ていた。けれど、どこへ行ったのかは知らなかった。その後の数分間、彼女の姿を見た人は誰もいなかった。

パニックがステラの両親を襲った。

ぼくたちは海岸一帯をくまなく捜しまわった。海水浴場の事務所のスピーカーで、迷子のお知らせを流してもらった。

「ステラ・マルターニという女の子をご両親が探しています。お心あたりの方は休憩所までご連絡ください」

誰も現れなかった。

ステラは消えてしまった。

ある人は、ステラが海に入っていくのを見たと言った。

またある人は、海の家から出ていくのを見たと言った。

その上、不審な男が彼女に話しかけているのを見たという人たちまで現れた。

太陽にあたりすぎたせいか、誰もが自己顕示欲の塊になっていた。

ただ一つわかっているのは、ぼくの最愛の人が跡かたもなく消えてしまったということだった。

一時間後、半狂乱になったステラの両親は、警察に娘の捜索願を出した。警察も捜索に乗りだしたが、結局は徒労に終わった。

ステラはその日の十時五十八分から十一時の間に、海岸からこつ然と姿を消した。

今日でステラは四十歳になったはずだ。今では年金生活者となったウーゴとフランカはあの日以来、いまだ娘の消息をつかめずにいる。ラディスポリ海水浴場の年配の名物監視員によれば、二人の老人が毎日、悲壮感を漂わせ、何かにとり憑かれたかのように、避けがたい波の進行によって今ではほとんど全体が侵食されてしまったあの浜辺にやってくると言う。ふたりは自宅から持ってきた二脚のデッキチェアに腰を下ろす。海を見やりながら待っている。視線を砂浜に移すたびに、幼い娘が濡れた砂の上を歩いている姿や、親の心をとろけさせる例のすきっ歯の笑顔で走ってくる幻覚を見る。

「ママ、パパ、ただいま！　そろそろ、うみにはいりましょうよ！　しょくご三じかんたったでしょ？」

ウーゴとフランカは、親子三人で一緒に泳ぐことを今でも夢見ている。神様の気が変わって、はるか一九七八年の夏まで時計の針を巻き戻してくれるのなら、彼らは何だって差しだすだろう。だけど神様の気が変わることはない。それはみんなわかっている。

日暮れが訪れると、ウーゴとフランカはデッキチェアを畳んで、手をつなぎながら家路につく。

今日ぼくは海岸に行って、気づかれないよう遠くからふたりを見守っていた。彼らがぼくのことを覚えているはずはない。最後に会ったのはぼくが五歳の時だったのだ。ウーゴはこちらに目をむけたものの、ぼくなど見えていないかのようだった。ところがフランカは一瞬ぼくを認めると、その視線が釘づけになった。ぼくが誰だかわかったのだ。きっとそうだ。女性は第六感が利く。あるいは、単に男より聡明なだけか。だけどぼくは気後れして、彼らに話しかけることができなかった。

ぼくはズボンのすそをまくって砂浜に足を踏みいれ、波間に遊んだ。太陽はとっくに水平線のむこうに沈んでしまった。わずか十五分ほどの間に、遠い昔、中途半端なままだった砂の城を作った。ぼくの砂建築の設計・施工の腕前はいまだ健在だった。もう少しで完成というときになって、荒くれ波がいきなりざぶんと押し寄せ、無残にもぼくを洗い、城をぺしゃんこにしていった。

五二

夜のサン・ロレンツォ地区にウンベルトとコラードと繰りだそうという話になり、直前になって急きょオスカーも加わることになった。ガールフレンドができてからというもの、ぼくらより歳が三十も上で体重が二五キロも重いオスカーが、なんだか仲間みたいに思えてくる。今夜は姪のかわりにマルティナがローマのナイトツアーのガイドを引き受けたので、その隙にオスカーも外出ができる。

ぼくたちはロマンティックな〝なんちゃって〟オーガニックレストランに席を予約していた。暖かい夜だったからテラス席にしたが、まわりは学生だらけだった。野菜スティックの盛りあわせと野菜ラザニアがテーブルに並んだところで、オスカーがイタリアでより快適に暮らしていくための最新案のプレゼンをはじめる。十年ごとに更新される運転免許の基準が話の発端だった。洞察力に富んだ我らがパティシエは、顧客や消費者に商品やサービスの品質を保証するためにも、運転免許と同じように、この更新の仕組みをあらゆることに採用すべきだと提案する。オスカーがあげる事例はいかにも筋がとおっている。

「例えば、一九六二年に医学部を卒業したような医師に診てもらいたいと思うか？　フィアット１１００で修業した修理工に車をなおしてもらいたいと思うか？　二十世紀半ばに法曹界に入ったような弁護士に弁護を頼めるか？」

　答えはもちろんノーだけど、みんないつもやっていることだ。

　オスカーは続ける。「いいか、経験さえあればいいってもんじゃない。医学、科学、芸術、社会、どれもみんな日夜、偉大な進化を遂げてるんだ。だからおれは、十年ごとに最新の知識や技術を身につけるための研修制度を義務化して、できない場合は、免許を無効にするべきだと言っているんだ」

「そのとおりです」コラードが賛同する。「われわれパイロットにはその義務があります」

「そうでなきゃ困る！」オスカーは声を荒げる。そしてウンベルトのほうをむく。「おまえさんはどうだい、獣医どの？」

「ぼくたちは……えっと、補講みたいなものはありますけど、とくに試験があるわけではないです」

「ほらな。おれだったら、高校の卒業試験みたいなものにまで、なんでもかんでもこのルールを適用させるがな。十年ごとに必ず試験を受けなおして、習ったことをすっかり忘れてやしないかどうか、いまだに自分が〝高卒〟だといえるかどうか確かめるんだ」

　きっとぼくは落第だろう。毎年、数週間にわたる高校の期末試験の科目を見ると、自分にはてんで見込みがなさそうだと思う。ラテン語とか数学なんかは、おそらく試験が終わるまで席に座っていることもできない。

　オスカーは自分の理論を実地で証明することにする。彼は立ちあがり、店内の客たちに向かって朗々と演説をはじめる。

「どなたか、第一次世界大戦が勃発した原因を覚えておられる人がいたら挙手ねがいます」

誰もいないかと思われたところで、ひとりだけ、授業で習ったばかりだという十三歳の学生が手をあげる。

「フランツ・フェルディナント大公とその妃ソフィーの暗殺がきっかけです。少なくとも表向きにはそう言われています」

「じゃあ、導関数とは？　未来完了形とは？」

その夜は結局、教養をひけらかそうとする健全な欲求による〝クイズ＄ミリオネア〟の団体版みたいになって更けていく。いつしかぼくたちは客じゅうの注目の的になっている。

家に帰ったのは午前二時。十五歳の悪ガキグループみたい。

五一

かかりつけの自然療法医、マドンナがもの問いたげな目でぼくを見る。

「前回の診察からしばらく間が空いていましたが……」

「そうですね」ぼくは早くも、尻尾を巻いた犬の気分でオドオドと返事をする。神父の前で懺悔をしている気分と言ってもいい。

「食餌療法のほうはどうですか？」

「まあ、ぼちぼちです……。食べてはいけないものも結構食べちゃってますけど、それでも、もう五キロ以上、体重が減りました」

「たまにルールを破るのも、この療法を続けていくための秘訣です。だから、クライアントさんにはいつも、月に一度くらいは羽目を外してもいいと言っているんです」

ぼくの場合は月に一度なんてもんじゃなく、かなり頻繁に外してるし、何回かは義父の菓子屋に行ってドーナツを食べたことを告白する。

ドクター・ザネッラはぼくの来院の理由を訊く。気分もだいぶよくなっているし、少しは眠れるようになってはきたが、病気の進行の速さには身体が追いつけなかったことを説明する。

「四十になってからベジタリアンになるのは、生易しいことじゃありませんでした」

「そうでしょうね」ドクターは同感する。それでもなお、今度はフルーツを基本とした療法で、もう少し続けてみたらどうかとすすめる。

「果食主義《フルータリアン》の人たちにはかなり長寿の傾向があります。そこには何か関連性があるはずです」

フルータリアンという言葉に、思わずぼくは笑ってしまう。

実のところ、今日は自分の病気のことで来たのではないのだ。

「ぼくには子どもが二人いて、ひとりは六歳、もうひとりは九歳です。あの子たちの成長に適した食事プランを作成していただきたいのです。子どもたちがぼくと同じ間違いを犯さないように、なによりも、ぼくより長生きできるように、栄養面からみた食養生を教えてもらえませんか。残念ながら、彼らはぼくの不出来なＤＮＡを受け継いでいるので」

ドクターはぼくを見て優しく微笑む。ロッテンマイヤー女史の冷たい仮面の下から、人間らしい心がのぞく。

それから二時間、ドクターとぼくは食事プランについて話し合う。ぼくはせっせとノートをとる。ロレンツォとエヴァはぼくの命だ。ぼくの身に起こったようなことを、彼らに経験してほしくない。絶対に。

五〇

折り返し地点。

お祝いしよう。

夕食のあと、パオラと子どもたちを説きふせて出かけることにする。今ではすっかりラブラブな熟年カップルのオスカーとマルティナも誘う。以前にも一緒に出かけたことがあって、とても楽しかった。

夏らしく、よだれが出そうなあの一語。

クレモラート。美味なるイタリアン・アイスクリーム。

今回はイチジクはやめて、レモンとストロベリーのダブル、それにメロンだ。子どもたちがアイスクリームをペロペロとなめている。二人はスプーンを交換してお互いのアイスを味見し合う。一口目を食べて美味しいだのまずいだのと感想を言い合い、二口目で前言を撤回し、結局はどれもみんな美味しいという結論になる。この子たちには欲張りなところがない。自分が選んだものに満足している。むやみに人のものを欲しがったりしないのだ。それを知ってぼくは嬉しくなる。

その後、パオラが例の話を蒸しかえす。〝例の話〟とは、妻とぼくが決して歩み寄れない唯一の案件。「子どもたちに話すべきよ」と彼女は言う。

「その話なら、もうすんだと思ってたけど」

「あなたが勝手にそう思っているだけで、わたしは納得してないわ」

「じゃあどうしたいんだ、パオラ？　この世での最後の時間を、ぼくにみじめな思いで過ごせって言うのか？」

「あなたのことを言ってるんじゃないの！」彼女の瞳が光る。「あなたは自分だけの問題だと思っているでしょ」

「知らないほうがいいことだってあるんだ。特に子どもの頃にはね。それについてはぼくのほうが詳しい」

「そんなこと、あなたにはわからない！　あなたはいなくなるのよ。いなくなる人が、あとに残される者にとって何が一番いいかなんてわかるわけないじゃない」

グサッ。やられた。妻は容赦なく痛いところをついてくる。ぼくは顔を近づけて、願わくば彼女の表情に許しが浮かんではいないかと探る。だけど、浮かんで見えたのは怒りだ。

「だったら君が言えばいい！　ぼくにはできない」

妻は激怒する。「わたしが？　どうかしてるわ、ルチオ。そんなことわたしの口から言えるわけないでしょ」

またもや平行線に終わる。ぼくたちはだだっ広い競技場の端と端に立つ敵同士のように、お互いを見ている。

四九

日曜の朝。

ぼくは顔を枕にうずめて腹ばいになっている。

鐘が鳴っている。

我が家から一〇〇メートルほどのところにあるサン・ロレンツォ・フオーリ・レ・ムーラ大聖堂が、ミサのはじまりを信者たちに告げている。ぼくは十年前の自分の結婚式の日以来、ミサに行っていない。教会での挙式に同意したのはパオラのためだった。堅信礼のあとも、教区教会には一度も足を踏み入れていない。前にも言ったとおり、ぼくは不可知論者だ。そして眠い。

ぼくは身動きせずに、片目をあける。かたわらのパオラには、ぼくのまぶたの音が聞こえる。

「一晩中、咳してたわね」むこうをむいたまま妻が言う。

「ごめん。今夜はソファーで寝るよ」

「そういう意味じゃない。ただ、医師のアドバイスをきいて、何か運動したほうがいいんじゃないかなって……。肺に酸素を送ったら、呼吸しやすくなるんじゃない？」

「とてもじゃないけど、泳げないよ。知ってるだろう。腕が痛くて動かせないんだ」
「水泳だけがスポーツじゃないわよ。物置から自転車を出して、サイクリングにでも行ってくれば？」

何が嫌いかって、サイクリングほど嫌いなものはない。

上り坂と下り坂だらけのローマで、自転車ほど無用な乗り物はない。それに極めて危険でもある。スポーツとしてもまったく無意味だ。ゴールやネットに向かって点を入れないなんて。

ボールの大小は問わないが、とにかくぼくにとってボールを使わないスポーツなんかスポーツとは言えない。いずれにせよ、なんやかや言いながら、ぼくはその日の午後、物置のドアを開ける。中にはぼくの古いビアンキの自転車がしまってある。二十年くらい前のものだ。奥の壁にかけたままで、少なくとも四、五年は乗っていない。

この乗り物を発明したのは誰だろう？　レオナルド・ダ・ヴィンチのアトランティコ手稿、一三三ページを紐解くと、そこには二つの車輪がついた乗り物の注目すべきスケッチがあって、これが現代の自転車にそっくりなのだ。

トスカーナ出身のこのすこぶる優秀でマルチな才能の持ち主は、シュウィン・クルーザーまで発明したということがわかる。

ぼくは積年の間にたまりにたまったガラクタをかきわけて、自分の自転車を引っぱりだすという実り少ない仕事に取りかかる。自転車の前に積みあがっているのは、ぼくの人生の残骸だ。物置という名の墓場に、捨てる勇気がなかった不用品をなんでもかんでも突っ込んでおいた。不意に、ぼくはあることを思いたつ。すべてのものを適切に分別して捨てるのだ。車雑誌や昔の教科書は紙類へ、シャンデリアはガラスへ、リモコンやパンクしたタイヤは雑ゴミへという具合に。残りはすべて処分する。この場所をきれいにかたづけよう。物置を空っぽにしよう。ガラクタがぱんぱんに詰まった物置なんて無意味だ。サイクリングみたいなもの。

積みあがったガラクタとしばらく格闘した後、ようやくぼくの古ビアンキにとりかかれる。状態はまずまず。チェーンに少し油をさして、車体を磨いて、タイヤに空気を入れれば、すぐにもローマの街へ繰りだせる。坂道や石畳をさけたルートを選ぶ。エウル地区なら完璧。クリストファー・コロンバス通りをぬけて、海を目指す。ヘッドフォンを取りだす。入念にプレイリストを作る。七十年代のダンスミュージックばかりを集める。たちまちノスタルジックなドナ・サマーの歌声が流れはじめる。

ぼくの頭の中と同じくらい単調な、ペダルを踏むリズムに身をまかせる。小さな教会の前に来ると、四人の若者がマホガニーの棺をメルセデスの霊柩車に運び入れているところに行き会う。まるでパン生地の入った長方形の型を、オーブンに入れているみたいに見える。そのまわりに二十人かそこらの老人たちが立っていて、数人の頬に涙が伝っている。参列者の少ない葬式ほど悲しいものはない。往年を懐かしむファンしか客のいない、年配のロックスターのコンサートみたいだ。そんなさびしい事態をさけたいなら、ひとつだけ有効な策がある。葬儀の予定を早めるのだ。早めに案内をしておけば、満員御礼、間違いなし。あまりぞっとしない策ではあるが。

自分の葬式なんてこれまで考えたこともなかった。だけど、言われてみれば、自分が主役になれる最後のイベントだ。一度くらい検討してみる価値はある。

まずは、どんなスタイルの式にするか決めなくちゃならない。

ひとつはイタリアンスタイルだ。退屈な神父が教会で執り行うタイプの葬式で、はじめに親しい友人たちの涙と感動のお別れの言葉を聞き、その後、埋葬のために全員で墓地へ移動し（目当ての区画がオーバーブッキングされていなければだけど）、最後に全員で故人の近親者の家へ行って、近所の仕出屋からとった冷めたご馳走を食べながら、深夜まで故人の死を嘆き悲しむ。

もうひとつはテレビで観たアメリカンスタイルの葬式。式は無宗教で、ゴルフコースみたいな芝を敷きつめた瀟洒な共同墓地で行い、たくさんの音楽と詩の朗読があり、その後は故人の家で開かれる葬式パーティにみんなでなだれ込み、豪勢なごちそうがどっさりと並び、バンドが故人の好きだった歌を次々と演奏する。未亡人はさっそくはめを外して、プロの振付師の叔父さんとロックンロールのリズムに合わせてアクロバティックなダンスを踊る。

なんと不謹慎なと思うかもしれないけど、ぼくだったら断然、後者を選ぶだろう。

自分の葬式は盛大なパーティがいい。残念ながら、ぼくは寝そべったまま出席することになるけれど。

四八

ロレンツォの誕生日。地元のレクリエーション・センターを借りて、友だち全員を招いたパーティを開く。十歳未満の児童の団体様御一行による、例のどんちゃん騒ぎだ。大人はぼくとパオラと、心配性のお母さん方が数名のみ。会場は笑いと叫び声の地獄と化して、センターの若いスタッフ二人の手には負えない。ピエロの扮装をした彼らは、子どもたちの嘲笑といたずらの的になっている。ロレンツォたちの歓心を買おうと必死だが、まったく功を奏していない。

ぼくはポップコーンと塩味のスナックを食べながら、隅のほうに離れて立っている。いくつかゲームを提案してみたが、どれもあっさりと却下される。九歳児からしたら、ぼくなんか、ただのみじめなジイさまくらいにしか見えないのだろう。

友だちの群れをしたがえて、広い部屋の中を無鉄砲に動きまわっているロレンツォを見守る。フィンガーペイントの絵具の大きなセットをプレゼントしたら、そのお返しにロレンツォが喜びではちきれんばかりの笑顔をくれた。おかげでつかの間、病気が完治する。そのとき初めて、あることに気づく。この先ぼくが自分では絶対にできないこと、必ず事前に用意しておかなきゃならないことがあったじゃないか。

「何だって?」ウンベルトが訊く。

「誕生日プレゼントだよ。この先のロレンツォとエヴァの誕生日プレゼントを買っておかなくちゃならない。パパからの誕生日プレゼントを用意せずに、あの子たちのもとを去るわけにはいかないだろ」

「でも、どうやって……?」

ウンベルトに議論の隙は与えない。だけど話を進める前に、ここでひとつ打ち明けておいたほうがいいことがある。ぼくの妻はウンベルトをたいそう気に入っているということ。やつはぼくの親友のひとりだっていうのに、パオラはずっと自分の大事な友だちのように思っていて、そのことが時おりやつとぼくの関係を少々厄介なものにしてきたのだけどこまで彼に話していいものやら——かといって、やつを信用できないと思ったことはない。現にウンベルトは、パオラとぼくの泥沼状態の間も、人間関係のマエストロぶりを自ら証明して、ぼくの親友を続けながら、同時に、慰めと癒しを必要としていたパオラを支えてきた。この間、ウンベルトが我が家に夕食を食べにきた時、パオラがふたりだけで話したいことがあるからと、やつを脇に呼んでいるところを見てしまった。ぼくはキッチンですばやく蛇口をひねって、いかにも二人の急接近に嫉妬なんかしてないさというふりをして、せっせと皿洗いをする。二人の距離は確かに縮まっている。今のパオラは誰かからのアドバイスや慰めが必要で、それでウンベルトを頼りにしているのだろう。この厄介な地雷原をやつがどうやって切り抜けていくのか、ぼくにはわからない。だけど、ウンベルトとの間に溝を感じたことは一度だってない。この大事な頼み事をしたときも、ためらうそぶりは微塵も見せなかった。どんな時もウンベルトはそばにいてくれ、長年頼りにしてきた親友に変わりはない。だからこそ、子どもたちへの未来の誕生日プレゼントを買って、その日が来たら直接渡してもらうという、かなり面倒くさいこの役目をウンベルトに頼む。

「どうやって?」とやつが懲りずに訊く。

「簡単なことだ。ぼくがプレゼントを選んでおくから、おまえが買って包んでくれればいい」

「あぁ!」

「いやとは言わせないぞ」

「『あぁ!』って言っただけだ」

「年ごとの具体的なプレゼントのリストを作っておく。もしそれが流行おくれだとか、その時になってあんまりしっくりこないと思ったら、何か別のものをおまえが選んでやってくれ。少なくとも十八歳の誕生日まではプレゼントを用意してあげたい」

「この件に関して、ぼくの意見を言っていいか?」

ぼくはうなずく。まるでカフェにいる他の客も彼の答えを待っているみたいに、まわりの話し声やざわめきが一瞬消えてしまったかのよう。

「すっごくいいアイデアだと思う」とウンベルトが言う。

ぼくはホッとして頬が緩む。ちょっと性急だったかもしれないけど、もうあまり時間もないし、このところ、熱意が暴走してしまうことがよくあるのだ。

「グラッツェ」とぼくは答える。そしてウンベルトの肩に手をおく。今日は胃の痛みがひどい。つい最近また担当医のところへ行って、一緒に最新の検査結果を見直した。腫瘍マーカーの数値はまさにうなぎ登りだ。食事や生活習慣はずいぶん改善できているにもかかわらず、ぼくの身体は、長年、過酷に走り続けた車のエンジンみたいに、すっかりいかれてしまっている。これからは常に痛みにつきまとわれるのだろう。鎮痛剤と精神力で耐えるしかない。

四七

二人の子どもたちへの未来の誕生日プレゼントをリストにしてみた。書き上げるのに一晩かかった。いつものカフェでウンベルトと朝食を食べながら、ひとつひとつ説明する。手書きで書いた文字から、ぼくの思いが伝わるだろう。

「年齢ごとにプレゼントを考えてみたんだ」

ウンベルトが用紙を取りあげ、リストを読みだす。

ロレンツォ
十歳　プロ仕様の工具一式
十一歳　ぼくのアコースティックギター（弦は新品に張り替えて）
十二歳　ガレージで使う作業台
十三歳　マウンテンバイク
十四歳　試験で赤点をとっても叱られない保証つき「免罪符カード」三枚。一学年間有効。
十五歳　学校に行きたくない気分の日は休んでよい保証つき「免罪符カード」三枚。これでぼくみたいに熱のあるふりをしなくてもすむ。高校卒業まで有効。
十六歳　パオラとエヴァが留守の週末一回分。友だちを家に招いてもよい許可つき。さぞかし恩にきるに違いない。コンドームを一箱、買ってやること。
十七歳　ぼくの『ダイアボリック』コレクション。そうしたければネットオークションで売ってもよい。ただし、最低でも一冊は通読すること。読んでみれば、あの子も気に入るかもしれない。
十八歳　中古の小型ロードスター。状態のよいもの。車体にあらかじめへこみ等あればなお良し。ぼくがじいちゃんの車を初めてガレージのドアにこすったときみたいに、落ち込まなくてすむ。
備考：　十五歳のプレゼントに、パオラから原付自転車《モペット》を買ってやらないように言っておくこと。それから、この少々〝型破り〟なプレゼントを大目に見てもらうように、彼女を言いくるめて欲しい。

ウンベルトはすっかり面食らっている。

「ぼくもおやじからこんなのをもらいたかったな」本音がこぼれる。

「おやじさんはいつも何をくれたんだ？」

「五万リラ札」

長患いの後、数年前に亡くなった彼の父親は、言ってみればアドルフ・ヒトラーみたいな、人としての情愛に欠ける男だった。ぼくが十年来、年がら年中ウンベルトの家に出入りしていたにもかかわらず、ぼくの名前すら知らなかった。彼に言わせれば、ぼくはただの〝なんとかいう管理人のせがれ〟に過ぎなかったのだ。

我が友は頭をふって父親の苦い思い出を追い払うと、二つ目のリストに目を通す。

エヴァ
七歳　祖父の家の小さな裏庭で育てられる、常緑樹の大きな鉢植え。
八歳　アイスクリームマシンと、オーガニックフルーツ食べ放題。
九歳　週末に水族館に行って、イルカと一緒に泳ぐ。
十歳　バルコニーに設置できる小さな立体庭園。
十一歳　気に入った救助犬をどれでも一匹、保護施設から引きとる。ただし、もしシェパードが死んだら、その時点でただちに次の犬を飼う。その場合、この年はなにか別のプレゼントを考えてくれ。
十二歳　女の子らしい服を数枚。工場労働者の作業着みたいなオーバーオールは、徐々にやめさせて欲しい。
十三歳　もしまだ営業していたら、彼女を〈チットチャット・ショップ〉へ連れて行ってやって欲しい。マッシミリアーノとの会話十回分のプリペイドチケット。きっと必要になるだろう。十三歳というのは微妙な年頃だもの。パオラにもうまく言っておいてくれ。

十四歳　小説を一冊、ロベルトに注文して書いてもらう。主人公はエヴァという名の、グリーンピースで働く熱血環境活動家。自分が主人公の小説なんてなかなかお目にかかれないだろ。

十五歳　デモに参加するために学校を欠席してもいい保証つき「免罪符カード」三枚。あの子ことだから、そのうちきっと行くはずだ。高校卒業まで有効。

十六歳　エヴァも同じく、邪魔な母親と兄貴ぬきで女友だちと家で過ごす週末一回分。忘れずにゲスト全員分のコンドームを買ってやること。

十七歳　その時つきあっているボーイフレンドとの、週末キャンプ旅行クーポン券一枚（交通費、宿泊費など一切の経費含む）。

十八歳　中古のメルセデス・ベンツ〈スマート〉。あらゆる点で男より聡明なはずの女性たちも、不思議なことに縦列駐車だけは苦手みたいだ。

ウンベルトは読み終えるとぼくを見上げる。

「こんな……けったいなプレゼントリスト見たことないや」

「それから、最後にもうひとつ。あの子たちが十三か十四くらいになったら、セックスとかそのあたりのことをおまえから教えてやってくれないか」

「ぼくが？」

「コラードに頼むよりましだろ？」

「そりゃそうだ。でもさ、もし……」

「それから、英語力をつけさせるために、パオラを説得してふたりをアメリカの語学研修に行かせてやって欲しい」

「わかった。やってみる。でもパオラを説得するのは並大抵のことじゃないことはわかってるよな」

「おまえの言うことなら聞くさ。プレゼントの代金は口座に振り込んでおく。消費期限のないようなものは、すでにいくつか買ってある。例えば工具一式とか。そういうものはリストに※をつけておく。植物とか自転車とかいった他のものは、その時が来たらおまえから買ってやって欲しい。もし金が足りなかったら――」

「もし金が足りなかったら……、心配するな」ぼくの言葉をさえぎって、ウンベルトが言う。

そしてぼくは切りだす。「あともう一つ」

ウンベルトはリストから顔をあげる。「いなくなっちまった後も、おまえはマジでぼくをこき使いたいらしいな」

「そうだ」とぼくは言う。「最高にハッピーなことでこき使ってやる」

「言ってみろよ」

「ぼくの後釜を引き受けて欲しい」

ウンベルトはぼくの言葉の意味を図りかねている。「もちろんだ、これからも子どもたちには会いに行く。パオラの力になれることがあれば何だってするし――」

ぼくはやつの言葉をさえぎる。「パオラと結婚しろ、ウンベルト。これがぼくの頼みだ。彼女のつれあいになってやってくれ。今だって十分いい関係じゃないか。パオラはおまえを尊敬しているし、信頼もしている」

ウンベルトのあんな顔を見たのは初めてだった。誇らしさ、優しさ、思いやり――そして愛。しかも至高の。彼が心からパオラを愛しているということを、驚きとともに思い知る。深くて大きな愛だ。ぼくからこの話を切り出したことで、やつも少しは気が楽になるだろう。遅かれ早かれふたりはくっつくことになっただろうけど、それでもぼくが了解しているということは、やつにとって大きな意味があるはずだ。ウンベルトは黙ってうなずく。そしてようやく言う。「ありがとう《グラッツィエ》、ルチオ」。

ウンベルトへの感謝の言葉はもう在庫切れだ。ぼくが思わずハグしようとすると、やつが笑いながらこうつけ足した――「クリスマスは？」

その言葉に口元がほころんでしまう。

「クリスマスはサンタさんにおまかせ？　そのあたりのこともぼくの役目？」

ようやくウンベルトを抱きしめることができる。賢人曰く、人生において二つか三つあればよいもの、即ちそれは友である。時々ぼくは一人で十分なんじゃないかと思う。もしその一人がウンベルトならば。

四六

この日、〈まっすぐ撃てないギャングたち〉はプレーオフ進出のかかった試合に臨む。もしわれわれが最低でも五点差をつけて二位のフラミニア・ウォーリアーズに勝てば、十位で進出が決まる。プレーオフに出場できるのは全部で十チームだから、最下位でぎりぎりで滑り込むことになる。

前にも言ったように、無口なアシスタントコーチのジャコモだけが、ぼくの病気のことを知っている。その話をしたときも、彼は無言だった。だけど、不意にぼくの腕をつかんだかと思うと、五分間もハグしてくれた。彼の思いが胸に沁みた。

チームのみんなにはまだ話さないでおく。選手たちを動揺させるようなことはしたくない。短いチーム史上、次のシリーズに進むための予選通過をかけた試合はこの日が初めてなのだ。

今回はアウェイゲームで、フラミニア通りのおんぼろプールで行われる。ロッカールームの壁は漆喰が剝げて凸凹で、タイルは少なくとも四半世紀は手入れされていないようなところだ。応援席のスタンドには、相手チームの親たちが五十人くらい険悪な表情で座っている。我がチームも六人のサポーターが駆けつけている。そのうちの一人は水球嫌いのコラードだったが、やつが来たのは、試合のあとでビールを飲みに行く約束をしているからだった。

ロッカールームで、ぼくは選手たちに懸命に発破をかける。特に前回の試合で、ペナルティーショットを二回失敗した寄り目のセンター・ディフェンダー、マルティノが立ち直れるようにと気を配る。水球でペナルティーショットをしくじるのは至難の業だ。必ずしくじろうとする強い決意と少々の悪運が要る。本来、ボールを水面に強く叩きつけさえすれば、ゴールは保証されたも同然なのだ。キーパーには、五メートルの距離からシュートに反応する時間的余裕はまずない。それなのに、先週の火曜日にも、マルティノの球はクロスバーに激突したり、観客席に一直線に飛び込んだりした。試合は八対八の引き分けに終わったが、もしこの時勝っていれば、ほとんど不可能ともいえる大量ゴールを強いられるような、今日の試合をしなくてすんだのだ。

試合開始の笛が鳴る。

相手チームの親たちが笛やラッパを鳴らして、会場が割れんばかりに応援する。リオデジャネイロのマラカナンスタジアムで行われた、サッカーワールドカップの決勝戦さながらの盛り上がりだ。

第一クォーターからいきなり三点差をつけられ、ぼくたちは早々に崩れる。八分間でただの一ゴールも狙えないのは大したものだ。この調子じゃ、ほとんど勝ち目はないかもしれない。

第二クォーターでぼくたちは二点取りかえし、敵もなかなかいい攻撃を見せて一点を追加する。今のところ二対四で押されている。

ぼくは選手たちに厳しいげきを飛ばして、チームを揺さぶる。古い手ではあるが、十中八九、効き目がある。

第三クォーターではウォーリアーズにも多少の疲れが出てきたとみえ、集中力が途切れてきたようだ。われわれはその隙につけ入る。ぼくの大事なストライカー、マルティノが三点を入れると、彼の例の寄り目に歓喜の色が見える。結局このクォーターで我がチームは四ゴールし、敵は一点を加える。つまり六対五で、われわれがリード。

ぼくは選手たちに、頼むからあともうひと踏ん張りしてくれと伝える。次の八分間に今シーズンのすべてがかかっているのだ。二分に一点入れる必要がある。水球ならそれも可能だ。

ご存知のとおり、ぼくは神を信じないし、奇跡も信じないし、ぼくらが勝てるとも信じてはいない。

だけど、それは大いなる誤りだった。七分後ぼくらは四点を追加し、合計で十対五になり、プレーオフ進出に王手をかける。ところが、終了まで残りわずか三十秒のところで、思いがけない展開が待っていた。ウォーリアーズのストライカーが不意をついた反撃にでたのだ。うちの選手のひとりも、本人が余計に落ち込むからここで名前は挙げないが、相手の攻撃を防ごうとセーフティーエリア内で敵の背後からぶつかっていく。重大なファウルだ。うちの選手は退場になり、敵にペナルティーショットのチャンスが渡る。

イヴァン・グァラツィがペナルティーショットの位置につく。この選手はどこからでも得点を決められるスナイパーだ。全リーグ中で得点ランキングの第三位を占める。水中の猛者。

この猛者を前にして、バターフィンガーのうろたえた目が大きく見開かれる。この試合の行方と決勝戦への切符はともに、バターをぬったみたいな滑りのよい彼の両手に託される。

バターフィンガーの父親がスタンド席から、息子の本名を呼んで応援する。「行け、アレッシオ！」

彼はゴールラインの位置について、銃撃隊を待つ。

ぼくは目を背ける。とてもじゃないが見ていられない。アシスタントコーチがいつものように動画を撮っている。彼の動画は試合中のミスを検証したり、今後の試合に備えるのに役立つ。だけどもしバターフィンガーがこのショットを防げなかったら、今後の試合はなくなる。正直に言うと、その場で頭に浮かんだのは、決して輝かしいとは言えないぼくのコーチとしてのキャリアがここで終わりを告げるのも悪くないということだった。

ぼくは向きなおる。運命に挑んで、人生で最も重要なペナルティーショットの行方を見守ろうと決心する。

グァラツィが片手にボールを握る。彼は左利きで気性が荒い。

バターフィンガーができるだけ高い位置を保とうとして、ゴール前の水底をける。

バターフィンガーの父親は、直立不動で無言だ。熱い視線を息子に注ぐ。

相手チームのサポーターたちも同じく無言。この一球がぼくたちの今季の敗北を意味するのだと、彼らは知っている。

審判は今にも終了の笛を吹きそうな気配だ。

さっきも言ったとおり、水球でペナルティーショットをはずすなんてことは、まずあり得ない。

グァラツィは模範的なショットを放つ。水中に向けてまっすぐに狙いをつけた、ウィリアム・テルばりに正確なクロスショットは、クロスバーの縦と横の接点の角に向かってまっすぐ飛んでくる。改良の余地のない、まさに完璧なペナルティーショットだ。

この百発百中のストライカーは、勇気凛々のアレッシオ、ニックネームはバターフィンガーがこのペナルティーショットで彼の選手生涯のうちの最高のセーブを決めようとしているなどとは、微塵も思っていない。だけど、バターフィンガーは鷹のごとく左方向へ飛びたって、ゴールネットに滑り込む寸前のボールを捕らえる。まるで不思議なバネの力で空中に飛び出したかのような、スーパーマン的な跳躍だ。ボールが逆方向に跳ねた瞬間、審判の笛が戦いの終わりを告げる。ぼくらは十対五で勝利した。バターフィンガーは大喜びで、プールを縦横無尽に泳ぎ回り、意味不明な言葉を叫んでいる。選手たちみんながバターフィンガーの名前を呼びながら、彼をハグする。スタンドにいる彼の父親は敵方サポーターたちに下品なジェスチャーをして、危うく袋叩きにあいそうになる。水球のルールすら知らないコラードまで歓声を上げる。「バターフィンガー！　バターフィンガー！」

プレーオフ進出決定。

まだ信じられない。

興奮で頭がいかれ気味のぼくは、服のままプールに飛び込む。携帯電話と財布が水没する。構うもんか。

プレーオフに進出できるんだ。

アシスタントコーチがプールサイドから、このはちゃめちゃな光景をすべて撮影している。プールの係員がやって来て、あと五分でスイミングクラスがはじまるからゴールネットを解体しなくてはならないと言うまで、ぼくらはプールの中で勝利を祝う。

ロッカールームで卑猥な歌をみんなで合唱する。

ぼくはなんて幸せな男だろう。

高一の終わりに、落第しなくてすんだとわかった時と同じくらいの幸福感に酔いしれる。あの時の興奮がよみがえる。いまだにはっきりと覚えている。実際に手に触れられそうなほど濃密で、大人くさい分別で汚染されていない、純粋な幸福感。

家に帰って、今学年も残すところあと数週間になって学校が忙しいせいで、試合を見にこられなかったパオラと子どもたちにこのニュースを伝える。彼らにはプレーオフ進出という、我がチーム史上初の栄誉がわかっていないようだ。妻はアパートメントの中庭でやるような、草サッカーの試合で点を入れて喜んでいる阿呆でも見るような目でぼくを見る。やがて、生ぬるい言葉を申し訳程度につぶやく。「あら、よかったわね」

アドレナリンが午前二時まで、ぼくを寝かせてくれない。

余命わずか四十六日だけど、べらぼうに幸せな一日だ。

四五

プレーオフ進出を祝うために、チーム全員を連れてフレジェネのシーフードレストランに行く。ぼくはシーフードに目がない。生魚も調理したものも大好きだけど、例のポップスターの自然療法医がそれを聞いたらきっと嫌な顔をするだろう。大好きとは言えひとつだけ耐えられないのは、自分で選んだロブスターを生きたまま熱湯に放り込んで食べる、いわゆる踊り食いの野蛮な風習だ。無差別殺りくなんかに手を貸したくないから、ぼくはトマトとバジルのスパゲティーを注文する。ところが選手たちときたら、ロブスターの大型水槽のまわりにかわるがわる群がって、共に水への情熱を分かち合ってきたことなどすっかり忘れて、次から次へと彼らに死刑宣告を下していく。

近頃、ぼくは少々ロブスターみたいな気分になることがある。品性においては、彼らよりぐっと落ちるのは致しかたない。選手たちが酒場にでもいる気分で大合唱している隙に、ぼくはレストランを出てビーチにむかう。辺りは真っ暗だ。誰もいない。安心して泣ける。

四四

モリテュラスが絶対に避けなければならないのは、慢性的なうつ症状の人間と出かけることだ。それなのに、なぜかぼくはジヤンアンドレアと一緒に、陰気でせせこましいピザ屋にいる。今ではこの人のことがすっかり気に入ってしまって、彼からのディナーの誘いを断るなんてとてもできない。ジヤンアンドレアは自分の哀れな恋物語を、ぼくに語って聞かせたいらしい。彼の奥さんがウディネにあるガソリンスタンドの従業員とかけ落ちしたことはすでに聞いているが、それは単なる表むきの話だということがわかった。この真相を知れば、誰だってうつ病になるに決まっている。

「マルタとぼくは、父から引き継いだ高級紳士服と寸法直しの店を一緒にやっていた。十八前後になる子どもが二人いて、規則正しい毎日をこなす、どこにでもある普通の、言ってみれば平凡な生活を送っていた。従業員が四人いた。とりたてて裕福というわけではないが、生活に困ることもなかった。ある日、ぼくは偶然マルタのメールを読んでしまい、彼女が従妹と交わしていた過去のチャット・セッションをたまたま見つけ、その中で話のついでに書かれていた事実、つまり、子どもたちはふたりともぼくの実の子じゃなく、それぞれに別の父親がいるということを知ってしまった」

ぼくはなんと言っていいのかわからない。話の先を続けてもらう。

「そこで妻を問いただすと、ほっとしたかのようにあっさりと認めた。長女の父親、つまり裏切り者のユダはぼくの弟だった。要するにぼくは、実際には自分の姪を娘としてずっと育てていたわけだ。長男のほうは、一時期、店で働いていたオーストリア人のアシスタントとの間にできた子だった」

「DNA鑑定は？」

「すぐにしたよ。二人ともぼくの子どもじゃない」

「で、その後どうしたんだ？」

「妻を殺そうとした」ジヤンアンドレアは天使のような穏やかな口調で答える。

「殺すって言っても、殴るとかそういう意味だろ？」

「いやいや、ナイフで彼女を刺したんだ。腹のあたりをかすった程度で、するりと逃げられたけど。あいつは警察に通報しなかった」

ぎこちない沈黙が続く。

「もうずいぶん昔のことだ。ぼくらは店を閉めて、三ヶ月前に正式に離婚が成立した」

「気持ちの整理はついたかい？」

「いや」

「だよな。そうは見えない」

「毎晩、弟を殺して、オーストリアに宣戦布告する夢を見る」

「そのことはもう考えないようにしたらどうかな」いかにも陳腐な言い草だけど、他に言葉が見つからない。

ジヤンアンドレアは何も言わない。誰かが彼のスイッチをオフにしたみたいだ。彼の視線が遠くもなく近くもないところをさまよう。ぼくは初めて彼の苦しみの深淵をのぞいた気がして、同時にそれは恐ろしく危険な深淵であることを知る。

ぼくたちのディナーは、注文したマルゲリータピザが不味くも美味しくもなかったことや、蚊が生態系においていかに無益な存在かということなんかを、ぽつぽつと話しながら幕を閉じる。

ぼくはジヤンアンドレアに家まで送っていくと言う。

「家はどこだい？」

「角を曲がったところにあるB&Bだ」

彼が明るくB&Bと呼んだのは、鉄道駅の裏手の、廊下にバスルームがあるボロい木賃宿だ。店を畳んだあと、すぐにローマの高級服飾店に仕事を見つけたジヤンアンドレアがそこに住んでいるわけは、金がないせいではなく、自分の惨めさにどっぷりと浸っていたいから、さらに言うなら、その惨めさの上塗りをしたいからなのだとぼくには思える。これからはもっと彼に電話をしようと決める。ぼくよりもみじめな男がいた。

四三

　オスカーがぼくたちを夕食に招いてくれるときには、いつも四人一緒だ。手はじめに美味なる前菜各種、メインはたいていシーフードで、料理コンテストで受賞確実な出来ばえ、さらに、デザートは言うまでもなくプロの力作。だけど残念ながら、オスカーがやもめになってからというもの、こういう機会もめっきり減ってしまっていたので、この日は〝彼女〟ができて以来、初めての夕食会となる。実際、玄関のドアを開けて招き入れてくれたのは、ミス・マープルだ。彼女はいつものゆったりした花柄のワンピース姿だけど、夏用のテーブルクロスにしたとしても少々暑苦しい。

「オスカーはキッチンよ。スズキの塩包み焼をオーブンに入れるところなの」

　彼女はぼくたちをダイニングルームに案内し、われわれはテーブルにつく。義父は料理中に邪魔されるのを嫌う。楽屋にいる役者みたいなもので、幕が上がってからでないと観客の前に姿を現さない。キッチンから轟く声だけがオスカーの存在を知らせる。

「パスタに唐辛子は入れるか?」

　満場一致で賛同の声があがる。じいちゃんは孫たちにも、風味の強い料理に慣れさせようとしている。

「待ってる間に、前菜をつまんでてくれ！」

　ぼくたちはモッツァレラチーズと、そのまわりに盛られたオスカー秘伝のとろけそうななすのカポナータののった豪華な大皿にむしゃぶりつく。パオラとマルティナが、イタリアの学校がこの数十年でいかに衰退したかについて話している間、ぼくはあたりをきょろきょろと見まわす。リビングルームはすっかり様変わりしている。家具がより使いやすく配置されている。おまけに整理整頓もゆきとどいている。窓辺には鉢植えの花が二つも飾られている。マルティナがこの家で暮らしはじめていることは、アガサ・クリスティーのミス・マープルに確かめるまでもない。ぼくの調査は一皿目のパスタ料理、プーリア風パスタのキャセロール焼きプロシュート入りミートソースがけの登場で、中断を余儀なくされる。食餌療法はもうあきらめよう。残された時間はそんなに多くないのだ。

「紳士、淑女のみなさま、我が家の特製料理にご注目あれ！」

　オスカーは太鼓腹を強調する丈の長いエプロンを着けている。ガールフレンドができてから、オスカーの言葉使いが丁寧で洗練されてきた。義父の粗野なところや、猫をかぶったローマ男ぶりを知りすぎるくらい知っているぼくは、ただただ笑ってしまう。パスタを取りわけながら、オスカーが発表したいことがあると言う。

「みなさん、お知らせがあります。数日前、マルティナはプラティ地区のアパートを引きはらって、ここに引っ越してきました」

　歓喜の声と拍手喝采がおこるが、半分はパスタに、もう半分は嬉しいニュースに対してない。

だ。マルティナはこの正式な即位の礼に感激した様子だが、ジョークを添えることも忘れ

「見習い期間中であることには変わりないと、オスカーには言ってあるのよ。気を緩める

にはまだ早いわよってね」

「それってさいこう、おばあちゃん」とエヴァがはやす。彼女の口から飛びだした〝おば

あちゃん〟という言葉に、ほんの一瞬、ぎこちない空気がその場に流れる。すると、ミ

ス・マープルが機転を利かせる。

「あら、マルティナって呼んでちょうだいな。そのほうがなんだか幼なじみみたいな気が

するでしょ」

それにはエヴァもなるほどと思ったようだ。

「だったら、マルティナ。おりょうりはできる？」

「できるわよ。でもオスカーのほうが上手」

「それについては、下手な謙遜はぬきにして認めるとしよう」オスカーが言う。「でもマ

ルティナには他にたくさんの才能がある」

「へえ、どんな？」ロレンツォが、いつものようにぶしつけな好奇心を丸だしにする。

「例えば、彼女は世界一のかくれんぼの達人だ」

「ほんとう？」エヴァの顔がぱっと輝く。

「かくれんぼオリンピックで金メダルをとったのよ」マルティナが話をあわせる。

「かくれんぼオリンピックなんてあるわけないよ」ロレンツォは反論する。

「いや、それがあるんだよ」オスカーが割り込む。「かくれんぼオリンピックは一九〇四年に初めて開かれて、金メダル第一号はイギリス人のジェイムス・アスコットという選手だった」

義父がうちのちびっ子たちを笑わせるためにでっち上げた作り話を、ぼくは黙って聞いている。マルティナは彼の援護射撃にまわって、優れた共犯者であることを知らしめる。

我が愛すべき義父。彼に会えなくなって恋しいと思うことは、それこそ山のようにある。

なんでもかんでも人より知っているという、いかにもローマっ子的な尊大な態度。

菓子屋の壁に映る彼の巨大な影。

ぼくの背中をばんっと叩くこと。そのたびによろめいてしまう。

やたらでかい声。

客たちと哲学的考察をすること。

ブリトニー・スピアーズの隠れファンなところ。

道で犬を見かけるたびに撫でてやるところ。

サイズ二九・五センチの靴。

黙ってぼくの顔を見て、すでに何もかもお見とおしだと思わされるところ。

何年か前にもらったクリスマスプレゼントを、すっかり忘れて贈り主にリサイクルしてしまうところ。

どこでもすぐに眠れる才能。
そしてもちろん、オスカーの作るドーナツ。
彼に会えなくなるのは、本当にさびしい。

四二

コラードには面白い習慣があって、少なくとも今日まではぼくも大いに楽しませてもらっていた。その習慣というのは、コラードは日刊紙、『イル・メッサッジェロ』の第一面を模して、友人の死亡記事と追悼文を書いて、それを額装して友人たちの誕生日にプレゼントするのだ。やつの愛情がこもった滑稽きわまりないその死亡記事は、事務員や郵便配達員、新聞スタンドの店主、ピザ屋のシェフ、薬屋、掃除のおばさん、バスの運転手などに捧げられる。ぼくも一度もらったことがある。

数年前の誕生日にもらったときには、一晩中笑いがとまらなかった。当然だけど、今は笑えるわけがない。

見出しはこんな感じだ。ルチオ・バッティスティーニ、生涯をスポーツに捧げた男。

（コラード・ディ・パスクァーレ特派員）

ここ数時間の間に、天国水球チームは新コーチを起用した。ルチオ・バッティスティーニ氏だ。これまで同チームの選手が常習的に行っていた水上歩行を違反行為とする一連の騒動の責任をとって、シーズン途中でイエス・キリストコーチが解任された後、新コーチ、バッティスティーニ氏によって、茨の道を歩んできた天国チームに新境地が開かれるのではないかとの期待が高まっている。バッティスティーニ氏の輝かしい選手時代をふりかえると、九十八試合連続でベンチを温めたことや（国内最高記録）、シリーズ最終戦においてキーパーとしての最後の出場となった約三分あまりの間に四失点したことなどが記憶に新しい。その後、バッティスティーニ氏はプロ選手生活にピリオドを打ち、成功を収めたそれまでのキャリアを、今度はパーソナルトレーナーとして活かし、ローマのシニョーラ・ドーラ・ロリアーニの七キロの減量や、カサロッティ男爵の四・五キロの減量に尽力した。これらの比類なき功績が、マキャベリ高等学校に新設された水球チームのコーチの任命に至ったのは当然のことと言えるだろう。着任後、最初のシーズンでコーチは早くも輝かしい成功をおさめ、学期最終日にローマチームは、古代ローマの競技場チルコ・マッシモで開催された祝賀会で、音楽祭の夕べと共にランキング――最下位から二位――の成果を盛大に祝う。

我々は彼の明るい笑顔や、毎回丸焦げにしてしまうポットロースト、バイクの運転能力が無謀なほど皆無なところ、その豊満すぎるウエストライン、さらには謎めいたユーモアのセンスなどを失い、さびしさを禁じ得ない。今朝の告別式では二十三人以上の参列者が、早くも大勢の熱烈な求愛者に取り巻かれた未亡人パオラと二人の子どもたちのまわりに集まった。式の間、神父は故人の名を三回間違えた。一度目はルカ、二度目はルチアーノ、そして最後はあろうことか、フェルディナンドと呼んだ。説教が終わると、水球チームの選手たちの間からは自然と拍手喝采がわきおこったが、今後は本物のコーチに指導してもらえるという喜びに興奮してのことだったもよう。この点及び他の無数の理由により、今日、世界中でわれわれ人類はほんの少し胸をなでおろすこととなる。さようなら、フェルディナンド、失敬、ルチオ。

コラードは手厳しい。他人の人生のあらましを、かくも明確にそして皮肉たっぷりに描きながら、読者を抱腹絶倒の喜劇に招きいれ、死亡記事というテーマを決して救いのない悲劇にはしない。ぼくは自分の死亡記事を何度も読みなおす。悔しいが、何度読んでもやはり我が友は図星をさしている。やつは皮肉屋だが、嘘つきじゃない。

おそらくぼくは、さほど遠くない未来のリアルすぎる自分の死亡記事がもう少しましなものになるように、いいかげんに重い腰をあげたほうがいいのだろう。こうなったら本当に、〝おそらく〟なんて言葉は叩きつぶして。

四一

当該生徒は生物実験室で備品を物色しているところを目撃されました。当該生徒は生物実験室内の施錠棚を壊し、保管されていたグリセリンを一リットル、濃縮硝酸を一フラスコ分、硫酸を二フラスコ分持ち出した事実も確認されています。

この文の下には、上告不可の正式な裁定が記されていた——二日間の停学処分。たいして驚かない。ロレンツォなら遅かれ早かれ、停学くらい食らうだろうと思っていたからだ。小学校でというのは珍しいケースかもしれないが、あの子なら、まあ何とか切りぬけるだろうくらいに考えていた。早速、担任の女教師から携帯に連絡がはいったので、急いで学校にかけつけた——毎日ぶらぶらしているモリテュラスの利点のひとつだ。教室の机をはさんでぼくが教師とむかいあっている間、被告人は廊下で待っている。

「バッティスティーニさん、息子さんは大変重大な校則違反を犯しました。校内の備品を大量に盗んだのです」

「『大変重大な校則違反』とは、またずいぶん大げさですね。先生だって、図書館の本やスーパーのお菓子をくすねたことくらいあるでしょ?」

「いいえ」と女教師はきっぱりと言う。

「盗んだ物のリストを見るかぎり、息子はおそらくいつもの実験をしようとしていたんじゃないかと思います」

「わたしの懸念もまさにそこなのです。去年はロレンツォ君のその実験のせいで、教室がカマキリの幼虫であふれかえりました」

「あの時は単に、湿地を再現する実験をしていただけで、具体的には校庭にある池を作りたかったようです」

「では、驚くには当たらないと？　今回は何をしたかったのでしょうね、息子さんは？　学校を燃やすとか？」

「さぁ。あっ、ちょっと失礼。仕事のメールに返事をしなくてはいけないもので」

ぼくはアイフォーンをとりだして、嘘をついた。グリセリン、硝酸、硫酸でググってみる。結果、これらは危険化合物の基本的な組み合わせだということがわかる。ぼくが世に送りだしたちびっ子化学者は、なんとニトログリセリンを作ろうとしていたらしい。もし実際にやらせていたら、間違いなく成功していただろう。となると、学校を燃やしたりはしない。かわりに吹き飛ばしていたはずだ。

ぼくは事の重大さにできるだけ触れないように担任と話をする。女教師は詳しいことまでわかっていないとみえる。息子は厳しく叱っておきますから、と彼女に約束する。

廊下に出ると、まずいことになったと青ざめているいたずら犬のように、目をふせて耳を垂れている息子がベンチに座っている。ロレンツォは駐車場まで黙ってぼくのあとをついてくる。運転しながら、今回の件について切り出す。

「何を爆破しようとしてたんだ?」

自分の計画を見ぬかれていたことに、ロレンツォは驚く。父親を甘くみてもらっちゃ困る。

「壊そうとしてたわけじゃない。ただ、学年末の出し物のために、花火を作りたかっただけだよ」

「あんなもので花火なんか作ったら、ちょっと、ええと、そうだな……強力すぎるとは思わなかったのか?」

「ニトログリセリンは、そんなにたくさん入れるつもりじゃなかったから」

ぼくはロレンツォに、今後、爆発物や発火物を使った実験やその他危険なことは、金輪際しないと約束させる。

次に、二日間の停学処分について考える。ロレンツォが唯一恐れているのは、母親に何と言われるかだ。パオラにはぼくから話すことにする。

パオラの叫び声は、はるかローマ市内の環状道路まで届きそうな勢いで轟いた。

「ニトログリセリン? あなたの息子は休み時間にニトログリセリンを作ろうとしていたの!?」

パオラが「あなたの息子」と言うときは、心底怒っている証拠だ。

　ぼくは妻に、あんなものはそれなりの道具がなければ簡単に作れるものじゃないと説明し、ロレンツォのしたことは所詮、子どものいたずらに過ぎないし、幸い大事にはいたらなかったんだからと、今回の件をまとめて控えめに伝える。で、その結果はというと？大目玉を食らったのはこのぼくだ。弾劾事項を順に言うと、ぼくは子どもたちの悪い見本で、無責任な父親で、教育や礼儀の価値を損なう人間で、母親に対する反感を息子に抱かせようとしている裏切り者なのだという。頭に血がのぼると人は心にもないことを言ってしまうものだ。と、思いたい。とっさに例の猫の真似をしてみたら、今回はそれが功を奏した。パオラは話を続けようとするも、怒りはプスプスと音をたてて、やがて消えていく。数分後、ぼくたちはこの日のことを笑いと共にファイリングする。ラベルにはこう書く。

「我が家の息子がニトログリセリンを製造しようとした日」

　だけどぼくはもっと縁起でもないことに気づく。自分の余命一〇〇日が終わる前に、息子を失いかけたのだ。それを思うと、遠吠えしたくなる。

四〇

ぼくのことでまだ打ち明けていない話がある。これまでほとんど話したことはない。ロレンツォはまったく父親によく似ている。ぼくも幼い頃は手に負えない悪ガキだった。小学校低学年の頃から、担任の先生（ミランダ・デ・パスカリスという世界一の気取り屋で、三日連続、一字一句同じ言葉を使って九九の説明をしたにもかかわらず、説明したことをまったく覚えていなかった）は、じいちゃんとばあちゃんを学校に呼びつけては、ぼくの授業態度について文句を言った。だけどそれは全部が全部ぼくのせいばかりとも言えなかった。悪の道に引きずり込もうとする友だちの影響を受けていたのだ。いうなれば、ぼくのお抱えランプウィック《訳注：ピノキオに悪の愉しみを教えた怠け者の悪童》だ。そいつの名前はアッティリオ・ブランカート。仲間うちではブランカで通っていた。小学校から高校まで一度も同じクラスになったことはないけれど、教室が隣同士だった。ぼくの経歴に汚点を残す、苦い経験と挫折。ブランカはローマ市内の公立学校史に名を残す、正真正銘の生ける伝説にして比類なき悪童で、自動販売機をかたむけて中のスナックを雪崩のように落としてはかすめ取り、出席簿をねつ造し、教師たちの車をめちゃくちゃにした。

じいちゃんはやつをひどく嫌っていた。一度は、ブランカートの悪影響をさけるために、ぼくを転校させようとしたくらいだった。

幸い、ブランカートは辛うじて高校を卒業したあと姿を消した。その後の彼の消息を知るものは、誰ひとりいなかった。ようやくぼくは解放された。

それから数十年経ったじいちゃんが亡くなる日、ぼくはもうそれ以上一分たりともその罪深い秘密を抱えていられなくなった。じいちゃんはパジャマを着てベッドに横たわり、意識はすでに何十キロも遠いところにあるように見えたが、ぼくの声が聞こえていることはわかった。ぼくはベッドに身を乗りだし、単刀直入にささやいた。「じいちゃん、本当はブランカートなんてやつはいなかったんだ」

沈黙。

「ぼくがでっち上げた作り話なんだ。ぼくの身代わりさ。いろんな悪事の言い訳に使ったんだ。架空の人間だったんだ」

沈黙。

「今まで黙っていてごめんなさい。ブランカートはぼくで、ぼくがブランカートなんだ」

ブランカートのおかげで罰をまぬがれ、頰をぴしゃりとやられることもなくすんできたのだった。それから、目をぱっちりと開けて天井をじっとにらんだままのじいちゃんの顔を見守る。

突然じいちゃんが笑顔になる。それどころか声をたてて笑いだす。いや、笑っているつもりらしい。いまわの際にいる人、つまりモリテュラスにしてはなかなか珍しい光景だ。

じいちゃんはキラキラした瞳でぼくのほうに向きなおり、さらなる真相を告げる。「ルチオ、そんなことは、はなっから知ってたさ」

ぼくはじいちゃんに笑いかえす。

「ときには、親が子にだまされてやるのも悪くなかろう。おまえはわしの息子だからな」

そしてじいちゃんは続ける。「そのほうがずっと楽しい子ども時代になる」

じいちゃんがぼくの手を握る。ぎゅっと。やがてホースの水が絞られていくように、じいちゃんの手から力が抜けていく。

あれがじいちゃんからぼくへの、最後の言葉だった。

死について考えないようにしようと決めたんだった。

とても守れそうにない。

三九

　自分の身にふりかかる最悪の出来事は、財布も身分証明書も持たず、ポケットに一〇ユーロだけ入れて新聞を買いに出かけた先の道端で気を失うことだ。気を失ったのはプールでの午後以来、数ヶ月ぶりのことだった。通行人によれば、ぼくはまるでじゃがいもの入ったズダ袋が地面に投げだされるみたいに、ドサッと倒れたらしい。頭と腕を激しくぶつけ、おでこがざっくりと切れ、ひじを派手にすりむいた。救急車で搬送された救急医療センターで数時間後に意識をとりもどすと、慌てふためいた家族がすでに病院にかけつけていた。パオラはぼくが出かけたきり二時間たっても帰ってこないのを心配して、あちこちの病院に電話をかけ、ぼくの居所をつきとめていたのだ。救急医はパオラに、CTスキャンの検査をしたところ頭部の打撲による脳外傷は見られないと言った。すると、さらに医師は続けて、非常に悪い知らせがあると声をひそめて言った。

「ご主人の肺に広範囲にわたって腫瘍が散見している疑いがあります。くりかえしますが、ただ疑いがあるというだけです。わたしは腫瘍専門医ではありませんので。念のためお知らせしておいたほうが良いかと思いまして」

　顔色一つ変えないパオラの態度に、医師は面食らった。

「それはどうも。ひじの骨に異常は?」

「いいえ」

後になってパオラが、この時の会話を医師のキンキン声の物まねつきで再現してくれると、ぼくは腹が痛くなるまで笑いころげ、途端に、肝臓とそのまわりに突き刺すような痛みが走る。症状は日に日に不快さを増している。もはや笑うこともままならない。

フランス人作家、ニコラス・シャンフォールは言う。「笑いのない一日ほど、無益なものはない」

悲しいほど真実だ。

医師たちは一晩様子を見た方がいいからと、ぼくを病院に引きとめる。パオラは看護師にいい加減に帰れとつまみ出されるまでつきそってくれる。情け容赦なく追いだされるまで、パオラとぼくは新婚カップルのように見つめ合う。予想外に訪れた自分の幸運が信じられない。彼女が動揺して、心配して、優しくしてくれる。ぼくの望みを叶えてあげたいと思ってくれている。でも、やっぱり彼女にはまだできない。何かが引きとめる。これは彼女が自発的にすべきこと、彼女が自ら決めることなのだ。許してくれだなんて、無理強いすることはできない。子どもたちに病気のことを伝えるかどうかという問題と同じように、決めるのは当人でなくちゃならない。

ぼくは病室に残る。同室になったのは、足を牽引されて十秒おきに苦し気なため息をついている老人、塀から飛びおりて頭をしたたかにぶつけたという少年、交通事故で複雑骨折した二十代前半の男だ。ぼくはステキな仲間に恵まれている。実際、ルームメイトと一緒にいると、自分が健康になった気がしてくる。明日になったら自分の足でここから歩いて出ていって、そのままジョギングに出かけよう。老人のうめき声のせいで、遅くまで寝つけない。夢の中で、シニョーラ・モローニと初めてキスした瞬間にタイムスリップしていた。今だったら抗える自信がある。

三八

出来事の何から何まではっきりと記憶に残っている日が、一生のうちで何日くらいあるだろうか？　何年たってからでも、くわしく物語れる特別な一日だ。一方で、とりたてて話すことは何もないような、いつの間にか過ぎてしまったごく普通の日はどのくらいあるだろう？　いったい何が一日を特別なものにするのか？

ぼくはある確固たる決意を胸に病院をあとにする。今日のこの日を、この本の冒頭で話した三日間に加えられるような、そんな一日にしたいと思う。もし昨日、道端で頭蓋骨がぱっくり割れて四十日前倒しで死んでいたら、ぼくは自分で自分が許せなかっただろう。これはきっと霊界からの警告に違いない。「ようルチオ、おまえさんは自分の人生は自分で決めるし、余命はあと四十日あるだなんて思っているだろうけど、そうとばかりも言えないぜ」

人生における特別な日と他のごく普通の日の違いを分析してみると、ほとんどいつも、予期せぬ出来事あるいは何の計画もなく起こった何かがあったということがわかる。例えば、ロレンツォの乳歯が抜けた時、パオラと初めてキスした時、ボーイスカウトで初めてのキャンプに行く前にばあちゃんがいってらっしゃいのハグをしてくれた時、友だちの宿題を丸写しして花まるをもらった時、コラードとウンベルトと一緒にフィレンツェに行って車中で一泊した翌朝、目が覚めたら自分たちが朝市のど真ん中にいるとわかった時、ぼくの三十五歳の誕生日にパオラがサプライズ・パーティをしてくれた時。人生の濃縮エッセンスともいえる、ほんの小さな出来事たち。今日は特別なことは何もせずに、ただなりゆきに任せることにする。マッシミリアーノに電話して、ジャンアンドレアと出かけた夜のことを話す。すると彼は、もうみんな知っていて、ぼくたちの大事なふさぎの虫には助けが必要だと思うんだと言う。そして、ジャンアンドレアが紳士服店《テーラー》の仕事や寸法直しをしていない暇な時間に、自分の店を手伝ってくれるよう頼んでみるつもりとのこと。

「店に来てくっちゃべる相手なら、一人よりも二人のほうがいいに決まってるだろ？」

確かに。

その日は午後七時までなんてことなく過ぎていく。プールを出て家に帰り、玄関ドアを開けると、エヴァがダイニングテーブルに座って、床に届かない足をぶらぶらさせながら宿題をしている。娘はこちらをふり返り、スローモーションで青い瞳をぱっちりと開いてぼくを見る。にっこりと笑顔になる。

「ミャオ、パパ！」

歓喜が一瞬にして体中の痛みをすっかり洗い流してくれる。

今日一日を特別なものにしてくれる、不思議な魔力だ。

三七

〈チットチャット・ショップ〉のガラスドアが開いて、ジヤンアンドレアが出迎えてくれると、ぼくは思わず笑顔になる。

「マッシミリアーノはすぐに戻るよ」と彼が言う。「さあどうぞ」

この日の午前中が仕事始めなのだと言う。マッシミリアーノは売上から毎日の経費を引いた半分を、ジャンアンドレアの取り分としてくれるらしい。驚くほど寛大なこの申し出に、寝取られテーラーも嫌とは言えなかったようだ。

「あなたがここで働いてくれるなんて、嬉しいな」

「働いているっていう気はあんまりしない。機会があれば誰かの手助けをするって感じかな。人にアドバイスをするのは、結構得意なほうだから」

間違いない。

「お茶でも飲もうか?」とぼくは提案する。

十分後、ぼくたちはニューイングランド地方のかくしゃくとした老婦人たちの気分でアームチェアに腰かけ、湿った土みたいな風味のするプーアル茶をすする。今日はぼくが秘密を打ち明ける番だ。ぼくの最後の旅もすでに三分の二まで来ていて、これまでまあまあ快適に過ごせていると彼に話す。おさえがたいほどの歓喜の瞬間があるかと思えば、死にたくなるほど憂鬱な瞬間もあった。気分のローラーコースターだ。

「じゃあ、まったく見込みはないのかい？」

「残念だけど、そうみたいだ」ぼくは静かな声で答える。「検査結果はどれも、ぼくの身体の状態がめまいがするほどのスピードで悪化していると示してる」

病気についてこんなにも冷静に話せている自分に驚く。人間の本能なのか。人は慣れの動物というから。

「サブーテオでもやる？」とぼくは誘う。「前回の借りがある」

ジヤンアンドレアは喜んで受けて立ってくれる。ぼくがイタリアの駒を取ると、彼は緑のフェルト地の布の上に、緑と金のブラジル選手の駒を並べる。

人差し指で二、三回ミッドフィールドの駒を弾くと、二対三で早くもぼくがリードする。実力派のジヤンアンドレアは、またもや慎重さと優れた技術をあわせ持つ名選手ぶりを見せつけるが、ことサブーテオにかけては、こちらは受賞歴のある競走馬だ。うぬぼれて悪いが、超一流の挑戦者だ。それが誇張でもなんでもなく、ぼくが五対二で勝利した。ぼくたちが勝敗を確定する握手をしているところに、マッシミリアーノが帰ってくる。

「おれの仕事をとらんでくれよ、頼むから！」彼が笑いながらジヤンアンドレアに尋ねる。

「で、どっちが勝った？」

「彼だ」とジヤンアンドレアが答える。「これでプロにならないのが不思議だ」

ぼくたちが試合の感想を言い合う間もなく、新しい客が現れる。四十代前半の魅力的なエグゼクティブで、おでこに〝ストレス〟のスタンプが押してありそうな顔をしている。サブーテオのボードを囲んで座っている三人の男を見るや、彼女は面食らう。

「あら、すみません。なんだか面白い名前のお店だと思って、つい入ってきてしまって。何を売っているんですか？」

「名前のとおり、おしゃべり《チットチャット》ですよ、シニョーラ。紅茶はいかがですか？」

彼女はちょっと戸惑った様子だけど、さりとて出ていくわけでもない。

「ええ、お願いします」

われわれは即刻、仕事に取りかかる。ぼくがマグをすすぎ、ジヤンアンドレアが電気ポットに水を注いでスイッチを入れ、その間にマッシミリアーノが女性を迎え、彼の専売特許とでも言うように愛想よくもてなす。

もしぼくの寿命がもう少し長かったら、〈チットチャット・ショップ〉のチェーン店をはじめていただろう。そして、世界を救っていたかも。

重要な契約に失敗してしまったのだと新客がマッシミリアーノに打ち明けているそばで、ぼくは一分の隙もない英国執事を気取って笑顔で尋ねる。「マダム、紅茶にはミルクとレモン、どちらになさいますか？」

「ミルクを」彼女は早くもリラックスした表情で答える。「砂糖は入れないでね」

ぼくはマッシミリアーノとジヤンアンドレアに目くばせする。完璧なチームワークだ。

三六

そういえばこの間、電話のサウンド機能をいじって、我が家にかけてくる友人知人それぞれの着信音を変えてみたんだっけ。『インディー・ジョーンズ』のファンファーレが高らかに鳴っている。ウンベルトだ。『インディー・ジョーンズ』はやつの一番好きな映画。

「今晩、フレジーンに行くだろ？　みんな行くぞ！」

「みんなって誰だよ？」

「三銃士全員！」

はやくも嫌な予感がしてくる。罠にはまっているところが目に見えるようだ。蚊の大群がうじゃうじゃとひしめくビーチの仮設ディスコで、ワンドリンク制の割高な飲み物を飲まされて、いや待てよ、もっとひどいと、ローマのお笑い芸人に、使い古しのネタをつなぎあわせたお決まりの出し物を見せられることになるかもしれない。

「何しに行くんだ？」

「海に沈む夕焼けを見る！」

やつの話では、それはなんとなく最近流行っている少々いかれたニュー・エイジの集まりで、ビーチに行ってみんなで太陽にさよならを言うイベントらしい。

ぼくはウンベルトに根負けして、その晩の八時に海岸通りに車をとめ、ヌーディスト・ビーチの入り口でコラードとウンベルトに合流する。波打ち際には少なくとも千人近い男女が一列に並び、暖かい西風どころか、季節外れの冷たい北風が吹きつけている。「何時にはじまるの？」観客の声が聞こえてくる。あちこちで興奮気味の歓声がおこり、砂浜にブランケットを広げている人たちがいる。他にもピクニック用のテーブルクロスからテントやギターまで。ローマの海岸版ウッドストックという雰囲気がしなくもない。ボーイスカウトのキャンプ時代を思い出させるボブ・ディランの歌が風に吹かれて聞こえてきて、大胆不敵な輩がジョーン・バエズのナンバーに挑戦している。

我ら三銃士は海岸の端のほうに場所をみつけて、ビーチタオルの上に腰をおろす。三人とも靴を脱いで、ウンベルトは頭にバンダナまで巻いている。ノスタルジックな気分に負けたのか、それとも、おバカどもに囲まれて自分もついおバカな気分になったせいなのかはわからない。

しばらくすると、神聖な静けさが訪れる。

今宵のスターによるショーのはじまりだ。それは燃えるようなあかね色をして、息をのむほどの感動を観るものに与える。

太陽が舞台を去ると（フィナーレは少々意外性に欠けたものの、十分に心を揺さぶられた）、ぼくは自分が泣いていることに気づく。あのコラードまで軽く鼻をすすると、夜陰に乗じて、マッケレセから来たうつ気味の美容師見習いと物陰で身を寄せ合う。

　退屈なエンディングロールが流れる映画館みたいに、人々が三々五々と浜辺を出ていく中、ウンベルトはあとに残って海をみつめている。ぼくたちは二人で沈黙にひたる。たまに、夜ぼくがやつを迎えに行って、一緒に映画か芝居を観た帰り道なんかに、お互い一言の言葉も交わさないことがある。沈黙が心地がいいのは、篤い友情と熱い恋愛関係だけだ。

　その沈黙をウンベルトが破る。

「旅に出よう」

「はぁ？」

「だから、旅に出よう」

「誰が？」

「おまえとぼくとコラードだ。ぼくは一週間クリニックを休診にして、コラードはフライトを一回誰かに代わってもらえばいい。それでみんなで旅に出よう。昔みたいに」

「そんな、無理だよ……」

「どうして？　子どもたちの学校はまだあと十日あるし、それはパオラも同じだろ。毎朝一人でローマの街をぶらついて何の意味がある？　この世の最後の時間をそうやって過ごすのがおまえの望みなのか？」

　やつの質問はあまりにストレートで、ぼくの答えはわかりきっている。ノーだ。

「まるまる一週間、ぼくたち三人だけでヨーロッパを旅しよう」ウンベルトは続けて言う。

「きっと楽しいし、おまえの気分も良くなると思う」

「で、どこに行く気だ？」

やつの自信満々の答えにぼくは驚く。「もう一度ユーレイル・パスを買うんだ。ディスカウントのやつ」

ぼくは口をぽかんと開けて、やつをまじまじと見る。

ユーレイル・パス。

一瞬にして、さまざまな記憶がよみがえる言葉だ。鉄道の線路の匂い、夏の太陽のうだるような暑さとそばかす顔のスカンジナビア娘たち、鉄道駅の電話ボックスから家に電話をしたこと。この二語はもはや、〝十八歳〟という言葉の同義語に等しい。

「四十にもなって、ユーレイル・パスで列車に乗るつもりか？」

「乗っちゃいけない理由をひとつあげてみろよ」

「ぼくはがんだ」

「それは乗るべき理由だろ。別のにしろ」

「プレーオフでコーチをしなくちゃいけない」

「たった一試合、出られないだけだ」

今夜の罠が今にもガチャンと閉じられそうで、ぼくはビクビクしてくる。コラードが奥まった茂みから戻ってくる。美容師見習いとのことはすでに済んだらしい。

「で、決まったか？」コラードが何もかも知っているような口ぶりで尋ねる。

ということはつまり、この計画はその場の思いつきなんかじゃなく、頭のいかれたこいつら二人が仕組んだものか。

「行くってよ」ウンベルトが答える。

「行くとは言ってないだろ。行った場合のメリットとデメリットについて話してただけだ」

「メリットはたくさんあるが、デメリットはゼロだ。じゃ、出発は日曜ってことでいいな」コラードが話をまとめる。

「無理だ。ぼくは行かない」

ふたりは丸々十分もの間、ぼくを説きふせようとする。これじゃ、いつまでたってもらちが明かない。この旅の話は魅力的ではあるけど、不安要素もかなりある。体調は最悪で、痛みは時おり、強烈になる。あの嫌な担当医が賛成してくれるとも思えない。それを言うなら妻だって。


ぼくは一人で帰途につく。

時速九〇キロ。

上むきのヘッドライト。

カーラジオ。

トム・ウェイツ。

色々な思い。

時速一二〇キロ。

アスファルトの上のひび割れた白線。

まぶたが閉じてくる。

さらに下がる。

車道をわずかにはみ出る。

まぶたがぱっちり開く。

マッシミリアーノと話したくなって電話をかける。

呼び出し音がひとつ鳴ると、いつもの明るい声がこたえる。

「チャオ、ルチオ！　元気か？」

「今、接客中かい？」

「いいや」

「三十分でそっちへ行く」

彼もダメとは言わない。〈チットチャット・ショップ〉に着く頃には、もう真夜中近かった。ローマは閑散としはじめている。平均的なイタリア人は、どんなに景気が悪化しようとも、義理の親の別荘しか行くあてがなくても、この街の夏の蒸し暑さから逃避する贅沢を手放すことはしない。


ウンベルトたちに誘われた旅行について、マッシミリアーノに話す。

「悪くないと思うけどな」

「あいつらはぼくに同情して、こんな計画を持ちだしたんだ」

「そんなんじゃないだろう。自分たちも行きたいと思ってのことだろうよ。彼らのためでもあるんだよ。友だちだもの、口には出さないけどそれなりに辛い思いをしてるんだろうと思う。ルチオの病気は、彼らにとっても一大事だ」

ぼくの病気が大事な人たちにどんな影響を与えるかなんて、考えたこともなかった。もしかしたらパオラが不機嫌な理由のいくらかは、近い将来、自分が未亡人になるということを、なかなか受け入れられないからかもしれない。

パオラはもうすぐ未亡人になる。なんて恐ろしいフレーズだ。

もっと酷いのもある。

ロレンツォとエヴァには父親がいなくなる。

ここ何ヶ月か、ぼくはこの悲しい現実を自分事としてしかとらえていなかった。情けなくも、自分がもうすぐ死ぬことしか頭になかった。だが、コインには裏側もあるように、後に残していく者たちの涙と悲しみも確かに存在するのだ。パオラが言っていたとおりだ。残される人間にとって何が最善かなんて、いなくなるほうが決めることじゃない。彼らの悲しみを想像すると、胸がしめつけられる。残り時間が少なくなるにつれ、彼らの痛みを強く感じるようになる。それでも、この世を去る前に自分のすべきことをやったという点では大いに満足している。ウンベルトにＯＫと伝えたことだ。ＯＫ、ぼくの妻を自分のものにしたいと思ってもいい。OK、彼女とベッドを共にしてもいい。OK、ぼくの子どもたちの父親になってもいい。

あの時は辛かった。今はもっともっと辛い。だけど、これでよかったのだ。パオラは独りでいちゃいけない。ぼくがいなくなった後、彼女が泣き暮らしているなんて、考えるだけでも耐えられない。

そして泣いてくれる人たちの中には、もちろん長年の親友、アトスとアラミスもいるだろう。もっとも、そのうちの片方は、ぼく亡き後、世界で一番運のいい野郎ということになるのだけど。


「とにかく」マッシミリアーノが続ける。「今まで言わなかったが、ルチオのやっているこのカウントダウンほど意義深いことはないとおれは思うよ。脚本家のマルチェロ・マルケージが言ってた。『大切なのは、死に臨んでなお、生を実感することだ』ってな」

初めて聞く言葉。だけど、素晴らしいと思う。古今を通じて最も優れた格言かもしれない。オスカー・ワイルドも妬むほどだ。

「大切なのは、死に臨んでなお、生を実感すること」。

まさにこの数ヶ月、ぼくを導いてくれた哲学だ。いくつになってもあらゆる行動の指針になるはず。

レモンバームのお茶を淹れてくれているマッシミリアーノの顔をじっと見る。彼の存在は神秘的な癒し効果がある——インドのシャーマンと老賢者を足して二で割ったような魔力を備えている。もっと早く出会いたかった。彼の助言があったら、どれほどの過ちを避けられたことか。

マッシミリアーノのあくびで彼の就寝時間になったことに気づく。今日は三〇ユーロを置いていく。それだけの価値がある。

ぼくは決めた。

日曜日に出発する。

あとはパオラに話すだけ。

そう簡単にはいくまい。

三五

ある物事をどうやってパオラに伝えればいいかわからないときに、頼れるうってつけのアドバイザーがいる。彼女をこの世に送りだす手助けをし、複雑極まりない上に細心の注意を要するその取り扱い法を熟知している人物だ。その名もオスカー。

「その旅の目的ってのが、おれには今ひとつわからん」

「何にもないです。エロティック・クラブとかマリファナとかみたいな、観光客のお楽しみを想像しないでくださいよ」

「なんだ、つまらん。おれもついて行こうかと思ったのに」猫の舌《ラング・ド・シャ》ビスケットを並べた天板をオーブンに入れながら、オスカーはウインクして言う。店の外には静かな闇夜が漂っている。

「仲間と一緒に昔を懐かしむ遠足みたいなもんです。一週間の休暇。人生最後の」

「じゃあ、別に問題ないんじゃないか。ところで、おまえのカウントダウンとかいうやつは今どのあたりだ?」

「三十五です」とぼくは答える。デリケートな話題とがっぷり四つに組むオスカーはさすがだ。

「ほう三十五か。完璧だ。民法にちょうどこんな一項がある。『余命三十五日に達したものは、本人の希望することのみに専ら従事する権利を認める』とな」

スリランカ人のサマンがオスカーを呼びにくる。月曜の朝の開店時までに、菓子を作り終えなくてはならないのだ。ぼくは昨日の朝食用ドーナツの残り物にありつこうと、もう少しいすわる。

パオラに電話して、ぼくが子どもたちを学校にむかえに行くと伝える。両親の間がしっくりいっていないこと、さらにはぼくが病気であることを、あの子たちがうすうすでも感づいているのかどうか、今のところよくわからない。彼らの前では、ぼくもパオラもできるだけ楽しそうに明るくふるまっているつもりだけど、子どもには動物並みの第六感がそなわっているって言うから。この超感覚は何歳くらいで失われるものなんだろう。ほんの一瞬、子どもたちに本当のことを話すべきだというパオラの言い分が正しいような気になる。父親の口からちゃんと伝えるべきだろうか？　それが最善なのだろうか？　だけど、もうひとりの声がひときわ大きな声で「ノー！」と叫ぶ。この問題はひとまず保留にしておこう。しばらくの間は。

あの子たちが気づいているのかどうかはわからないけれど、とりあえず二人とも何の憂いもなさそうに、その日学校であったことを一から十まで話してくれ、ぼくが持ち帰った〝おじいちゃん特製〟の菓子にヘッドスライディングする。二時間後、リビングルームでぼくは例の厄介な問題をパオラに切りだす。〝ユーレイル〟という言葉を口にした途端、妻はぼくの頭がどうかしたんじゃないかという目で見る。

「本気でユーレイル・パスなんか買う気なの？」

「うん、でもディスカウントのだよ。ミニ・ユーレイル」

「そんなバカげた話、聞いたことない」

実に好調な滑り出し。

「このタイミングで行くわけ？」

パオラの言うこともももっともだ。その点はぼくだって考えなかったわけじゃない。こんなギリギリになって、パオラや子どもたちと過ごす時間を削ってまで行くなんて、わがままにもほどがあるというものだ。妻は口にこそ出さないものの、言いたいことは顔に書いている。ぼくは無言のまま。

「それにしても、憎いアイデアよね」パオラはようやく可笑しそうに言う。「友だちと何日か過ごすのが、あなたの体調には一番いいでしょうから」

ぼくはぽかんと口を開けたまま妻を見る。またしてもパオラには驚かされる。てっきり喧嘩になると思っていたのに、それどころか喜んでくれるとは。

「言い出しっぺは誰？」

「ウンベルトだ」

「やっぱりね」と言わんばかりにパオラがうなずく。

「でも、疲れすぎないようにくれぐれも気をつけること。それから、子どもたちの終業式の日までには帰ってきてね。夏休み直前パーティに出なくちゃならないから。保護者は全員行くのよ。それにロレンツォが劇に出るし」

「それは見逃せない」

ぼくはパオラの目を見て、ひとこと言わずにはいられない。「愛してる」

「わかってる」彼女は答える。そしてむこうへ行ってしまう。

ぼくはソファーにドサッと倒れ込む。

これで、本当に行くことになった。コラードとウンベルトとぼくは、いつかまた一緒に旅行に行こうと長年話してきた。

行くなら今しかない。

三四

ボーイスカウト時代に何度も使っていた、忘れ物防止用持ち物リストをいまだに持っている。

休暇に不可欠なもの。

ティーシャツ二枚。
着替えのズボン。
防水加工《ケーウェイ》ジャケット一枚。
コンタクトレンズ。
パンツ二枚。
靴下二足。
ランニングシューズ。
サンダル。
虫よけスプレー。
ノートとペン。

キャンプ用の液体ガスコンロ。

予備のガス缶。

パスタ鍋。

クラッカー一箱。

皿二枚とコップ一個。

スプーン、フォーク、ナイフ各一本。

歯ブラシと歯みがき。

ポラロイドカメラとフィルム数本。

コンドーム一箱。


デオドラント剤とかワイシャツなんかの必需品が入っていなかったりして、このリストにはたくさんの不備があるのに気づいて苦笑いしてしまう。リストを書き足しながら二時間かけて、古いけどいまだにちゃんと動くポラロイドカメラをはじめ、持っていく物を決めながら楽しい時間を過ごす。もしかしたら旅支度は、旅そのものよりも心躍る作業かもしれない。

背後に人の気配を感じる。

ぼくが靴下を選ぶところをパオラが見ている。

「明日は何時に出発するの？」

「コラードが夕方六時にむかえにくる」

「そう。みんなで楽しんできてね」

今のはなむけの言葉は本心なのか、それとも毒が含まれているのか、ぼくにはわからない。

「そうさせてもらうよ、アモーレ・ミオ」

返答はなし。パオラはわずかに口元をほころばせただけで、キッチンに行ってしまう。もう何ヶ月もアモーレ・ミオと言ってくれない。

この旅を楽しめるかどうか、あまり自信はない。それでも行くしかない。最近のぼくは、あっちが痛いこっちが痛いと愚痴ばかりのしょぼくれた年寄りみたいな、不愉快な鼻つまみものになっていっている気がする。

三三

ウンベルトは初めての旅行用に買った軍放出品のバックパックをいまだに持っているが、すっかりよれよれな上に、ストラップが肩に食い込んで使いづらそうな代物だ。その反対に、コラードとぼくは、最先端のキャンプ用リュックサックをそれぞれ買ってあった。ぼくらには最初の旅を忠実に再現するなんて気はさらさらない。

二十年前も、ぼくたちの乗った列車はローマの堂々たる中央駅、テルミニ・ステーションから出発した。優秀なボーイスカウトであるウンベルトは早めに駅に到着していて、旅の第一部のための食料が詰まった袋まで持ってきていた。列車嫌いのコラードは、最後の最後まで自分の航空会社の無料搭乗券を使って行こうと、しつこくぼくたちを説きふせようとしたが、ウンベルトが頑としてそれを受けつけなかった。「あの時も列車で行ったんだから、今回も列車で行く」とけんもほろろ。最初の停車駅は当時も今もミュンヘンで、どのユーレイル・パスの路線にも必ず含まれているだけのことはある。昔みたいに旅慣れた若者気分を満喫できる二等寝台車に乗り込む。四人用のコンパートメントで、おそらく皮肉を込めて、〝C4快適室《コンフォート》〟という座席名がついている。そのコンフォートとはさてどんなものかと言えば、ビニール袋入りのコップ、殺菌ウェットティッシュ、紙製の便座カバー、それになんとびっくり、個別包装の使い捨てスリッパまであるではないか。発車を待っている間、ぼくらは胸の中で四人目の客が乗ってこないことを祈る。だけど、世の中そううまくはいかない。かくして四人目が現れる。しかも世界最悪の寝台客室の相客――のべつ幕なしのおしゃべりだ。ここだけの話、がんで死にかけている人間は寝台列車の旅なんてするもんじゃない。ウンベルトたちによると、ぼくは一晩中ひっきりなしに咳をしていたらしいから、きっと彼らは一度ならず、寝ているぼくの首を絞めてやろうかという気になったに違いない。おかしなことに、最近ではもう自分の咳で夜中に目覚めることはなくなった。その晩も例外ではなかった。夜行列車は魔法の揺りかごみたいだ。あのリズミカルな音が忠実な乳母が歌ってくれる子守唄に聞こえてくる。ぼくはすやすやと眠って、目覚めると列車はミュンヘン駅にほどなく到着するところだった。さあいよいよ、本格的な旅のはじまり。

三二

ドイツへの初めの一歩は、いつも少しばかり厄介だ。ドイツ語はぼくらの言葉とはまるで違うから、スピーカーから流れる声を聞いても、それが宣伝なのか駅のアナウンスなのかすらわからない。

四番線のホームの端で、サプライズがぼくを待っている。

男が一人、笑顔でこっちに向かって歩いてくる。体重は増え、髪は減っているが、すぐに誰だかわかる。ガスコーニュ出身の田舎貴族で四番目の銃士、我らが弟分ながら剣の腕前は天下一品。

ダルタニャン。

教室の最後列の左端に座っていたダルタニャン、本名はアンドレア・ファンタスティチーニ。まだ自分の目が信じられないけれど、涙のほうは素直とみえ、みるみるうちにあふれてくる。彼に会うのは実に二十年ぶりだ。偉大な天才作家デュマが『ダルタニャン物語　二十年後』で予言したとおり、三銃士が再び四銃士になる。ぼくたちはまず一人ずつハグし合い、その後全員でしばらく抱き合う。あまりの感激に、ぼくたちは「ひとりはみんなのために、みんなはひとりのために！」という三銃士のスローガンを叫ぶ。四人のイタリア人おバカどもが、ミュンヘン中央駅でバカ騒ぎ。

やがて、コラードが彼をこの旅に誘ったのだと知る。アンドレアは長年住んでいるデンマークから、ぼくたちに会いに来てくれた。ユーレイルの旅を最後までつきあってくれると言う。

ダルタニャンはぼくたち四人の中でもダントツで光っていた。高校卒業後何年かして、ギターとともに富と名声を求めてロンドンに渡った。求めたものを彼が見つけられなかったことは、聞かなくてもわかる。数年間にわたるロンドンのナイトライフののち、デンマーク人のファッションモデルで、『プレイボーイ』誌の見開きページから飛び出てきたようなビアギッテと恋に落ち、コペンハーゲンに帰る彼女の後について行った。その後、彼からの連絡はぱったりとやんだ。だけどコラードとだけは、最初は郵便で、最近ではフェイスブックを通じて細々とつながっていたようだ。アンドレアののんきな歌は、ぼくたちの夏の夜を明るく照らしてくれた。最近はデンマークの首都でギターの個人レッスンなんかをしていて、二人の子どもの母親で今ではミス・ピギーに成り果てたビアギッテとは数年前に離婚したという。彼の住んでいる海辺の小さな小屋は、写真で見る限りアンデルセンのおとぎ話にでてくる魔女の家みたいだ。収入は生活費と慰謝料に消えていき、月末にはいつもやりくりに苦労するとぼやいている。高校時代、アンドレア、通称アンディは、将来必ずロックスターになるとぼくは信じていた。他の多くの事柄同様、悲しいことに今回もまた、ぼくには先見の明がなかった。

彼に会えたのは最高にうれしいし、この旅に来られたのも確かにうれしい。だけど、最高なこの気分も、ぼくの二、三歩前を歩く仲間たちが三人の年寄りみたいに見えるのに気づいた瞬間、あっさりとしぼんだ。老いぼれ三銃士たちが、バックパックと寄る年波の重みに背中を丸めている。近頃では、四十そこそこじゃまだ年寄りとは言えない。けれど、十八歳の若者気取りで必死に若づくりをしようものなら、逆にいかにも老いぼれくさくなってしまうものだ。

まだ一度も家に連絡していなかった。ウンベルトが予約してくれたB&Bに歩いていく途中で電話をかける。エヴァが出る。「バッティスティーニでございます！」

エヴァは電話に出るとやたらにかしこまっていて、ぼくはいつも笑ってしまう。

「パパだよ。元気かい？　今日は学校どうだった？」

「作文でAプラスをもらったの」

「すごいね！」

生まれてこの方、ぼくは体育以外でAプラスなんかもらったためしがない。学校でAプラスをとるようなやつらは負け犬どもで、いつか人生を踏みはずすに決まっていると思っていた。またしてもぼくが間違っていたことを、我が娘が証明してくれる。

「ママにかわってくれるかな」

「かいものにいっちゃった。ジョヴァンナおばさんにかわろうか？」

シニョーラ・ジョヴァンナは近所に住む女性で、ジャムと子作りの名人だ。ＵＦＯの熱き信奉者でもある彼女は、あちこちで不可思議な物体を目撃していて、大昔にこのアパートメントで惨殺された住人の幽霊が今も住んでいると確信している。一風変わった情熱の持ち主ではあるものの、ぼくたちは時々彼女に子どもたちをみてもらっている。母親業の長年にわたる功績により、ベビーシッターの腕前はメアリ・ポピンズも顔負けだ。

「いや、いいよ。パパは今ミュンヘンというところにいて、愛してるって、ママに伝えておいて」

「ごでんごん、うけたまわりました。ミャオ、パパ！」

「ご伝言、承りました」ときたもんだ。まったくあの子の堅苦しい口調ときたら、笑っている場合じゃないかもしれない。そろそろ娘のしつけを考え直さなければ。六歳半で「ご伝言、承りました」は、後に「ミャオ」が続くことで多少お茶目さは加わるにしろ、法律違反にしてもいいくらいだ。もしやエヴァはフリッツのことを知っているのだろうか、あんなにそっけないのはそのせいなのだろうか、という疑問がまたもや頭をよぎる。よくもパパはわたしたちを置いて遊びに行けたものだ、とでも思っているのかもしれない。返す言葉もない。だけど、あのまま家にいたらパパはますます気分が落ち込んで、イライラしていただろう。何日か離れれば気分も変わり、少しはいいパパになれる気がしたんだ。だけど、そんなことを幼い娘に伝えるわけにはいかない。エヴァのそっけない態度には傷つくけれど、ある意味、仕方がないのかもしれない。

法律違反にすべきだと思うことがもうひとつある。あるいは、トラステヴェレのカフェの壁の〝嫌いなこと〟セクションに是非とも書き加えたいことと言ってもいい。つまり、男泣きだ。ぼく自身はこれまで、公衆の面前で涙を見せたことはほとんどなかった。生まれつきの羞恥心が涙をこらえさせてきた。

アンドレアの涙もこれまで一度も見たことがなかった。彼はわれわれのリーダーであり、ぼくにとっては北極星であり、完全無欠の生ける伝説だった。恐れを知らぬ無敵の男で、何よりも、絶対にメソメソ泣いたりはしなかった。

彼の頬に涙が伝うのを見た時、あってはならない超常現象にでも遭遇したような、サッカーワールドカップの決勝戦に大天使ガブリエルが降臨したかのような気になった。

コラードとウンベルトが土産を買いに行っている間、ぼくたちは三十分ほど、二人だけでB&Bの狭いロビーにいた。

「おれは幸せとは言えない」というのが彼の最初の言葉だった。

「悩み事でもあるのか？」ぼくはおだやかに訊く。

「何が悩みって、子どもの頃の夢をひとつも叶えていないってことだ。夢を叶えられないなら、人生なんて何の意味もない」

アンディは物事の要点をまとめるのがいつも上手だった。

子どもの頃の夢。小学二年生の作文〝大人になったらなりたいもの〟のテーマ。人生で本当に意味のある、ただ一つのこと。

よくわかっているし、これまでもわかっていたつもりだけど、このことの真の意味が、今はじめて大晦日の花火みたいにぼくの鼻先で爆発する。子どもの頃の夢を叶えられないのなら人生の敗者だ。ぼくの夢はご存知のとおり、遊園地の乗り物検査員になることだった。となると、まさしくぼくは敗者ということになる。

一方、アンディの作文はぼくのよりずっと独創的だった。彼がメソメソしながら、ブツブツ愚痴るのを聞くうちに、だいたいこんな感じじゃなかったかと思い出す。

二〇〇〇年にぼくは二十七歳になります。二十七歳といえばもうおっさんで、子どものために嫁がなくちゃなりません。ぼくはたくさんのお金を嫁いで、ひどい金待ちになります。それからぼくはひどいハンサムで背が高くて頭が良くておもろくなります。ていうか、その前の年には、ぼくはきれいな女の子と結婚します、女ゆうみたいな。そんでビーチに住んで、でも、ビーチのすぐとなりには、アイスを売っているカフェがあるんです。ぼくの仕事はひどい有名なシンガーです。サンレモ音楽際でも歌います。音楽際には四回、いや待てよ、五回は出ます。一度はほかのシンガーと一緒に。ぼくの一番有名な歌は『まだおまえなんか愛していないおまえ』で、一年中トップチャート入りをするんです。それに、ぼくはとても辛せになります、なぜならイタリア中の人がぼくを愛してくれて、道で笑いかけてくれるからです。もし道でだれかに笑いかけられたら、辛せになれます。もし道でだれも笑いかけてくれなかったら、悲しくなって、窓から飛び降ります。でも三十七歳になって、ぼくは辛せになります。でもいちおう安全のために、一回の部屋に住むことにします。

この作文の成績まで想像がつく。Cマイナスマイナスだ。似たような内容をくどくど繰りかえしているせいと、あとはふんだんに散りばめられている誤字のせいだ。

「人に自慢できるようなことはなんにもやり遂げてない」と、アンディはちんと洟をかんでから、続ける。「子どもたちにやる金もないし、第一、あのメス豚がおれを嫌っているせいで、あの子たちに会わせてももらえない。おれの歌がヒットチャートに入ったことなんて一度もない。道で笑いかけてくれる人なんてひとりもいない」彼は見慣れた皮肉めいたまなざしで話を終える。

「おまえの歌はすごいよ」ぼくは彼を元気づけようとする。

「聴いたこともないくせに」

「あるさ。何曲かは今でもよく覚えている……。あれは何ていったっけ。男が駅で電車を待っているんだけどいつまでたっても来ない、っていうやつ」

「『人生の鉄道駅』だ。あれは聴くたびに気が滅入る悲しい歌だ。おれの歌の中でも最悪だったんじゃないか」

「ふうん、ぼくは好きだったけど。アンディ、おまえはまだ四十なんだから、もう一度やり直してみたらどうだ？　年をとってから有名になったアーティストは大勢いる」

「例えば？」

「例えば……そうだな……、ゴッホとか！」

「有名になったのは、死んだあとだ！」

「そっか。いや、ただ例えとして言っただけだ……。なんなら、イタリアに戻ってくればいいじゃないか？　考えてみたことはあるのか？」

「子どもたちと離れて暮らすなんて、おれにはとてもできない。あいつらがおれを必要としている限り、そばにいてやらなくちゃならない」

　ぼくは無言で座っている。

　アンディは子どもへの愛情のためにすべてをあきらめたのだ。ぼくはちょっとだけ上から目線になっていたかもしれない。彼はやっぱりぼくのヒーローだ。

　ぼくらは固くハグし合った。サッカーの試合が終わったあとにするようなハグじゃなくて、荒っぽくて男らしい戦士のハグだ。今までとはずいぶん違う種類の抱擁。ぼくたちのつながりは二十年のブランクがあってもまったく切れてはいなかったことが、この瞬間にわかる。ぼくにとってアンディは、今でも完全無欠の生ける伝説だ。たとえぼくの肩に顔をうずめて、メソメソ泣いていようとも。いや、だからこそ、と言ってもいい。

　ポルトスとダルタニャンがしばらくその場で抱き合っていると、他の二人が帰ってきてゲームが再開する。だけど、アンディのさっきの言葉がぼくの胸に残る。

「子どもたちから離れて暮らすなんて、おれにはとてもできない」

社会の基本理念だ。

ロレンツォとエヴァは今頃何をしているだろう。きっとレゴでエッフェル塔を作っているか、任天堂のウィーでダンス対決をしているか、あるいは……わからない。ぼくは自分の病気のことで頭がいっぱいで、子どもたちとのつながりが希薄になっていたかもしれない。

ここで話せるのは、ミュンヘンでの第一夜の最後の部分だけで、これがこの時の唯一の記憶だ。ぼくたち四人は思いっきり下品な歌をローマ訛りで歌いながら、ビアホールへ歩いていった。それ以外のことは全部、アルコールに消去された。ぼくが泥酔したのは、十九歳でセリエAのチャンピオンシップで優勝して、水球チームのみんなと祝杯をあげた時以来だ。いつ、どうやって、どんな風にB&Bに戻ってきたのか、まったく記憶がない。

三一

胃は痛い、息は苦しい、頭の中ではロックコンサートが開かれている。リンゴ・スターがぼくの脳内で『涙の乗車券』のビートを打ち鳴らしているような気分だ。

みんなより先に起きる。隣のベッドでウンベルトが、扁桃腺を患ったイボイノシシみたいないびきをかいている。

B&Bの狭い食堂では、ピラミッドのようにトレイにうずたかく積まれたクラッペンとドーナツに出迎えられる。ひとつ味見してみるが、オスカーのドーナツの足元にも及ばない。一口かじったきり皿に残す。あのささやかな朝の習慣が、人生の宝物のようなひときだったことを今さらながら実感する。

エネルギッシュ過ぎるアンドレアが、最初の旅行で行ったことのある郊外の乗馬厩舎を見つけてあった。その朝はずっとデジャブにつきまとわれる。ある言葉がリンゴ・スターを押しやって、頭の中でカタカタと音を立てている。

リメイク。

いや、ちょっと違う。

同じ街をふたたび訪れるというのはありかもしれないが、同じ場所で同じことをするのはあまりに芸がない。〝痴呆〟というのが探していた言葉かもしれない。

厩は記憶の中のままだ。木や鉄、一度かいだら忘れられない例の独特な匂い。勇ましい我が小戦隊を率いるのは他ならぬトーマスの息子のトーマス・ジュニアで、ネアンデルタール人みたいなところは父親譲りだけど、愛想の点ではぐっと劣る。ジュニアはぼくたちが安全に乗馬を楽しむために、していいことといけないことなど、たくさんの注意事項をあげる。その甲斐もなく、さっそくぼくたちは小径をみつけると、しょっぱなからギャロップで走りだし、不自然な体勢のせいで背骨を痛めるという惨事に向かって突っ走る。ところが、三〇メートルほどいったところで、アッティラという不吉な名前のぼくの馬がいきなり急停止して騎手を振りおとす。哀れ、ぼくは地面に向かって真っ逆さまに落下する。その間、わずか二、三秒ほどのことだけど、自分はなんとぶざまな最期を遂げるのか、という無念が頭をよぎるのには事足りる。着地マットとしてぼくを待ち受けていたのは――殺人的な岩角でも、周囲にめぐらされた先のとがった杭でもなく――とげとげしたイラクサの畑だ。命だけは助かったものの、おかげでその日の午後は台無しになる。

遠足の結果は以下のとおり。ぼくは体じゅう湿疹、アンドレアは熱中症、ウンベルトは腰痛、コラードは馬から下りるときに鐙に足をとられて足首の捻挫。なんだか錆びついた四銃士だ。

男には共通する特徴がある。自分が二十歳の時は、二十歳の女性に熱をあげる。そして四十の時にも同じことをする。科学の法則なのだ。しかし、そこには郷愁の念が深く作用していることは間違いない。ぼくたちは子どもの頃好きだった映画や本や場所を、ずっと愛し続けているのだ。この同じもの好きの法則は、二十歳の女性にも適用される。そう言われてみると、そんな気になってくるでしょ？

ぼくたちはかの悪名高き〈ビールと愛〉が、〈生か死か〉という名の、過激でちっぽけなパブになってしまったことを知る。店内では十八歳から二十五歳くらいのドイツ人の若者がひしめきあって、ビールと汗とあらゆる種類のヤクにまみれている。自分がこんなにも場違いだと思ったのは初めてだ。音楽はうるさすぎてどんなタイプの言語コミュニケーションも阻み、照明は暗すぎて近眼の人間にはメニューの字もおぼろげで、空気は薄すぎて脳がクリアな意識を保てなくなっている。こんなありさまにもかかわらず、ぼくらはできる限りこの場を楽しもうとする。だけど、ぼくはたちまちみんなの足手まといになる。全然酔いたい気分じゃないし、自分の娘と言ってもおかしくないほどの若い娘を口説く気にもならない。フルーツカクテルを二、三杯飲んで、透明な壁に映し出されるミュージック・ビデオ鑑賞にふける。

コラードは一夜のお楽しみの相手に選んだ女の子の連れと喧嘩をはじめて、今宵の余興を盛りあげる。連れの男は細腕のへなちょこだったが、すっかり出来あがった友だちが大勢いる。ぼくらは乱闘さわぎで店内がめちゃくちゃになる前にパブを出て、気づけばいかにもイタリアのごろつきよろしく、ミュンヘンの街をあてどなく歩きまわる。午前四時まで語り合う。

家に電話をするのを忘れていた。こんなに遠く離れていても、常に妻や子どもたちの声が耳元で聞こえる――パオラの力強くきっぱりした声、「えーと」という間がところどころに入るロレンツォの思慮深い声、エヴァの女の子らしい可愛い声。誰かを説きふせようとするときには、検察官の声に豹変する。子どもを卒業する頃にはいったいどんな声になるのやら。頭の中で、家族の声を聴くうちに、パオラと子どもたちに会いたくてたまらなくなる。

眠れない夜、夢のない夜。

三〇

朝食の時に、ウンベルトが次の旅程の説明をする。リヒテンシュタイン公国の首都、ファドゥーツ。二十年前、ぼくらは絵のように美しいその小さな街のカジノで一〇〇ドルほど儲けて、自分たちがルーレットの天才にでもなった気分にさせられた。そんな思い出にしばし浸っていると、突然、昨夜からつきまとわれている、ある問いに胸を衝かれる。

「ぼくはここで何をしているんだ？」

一旦こうなるともう止めようがなく、この思いがいきなりマシンガンのように仲間たちに向かって炸裂する。

「どういうことだ？」コラードが訊く。

彼らの気持ちを傷つけないような言葉がみつからない。

「家に帰りたい。おまえらには悪いが、ぼくはこんな旅がしたいんじゃない。ぼくに必要な旅はこんなんじゃない」

ダルタニャンがぼくを見て微笑む。彼だけがわかってくれる。

「こんなヘマをやらかした後じゃ、奥さんが賛成してくれないかもしれないぞ」と彼が脅す。

「とにかく言ってみるさ」

「何の話かさっぱりわからん」とウンベルトが言う。

「ぼくがしたいのは子どもたちとの旅だ。パオラとの旅なんだ。残された時間を彼らと一緒に過ごしたい。おまえたちとじゃなくて」

さすがにストレート過ぎたから、フォローもしておく。

「誤解しないでくれ、おまえたちはこの世で一番の親友だ。ぼくらは四銃士だろ。おまえたちのことなら短所も長所も何だって知っている。ぼくのことも、おまえたちの知らないことはない。だけど、今ぼくに残されたこの時間、これは子どもたちのものだ。たった今、ぼくに必要なのはあの子たちだ。ロレンツォもエヴァも何も知らないが、あの子たちもぼくとの時間が必要なんだ」

沈黙。

「一分だって無駄にはできない」

ぼくはひとりひとりの目を見る。

「許してくれ。なんなら、おまえたちだけで最後まで旅を続けてくれて構わない」

コラードが口火を切る。やつの意思決定の速さはいつだってグループ一だ。

「十時半にローマ行きのフライトがある。パイロットは友だちだから、三人とも乗せてもらえるだろう」

ウンベルトが時計を見る。「十分で荷造りだ。さあ帰るぞ」

アンディは夢に破れた人生とデンマークに戻りたくないのだろう、いかにも残念そうな様子だ。

「また会えるよな？」

「もちろん、また会えるさ」嘘を承知でぼくは答える。

そして最後の最後に、ぼくはアンディをきつく抱きしめる。

二九

　旅の醍醐味は家に帰ることだ。ドアを開けて、自分の家独特の匂いをかぐ。家具や本や愛する者たちが放つ匂いが混じり合い、他のどんな香りとも違った、その家、固有の匂い。我が家の匂い。そこで不意に、類まれな傑作『香水』の著者パトリック・ジュースキントのことが頭に浮かぶ。今ここにパトリックがいて、一緒に家族旅行に行こうと妻を説得するのに最適な言葉を教えてもらえたらいいのに。

「人類史上、最短のユーレイル旅行だったわね」と、仕事から帰ってきたパオラがぼくの帰宅を知って言う。

「ぼくのせいだ。あれ以上、続ける気分にはなれなかった」

「だから言ったじゃない。そんな体で旅行にいくなんてバカよ」

「違う違う。その反対で、体調はずいぶんよくなった。この二、三日で、いい気晴らしもできた」

「それで？」

「それで、また別の旅に行きたいんだ」

「本当に、アタマ大丈夫？」

「みんなで一緒に、四人で。君とぼくとロレンツォとエヴァで。学校が終わり次第、出発できるだろう。休暇の旅、いやもっと楽しいやつ、そう冒険の旅だ」

「わたしは休暇っていう気分じゃない。冒険なんてなおさらごめんよ、絶対イヤ」パオラはそう言って、ばっさり会話を終わらせる。

「これはただの休暇じゃない」

「言いたいことはわかるけど、本当にそんな気になれないのよ。そんなに行きたいなら、あなたが子どもたちを連れて行ったらいいじゃない。一週間くらい海にでも行ってきたら。それか、どこでもあなたの好きなところへ」

「もっと別のことを考えていた。つまり、ロードトリップとか」

「確かに、がんの人がロードトリップに行くのってありがちよね。いいから、そろそろ自分の身体のことをちゃんと考えてよ。それから、危険なこととか無意味なこととか、あるいはその両方とも、もうやめて」

「無意味なんかじゃない。人生最後の時間を子どもたちと過ごしたいんだ。それに君とも」

「今してるじゃない」

「ここじゃ君と一緒に過ごしている気がしない。どういう意味かわかるだろ。あの子たちと一緒にいたいんだよ」

「さっきも言ったけど、あなたが一週間旅行に行くことは構わない。なんなら二週間だっていい。わたしはここで十分。そんな気分にはとてもなれないの。わたしが行っても、旅行を台無しにするだけだわ」

ああ、パオラ、パオラ、パオラ。なんでそんなに頑固なんだ？　マッシミリアーノの言ったとおり、がんはぼくよりも君の心により大きな打撃を与えているようだ。ぼくはジュースキントが知的で効果的なセリフをテレパシーで送ってくれるのを待つが、きっとこのドイツ人作家は小説で得た莫大な印税で休暇でも楽しんでいるに違いない。お手上げだ。ぼくは物置から自転車をひっぱり出して、サイクリングに出かける。

いつもより長めに走ろうと、海岸まで行ってアウレリア街道へ出る。ペダルをこいで、こいで、またこぐ。遠乗りに行くようなペースだ。一度だけ止まって景色を楽しむ。松の木や潮風の香り、そして巡航ミサイル並みの猛スピードで脇を通りすぎる車の排気ガスを吸い込む。見晴台から夕陽を眺める。ずっと下のほうに、人も運べないナマクラな波に必死にしがみついている、ド根性サーファーが何人か小さく見える。

五八キロ走ったところでエネルギーが切れだしたから、海沿いのレストランで小休止することにする。店は砂浜の上に建てられた高床式の木の家で、三十人も入れば満員だろう。厨房には年配の女性が二人立ち働いていて、聞いたところによると、若いウェイターのおばと祖母だという。息をのむような眺めが目の前に広がる。月が海面に映る己の姿に見惚れている。ぼくは隅の席に座って、シーフードグリルの盛り合わせとアンチョビのフライを注文する。他のテーブルには若いカップルやローマから来たにぎやかな家族連れがいる。独りが身にしみる。思えば、連れなしで外食するのはこれが初めてだ。確か「ひとりっきりで食事をするやつを見たら、泥棒かスパイと思え」というイタリアのことわざがあった。ひとりでレストランに行くことほどこの世で悲しいことはないと、ぼくは常々思っていた。今、それが確信となる。

二八

「それで、行くのかい？　行かないのかい？」ジャンアンドレアが尋ねる。その時の気分で聴く音楽を選ぶのに似て、人はうつになればなるほど、うつの人とつきあいたくなる。

ジャンアンドレアとぼくは〈チットチャット・ショップ〉の椅子に座っていて、マッシミリアーノはぼくたちのために、ミシュランの三ツ星店並みに美味しいベジタブル・クスクスのランチを作っている。

「パオラ抜きで行きたくはない」

「しばらく様子をみたらどうだ。そのうち奥さんの気も変わるかもしれない」と、ズッキーニを刻みながらマッシミリアーノが言う。

「そうは思えないけど」

「どこに行くつもりなんだい？」とジャンアンドレア。

そう言われれば、行先をちゃんと考えていなかった。「自転車レースのジロ・デ・イタリアみたいに、ただのイタリア一周旅行にはしたくないと思ってる」

「自転車で行くのか？」マッシミリアーノが好奇心を刺激されたようだ。

「昨日、自転車で一〇〇キロくらい走ったら、今日はもう死にそうだ。二輪のついたカタツムリみたいに、時速二〇キロとか速くても三〇キロくらいで行ったのに。だから旅行には車で行こうと思う。ロレンツォとエヴァに見せたい場所が山ほどあるし、ぼく自身も初めて見るところへ、子どもと妻を連れて行きたいんだ」

「いい話じゃないか」我らがシェフが、ソテーにするための野菜をフライパンに放り込んで言った。「あと十分でクスクスができあがる。それまで待てるかい？　それとも、とりあえずブルスケッタでもつまんでる？」

答えは自明の修辞疑問というやつだ。もちろん、ブルスケッタ。

「でも、何より」とぼくは続ける。「子どもたちや妻といろんな話をしたい。これまで見たこともない父親の意外な顔、面白くて元気いっぱいで冴えてるパパの一面を、あの子たちに覚えていて欲しいんだ」

「どっからそんな生きる意欲がわいてきたんだ？」ジヤンアンドレアが感嘆のまなざしで訊く。

「もうすぐ死ぬって時になれば、誰でもそうなるさ」

「ぼくは自殺未遂を三回やっているけど」

その話はマッシミリアーノから聞いていた。でも本人の口から直接聞いてみたかった。

「その点に関しては、熟練してなかったんだね」ぼくは冗談めかして言う。

「最初の時は運が悪かった。掃除機の吸引ホースを車のマフラーにつなげて、それを窓にはさんでから、中に乗り込んだ。車に乗ってすぐに寝てしまったんだけど、少ししたらガス欠になった。燃料計器が壊れてたことに気づかなかったんだ」

「二回目っていうのは？」

「二回目は、睡眠薬をひと瓶飲み込んで病院に担ぎこまれた」

「胃の洗浄をしたの？」

「そんな必要はなかった。薬が弱すぎたんだ。二日間眠って、目覚めたら気分爽快だった」

「そのあと三回目？」

「三回目はあまりにバカバカしくて、とても話せない」

ぼくは彼に微笑んだ。

「いいじゃないか、そう言われたら余計聞きたくなっちゃうよ」

「そうかい、じゃあ。三度目は、車ごと崖から飛び降りようとした。でもガードレールが思ったより頑丈だったせいでエアバッグが作動して、間抜けにもぼくは座席にはまったまま車の中で動けなくなった。さらに悪いことに腕まで折った。三ヶ月前のことだ」

「四回目はあるのかい？」

「いや、ないね。まったく、マッシミリアーノのおかげだよ」

ぼくたちのひいきの店主が微笑む。

「それを言うなら、このクスクスのおかげだ。あと五分でできるよ」

マッシミリアーノがぼくのむかい側に座る。

「旅の戦略を提案させていただいてもよろしいですかな？」

「ぜひとも」

「まず、出かける準備をばっちり整えるんだ。今にも子どもたちを連れて出発するかのようにね。実際に、旅行のことを子どもたちに話したらいい。見ててごらん、きっと奥さんの気が変わるから。おいてきぼりにされるのは嫌だって言うよ」

「彼女のことを知らないから」

「今じゃあ、すっかり知り合いみたいな気になっているぞ。奥さんが行く気になるか、賭けるか？」

「ディナーはどう？」

「のった！」

ぼくたちは握手をし、ジヤンアンドレアが握られた拳を割って、協定の証人になる。

店で過ごした時間分の支払いをしようとすると、マッシミリアーノが笑って受けとろうとしない。

「ルチオはもうお客じゃない。友だちだ」

ジヤンアンドレアも大声で言いはる。「ぼくにとっても」

旅も終わりに近づいて、ぼくの人生のバスに二人の新しい友人が飛び乗ってくる。ぼくは金を財布にもどしながら、ふたりに微笑む。

二七

ロレンツォとエヴァがぼくを見て、目を丸くする。

「冒険？」長男が思わずくりかえす。

「そのとおり。三週間かけて、ミステリアスで未知の場所を探しに、イタリア中をドライブするんだ。面白そうだろ？」

ロレンツォの答えは熱烈なイエスだ。予想どおり。だけど、エヴァはいくつか聞きたいことがありそう。

「シェパードをつれていっていい？」

「だめだ。シェパードの世話はシニョーラ・ジョヴァンナに頼んでいく。どっちにしろ、植木の水やりと、猫とハムスターに餌をやりに来てもらわないといけないからね」

「アリスだけでもだめ？」

「ずっと車の中じゃかわいそうだ。ハムスターは旅行なんか好きじゃない」

「ずるい！　じゃあ一日だけでいいから、じょおうさまの日にして」

〝女王さまの日〟というのは、何か特別なこと、例えばテストでいい点をとったとか、家でずっといい子にしていたときにもらえるご褒美のことだ。子どもたちがもっと小さかった頃にパオラが考えついたもので、その日は完全に両親を支配できて、小さな女王さまと王さまが一日中あれやこれやと命令を下し、食べたいものを決めたり、手頃な値段なものだったらなんでも買ってもらえる。

「交渉成立」とぼくは小さな恐喝者に答える。「出発は土曜日の夜だ。学校が終わったらすぐ」

「土曜日は、学校で劇と学年末パーティがある日だよ」とロレンツォに指摘される。

「そうだった。じゃあ日曜日にしよう」

一時間後、旅行にむけた根回しが着々と進んでいるとも知らず、他の教師たちと一緒に午後中かけて通知表の準備をしていたパオラが帰ってくる。大はしゃぎの子どもたちに迎えられた彼女は、とっさに自分が罠にはまったことを知る。子どもたちはパオラも一緒に行くものだと思っている。妻はぼくを呼んでキッチンに連れていく。

「いったいどういうこと?」

「あの子たちを旅行に連れていってもいいって言ったよね? だからそうしようと思って。日曜日に出発する。三週間の予定だ」

「三週間? 気でも狂ったの?」

「君が一緒に来なくちゃいけない義務はないから」

「それはよかった。行くつもりはないから」

「残念。旅行の終点はスイスの予定だ。ぼくはここへは帰ってこない」

そう口にして初めて、その考えがひらめく。ここへはもう帰ってこない。ごく自然な流れのように思える。最後の旅。愛する者たちとの。

さすがにショックが大きすぎたのか、パオラはひどく動揺している。パオラは子どもたちに聞こえないように、小声で叫ぶ。〝無責任〟、〝頭どうかしてる〟〝罠〟の三つの言葉を連発している。

お説ごもっとも。ぼくはずっと無責任な夫であり父親だったから、なおさら償いをしたいと思っているし、頭がおかしいかもしれないけど、別にそれでも構わないし、この計画は紛れもなく罠なのだ。ぼくのパオレッタにかかってもらいたい愛の罠。この一〇〇日間の最大の目的は、ディノ・ゾフノートにも書いたとおりいまだ最上位の座を独占している。

パオラに許してもらう。

「ここへは帰ってこない」ぼくは言い張る。「それでもぼくにひとりで行けって言うのか。家族だろ」

「家族だったわよ。それを壊したのはあなたじゃない」

「とんでもない過ちを犯したと思っている。過ちは誰にだってある」

「そうね。例えば、あなたと結婚したこととか」

妻の言葉を真に受けちゃいけない。売り言葉に買い言葉っていうやつだ。本心なんかじゃないことはわかっている。

その後の十分間というもの、パオラは釣りあげられたマグロのようにもがきにもがいたのち、ついに降参した。

「何を持っていけばいいの？　行先は海？　それとも山？」

「どっちもだよ、アモーレ・ミオ。どっちも」

賭けに負けてこんなにうれしかったのは初めてだ。

パソコンを起ちあげ、ぼくはさっそく情報収集やあちこちの予約を開始する。

二六

前にも言ったとおり、旅の最大の愉しみといえば荷造りだろう。だけど、それが人生最後の旅となると、荷造りも断腸の思いだ。家にあるものの大半は、持っていけないものばかり。

アパートメントの中をうろうろしながら、本棚の前まで来ると、とりわけ慎重に吟味しはじめる。本棚は一度も読んでいない本や、観ていない映画のＤＶＤであふれている。本やＤＶＤのすべてに謝りたい気分になる。作家や監督たちは懸命な努力でぼくに娯楽の時間を与えてくれたというのに、ぼくは彼らの作品を買っては家へ連れ帰ったきり、本棚にしまい込んで、埃をかぶったまま放っておいたことが申し訳なくなる。おそらくこの先も永遠にあのままだろう。他の家へ行っていたら、本やＤＶＤたちはあるいは休日の十五分間の晴れ舞台を経験できていたかもしれないのに。とにかく、彼らとも今日で永の別れだ。何度もあれこれ迷ったが、結局、一冊だけ持っていくことに決めてスーツケースにしまった。決戦は『ピノキオ』ＶＳ『宝島』で、後者が勝利をおさめる。近いうちにその理由を話そう。本棚の探索を続けて『ダイアボリック』を見つけると、表紙を優しくなでる。考えてみれば、一番厄介なのはダイアボリック・コレクションにさよならを言うことではなく、ぼくの人生の主役たち全員にさよならを言うことなのだ。
そんな強さがぼくにあるだろうか。

二五

〈まっすぐ撃てないギャングたち〉のみんなを眺めている。そろそろ頃合いだろう。選手たちには、いつもの集合時間の一時間前にプールサイドに集まるように伝えてある。忠実なアシスタントコーチも一緒だ。最後に何を言おうか考え、おおまかな内容を何行か書きとめようとしてみたが、その場の流れに任せたほうがいいと思いなおす。選手たちにとってぼくは少なからず重要な存在だと思うから、何か心に響くメッセージを残してやりたいと思ったが、それには思っていることを率直に伝えるのが一番だ。

「みんな、ぼくは肝臓がんになってしまった。症状はかなり悪くて肺にも転移している。もう先は長くない。そして残念だけど、おまえたちに会うのも今日で最後になる」

彼らには寝耳に水の話だ。お互いに顔を見合わせ、これは何かの冗談なのかと探り合っている。だがぼくの声のトーンが、そうではないことをはっきりと告げている。冗談どころの騒ぎじゃない。

「数ヶ月前、ぼくはがんとうまくつき合っていこうとを決めた。いつも思いどおりにいったわけじゃないが、残された毎日をできるだけ楽しい気分でいようと努めている。病気と闘おうとこれまでベストを尽くしてきたし、今でもある程度の体調は保てている。だが敵はぼくの身体の奥のほうにひそんでいたから、正体を見つけて退治しようとしたときには、勝ち目がないほど手遅れだったんだ。おまえたちくらいの頃には、ぼくにもたくさん夢があった。白状すれば、結局はひとつも叶えられなかった。でも、決して希望は捨てなかった。これだけはいつも覚えていて欲しい。われわれが持っている唯一の財産は、子ども時代の夢だ。夢は生きるための燃料になるし、物事が何もかもうまくいかない時には、前進するための力になる。今おまえたちの中に芽生えている夢を叶えることが、人生の重要な目標になるはずだ。忘れるんじゃないぞ。大人になるっていうのはただ外見が変わるだけのことで、おまえたちの中には子どものままの自分がずっと生き続けているんだ。水球でもなんでもいいから、自分のすべきことに全力を尽くせ。将来どんな仕事につこうが、それが市場の果物売りだろうが、とにかく全力で取り組むんだ。客が口をそろえて「あの人の売る果物は最高においしい」と言うような果物売りになるんだ。人生にはたくさんのチャレンジがあって、それらの多くはきっとチャンピオンシップのプレーオフよりもはるかに重要なものだろうが、そのチャレンジを前にして尻込みするような真似は絶対にしちゃいけない。たとえ失敗する可能性があったとしても、ひたすら攻めて攻めて攻めまくれ。そして実際に失敗したり誰かを傷つけてしまったら、許しを乞えばいい。許しを乞うことや自分の失敗を認めるのは、何より難しいだろうけどな。それから、他人から親切にしてもらったらその恩を忘れてはいけない。感謝の気持ちを表すこともこれまた同じくらい難しいだろう。たまたま何かを勝ちとったとしても、相手を馬鹿にしてはいけないし、勝利を自慢するのもいいこととは言えない」

　選手たちはみんな面白がってまわりを見回す。〝勝利〟という言葉になじみがないのだ。

「知ってのとおり、ぼくには子どもが二人いる。あの子たちの成長を見守ってやれないのは何より辛い。近いうちに子どもたちと妻と旅にでるつもりだ。もう戻ってはこない。だからプレーオフの試合も見られないだろう。だがぼくのハートはみんなと一緒だし、ジャコモがおまえたちの戦いぶりを詳しく知らせてくれるだろう。彼がついているから、必要なことはなんでも頼ればいい。次シーズンからのコーチもジャコモがやってくれるだろう。能力も資質もコーチには申し分ないからな」

　アシスタントコーチは自分が新しいポストを任されることなど予期していなかったらしく、感極まっている。

「おまえたちにひとつだけ頼みがある。試合がどんな状況になっても、必ず最後の最後まで戦い抜いて欲しい。そしてもし可能なら、この三試合を勝利して欲しい。それがぼくにとって何よりのはなむけになる。いつかおまえたちが子どもを持ったら、昔のコーチのことを思い出して、プールに連れてきて、我らの愛するこの素晴らしいスポーツを教えてやってくれ。こんないいチームを指導できて、まったくコーチ冥利に尽きるよ。たとえ負けばっかりでもな。本当に……残念だ」

　ぼくは思わずこらえきれなくなる。泣くまいと自分に誓ったはずなのに、その誓いをあっさりと破ってしまう。一人ひとり順番に全員とハグし合う。最後はバターフィンガーとマルティノだ。

「みんな、いいか。おまえたちを誇りに思えるような、目覚ましい活躍を期待しているぞ」そしてジャコモの番になった。

「どうぞ良い旅を、コーチ。行き先がどこであろうと」彼はハグしながら耳元でささやく。

「コーチのことは決して忘れません」

二四

深夜ぼくが訪ねると、オスカーが香ばしい匂いに包まれて菓子屋にひとりでいる。

「チャオ……」

オスカーが振り返る。

「チャオ、ルチオ……」

「ひとりで何してるんですか？　見習いをクビにしたとか？」

「いや、今夜はやつの休日だ。いつもならマルティナが手伝ってくれるところだが、今日は娘さんのところに行ってる。女心と秋の空ってな」

オスカーがドーナツにクリームを詰めている。三十年の年季の入った手の動きをぼくは見つめる。

「手伝いたくてうずうずしてきただろ？」

「でもどうやった――」

「だったら学べ！」ぼくに終いまで言わせず、オスカーが言う。

小麦粉とクリームの雲の中で、時はまたたく間に飛んでいく。満ちたりた時間を過ごす。

明け方、ぼくたちは二十個ほどのドーナツを揚げる。ドーナツを油からひきあげて、冷めるのを待ってから砂糖をまぶす。

一分ほど黙って座っている。すべてを凝縮した質問をひとつオスカーが口にする。

「で?」

この一語は千もの会話の価値がある。ぼくは何も言わない。必要ない。二分後、ぼくたちはそれぞれドーナツを楽しんでいる。二人で一緒にドーナツを食べるのはこれが初めてだ。そして、おそらく最後になるのだろうと思うと、ぼくは涙をかみしめる。

二三

三銃士だけの特別なディナーを計画した。ポルトスが永遠にグループを去るはなむけの会だ。

ウンベルトとコラード。この二人の名前はぼくにとって数えきれないほどの意味を持つ。彼らは暗い会話と重い気分を覚悟して、約束のレストランの外に着いて拍子抜けしている。今夜の主役もふたりと合流したものの、肝心の店が閉まっている。そこでようやくぼくはおなじみの一語とともに彼らを迎える――いたずらタイム。

まさかそんな展開になるとは思ってもみなかったようだけど、ウンベルトもコラードも二つ返事で誘いに応じる。彼らをぼくの車に乗せ、カラカラ浴場目指して最高速度で突っ走る。今夜は不滅のオペラ、『トスカ』を再上演している。ぼくは離れた席のチケットを三枚買ってあった。開演後しばらく、ぼくらは至極行儀よく舞台を楽しんでいたが、第一幕の中盤にさしかかり、聖アンドレア・デラ・ヴァレ教会に見立てた質実剛健な舞台セットでカヴァラドッシがだみ声をはり上げるあたりで、三列目に座っていたコラードが突如立ちあがって大声をはりあげる「それでもテノールのつもりか？」彼のまわりに不穏な空気が垂れこめる。「しーっ！　ふざけるな！　はやく座れ！」

演劇やオペラの舞台を妨害するのは、ぼくらのいたずらのレパートリーのひとつだ。コラードは続ける。

「このバカげた猿芝居はプッチーニ芸術への冒瀆だ！　ジャコモよ、どうか彼らを許したまえ！」

その間もステージでは、哀れなカヴァラドッシがぼくらを無視してだみ声を続けている。いよいよぼくの出番だ。

「この野郎、座れって言ってるだろうが。ただじゃすまないぞ」

「すまないとどうだっていうんだ？　このおれを脅してんのか？」

ぼくは座席を何列かまたいでコラードに突進する。やんちゃをしている時は、病気も痛みもまったく気にならない。長らく忘れていた猫のような敏捷さでコラードに食ってかかる。

「そうだ、脅しさ。さっさとその口を閉じやがれ」

「嫌だと言ったら？」

このあたりまでくるとさすがのカヴァラドッシも凍りつき、オーケストラは鳴りやむ。この瞬間、ショーのスターはぼくたちだ。ミッション完了。

一発目の平手打ちを放つなら、今が絶好のタイミング。ぼくたちは互いに怪我をさせないように巧みにパンチを繰り出したり、相手を突いたり引っぱったりしていたが、その効果は予想外に大きい。大勢の観客がよってたかってぼくとコラードを引き離そうとし、ぼくらはぼくらで相変わらず怒号を浴びせ合う。まさに修羅場だ。

「この、うすらトンカチ！」

「うすらトンカチはそっちだ！　警察に突きだすぞ、覚悟しろ」

〝警察〟というのがウンベルトの出番の合言葉で、彼はぼくたちを取りかこむ群衆をかきわけて進みでる。テニスクラブの会員証をさっと取りだして見せ、素早くしまう。

「警察です。道をあけてください。みなさん落ち着いて！」

「ちょうどよかった」とぼく。「この男がわたしを侮辱するんで訴えてやる」

「いいや、訴えるのはこっちの方だ。目撃者だってこのとおり、千人はいるぞ」コラードが言いかえす。いたずらの第二部は、どちらが先に手を出したかに関する水かけ論が展開する。するとコラードがひどく攻撃的になって、警官を突きとばして逮捕される。これまでは、コラードが手錠をはめられて連行され、事情聴取のためにぼくがそのあとをついて行くという流れで幕を閉じるのがいつものパターンだ。ただ今回ばかりは、われわれの見事な演技力のせいで意外な方向に発展する。だけど考えてみれば、遅かれ早かれこうなることは目に見えていたのかもしれない。つまり観客の中に本物の警官がいたのだ。その上、その警官がまた助っ人精神がやたらに旺盛ときている。三十秒後ぼくらの化けの皮がはがれて、三人とも手錠をかけられ、結局その夜は警察署でくらくらするような終焉を迎える。まあ、言わば、おこるべきことがおきたということだ。ぼくらは指紋をとられ、山ほどの尋問をうける。警察のほうでも具体的に何罪を適用すればいいのかわからないようで、騒動の詳細を何度も何度もしつこくきかれる。ただ一人表むき深刻なトラブルに見舞われたのは、本物の警官を騙ろうとしたウンベルトだ。数時間後、明日にでも隠居したそうな年配の主任巡査が不問に付してくれ、ぼくらを放免してくれる。運命の皮肉。これまでで一番無謀で華麗ないたずらが、ぼくらの最後の時となる。

さよならを言う瞬間がくるまで、ぼくたちは特に何も話さない。三人一緒の最後のハグは、千もの言葉以上の価値がある。

すべては一人のために。その一人とはぼくのこと。

二二

ピーターパンがつかつかと舞台の中央に進みでて、大声で言う。「フック船長！　出てこい！」

ここはネバーランド。ピーターパンのそばにはロストボーイズ、ティンカーベル、それにウェンディと弟たちが勢ぞろいしている。

すると突然、残忍な船長が、金魚のフンのミスター・スミーと海賊を数名引き連れて登場する。

「おれ様はここだ！」船長の大声がとどろく。「そして、ここがおまえの墓場になるんだ。頭のてっぺんからつま先まで、残らずチクタクワニに食わせてやるからな」

「そうはいかないぞ！」勇敢なピーターパンは言いかえす。

やがて、出演者全員がバレエのように、音楽に合わせて剣をまじえる戦いの場面が続く。これはロレンツォの学校で開かれている劇のクライマックスシーンなのだ。フック船長の邪悪な口ひげで変装した我が家のちびっ子役者は、自分の息子だから言うわけじゃないけれど、主役のピーターパンからすっかり舞台の脚光を奪っていたが、おそらくそれは『大人になりたくない少年』役を演じている子どもがみんなの鼻つまみ者で、ネバーランドのヒーローにあんまりにふさわしくなかったせいだ。ぼくの隣にはエヴァとパオラ。われわれは一〇〇人ほどの父兄や子どもたちとともに、大いに笑い、声援を送る。

会場が割れんばかりの拍手喝采のうちに、劇は幕を閉じる。ちなみに、フック船長にはピーターパンの二倍の拍手が送られた。ぼくはエヴァと手をつなぎパオラと腕を組んで、楽屋口の外で我が家のミニ・ローレンス・オリヴィエを待つ。待っている間に、ぼくの車の窓ガラスが割られて、外から見えるところにうっかり出しっぱなしにしてあったカーナビが盗まれていることに気づく。最近ではすっかり、コンピューター音声の「ここを右折です」とか「Uターンしてください」といった指示の言いなりになっている。携帯用ウェルギリウス《訳注：ダンテ著『神曲』の登場人物で主人公を地獄遍歴に導く案内役》なしには、自分の住む街でさえ迷子になってしまう体たらくだ。道順や一方通行の道はさっぱり忘れてしまった。その上、市街地図《トゥットチッタ》の見方もおぼつかない。だけど、今回の旅行のための新しいカーナビは、あえて買わないことにする。代わりに折りたたみタイプのロードマップを持っていこうと思う。冒険に行くと言ったからには、冒険らしくなくては。ロレンツォが出てくると、父兄や教師たちから勝利をおさめたスーパーヒーローのような歓迎を受ける。息子が将来、役者になる気はないと言ってくれて、ぼくはほっと胸をなで下ろす。

その日の午後、ぼくのゴージャスな名車の窓ガラスを修理してもらい、洗車をし、ガソリンを満タンにする。

最後の荷物をいくつか玄関ドアのそばにおいた瞬間、ぼくは恐怖感に襲われる。もはや後には引けないところまで来てしまったという恐怖。ジェットコースターの最高地点。懲りずにググってみる——「あとには引けないところ——ある過程、あるいは旅行の最終的かつ変更不可能な段階」との回答。

残りわずか二十二日間。いよいよ、あとには引けないところまでくる。

二

エドモン・アロークールという名前を聞いたことのある人、手をあげて欲しい。誰も知らないようだったら教えてあげよう。フランス人の作家、詩人で、彼のもっとも有名な詩の冒頭を格言だと思い込んでいる人は多い。「出発するということは、いくらか死ぬことである（訳・西条八十）」

今のぼくにとって、この一行が語る以上の真実はない。残りの部分も同じように胸に沁みる。翻訳するとだいたいこんな感じだ。

『別れの唄』訳・西条八十

出発するということは、いくらか死ぬことである、
愛するひとに対して、死ぬことである、
人間は一々の時間の中に、一々の場所の中に、
自分を少しずつ残してゆく。

それはいつも願望の喪失であり、
詩の最終の言葉、
出発するということは、いくらか死ぬことである。
出発なんか、至高の別離すなわち死の別れにくらべれば
遊びのようなものであるが、
その死の時まで、人間はさよならを言うたび、
自分の死を、そこに植えてゆく、
だから、出発するということは、いくぶん死ぬことである。

そして今日、ぼくたちは出発する。当初の予定どおり、ジャーマン・シェパードのシェパードはシニョーラ・ジョヴァンナに預けていく。シェパードは自分の召使いがもう二度と戻ってこないことを理解しているかのように、車のトランクに荷物を積み込んでいるぼくを悲しそうな目でじっと見る。なんだかんだ言って、ぼくはやつの大好きなドレイだったのだ。

思ってもみなかったこのワクワクな休暇のはじまりに、子どもたちは大はしゃぎだ。

「おねがいだから、どこにいくのかおしえて！」とエヴァ。

「秘密の場所だよ」とぼくは答える。「宝探しの旅だと思えばいい」

子どもたちは後部席で早くもくつろいだ様子で、パオラは最後のこまごましたものをまとめて、すでに満杯のトランクに無理やり押し込む。

出発の準備は整った。午後五時。ぼくたちは六月の一番蒸し暑い時間帯をさけて、太陽がわずかに地平線にかたむくのを待っていた。エンジンをかけると車はぜんそく気味に短く咳きこむ。いよいよ出発だ。バックミラーに映るぼくらのアパートメントが、次第に小さくなっていく。ぼくが確かに生きていたことを物語る最後の情景だ。タイトルは忘れてしまったが、ある映画で主人公が「人生とは最後の瞬間の寄せ集めに過ぎない」と言っていた。真実すぎる。

父親と話した最後の瞬間。

コロセウムを見た最後の瞬間。

もぎたてのイチジクを食べた最後の瞬間。

海で泳いだ最後の瞬間。

愛する女性にキスした最後の瞬間。

こんな風に、数え上げればキリがないほど、気づかぬうちに誰もが無数の最後の時を経験している。まさか今やっていることが最後になるだなんて、普通は思いもしない。だが、まさにそこが肝なのだ。気づかぬうちにやっているということ。もし逆に、今のぼくみたいに何もかもが最後の瞬間だとよくよくわかっていたら、突然、物事の見方が一八〇度変わってしまう。すべてが新鮮で、違った意味と重みを持ってくるだろう。ただのオレンジジュース《キノット》を飲む時でさえ、詩的な憂いにひたってしまう。

ローマの街を走りぬけながら、ぼくは数えきれないほどの最後の瞬間をあとに残していく。あまりの多さに、しまいにはリストアップするのをあきらめる。過ぎた日々を後悔することや、来もしない未来を夢見ることに多くの時間を費やしたのち、ようやく今日のこの日について考える時がくる。

この旅行に関する山ほどのメモで埋められたディノ・ゾフノートも持ってきている。ロレンツォとエヴァに教えてやりたいことのリストも作った。それに、あと二十日の間にとりもどしたい女性もいる。一分だって無駄にはできない。

高速道路《アウトストラーダ》に入り、南へ向けて走る。保護者ぬきの初めての休暇に出かける子どもみたいに、ぼくの胸が高鳴る。

テレビアニメの主題歌のＣＤをかけると、十歳以下の乗客たちは羽目をはずして歌いまくる。パオラは車外に広がるパノラマに見入っているが、相変わらずくつろげない様子だ。日に日に激しくなる胃の痛みを無視して、ぼくはアクセルを踏み込む。

二〇

サレルノを過ぎたあたりの高速道路沿いに立つ、せいぜい〇・五星程度のホテルの近辺では、世界蚊会議が開かれていたのに違いない。ぼくたちはその晩、初めのうちはホテル内のレストランで、のちに部屋で、この極悪非道の虫たちに取りかこまれて過ごした。ダブルの部屋にエキストラベッドを二つ入れてもらったが、十分もすると、早くもそこは野営地と化した。部屋中にあふれる荷物のせいということもあったが、むしろ、ぶつかっても痛くないような角のない物体を手あたり次第に投げつけて、蚊との戦闘に挑んだせいだった。

ぼくたちの目的地はルカニア地方の実に独特な場所、クラーコ——ゴーストの町だ。

ロレンツォとエヴァにはひとつだけ共通点がある。ゴースト嫌いなところだ。ゾンビやオグレや魔法使いやヴァンパイアなんかはへっちゃらなのだけど、なぜかゴーストにはからきし弱い。彼らに言わせると、暗い部屋や、風にはためくカーテンや、突然バタンと閉まるドアといったものは、どれもこれも邪悪な魂がこの世に帰ってきて、人間たちを襲いにくる前ぶれなのだとか。

　六十年代から無人のこの村へ子どもたちを連れてきたのは、彼らにゴースト恐怖症を克服してもらいたいからだった。時代から取り残されたちっぽけな村。人けのないメイン通りをみんなで歩いて行く。うだるような暑さの中、見渡す限り一点の日陰もない。花柄のワンピース姿のパオラに腕をまわしたい衝動にかられるが、彼女はぼくたちの二、三歩後ろを歩いているせいで、それも叶わない。この態度は妻の心情を実によく表している。何で一緒に歩こうとしないんだ？　そうは言っても、この旅行に来てくれただけでも感謝しなくては。他の選択肢は考えられなかった。みんなで歩きながら、ぼくはこの小さな村にまつわる言い伝えを語りはじめる。

「この村は紀元前八世紀にギリシャの入植者たちによってひらかれて、それ以来、二十世紀の中頃まで続いていた。住民の最後の一人が村を去ったあと、数年の間、見捨てられていた。蚊や風が通りぬけていったり、犬の遠吠えが時々聞こえてくるくらいだった」

「どうして数年の間？　そのあと誰かもどってきたの？」ロレンツォは興味津々だった。

「ああ、戻ってきた。ある意味ではね。村がずっと見捨てられていることを知った大勢が、ここに移り住んだんだ」

「おおぜいって、だれ？」いかにもエヴァらしい質問。

「大勢のゴースト」

　二人の後継者たちは凍りつく。

「じゃあ、この村はゴーストだらけってこと？」ロレンツォが驚いて尋ねる。

「正確に言えば、イタリア中のゴースト全員ってことだ」

「うそでしょう?!」エヴァが絶叫する。

後ろで、パオラが声を殺して笑っているのがわかる。

「まず言っておくと、今は午前十一時半だけど、ゴーストたちは今みたいな真っ昼間には決して出てこない。次に、彼らは一人残らずここに集まって住んでいるから、イタリアの他の場所で出くわす心配は一切ない」

「一人のこらずっていうのは、ほんとうにぜんいんのぜんいんってこと?」とチビ娘が訊く。

「そう、全員の全員ってことだ。やつらは村に誰もいないのをいいことに、悠々自適の毎日を送ってこれた」

「でも、おどかす相手がだれもいないのに、ここで何をしてるの?」とロレンツォが疑問を口にする。

「いい? ゴーストたちは別に人間を脅かしたいわけじゃないのよ」とパオラが割って入って、ぼくの代わりに答えてくれる。「ゴーストが一番好きなのは、自分たちが勝手気ままに暮らせるように、つまり何にもしなくてもすむように放っておいてもらうことなの。彼らはこれまでにもうずいぶんたくさんのことをしてきたから、今はただのんびりしたいと思っているのよ」

ぼくらはこぢんまりしたメイン広場に出る。子どもたちふたりはあたりを注意深く見まわす。

「本当に、まっぴるまにはゴーストって出てこないの？」とロレンツォ。

「間違いない」

　一時間かそこら、ぼくらはひとっ子ひとり見かけないひっそりとした村の通りを、あちこち歩きまわる。しばらくすると、子どもたちはゴーストについて楽し気に話しはじめる。普通の家一軒につき、何人くらい入れるのかとか、ヴァンパイアが出てくるのは夕暮れ時と決まっているみたいに、ゴーストも決まった時間に出てくるのか、などなど。村を出て、駐車場までの坂道を下っていきながら、ふたりはすっかり「普通化」されたゴーストたちに手をふって別れの挨拶をする。

「チャオ、またね！」

「ミャオ！」

　ロレンツォとエヴァがこの村の道々に恐怖心を置いていってくれるといいが。ぼくたちはゴースト村の通りのむかいにある、感じのいいトラットリアに寄って、何か食べていくことにする。子どもたちは大好物のカルボナーラを注文する。ぼくはカルボナーラというのはただのベーコンじゃなくて本物の豚トロ《グァンチャーレ》の塩漬けを使っているシェフのいる、ローマでしか食べちゃいけない料理なのだと言い聞かせようとする。かわりにもっと南部料理らしい、なすのパルメジャン焼きをすすめる。ロレンツォはどうしようか迷っている。

「ローマじゃないところでも、カルボナーラにほんもののたまごをいれる？」エヴァが腕組みをしてぼくを見る。

「どこで作ろうと、卵だけは外せないだろうな」

「じゃあ、やっぱりそれにする」と言って、エヴァはメニューを閉じて満足気な顔をする。

パオラはぼくと同じく、前菜になすとミートボール、メインに牛すね肉の煮込み《オッソブーコ》、デザートにリコッタチーズと松の実のレモン風味タルト《タルト・デッラ・ノンナ》を注文する。パオラ曰く、オッソブーコは自分の作ったものの半分も美味しくなかったそうだ。同感だ。食後のアマッツァコーヒーをすすっていると、気のせいか小さなゴースト村の前の通りにぼんやりした無数の人影が群がっているのが見える。彼らはまもなく出航する大西洋航路定期船の乗客みたいに、遠くからぼくに手をふっている。エヴァが言う。「パパがなんかぼおっとしてる!」まばたきした瞬間、人影が消えた。どうやら食べ過ぎたみたいだ。

一九

アプーリアのサレント地方。太陽。レンタルのビーチパラソルとリクライニングチェア。砂の城。笑い声。潮しぶき。焼きハマグリとムール貝。

ぼくたちの二日目はこんなイメージだった。

ところが、ぼくが地図が読めないせいで、十五年前に訪れた時に食べて以来忘れられないハーブ風味のチーズを売る修道院を探しているうちに、アプーリアの片田舎で道に迷う。結局、乳製品にはありつけず、ビーチにも行けない。それどころか車がわだちにはまり、聞き違いようもないほど鈍くて嫌な音を立てて止まる。

「トランスミッションがいかれてるね」助けに来てくれた修理工が言う。

「修理できるかな？」願いを込めて、ぼくは尋ねる。

「もちろん」

「あぁ、それは朗報だ」

「メーカーから部品を取り寄せなくちゃならないけど。二週間後には新車に変身だ」

「十四日間？　今、旅行中なんだ。十四日も待てないよ」

「そう言われてもね。もうちょっとまともな車を借りるとか？　言っちゃなんだけど、こいつはもうポンコツだ」

我が家の忠実な車をポンコツ呼ばわりされて悲しくなる。でも彼の言うとおりだ。

ぼくはタラントまで連れて行ってもらって、やや新しいモデルのステーションワゴンを借り、人里離れたところに残してきた家族をむかえにもどる。それから、眺めのいいこぢんまりしたホテルを見つけ、子どもたちを早めに寝かせる。翌日はとびきりの計画を立ててあるのだ。

「どんな？」とパオラが訊く。

「ゴムボートを借りて、釣りに行こうと思っている」

「ゴムボートの上に一日いるなんて、わたしには無理。十分もしたら船酔いするもの」

ぼくはそれ以上言わなかった。パオラが言い訳じゃなくて、本当に船酔いするのを知っているから。

「だったら、釣りはやめてもいい」

「いいの、気にしないで。これはあなたの旅なんだから。わたしはここで待っている。ビーチで読書なんて最高。何年ぶりかしら」

〝これはあなたの旅〟という言い方はあんまり耳障りがよくない。早く「わたしたちの旅」になって欲しいものだ。ぼくは眠りに落ち、エイハブ船長の船に乗って白鯨を捕まえる夢をみる。

一八

ミケーレじいちゃんは三度のメシより釣りが好きだった。毎年八月になると、マンションの管理人室に鍵をかけ、ぼくたちは海に出発した。じいちゃんは夜明け前にぼくをたたきおこすと、エキゾチックな雰囲気の漂うリド・ディ・オスティアの沖合へ、じいちゃんの木造モーターボートで繰りだし、日の出と日没の時間になると決まって磯に現れるロマンティック気分のイカを釣った。時々小さなマグロやハガツオ《バラミータ》なんかが釣れると、アルフォンシーナばあちゃんがさばいてくれ、夕食のおかずになった。じいちゃんはルアーフィッシングにかけては右に出るものがいないほどの達人で、ぼくの腕もまんざらでもなかった。

今回は初心者用の道具類一式を借りる。竿を二本と餌を全種類、50ＳＰＦの日焼け止め、それに一〇馬力の船外モーターつきゴムボート。パオラが桟橋まで見送りに来てくれる。一日ひとりで過ごすのは、彼女にとってもいい気分転換になるだろう。学校の仕事や子どもたちの世話にくわえて、ぼくの病気や浮気のことなど、ここしばらく妻には辛い時期が続いていた。

「ママ、夕食は山盛りのグリルフィッシュだから、ランチを食べすぎないようにね」ロレンツォが大胆にも宣言する。

ぼくも加勢する。

「ホテルのレストランに買いとってもらえるくらい、魚をどっさり持って帰るから」これまで一日釣りに行って手ぶらで帰ってきたことなどなかったから、ぼくは自信満々だった。

イオニア海の水面は鏡のようになめらかだ。ぼくたちは二キロ近く沖へでてから、釣り糸を垂れる。子どもたちは興奮気味。ぼくの解説に耳をかたむけ、次々と質問する。

「サメが釣れちゃったらどうしよう?」

「こんな小さなルアーじゃそんなことにはならないよ。鮫は基本的に目が見えない。だからやつらにはこれがわからないのさ」

「じゃあシャチが釣れたら?」

「シャチは地中海にはめったにいない。心配ないよ。その代わり、ここにはマグロがうじゃうじゃいるはずだ」

「もしイルカがつれたら、海にかえしてあげるんだ」とエヴァが締めくくる。


二時間後、あたりがあったのは、通りすがりのびっくりしたボラ一匹だけだった。ぼくらはあきらめず別の場所に移動し、撒き餌を二倍に増やす。水面下でスキューバダイビングをしていることをしめす目印のブイを通りすぎて、安全な距離を保つ。ダイバーが護衛船のそばの水面に顔をだすと、ぼくは大声で尋ねる。

「この辺に魚はいますか？」

「マンマミーア！　いるとも。魚だらけだ。この下にはマグロの大群がいるよ。そりゃあ見事な眺めだ」

ぼくはホッとする。これで今晩手ぶらで帰らずにすみそうだ。あとは釣り人に必須の資質である忍耐との勝負だけ。

ぼくのちびっ子アシスタントたちもがぜん奮闘する。最高のチームワークだ。時間はまたたく間に過ぎて、太陽が水平線に傾きはじめる。

さて、釣り遠足の成果はというと？

まずは何より、めちゃめちゃ楽しかった。それから、さっきのボラと小さい哀れなタコが三匹、あとはペットボトルが一本釣れた。その上、ロレンツォが手をすべらせて竿を一本、海に落とした。手っとりばやく言うと、結果は惨敗だった。

「ママに何て言おう」とロレンツォ。

「心配するな。必ず魚のいるいいところを知ってるから。魔法の場所だよ」

「どこどこ？」とエヴァ。「なんていうとこ？」

「町にある。『鮮魚あります』ってとこだ」

「それじゃあ、ずるじゃない！」生真面目な我が娘が抗議する。

「そのとおり」ぼくは躊躇なく言う。

ロレンツォがママをだます作戦を面白がっている一方、エヴァは不信の目を向けてくる。

相変わらずこの子は正義感のかたまりなのだ。それもどうやらコチコチの。

　ぼくたちは数種類の魚と大きなイカを二杯買い込む。午後も大詰めになって、魚があふれそうに詰まったかごを意気揚々とパオラのところに持っていく。一日の釣果を誇らしげに披露すると、パオラは驚いて目をみはる。

「わあ、すごいじゃない。こんなに釣れたのね！」

「パパは釣りの名人なんだよ！」ロレンツォが感嘆の声をあげる。

「海にはおさかながいっぱいいたの」とエヴァも加わる。

「これみんな、パパが釣ったの？」

「ううん、いちばん大きいのはわたしがつったやつで、イカはロレンツォがつったの」舌を巻くほどの的確さと平静さを装って、エヴァが嘘をつく。嘘つきの免許皆伝だ。ふたりを誇りに思う。特に魚の釣り方と嘘のつき方を一度に習得した娘はたいしたものだ。考えてみれば悪くない結果だ。

　ぼくたちはホテルの厨房に戦利品を持ち込み、得意げな子どもたちはまだ遊び足りない様子でホテルのビーチに残る。二人だけになると、パオラがぼくの足をすくうような一言をつぶやく。

「知らなかったわ、カワカマスは海にもいるのね」

「カワカマスって？」

「あなたが釣ったっていう、あの大きな魚よ。口がアヒルのくちばしみたいなやつ」

「へえ、あれはカワカマスっていうんだ」

「そうよ。カワカマスは普通、淡水魚なんだけどね」

「きっと……、迷子になったんじゃないか……、ほらカワカマスは時々、方向音痴になるっていうだろ。常識だよ」ぼくはつるっつるの断崖を登っていく気分で言う。

「ああ、きっとそうね……」

パオラの瞳の奥に、かすかに笑みのようなものがちらりとのぞいたのがわかる。

「いくらだったの？」

降参だ。

「大した額じゃない。閉店まぎわだったから。ぼくが言いだしたことなんだ。子どもたちは関係ない」

まるで、ビスケットの缶に手をつっこんだところを見つかったわんぱく小僧でも見るような目で、パオラはぼくを見ながら今度は思いっきり笑っている。

「カワカマスのわけないでしょ。この辺でカワカマスが釣れるとこなんてあると思う？」

妻の罠にまんまとはまってしまった。パオラはぼくの答えも待たず浜辺にいる子どもたちのところへ走っていき、ビーチ用のストールをさっと脱いで、日没前に最後のひと泳ぎをしようと子どもたちに手をふって合図する。

今日はもう彼らに加わる気力も体力も残っていない。一日中釣りでくたびれ果てた。ぼくはラウンジのリクライニングチェアに体をのばし、小さな水生生物の家族が浅瀬で追いかけっこをしながら、水しぶきと金切り声をあげるところを見ている。いつまでもいつまでも、ここでこうしていられたらいいのに。

一七

夜。ホテルの部屋は闇に包まれている。窓が開いている。パオラは眠っている。ぼくは眠れない。ゆっくりと呼吸する。胃の痛みはもはや一時も安らぎを与えてくれない。激しい咳が出つづけ、いつまでも止みそうもなく、まるで死前喘鳴だ。ぼくは起き上がってバスルームに行く。空咳が出るたびに苦痛で身体がよじれる。急激な吐き気に襲われる。床に吐き、トイレに吐き、着ているティーシャツの上に吐く。肩を壁につけて床にくずおれる。もう疲れ切った。これ以上、自分で自分をどうすることもできない。こんな状態で旅を続けられるのか。

パオラがバスルームをのぞき込む。起こしてしまったみたいだ。

「どうしたの？」

「気分が悪い、めちゃくちゃ悪い」

妻はトイレを流し、トイレットペーパーを束にして床を掃除すると、ぼくの隣にくる。

「やばいよ、今ぼくの息をかいだら、一瞬で死ぬよ」

「軽口を叩けるくらいなら、まだ大丈夫そうね」パオラは半笑いで、あるいは半分よりやや笑顔になって言う。

ぼくの顔や唇についた吐しゃ物をパオラがふいてくれる。汚れたティーシャツをぬがせ、ビデの水でスポンジをぬらし、ぼくの首と胸をそっとぬぐう。

ぼくは彼女に身をあずける。パオラに介抱してもらう以上の喜びはない。それがけったいな赤十字的本能からではなく、愛情ゆえだと思いたい。

パオラは床に腰をおろすと、ぼくを抱きしめる。彼女の腕に包まれて、ぼくは穏やかな気持ちになる。この何とも言えない甘やかさ。もっと感じたい。彼女の首に鼻をすり寄せる。

「ミケランジェロの『ピエタ』みたい」ドラマを切り上げようとするようにパオラが言う。

ぼくは笑う。そしてまた咳き込む。


数分して、パオラがぼくをベッドまで運び寝かしつけてくれる。少し前に、ぼくらが子どもたちにしたように。

「家に帰りましょう」かすかに期待していたお休みのキスのかわりに彼女が言う。

「ただの一過性の発作だよ。その証拠に、海に行ってからはずっと気分がいいんだ。呼吸が前より楽になっている」

「見ればわかる、というより、聞けばわかるのよ。ね、ルチオ、お願い。こんなバカげた旅はもう終わりにしましょ。無理な話よ。どう考えても病院に行ったほうがいいと思う。腫瘍がいちばんはげしく暴れだした今なら、なおさらよ」

「アモーレ、お願いだよ、ぼくの人生最後の時間なんだ。精一杯生きたいんだ。まだまだ寄りたいところがたくさんあるんだ」

「わたしは子どもたちを連れて帰るわ」

「ダメだ。ぼくをおいていかないでくれ。君と子どもたちが帰っても、ぼくは帰らない。あともう数日のことだ。頼むよ」

沈黙が同意を意味する。パオラが折れてくれる。彼女に後悔はさせない。

一六

好きな歌のコンピレーションをCDに焼いて持ってきていた。今回の旅では、ラジオからランダムに流れる音楽を聴きたい気分じゃない。ぼくは英語の〝コンピレーション〟という言葉が好きだ。高校時代の淡い恋心や、ビーチで過ごした夏の日々を思い起こさせる。ぼくたちはコンピレーションのカセットテープが作って、車のダッシュボードに出しっぱなしにしてテープがよれよれになってしまったスリルを味わった最後の世代だ。

ぼくのは完全に個人的な好みだけでまとめた、でたらめなコンピレーションだ。今日のラインアップはこんな感じ。

『ロミオとジュリエット』ダイアー・ストレイツ
『スルー・ザ・バリケード』スパンダー・バレエ
『ワンダフル』ドメニコ・モドゥーニョ
『イエスタデイ』ビートルズ
『雨と涙』アフロディテス・チャイルド
『ウン・ジョルノ・クレディ』エドアルド・ベンナート
『キャント・スマイル・ウィズアウト・ユー』バリー・マニロウ

『イン・マイ・ルーム』ビーチボーイズ
『父と子』キャット・スティーヴンス
『グッバイ・マイ・ラヴァー』ジェームス・ブラント

プレイリストの真ん中あたりまで聴いていて、どれもなんとなく暗めのヒット曲ばかりなのが気になりはじめる。CDを取りだし、地元のラジオ局に切りかえる。ぼくたちはモリースという町に向かっている。モリースはいわばイタリアのリヒテンシュタインみたいなところで、観光ガイドブックからは抜けおちているが、実に風光明媚な地方だ。名所旧跡の類があるわけでもなく、ロバート・デ・ニーロの祖父母をのぞけば、一人の有名人も輩出してはいない。だけど、この地方がいかに暮らしやすいかを示す数字がある。ここモリースでは、一平方キロメートルあたりの人口密度は七二人、一方、ラティウム地方では三三〇人、ロンバルディ地方では四一二人、カンパニア地方では四二九人。かつてはわれわれも手にしていたはずなのに、いまやその価値をすっかり忘れてしまったもの、つまり、空間がここにはあるのだ。

ぼくらが選んだのは客室が五つしかない家族経営のホテルで、海の見える部屋はひとつだけ。ぼくは喜んでその部屋を子どもたちに譲る。パオラとぼくは〝ガーデン・スイート〟という、海沿いの人けのない遊歩道が見える部屋だ。オーナーはサビーノとアルバという七十代の夫婦で、三人の子どもたちと数人の孫たちの手を借りて、宿を切り盛りしている。サビーノの言うには、このホテルは彼の父親から受け継いだもので、子どもや孫たちを説得して、今では一緒に働きながら暮らすようになったそうだ。家族との絆や気持ちがてんでばらばらになりがちなこの時代で、なんと恵まれた人だろう。

「今晩、町でダンスコンテストがあるんだ。興味があれば出てみたらどうだ」と、サビーノはサッカーのワールドカップ決勝戦のチケットでもくれるかのような口ぶりで言う。

「何のダンスですか?」と、ぼくは尋ねる。

「すべてだ。ダンス全般のコンテストなんだ。町長が審査員だよ。それから、名前は忘れちまったが、カーラ・フラッチと踊ったことがあるっていう男もだ」

「どうやって申し込むんです?」

「すみませんけど、わたしたち、ダンスはあんまり……」割り込むパオラをさえぎって、ぼくは質問をくりかえす。「どうやって申し込むんです?」

「直接、会場の広場に行けばいい。おれの義理の弟がいるはずから、そこで名前を言って番号をもらう。三ユーロ払ってビールを一杯注文してくれ。奥さんは踊りたくないようだったら、市場の露店もあるよ。町の守護聖人のお祭りなんだ。おれの家内も今年は踊らない。三ヶ月前に石の上ですべって腿を骨折しちまって、まだリハビリに通ってるんだ」

「ありがとうございます。せっかくですけど、やはり遠慮しておきます」今日は見るからに機嫌の悪そうな連れ合いが、不愛想に返事をする。「長旅ですし、夫は耳障りな音楽ばかり聴いているし、子どもたちはくたくたなんです」

「まあとにかく、開始は九時半だ」サビーノがそう言って、にっと笑う。どうやらあまり歯医者に行っていないらしい。


二時間後、ロレンツォとエヴァを連れて広場のテーブルで四人分の申し込みをする。ぼくたちは民主主義にのっとって三対一の多数決でコンテストへの出場を決め、パオラもしぶしぶついてきた。どっちにしろ、ホテルの仲良しファミリーも一人をのぞいて全員がコンテストに参加するため、厨房が休みになってしまうのだ。言われてみれば、おかみさんのアルバはかすかに足を引きずっている。サビーノはぼくたちの出場を喜んでいる。

「組み合わせはどうしますか？　ペアごとの申し込みになっています」

「じゃあ、ぼくは妻と踊ろうかな。子どもたちはふたり一緒に」

「だめよ。わたしは出ないもの」パオラが言う「来るには来たけど、踊らないわ。それにロレンツォもあんまり興味なさそう」

我が家の幼い長男は、地元の子どもたちが試合をしているテーブルサッカーのそばに早くも張りついている。

ぼくはふり返ってエヴァに訊く。「踊ろうか？　パパとエヴァだけで」

「でも、わたしおどりかた、わかんないよ。パパ」

才知あふれる娘もダンスの才能だけは持ち合わせていないのだが、この機会に羽目をはずしてばか騒ぎをするという、ダンス本来の意味を学ぶのはこの子のためになるだろう。

「パパが教えてやるよ」ぼくはまるで、自分が熊のバルー《訳注：ジャングルブックに出てくる熊》じゃなくて、ヌレーエフ《訳注：ソ連生まれのオーストリアのバレエダンサー》にでもなった気分で言ってみる。

身長差六〇センチのペアなんてぼくらぐらいなものだ。人目を引かないわけがない。どうやらこの町のダンスコンテストは真剣勝負らしい。毎回、出場者のダンスが終わるたび、審査員たちは手短になにやらひそひそと秘密会議をしながら採点している。

初めのうち、エヴァはやや腰が引けていた。ぼくたちはおずおずと即興でツイストを踊る。まわりを見ると、映画の『ダーティ・ダンシング』から抜け出てきたようなペアもちらほらいる。

マズルカになると、ぼくは恥ずかしいほど汗だくになる。パオラは市場の露店を冷かしながら、時々こちらにちらちらと視線を送ってくる。ロレンツォはぼくたちに見向きもせず、早くもテーブルサッカーの熱い戦いにはまっている。

十分後、エヴァとぼくは広場をすっぽりと抜け出す。もちろんこれは比喩だ。愛娘とぼくは山の頂上でステップを踏み、あたりには雪と静寂しかない。ぼくたちはワイルドにスイスイと、ほとんど息もつかずに踊っている。ぼくは何年も味わったことのない幸福感に酔いしれ、おそらくエヴァは生まれて初めての幸せの絶頂にいる。ロックンロール・シーケンスを踊っているときほど幸せそうな娘の顔をこれまで見たことがない。高校のダンスパーティを思い出して、エヴァを腕の間に滑りこませる。身軽な娘が相手だと、いともやすやすとこなせる。まわりの世界には目もくれず踊り続ける。ぼくたち二人きり。ぼくと、たがの外れた小さなプリンセス。

　ぼくの心臓が破裂する前に、メガホンの声が救助に来てくれる。

「終了です！　結果発表は五分後に行います！」

　ぼくはパートナーの隣にどさりと倒れ込む。

「わたしたち、うまくおどれてたかな、パパ？」

「最高だったさ」

「じゃあ、ゆうしょうできる？」

「それはないいな。よそ者は勝たせてもらえない」順位が良くなかったときのショックを、あらかじめ和らげておいたほうがいい。

　パオラとロレンツォが戻ってくる。最後の数曲を踊っている時に、ふたりが声援を送ってくれていたのには気づいていた。妻が冷たいスイカを二切れ手渡してくれる。こういう気遣いが嬉しい。

　ぼくたちは真っ赤なスイカにかぶりつきながら、審査員による優勝ペアの発表を聞く。口笛や声援の合唱の中、町長自ら結果を読みあげる。

「優勝は一二八ポイントを獲得したアンティオーリ・サビーノ、ガブリエッラペアに決定しました！」

　勝者はサビーノと彼の娘さんだった。娘さんの夫がコンテストの主催者の一人だと知って、イタリア式出来レースに対するぼくの疑念は確信となる。彼らはアカデミー賞でもとったみたいに喜んでいる。

「こちらがその他のランキングの結果です」と最後に町長が言う。

エヴァが一目散に見に行く。ぼくは一緒に行く余力がない。三十秒後、娘がしょげ返ってもどってくる。

「ビリだった」

「あんなのインチキに決まってる」ぼくは講評する。「次に出るときまでにたくさん練習すれば、きっと勝てるさ。スイカをもう一切れどうだい？」

残念な結果のことはけろりと忘れて、エヴァは元気よく「うん！」と答える。ぼくは娘の手をとって、パオラの心配そうな視線を尻目にスイカ売りの店へと走る。

「少し休んだほうがいいわよ」

パオラが言うのも聞かず、超特大スイカを二切れ注文する。パパは大満足だ。今日、エヴァは羽目を外すことと、負けを受け入れることを学んだのだ。この二つとはそのうちすぐに馴染みになるだろう。この子が将来どんな女性に成長するのか想像してみる。エヴァと出会う幸運な男どもが残らず振り返るような、素晴らしい美人が浮かんでくる。不意に、娘の花嫁姿をこの目で見ることができない事実に胸を衝かれる。教会の祭壇まで一緒に歩くことは叶わないのだ。ぼくの役目だったはずなのに。

涙が一粒、頬を伝う。

「パパ、ないてるの？」

「ううん」エヴァを心配させないように、ぼくはごまかす。「ただの汗だよ」

そして、超特大スイカを娘に手渡す。笑顔とともに。

一五

ローマを発つ前、ぼくはインターネットで少々下調べをしておいた。その時に、ネオサピエンス・ヴィレッジという、ミステリアスな名前の場所をみつけた。

どうやらそこは相当風変わりなアミューズメント・パークのようで、先史時代の集落を実際に再現して、太古の時代を生きのびるためのさまざまな技術を来訪者が体験できるようになっていて、アーチェリーや丸太小屋作りや耐久コースや槍投げなど、自分たちのサバイバル力を試すことができる。

いかにも今回の旅にぴったりだと思って、すぐさまここに行くことに決めた。まだ電気もライターも発明されていなくて、スーパーマーケットもないような大昔の生活を体験するのは、とてもいいアイデアだ。

ヴィレッジに着くと、気さくなガイドに迎えられルールの説明を受ける。このあとは一日中、携帯電話、たばこ、あらゆる種類の電子機器は禁止だ。できるだけ原始人のように考えたり行動したりしてみてくださいとガイドは言う。

「恐竜もいますか?」とロレンツォが期待を込めて質問する。

「いいや、恐竜はいない」とガイドが答える。「ついでに言っておくと、それは幸運なことなんだ。現代の武器をもってしても、ベロキラプトルやティラノサウルス・レックスに襲われたら、ぼくたち人間はひとたまりもないからね」

「げんし時代とおっしゃいますが、げんみつにはどの時代くぶんをさしておられるのでしょうか？」エヴァがおなじみの質問モードで尋ねる。

「ど、どういう意味でしょうか？」面食らった様子のガイドが、うっかりつられた口調で言う。

「つまり、たとえばですが、すでにきょうつうのげんごはあるのでしょうか？　文字はそんざいするのでしょうか？　車りんはすでにはつめいされているのでしょうか？」

若者はあぜんとした顔でぼくを見る。その目には、もしやこの娘はポニーテールの少女を装った小柄な考古学の教授か何かなのだろうか、といった疑問が浮かんでいるのがわかる。やがて彼はなんとかまともな答えをかき集める。

「えっと……、共通の言語はあり、文字はまだなく、火は使っていますが、車輪はまだです」

「ありがとうございます」エヴァは丁寧に応じる。

〝火打ち石〟を打って火を熾そうと奮闘するや一時間、ぼくたちはだんだんとあきらめかけてくる。まわりを見まわすと、「原始生活一日体験」に参加している他の家族たちは、ほとんどみんな成功している。ロレンツォがポケットからマッチ箱を取りだして、ずるをしようと言いだす。ぼくはそれを制し、なんとかして待望の火花がおきないものかと石を打ち続ける。パオラは、いつもなら車輪の上をひた走るハムスターを見るときのためにとっておく、哀れみと愛情の交じった目でぼくを見ている。十五分後、どうにかこうにか細い小枝に火をつけることに成功するも、炎は積み薪全体に燃えうつる前にあっさりと消えてしまう。ぼくは次なるアクティビティで、己の自尊心を挽回しようとみんなを励ます。アーチェリーだ。矢を放つというのは、ヒトのＤＮＡに深く根ざした荒々しくも本能的な行為じゃないだろうか。まるで日々行っているかのような、ごく自然な行いのように思える。我が家で一番の矢の名手はパオラで、現代のロビンフッドかと見まがうほどだ。オリンピックで何度もメダルをとっていそうな貫禄で、次々と的に命中させる。ぼくは初めて見る人のような目で彼女を眺める。スー族の女戦士か何かのようだけど、もしかしたら前世では本当にそうだったのかもしれない。ロレンツォとエヴァも子どもサイズの弓で奮闘し、まれに見るはしゃぎぶりだ。

槍投げは少なくとも我が家のお家芸でないことがわかる。それにはかなりの高い技術と、中途半端な運くらいじゃあとても歯が立たないような強さが要求される。ぼくたちの槍は数メートルいったところで無邪気に着地する。そのあとも数時間、鷹狩りの展示を観たり、地図の見方を教わったり、テラコッタの花瓶を二つ作ったり、寝泊まりできるような丸太小屋をデザインしたりする。本当は実際に丸太小屋を建ててみたかったが、閉園時間が近づき、残念ながら時間切れだった。もちろんエヴァは、丸太小屋作りの時には環境にやさしい建築の知識を披露する。そして、みんなでデザインしたこの小屋は我が家の夢の家になり、オスカーとマルティナがいつでも遊びに来られるようにふたりの部屋も用意することで話がまとまる。ロレンツォもエヴァも初めて体験する多くのことを家族みんなで一緒にできて、ものすごく楽しそうにしているし、次々とアクティビティに参加するパパが新鮮に思えるらしく、ぼくのことを見直している様子が伝わってくる。ぼくたちは花瓶や火打石なんかのたくさんのお土産をバッグにしまって、ヴィレッジを後にする。今日はこの旅で初めて、パオラが幾分ぼくたちの輪に入ってくれたように思う。雪解けが始まっているのかもしれない。

一四

次なる目的地はトスカーナにあるピノキオ・パークだ。ここはローラーコースターや3D映像があるような最新技術を駆使したテーマパークではないが、そこがまたいいのだ。世界でもっとも有名なおとぎ話の空気を実際に吸っているかのような気分になれる、十九世紀風の場所だ。イタリア語でオステリア・デル・ガンベロ・ロッソ、つまり赤えび亭という名のレストランも併設されている。物語のキャラクターや場面を模した彫像や絵が、場内のあちこちに飾られている。

心底くつろいだ気分になる。なんたってぼくは、ピノキオのことならすみからすみまで知りつくしているのだ。

「みんな、ピノキオは本当は指人形《パペット》じゃなくてあやつり人形《マリオネット》だってこと知ってるかい？指人形は中に手を入れるやつで、あやつり人形っていうのは上から糸で動かすやつだ。そもそも作者コッローディ自身が思い違いをしていて、実際、彼はお話の中でずっとピノキオをパペットと呼んでいる」

「じゃあ、コッローディってバカなの？」とエヴァがぶしつけな質問をする。

「そうじゃない。ただ彼の頭の中では、いろんなことがこんがらがっていたみたいだな。

例えば、ピノキオを飲み込んだ怪物のことを鮫って呼んでいるけど、実際に書かれているのは、もっとクジラみたいな生きものだ。実際に、ディズニーアニメのピノキオに出てくるのはクジラだしね」

「ぼくピノキオって好きじゃない。ピーターパンのほうがいい」とは、いまだ学芸会で演じた興奮が冷めやらぬ様子のロレンツォ。

「たいした違いはないよ」ぼくは反論する。「どっちも大人になりたくない男の子の話だ。友だちにだってなれたかもしれない」

「でも、ふたりともおはなしの中のとうじょうじんぶつでしょ。どうやって友だちになるの？」チビ娘が訊く。

「さあ、どうやってなるのかな。でも、ふたりはきっとおもちゃの国で出会っているはずだ」

「おもちゃの国なんてとこ、あるわけないじゃん！」ロレンツォが抗議の声をあげる。

「もちろんあるさ！　パパは行ったことがある。そこでロミオに会ったんだ」

「待って、ロミオって誰？」とパオラが訊く。彼女まで話に引き込まれてきた。ぼくの蜘蛛の巣にだんだんと妻はおびき寄せられてくる。

「ロミオはピノキオの友だちで、たいていはニックネームのランプウィックという名前で知られている」

「パパ、ランプウィックにあったの？」エヴァが驚いて尋ねる。

「会ったなんてもんじゃない、パパたちは友だちだ」

「ピノキオは十九世紀の終わりのお話でしょ。パパはいったい何歳なのさ?」ロレンツォときたら、せっかくの詩心をこっぱみじんにする質問をしてくる。

「彼に会ったのは七十年代のことだ。パパはまだ子どもで、あっちはたぶん一〇〇歳くらいのじいさんだったと思う」

「パパ、おじいさんと友だちだったの?」エヴァがまごついている。

「もちろん。友情に年齢は関係ない」

「じゃあ、パパは一〇〇歳のロバと友だちだったってこと?」ロレンツォがしつこく食い下がる。

そうだった。物語の中で、ランプウィックはロバにされてしまったことを忘れていた。

「そのとおり。確かに彼は昔ロバだったけど、何年かたってから許してもらえてまた男の子に戻ったんだ。パパが会ったのは、そのあとさらに何年も経ってからのことだ。パパが自転車に乗って遊びに出かけたら途中で迷子になっちゃって、気づいたらおもちゃの国に迷い込んでいた」

「おもちゃの国ってどこにあるの?」徐々に歩みよってきた様子のロレンツォが訊く。

「さあ、それは誰にもわからない。偶然に迷い込むしか方法はないんだ。入り口には灯りがともっていたからすぐにわかったよ。遊園地へのとおり道みたいだった。中にはたくさんの子どもと小柄な老人がひとりいて、その人がランプウィックだった」

「そのおじいさんは、なんでまだそこにいたの？」今やエヴァは好奇心のかたまりになっている。

「なんでかっていうと、おじいさんには外の世界に友だちが一人もいなかったからなんだ。ピノキオはどこかへ行ってしまって、行方知れずだった。おじいさんはおもちゃの国の管理人さんとして働いていた」

「どうやって友だちになったの？」チビ娘が訊く。

「話せば長くなるな」

「ママが教えてあげるわ」驚いたことに、パオラが突然、話に加わる。

ぼくはぽかんとする。おとぎ話リレーは確かに我が家の十八番だ。これまでもぼくとパオラは、子どもたちが寝る前に枕元でこんな風にかけ合いでおとぎ話をいくつも語って聞かせてきたが、今日はまったく思いもよらなかった。雪でも降るんじゃなかろうか。

パオラが続ける。「ママはママのお父さんとお母さんと一緒に田舎で休暇を過ごしていたの。たしか十歳くらいの時だったわ。ママはたこ揚げをしていた。たこが森の中に落ちたんで、探しに行ったら迷子になっちゃったの。太陽が沈みかけていたわ」

ぼくはバトンタッチして、話をつなぐ。

「ちょうど同じ頃、パパがおもちゃの国に着くと、ランプウィックが入り口でパパを呼びとめた。パパの名前がゲストの名簿にのっていなかったからだ」

「その時ママも入り口にたどり着いたところで、ママはパパのことを自分のお兄さんだと嘘をついたの。お兄さんは頭のねじがちょっとゆるんでいるから、とても心配なんですって言ってね」

「初めのうち、ランプウィックは疑っているみたいだったけど、しまいには折れて、パパとママのことを気に入ってディナーに招待してくれたんだ。ディナーはチョコレートや綿菓子や他にもいろいろなお菓子が一杯で、全部、そこで働いている神ワザ級の腕前のお菓子職人が作ったものだった」

「ディナーが終わると、ランプウィックはブルーフェアリーから中古で買いとった、ねずみ牽引式四輪車にママたちを乗っけて、おもちゃの国を案内してくれたのよ。あちこちに遊園地の乗り物や映画館や劇場や楽しいものが一杯だった。それにママたちみたいな子どもがたくさんいたわ。地上の楽園ね」

「パパたちは翌朝の太陽がのぼるまで夜どおし遊びまわって、その間ランプウィックは四輪車の中で眠っていた。次の日彼は、健康のためにもう家に帰った方がいいとパパたちに言ったんだ。おもちゃの国で二日も遊んだら、間違いなく死を招くからってね」

「ロバにされちゃうの？」とロレンツォ。

「そのとおり」パオラが答える。「それはママたちが思っていたようなおとぎ話じゃなかったの。その証拠に、ランプウィックは小さなロバにされちゃった子どものいるロバ小屋を見せてくれた」

「その日、パパたちは一緒におもちゃの国を出て家に帰った。それから二、三年して、ランプウィックは一〇〇歳になって仕事をやめた。パパも大人になったら、二度とおもちゃの国への抜け道を見つけられなくなってしまった」

「がっかり」とエヴァ。

「そうだね」とぼく。

「でも、何年かしてからママにまた会えたのは幸運だったと思う」

ぼくはパオラと視線を合わせようとして、なんとか叶ったもののほんの一瞬に終わる。彼女はぼくと同じくらいこのおとぎ話リレーを楽しんでいる。だけど、子どもたちはそれほどでもなさそう。ドラゴンやオグレや怪しい半馬人が出てこないから退屈しているのだ。ロレンツォが言う。「もしそれが本当の話なら、最悪だな。今、適当に作ったものだとしても、大したことないや。パパたちならもっと面白い話ができるはずだよ」

それを聞いてようやくパオラとぼくは顔を見合わせて、思わず吹きだしてしまう。ぼくがパオラに腕をまわそうとすると、彼女はさっと身をかわして話題をかえる。

「赤えび亭で何か食べましょう。みんなお腹すいてるでしょ？」

イエス！　の短い合唱が高らかに響きわたる。四人で食事に出かける。パオラが子どもたちを引きつれて食堂へむかい、「やだ、最初にデザートなんてだめよ」とか「ほうれん草にしたら。二日間くらい野菜を食べてないから」などと子どもたちの注文にあれこれ口出ししている。ぼくはゴールを決めたストライカーの気分を味わう。だけど、感情的な試合の決着がつくには、もう少し時間がかかりそうだ。

一三

トスカーナ地方のアルジェンタリオ。銀色にきらめくこの地名は、ぼくとパオラにとって奇跡といってもいいほどの格別な意味を持つ。十年前、この場所でぼくたちはロレンツォを授かったのだ。当時と同じ小さなホテルを予約してあった。経営者は変わっていたものの、夢のようにロマンティックでこぢんまりした趣は昔のままだ。ホテルはアルジェンタリオの一部であるポルト・エルコレとポルト・サント・ステファノの間の高台に立っていて、この辺りは観光客もまばらだ。まるで天国のようなところだと思ったのを覚えているが、どうしてあれきり来ていなかったんだろう。

「ロレンツォ、ママとパパはここでおまえを授かったんだよ」

「じゃあ、ぼくはローマ生まれじゃないの？」

「生まれはローマだ。でも授かったのがこの場所なんだ」

エヴァが割り込む。「さずかったって、どういういみ？」

ほらきた。

「パパとママが何度も何度もキスをして、赤ちゃんができることだよ。つまりロレンツォが」

「キスだけじゃ赤ちゃんはできないよ」ロレンツォが指摘する。「セックスしなくちゃ」

難所をすんなり越えられた。「ロレンツォの言うとおり。パパとママはセックスをして、九ヶ月後にロレンツォが生まれた。そしてここが、つまりこのホテルがその場所なんだ」

「パパはその時からおデブだった？」とエヴァ。

さっきから居心地が悪そうだったパオラが吹き出す。

「そうね、パパはその時から、ええと、大きな体だったって言っておこうかな」

荷物を下ろしながら、ぼくは言う。「今夜、パパとママは二人だけでディナーに行く。シッターさんはちゃんと見つけておいたからね」。

「到着だ」ホテルの入り口に着くと、ぼくは不愛想に告げる。

と、たちまちパオラが異議を申し立てる。「見ず知らずのティーンエイジャーの女の子に、子どもを預ける気なんかないわよ」

何日も前から予想していたとおりのことを妻が言ったから可笑しくなる。

「ちなみに、シッターはティーンエイジャーでもなければ、見ず知らずでもない」

ぼくは彼女の背後を指さす。パオラが振りむくと、ホテルの玄関前でマルティナが手を振っているのが見える。そしてミス・マープルの後ろにはサングラスをかけたオスカーがニヤニヤしながら立っている。二人とも十歳は若く見える。

「このシッターさんたちなら合格かな？」ぼくは笑顔で訊く。

子どもたちは歓声をあげながら、おじいちゃんたちのもとに駆けよっていく。

「今日は店が休みだから、お義父さんに、マルティナと一緒にアルジェンタリオに遊びに来ませんかって誘ったんだ。もちろん一発オーケーだったよ」

パオラは全面降伏する。今にも、歯ぎしりや地団駄をふむ音が聞こえてきそうだが。


日が暮れると、ロレンツォとエヴァをシッターさんたちに預けて、ぼくは海を見下ろすロマンティックでしゃれたホテルのレストランにパオラを案内する。まずは前菜にカルパッチョを注文する。

「どうしてわたしをここに連れてきたの？」料理を待っている間、彼女は尋ねる。

「ロレンツォに自分の命が芽生えた場所を見せたかったからだよ」

「もう一度訊くわ。どうして〝わたしを〟ここに連れてきたの？」

率直な問いには率直に答えよう。

「ぼくたち夫婦にとってここは大切な場所で、ぼくがどれほど君と仲直りしたいと思っているかわかって欲しいからだ。許してくれ。許してくれ。許してくれ。許してくれ。千回でも言う。許してくれ」

「いい、ルチオ？」

妻がぼくのことをアモーレじゃなくルチオと呼ぶ時は、たいていよくないことの前触れだ。

「もしコラードみたいな人と結婚したんだったら、浮気も覚悟の上だったと思う。それも日常茶飯事としてね。それに、これほど傷つかなかったかもしれない。でも、あなたは絶対そんなタイプじゃないだろう、わたしたちならそんなことにはならないだろうって思ってたのに」

「悪いことをしたと思ってる。どうしたら許してくれるんだ？」

「何度も言わないで。時間が要るの」

「あいにく、ぼくにはその持ち合わせがない」

パオラは自分の言葉にハッとする。束の間、押し黙って、やおら話を続ける。

「何もかも忘れられたらいいのにって思う。そうできたらどんなにいいか。でも、あのことがあってから、わたしの心の扉は閉じてしまったの。あなたには理解できないかもしれないけど、そういうことなのよ。未だにそう」

エビやカニの盛り合わせの大皿が運ばれてきた頃には、ぼくたちの間にピリピリした空気がはりつめている。皿の上のものをつつきながらパオラは続ける。「一年くらい前、わたしが肩の痛みが続いていたから、新しくできた整形外科医院に診てもらいに行ったのを覚えてる？」

「ああ」ぼくはいきなり話題が変わったことに戸惑う。

「感じのいいおじいちゃん先生だったって言ったけど、あれは嘘。本当は四十五歳の映画スターみたいなイケメンで、体も筋肉でシュッとしてた。典型的なレディーキラーよ。筋金入りの女たらし。わたし、いちころだったわ」

ぼくの尻が椅子に貼りついて、身動きできなくなる。

「ある日検査が終わると、彼がキスしてきたの」

「で、どうしたんだ？」

「わたし、びっくりしちゃって。それから、わたしも彼にキスした。そのあと……」

「そのあと……、どうしたんだ？」

「部屋から飛び出した。あなたには何にも言わずに、べつの整形外科医をみつけたわ」

「一度キスしただけか？」

「そのキス一回だけ。わたしは自分を抑えたのよ。少なくとも〝わたしは〟そうした」

一人称代名詞が二回繰りかえされて、会話の幕が閉じる。怒りのせいで体内にアドレナリンが吹きあげてくるのを抑えられない。嫉妬か？　それとも男のプライドか？　わからない。そもそも自分のことを棚にあげて、彼女に嫉妬する権利がぼくにあるのか？

この先どう話を進めたらいいのかわからなくなる。ぼくたちは不満だらけの老夫婦のように、黙って残りの料理を口に運ぶ。

ロビーに戻ると、我らがベビーシッターたちはかくれんぼの真っ最中で、ロレンツォとエヴァだけじゃなく、ホテルのオーナーの子どもたちまで一緒になって遊んでもらっている。

「うまくいっとるか？」打ちひしがれた顔をしたぼくを見て、オスカーが訊く。

「ばっちりです」とぼくは嘘をつく。

ぼくたちは彼とマルティナに、突然の依頼を快く引きうけてくれたことに感謝してお休みを言う。ふたりも今晩はこのホテルに泊まって、明日の明け方ローマに帰る。

「この出張サービスをあんまり気安く使わんでくれ」とオスカーがブツブツ言う。

「ロレンツォもエヴァも、残りの旅を楽しんでね」とマルティナのほうは声高に言う。ぼくがいつもより長くオスカーをハグしているのにロレンツォが気づく。

「パパ、おじいちゃんには二週間後にローマに帰ったらまた会えるんだよ！」

感傷的な気分になっている現場を見つかって、ぼくはオスカーから離れる。老カップルが腕を組んで二階へ上がると、ぼくの体の一部もふたりの後を追ってゆく。

一二

旅行の間じゅう待ちに待った瞬間がやってくる。男同士の日。ロレンツォとぼく。

女性陣はホテルに残って、パオラは一日スパ、エヴァはミニバレーボールのトーナメントと、ふたりともそれぞれ楽しい予定があるようだから、われわれはバックパックを肩に、アルジェンタリオ岬に沿って歩きだす。ぼくとロレンツォはティーシャツとバミューダパンツというういでたち。フルーツに水、大量の日焼け止めローションとビーチタオルも持ってきた。完璧な日帰り旅行客の二人組だ。

「ここから一時間くらい歩くぞ」とぼくは説明する。「岩場をぬって海までおりられる道があるんだ。誰も知らない道だよ」

「なんでパパは知ってるの?」

「パパが今のおまえくらいの歳だった頃、おまえのひいじいちゃんが連れていってくれたんだ」

「じゃあ、なんでひいじいちゃんは知ってたの?」

「じいちゃんが海軍で兵役についていた頃、このあたりに上陸して沿岸一帯をくまなく偵察したんだって」

ぼくはスマホを取りだして、グーグルマップで目的地のこぢんまりした入り江をロレンツォに見せる。どうやら納得した様子。

「海は浅い？」と息子が訊く。彼の最大の敵は深い海やプールなのだ。ぼくは安心させるように言う。

「大丈夫。石がごろごろしている小さな磯だけど、水底に手が届くくらいだ」

ロレンツォはほっとしている。ぼくたちは焼けつく太陽の下、順調に歩いていく。断崖に沿った踏みわけ道をたどる。この辺りはシロイワヤギの棲みかだ。

「気をつけろ。足元をよく見て、岩壁につかまって」

小道はくねくねした下り坂になってくる。小石だらけの地面は滑りやすくて危険だ。足元もぐらぐらしている。ぼくたちはゆっくりと慎重に歩を進めていく。ひっきりなしに咳が出るが、何がなんでも病気のことを知られないように平気なふりをする。ぼくはへとへとになって、何にも感じなくなってくる。

不意に頭の中に鮮明な記憶がよみがえり、色々なことを一度に思い出す。役割が入れかわる。ぼくがロレンツォで、じいちゃんがぼくだ。一、二度自分が足を滑らせて転びそうになったことまで思い出す。ロレンツォのほうがよっぽどしっかりした足取りだけど、おそらくロレンツォの靴が三十年前にぼくがはいていたメキャップのスニーカーより質が良いせいだろう。

「ねえ、パパ。きいてもいい？」

「なんだ。何でも訊いてくれ」

「友だちのフリッツって誰？　たまにママと話しているでしょ、その人のこと。ぼくがまだ会ったことのない、パパの友だちなの？」

「ああ、そうだよ。おまえはまだ会ったことがなかったな。そいつはあんまりいい奴とは言えないから、出来れば一生会わないほうがいい」

「なのになんで友だちって呼ぶの？」

「皮肉っぽい言い方をしてるんだ。言ってみれば、エヴァがおまえのことをクラスの首席くんって呼ぶのに似ているかな」

「じゃあ、誰かをバカにしているみたい感じ？」

「ちょっと違う。皮肉っていうのはもう少し奥が深い。何かを言いあらわすのに、反対の意味を言うことだ。例えば、先週おまえがサッカーボールで写真立てを壊した時に、パパは何て言った？」

「『でかしたぞ、おめでとう！』って」

「そうだ。パパは皮肉を言ったんだよ」

ロレンツォが微笑む。理解したようだ。

ぼくも微笑み返す。こんな風に男同士の時間を、前からもっと作っておかなかったのが残念でならない。

磯までもうすぐだ。たしか昔もこの道を通った。木々の間を抜ければ、美しい入り江が見えるはず。

　だけど、いざ着いてみると、入り江には行楽客の大群が群がっている。彼らは砂浜から三〇メートルほどのところに停泊させている二隻の大型ボートに乗ってやってきたのだ。ビーチパラソル、騒音、日焼け止めローションの匂い、ビーチテニス、ビキニ娘たち、水鉄砲、トマトとモッツァレラチーズのパニーニ。入り江と五〇メートルほど続く小石の浜は、セール中のデパート並みの大賑わいだ。

　ロレンツォはぼくを見て感嘆の声をあげる。「こんなに静かで、誰もいないビーチなんてすごいや。でかしたね、パパ」

　どうやら息子は皮肉の使い方をしっかり身につけたようだ。ぼくは笑いがとまらない。

　ぼくたちは入り江の端のほうに岩場の一画をみつけ、タオルを広げてバックパックを置く。

「ぼくたちの荷物、誰も盗らないよね？」

「できるだけ目を離さないようにしよう……、さあ、泳ぎに行くぞ」

　ぼくはティーシャツを脱いで、ついてこいとロレンツォに身ぶりで示す。息子はためらっている。少しして、ようやく後についてくる。

　ぼくはぐんぐん水の中に入っていくと、いきなり頭から飛び込む。ロレンツォも何歩か歩いてくるが、水が腰のあたりまできたところで、立ちどまったままだ。海底の砂に足がついているという安心感は、息子にとってライナスの毛布みたいなものらしい。

　ぼくはロレンツォのそばに行く。

「〝死人の漂流〟、やってみないか？　パパが支えててやるから」

　息子はうなずき、ぼくに身をあずける。ぼくは片手をロレンツォの頭の下にいれ、もう片方の手で尻を支える。

「ほら深呼吸して。人間の体は木っ端みたいなもんだ。ちゃんと水に浮く。沈んだりしない」

「水を二〇リットルくらい飲んじゃっても？」

「どうやったらそんなことになるんだ？　そりゃあ、大量に水を飲んだら沈むさ。水中に潜るときには口をしっかり閉じておけ。そうすれば水を飲むこともない」

　ロレンツォは落ち着いている。目をぎゅっとつむって、引き潮と波の動きに体をあずけている。アルキメデスの原理のおかげで、やすやすと息子の身体を支えられる。そっと、そおっと、ぼくは手を離す。ロレンツォの身体を自然に浮くようにしてやるが、そばからは離れない。息子はそのことに気づいてもいない。ロレンツォは完璧な浮力線を描いている。やがて頭をひょいと動かして目を開けると、ぼくがもう自分の身体を支えていないことを知る。すると息子は急に手足をばたばたさせて、水底に手をつこうとするが、潮の流れがぼくたちをやや沖のほうに運んできていたかから、水が深すぎて届かない。

「パパ、おぼれちゃう！」

「心配ない……、パパがついてるから」ぼくが二メートルほど離れたところから声をかけると、それを聞いたロレンツォは安心する。「自転車をこぐみたいに足を動かしてごらん」

ロレンツォは言われたとおりにする。だけど、ばちゃばちゃと腕を振りまわしているせいで、正しい身体のバランスが保てない。

「もういいでしょ、パパ。助けて！」

「体の力を抜けば抜くほど、ずっと浮かんでいられるよ。さあ、足で自転車をこいで、腕で穴を掘るみたいに水面をかくんだ」

足でこいで、腕で掘る……。早くもコツをつかんだようだ。

「もう浜辺に戻ろうよ。ぼくできないよ！」

「できる、できる！　いいか……、足を下に向かって蹴って、両腕を同時に上げるんだ、そうカエルみたいに」

ようやくロレンツォは一定のペースで動けるようになってくる。リラックスしてきている。水面に浮かんでいる。

「ほら、できるじゃないか」

息子は笑って、自分が泳いでいることに驚いている。

腕、足、腕、足。

ロレンツォが泳げるようになったのだ。泳法やフォームを習得する時間はこれからいくらでもある。

ぼくは息子を抱きあげきつくハグする。ロレンツォは疲れ切って、ぼくの腕の中にくずおれる。ロレンツォを抱いて数ヤード陸のほうへ歩いていき、水底に手が届くくらいの浅瀬まで来る。

「でかしたぞ！」ぼくは喜びの声をあげる。

「それって皮肉？」息を切らしながら、息子が訊く。

「いいや、心からそう思う。いいかい、これから先のおまえのために言っておく。自分を信じるんだぞ。ものすごく怖い目にあっても、それを他人にさとられないようにしろ」

「どうして？」

「これは戦いだ、わかるか？　みすみす相手に勝たせることはない。おまえが弱気になっているところを見せれば、敵は自分のほうが勝っていると思うだろう。本当に勝っているわけじゃない、ただそいつが勝手にそう思い込むんだ。だけど、時にはそのせいで本当に相手が勝つこともある」

「でも……、もしほんとにほんとに怖いと思った時はどうしたらいいの？　たとえば、クラス全員の前で先生に歴史の質問をされて、答えが思い出せないときなんかは？　それとか、本当のことを言ったらやばいことになるってわかってるから、言えないときなんかは？」

「そうだな、そういう時は困るよな。確かにそうだ。でもな、たとえ失敗したとしても、そこから学べることもあるもんだ。パパなんかいろんなことを失敗したおかげで、上手にできるようになったこともたくさんある。それから、膝を痛めたせいで完全にあきらめたこともいくつかある」

「例えば？」

「そうだな、競技スポーツは全部だめだった。結局、水球を習ったけど……」

「パパはスターだよね！」

息子にそう言われて、ぼくは笑みを隠せない。「スターなんかじゃないよ、ロレンツォ。悪くないかもしれないけど、スターとは言えないな。でもパパはそれで満足している。いいか、この満足するってことが大事なんだ」

ぼくとロレンツォは太陽の下で寝そべって体を乾かしてから、ホテルで作ってもらったパニーニを食べる。大型ボートが帰っていき、太陽が水平線に沈む頃までそこで過ごす。浜辺は海水浴客の侵攻の爪あと、つまりゴミだらけになる。ふたりでゴミ拾いに取りかかる。大きなゴミの山がふたつもできる。二隻の大型ボートのうちのどちらかが、自分たちの行いを恥じて明日持って帰ってくれるといいのだけれど。

女性陣のところへ戻った頃にはすっかり暗くなっていて、ぼくたちは疲れきって夕食を食べる元気もない。

「どうだった？」ふたりきりになった途端、パオラが訊く。

「あの子とふたりで過ごす時間を、もっとたくさん作っておけばよかった」悲しみが瞳に水たまりを作る。

「そうね」という妻の答えが、胸に刺さる。「……そうね」

一一

ぼくたちは車の窓を開けたまま、のんびりとアウレリア街道を走っていく。気分はディーノ・リージ監督の名作でロードムービーの元祖、『追い越し野郎』に出てくる、ブルーノ・コルトーナ役のビットリオ・ガスマンだ。肋骨のあたりがキリキリと痛んで息も絶え絶えになるのを、なんとか無視して運転を続ける。パオラが隣でうたた寝をしている間に、トスカーナを後にしてリグリア州に入る。エヴァもロレンツォに寄りかかって居眠りをしている。兄のほうは用心深く道路と標識に目を走らせながら、後部座席に収まっている。

「飛ばしちゃだめだよ、パパ。そこにスピードカメラがある」

「サンキュー」

ちょうどそのとき、一台の車が対向車線を走ってくるのが見える。車がパッシングする。

「あの人何を言ってたの？」

「交通警察が取り締まりをしてるぞって教えてくれたんだ。カメラがあるところではみんなスピードを落として、通りすぎたらまたスピードをあげるだろ。そうするとそこに警察が待っていて、違反チケットを切られるって寸法になっている」

「でも、なんであの人がそのことをパパに教えてくれるの？　知り合いだったの？」

「イタリアに昔からある習慣なんだ。みんなで団結して警察や軍警察《カラビニエリ》に対抗してるってわけさ」

「でも、なんで？」

「いい質問だ。強いて言えばイタリア人気質かな。誰でもみんな、人に言えないようなことをしたことがあるだろ。法破りこそ、われわれ国民が持ち合わせている唯一の共通点なんだ」

「パパも法やぶりしてるの？」

例によって、ぼくはまたうっかり地雷原に足を踏みいれてしまったらしい。子どもの道徳教育のためにはよくないかもしれないが、ここは本当のことを言ったほうがいいだろうか、などと考えながら取り締まりのチェックポイントを無事通過する。

「たまにね。でもできるだけしないようにはしてる」

「どんな犯罪をおかしたの？」

「犯罪はちょっと大げさだな。法律違反くらいで勘弁してくれ。法律違反にはいろんなのがあってな、例えば、今朝ホテルの支配人がパパに領収書は要りますかってきいたから、パパは要らないって答えた。すると宿泊代を安くしてくれた」

「でも、安くしてくれたのはいいことでしょ？」

「そうだね。でも、実はそうすれば税金を払わないですむからで、つまりパパも共犯だ」

「それくらいなら。そんなにひどい犯罪じゃない気がするけど」

「そう、それがイタリアが抱える問題でもあるんだよ、ロレンツォ。それほど重大に思えない犯罪だ。例えば映画の海賊版。おまえはどのくらいインターネットで映画をダウンロードしてる？」

「いっぱい。アニメばっかだけど。どうして？　あれも犯罪なの？」

「立派な犯罪だよ。窃盗罪っていうんだ。スーパーで万引きしたのと同じことになる」

「スーパーで万引きしたら店を出るときにアラームが鳴る。でも家ならだれも見てないもん」

「正解。だからスーパーで万引きする人はめったにいないけど、映画をダウンロードする人は大勢いる。誰も見てないからな。正直者と犯罪者の違いは何だと思う？　誰も見ていないところでどんな行動をとるか、だ。よく覚えておくといい」

道徳の即興授業ができてよかった。パオラが目を覚まして、これまでのやり取りをずっと聞いていたことに今気づく。自分でもミニ授業をしたくてうずうずしている。

「例えば、誰も見てないと、パパはキッチンに忍び込んでチーズを食べちゃうの」

「一度くらいそんなことをしたかもな」とぼくは自己弁護する。

「それから、ロレンツォが小さかったときは、しょっちゅうあなたのベビーフードを盗んでたわよ」

「わりといけたな……」

「おしゃぶりビスケットも」

「あれは美味しかった。でも厳密には盗んだとは言えないだろ。だって、そもそもパパの金で買ったんだから」

「でもぼくに買ってくれたんでしょ」ロレンツォのするどい指摘。

「安全かどうか毒見をしただけだ。父親として、子どもを守る責任があるからな」

「食いしん坊な豚だからでしょ」とは妻の意見。

「何言ってんだよ。たった一度か二度つまんだくらいで」

「一度か二度？　自分用の秘密の箱を靴下の引き出しに隠していたくせに」

「知ってたのか？」

「誰があなたの靴下を洗ってると思ってるの？　まさか聖霊とか？」

こんな会話が永遠に続けばいいのに。人生で楽しいことのひとつは、家族との口げんかだ。親しみと愛情に満ち満ちた口げんか。アウレリア街道はベルトコンベアーのように知らぬ間にぼくらの下を通り過ぎ、ぼくは幸せなドライバーとなる。

一〇

ジェノバの狭い路地《カルッジ》で、ぼくの前を歩いているパオラと子どもたちを眺める。あの三人の間には、ぼくには手の届かない何か特別なつながりがあるように感じる。もう何年も前から、父親はどうがんばっても傍観者に過ぎず、受け入れられ、愛されはしても、母と子の間にある、へその緒という名の決して断ち切ることのできない魔法の絆には太刀打ちできないことはわかっていた。大衆誌の夏号に大きく取り上げられていたが、最近までの複数回にわたる児童心理学の実験によって、妊娠中、母親は胎児を食の面からだけでなく精神的にも養い、永続的で情愛に満ちた〝選択的親和性〟を育むということが明らかになったそうだ。九ヶ月間、母と子の魂は命を共有し、心は喜びや悲しみを同時に感じる。二人の人間が一緒に生き、感情や記憶や夢をわかちあうのだ。だが、単純に、父親の努力が足りないだけだと言えなくもない。

こんなふうに、九ヶ月間途切れることのない刷り込みのあとに登場する父親は、いったいどう張りあえばいいのだろう？　妊娠中の子どもとの関係を〝絆の形成〟と呼ぶらしく、医師は母親に、新鮮な空気、健康的な食べ物、クラシック音楽、さまざまな芸術、穏やかな感情などを、生まれてくる子どもに与えるように勧める。

　ぼくは遠くから、我が家の三人組の後ろ姿を眺めつづける。パオラがレッコ地方のフォカッチャを売る屋台で立ちどまる。例の自然療法医なら世界で一番危険だと言うかもしれないが、レッコ地方のチーズフォカッチャはおそらく世界で一番美味しいに違いない。パオラがぼくも食べるかと遠くから身ぶりで訊く。ぼくは食べるとうなずく。ロレンツォが妹に何か言うと、それを聞いた彼女が笑う。不意に、今ぼくが見ている光景は要するに彼らの近未来なのだということに気づく。ぼく抜きの家族の姿を、数分間垣間見てしまったのだ。

　ぼく抜きのぼくの家族。

　なんだか陳腐な歌の題名みたい。

　熱々のフォカッチャを差しだす妻の顔を自分の目でズームアップしながら、ぼくは屋台へむかう。一口頬ばってじっくりと味わう。チーズがとろけてあごやティーシャツの上に垂れる。このフォカッチャが冷静に物事を考え、状況を振りかえる時間をくれる。

　この旅の残り十日間で、何かやりたいことはあるだろうか？

　さぁ、どうだろう。子どもたちは楽しそうにしている。だけど、どうやったらパオラの心を取りもどせるのか、依然として糸口はつかめないままだ。

　パオラが何か言っているけれどよく聞こえない。彼女はくりかえす。

「大丈夫？」

　ぼくはすぐに返事をする。「もちろん大丈夫だよ、アモーレ・ミオ。水族館にでも行こうか？」

エヴァの歓声で決まりだ。

九

「今日はこの旅行の〝海洋探検〟の部の総仕上げとして、クジラの聖堂に行く」

「なにそれ？　くじらのきょうかい？」手をつないで歩きながら、エヴァがぼくを見上げて訊く。昨日の水族館の興奮がまだ冷めやらぬ様子だ。エヴァの言うとおり、確かにまぎらわしい名前ではある。

「違うよ。イルカやクジラやカメがたくさん棲んでいる、リグリア海のある水域のことをさすんだ」

「わたし家にかえったらカメさんかいたい！　きのうみたようなやつ」

「自然の棲みかから引き離したらかわいそうだよ。あれはウミガメだ」

「もうひきはなされてるわ。だってすいぞくかんにいたじゃない！」

　またもや一本とられた。ぼくたちは朝食用のコルネッティを、家族全員分買いに行く任務を遂行中なのだ。義父の作るコルネッティほど美味しくはないだろうが、まあ、なんとかなるだろう。昨日のホテルの朝食にはがっかりだったから、今日はこのあたりで何か美味しいものを見つけようと思う。

二時間後、ぼくたちは三十人ほどの他の客たちと一緒に小さな船に乗り込んで、ホエールウォッチングツアーに出発する。

ロレンツォは地中海に生息する最大のクジラに会えることよりも、船の運転のほうに熱い視線を注いでいる。パオラはめずらしくリラックスしている様子だ。ここ数日、ぼくはツアーコンダクターにでもなった気分で、今まで見たこともない面白いものを、せっせとお客さんに紹介しようと奮闘している。今日の遠足は自然と動物好きのエヴァのための計画だということは、みんな百も承知だ。

最初にイルカたちの歓迎をうける。水中で立ち上がってクルクルとピルエットを踊り、長年稽古をつんだシルク・ドゥ・ソレイユの演者さながらに船の後をついてくる。あまりに見事な眺めで、本物に見えないくらいだ。

太陽と潮風にさらされても今日はさほど疲れを感じない。娘が喜びの金切り声をあげながら船の手すりにそって駆けだしていくそばで、ぼくはつとめてゆっくりと呼吸する。吸って、吐いて、吸って、吐いて、はい、もう一度。ぼろぼろになった肺に大きな霧吹きで水をまいているような、ザーサーとした音が聞こえる。

ふと振りかえると、思わず息をのむような光景が飛び込んでくる。巨大なクジラが間欠泉のように海水のしぶきを噴きだしながら、船とならんで泳いでいるのだ。船のこちら側にいるのはぼく一人。他のみんなはイルカの歓待を受けに、あわててデッキの遠い端のほうへ行ってしまった。ぼくは焦ってバックパックからポラロイドカメラを取りだそうとするが、まるで金縛りにでもあったように体が動かない。巨大な哺乳動物がぼくを見つめている。古生代のマストドンみたいな目が、確固たる信念をたたえてぼくをじっと見つめる。ぼくはクジラに笑いかけるが、相手には通じない。クジラは何か言いたげだ。曲芸を披露しているイルカたちのかしましいおしゃべりをBGMに、ぼくらはじっくりとお互いを観察し合う。クジラはなんの造作もないように、船の横にぴったりついて浮かんでいる。息遣いがはっきりと聞こえる。永遠なる平穏を感じる瞬間。

一瞬、このままクジラの近くに飛び込んで、永久に海の藻屑になろうかと考えてみる。そのほうがずっと優雅な逝き方のように思える。と、その時、エヴァがかけてきて、ぼくに続いてこの旅仲間に相まみえる。「あっ、クジラよ！　こっち、こっち！」と娘が叫ぶ。

乗客がいっせいにデッキの片側に急いで移ってきたものだから、船は危険なほど大きく傾く。さらば、永遠なる平穏。

気弱なクジラはショーを切り上げ、すばやく水中に沈む。その後、海の生きものには会えずじまい。港に戻ったときには、昼食の時間をとうに過ぎていた。エヴァは、イルカ十二頭、カモメ四羽、クジラ一頭に会えて大満足だ。ぼくはなんだかあれ以来、ずっと静かな感覚に浸っている。巨大クジラが禅の境地を伝承してくれたのだろうか。

八

海辺の朝食。パオラはクロスワードパズルをし、ぼくは自分が生きてこの目で観ることのできない来シーズンのサッカー公式戦の記事を読み、エヴァとロレンツォは野心あふれる巨大な砂の城――明日の朝陽が昇る頃までは、おそらく残っていないだろう――を作っている。他人からは休暇を楽しんでいるごく普通の家族に見えるだろう。足りないのは、空気でふくらませるゴムボートとワニ型のエアマットレスだけだ。今日はぼくの誕生日。このあたりで一番いいレストランでランチをしながら、お祝いをしてもらうことになっている。まさか自分の四十歳の誕生日を、こんな風に迎えるとは思ってもみなかった。ぼくはビーチチェアから立ち上がり、新聞を放りだす。

「ロレンツォ！　エヴァ！　一緒にゲームやらないか？」

くり返すまでもない。

ビー玉競争だ。

まずはコースをつくる。エヴァを地面に座らせ、ロレンツォとぼくがエヴァの脚を持ってずるずる引きずり、砂の上に放物線状の形を描きトンネルや溝や罠をつくる。

「それじゃあ、ルールを説明する。まずは予選を三回やる。一周まわるのに何回ビー玉をころがしたかを数えて勝敗を決める。一番少ない回数だった人が本選の一番手の権利が得られる。全部で五回戦する。ビー玉をころがすのは一度につきに一回だけだ」

ぼくはビー玉の入った袋を取りだす。何年もの間、後生大事に持っていたから、使い込まれてすっかり傷だらけだ。正確に指ではじく能力を必要とするすべてのゲーム同様、このゲームでもぼくはチャンピオンだけど、ウズウズする指をいさめて子どもたちに競争する機会を与える。結果はロレンツォが一位、エヴァが二位、ぼくは三位だった。ランチに行く頃には、ぼくたちはすっかり汗だくで興奮状態になる。ぼくが即刻リベンジを申し入れると、子どもたちは受けてたってくれる。

食事の終わりに、4と0の形の二つのろうそくが載ったケーキがテーブルに運ばれてくる。ぼくは急いでろうそくを吹き消し、家族が拍手喝采と共に〝ハッピーバースデー〟を歌ってくれるのを聞きながら、喜んでいるふりをする。

部屋へ戻って、パオラがシャワーを浴びている間、ぼくは自分の携帯の充電器が見あたらなかったから、妻のを借りようと彼女のスーツケースの中を探る。

ブラウスやハイヒールの下に見つけたのは、充電器ではなく手紙だった。にじんだしみが点々と残る黄ばんだ手紙は、罫線入りのノートを破って書いたものみたいだ。ぼくからパオラへの手紙。十二年前のもの。おそらく、味もそっけもないあの忌まわしいEメールが絶対権力をふりかざす前に、ぼくが書いた最後の手紙だ。

バルコニーに出て読みかえす。自分が何を書いたのかさっぱり覚えていない。

アモーレ・ミオへ

いよいよこの日がやって来たね。明日、ぼくたちは結婚する。遅刻しないでね。だって、他人の結婚式に行くたびに、花婿がやきもきしながら教会の外で待たされて、冗談好きの友人たちから「かわいそうに、花嫁に逃げられた！」とからかわれているのを見ながら、いつも気の毒に思ってたんだ。明日ぼくはきっと舞い上がっているだろうし、くたくただろうし、言いたいことをひとつも言えないだろうから、かわりに今、手紙に書くことにする。君と出会えたこと、そして君と結婚できることは（無事にそうなることを願うけど）、人生がぼくにくれた最高の贈り物だ。そうそう、この前、運命局のとってもいい役人から電話があって、ぼくたちの未来の断片をいくつか教えてもらったよ。子どもは四人授かり（そう、四人は多すぎるってぼくも言ったんだけど、運命のほうではそうしたいらしい）、毎年、十五日間は君のお父さんとお母さんも一緒にフレジーンで過ごし（こっちの件は、長くてもせいぜい一週間にしてもらうように交渉ずみ）、ぼくらの長女から愛する男性の赤ちゃんを授かったことを告げられて、ふたりでえんえんと嬉し泣きをする。六十歳になって子どもたちが巣立ったら、家や家財道具を一切売りはらってヨット暮らしをはじめ、行きたい行きたいと言いながらなかなか実現できなかった世界一周の旅に出る。その後、仕事も引退して海辺の家に住む。みんなの憧れの生活をぼくらは叶えるんだ。水平線に沈んでいく太陽とふたりの人生をみつめながら、ぼくたちは共に歳を重ねていく

（これはぼくのオリジナルじゃなくて誰かからの受け売りなんだけど、誰だったか忘れた）。ある日、お互いの腕の中で一緒に眠りに落ち、二度と目を覚ますことはない。ずっと君を愛してきた。今も愛している。そして、これからも永遠に愛している。君のルチオより。

手紙を折りたたむ。ぼくは泣いている。

面白いもので……、ぼくの予言のほとんどすべてが外れている。望んだことのひとつも叶えられそうにない。

後ろにパオラが立っていることにようやく気づく。彼女も泣いている。

「手紙のこと覚えてた？」半笑いで妻が訊く。

「ああ、もちろん……」本当は忘れていたけれど、そう言っておく。世のすべての男どもに違わず、ぼくも重要なことを忘れてしまう。

パオラがそばに来る。腕をぼくの体にまわす。

ぼくは彼女の首に鼻を押しつける。りんごの香りがぼくを包む。彼女は我が家の匂いがする。

終わりのない抱擁。たとえこれが許しでないにせよ、限りなくそれに近い気がする。

二時間後、ウンベルトに電話をかける。パオラの首筋に鼻をすり寄せているとき、あるアイデアがひらめいたのだ。実現はなかなかに厄介だろうが、実に素晴らしい計画だ。

「よう、ルチオ。誕生日おめでとう！　メールしたよ」

「ありがと。読んだ」

「そっちはどうだ？」

「順調だ。今、ビーチにいる……」

「天気は？　晴れてんのか？」

「そんなのどうでもいいだろうが。ちょっと黙ってろ。おまえに大事な頼みがあるんだから……。こんどこそ最後の頼みだ」

ほとんど不可能とも言える任務をやつに託す。しかも遂行まで一週間もない。だけど、古なじみのアトスのことは知りすぎるくらい知っている。この男ならうまくやってくれるはずだ。

七

夜明けのリグーリア海は、いつだって誰かとおしゃべりしたい気分だ。後ろでパオラと子どもたちがレム睡眠を貪っている間、アルマ・ディ・タッジャの小さな二つ星ホテルの窓からリグーリア海を見下ろし、海が語る物語に耳を傾ける。

風がぼくの灰色のスパゲティー頭を乱し、耳元でオスマントルコの海賊の奇想天外な冒険談をささやく。海賊はドラガットの名でこの地域でよく知られた、実在のトゥルグート・レイースとかいう男だ。この海賊の物語はよく憶えている。ぼくがロレンツォくらいの歳だったとき、じいちゃんが語って聞かせてくれたものだ。その晩、じいちゃんが何を着ていて、ぼくがどこに座っていて、ばあちゃんが何を料理していたかということまではっきりと思い出せる。あれは日曜日だった。ぼくの大好きなコンシェルジュたちが、特別な日でもないのに、何の理由もなく『宝島』の豪華本を一冊くれた。宿屋に並んだ樽の後ろに、悪党ロング・ジョン・シルバーから身を隠すジム・ホーキンズのエメラルドグリーンの上着の挿絵の色が今でも目に焼きついている。カラー挿絵のたくさん入った分厚いハードカバーの本だったが、ぼくはその日の午後のうちに一気に読み終えた。今回の旅に持ってきたのはこれ一冊だけだ。読み返すことはないだろうとわかっているけれど。何十年も前のあの日曜の午後以来、海賊や海賊船の物語はぼくの大好きなジャンルになった。もし生まれ変わったらぼくは海賊になりたい。それも、その昔じいちゃんが話してくれた勇敢なドラガットのような海賊ではなく、嘘つきで冷酷な海賊だ。

ふりかえる。パオラはまだ寝ている。

休日みたい。というより、休日そのものだ。

ぼくは妻の隣で丸くなる。彼女の体に腕をまわし、寄り添って寝る。こうしていると満たされる。


数時間後、チヴェッツァの見張り台の見学から一日がはじまる。この見張り台は、海賊ドラガットから自分たちの身を守るために、町の人々によって建てられたものだったが、ぼくの物語の舞台には実におあつらえ向きだ。ロレンツォとエヴァは——前者はめずらしく行儀よく、後者はめずらしく戦物に興味津々で——要塞の銃眼つき胸壁の間に座り、はらはらしながらぼくの話を聞いている。パオラは少し離れたところで、写真を撮りながらぼくの話を聞くとはなしに聞いている。

「ドラガットはイタリア近海に出没したやつらの中でも、一番恐れられていた海賊だった」

「ドラガットってどこの国の名前?」ロレンツォがさっそく口をはさむ。

「オスマン帝国。つまり今のトルコだね。やつは金目のものがありそうな町や船を探しにイタリアへやって来た」

「で、みつけたの？」エヴァはいつもの几帳面さがでる。

「みつけたよ。ドラガットが征服した町や島はまだ残っている。オルビア、ポルトフェッライオ、ラパッロ、ヴィエステ、それにエルバ島だ。ドラガットはイタリアの海や食べ物が大いに気に入って、その上イタリアの女の人のことも大好きだった。だから奥さんが十二人もいたんだ」

「そんなにたくさんのおくさんを、どうやってやしなったの？」とエヴァがいぶかる。

「彼の仕事は海賊だよ。べらぼうに金持ちなんだ」

ぼくは子どもたちの注意をそらさないように、また話の腰を折られないように、真面目で落ち着いた声を出す。オスマントルコの海賊の実話に架空の作り話をはさむことにする。

「パパのひいじいちゃんのひいじいちゃんの、そのまたひいじいちゃんのひいじいちゃんの、さらにさかのぼったひいじいちゃんにイーゴリ・〝片目〟バッティスティーニっていう剣の達人の大男がいて、その人は実はドラガットの右腕だったんだ」

「そんなのしんじらんない」エヴァにすかさず却下される。

「それが、本当に本当のことなんだよ」

「じゃあさ、ぼくたちのひいひいひいひいひいひいひいひいじいちゃんは海賊だったってこと？」ロレンツォまでひいひい言っている。

「ええと、本物の海賊ってわけじゃなかった。はじめは宿屋の主だったんだけど、ある日大きなカラスがやって来て、いきなりイーゴリじいちゃんの目玉をえぐり取ったかと思うと、海のかなたに飛んでった。じいちゃんはカラスを追っかけて、港から最初に出る船に飛び乗った。それがドラガットの船だったというわけだ。じいちゃんはだんだんと、腹黒いオスマントルコ人の右腕になっていった。でも最後まで、カラスと自分の片目を見つけることはできなかった」

「そんなのパパのつくりばなしよ」とエヴァはそっけない。

「それでどうなったの？」ロレンツォのほうは好奇心を隠せない。

子どもたちはぼくの作り話を信じてはいないようだけど、多少なりとも面白がって聞いてくれて、登場人物たちがそのあとどうなるのかを気にしている。語り手の自尊心がくすぐられる。

パオラは遠くで笑っている。ぼくは熱く話を続ける。

「彼の最大の敵は（海賊に敵はつきもの）アンドレア・ドリアという男だった。これはふつう沈没した大西洋横断船の名前だね。でも実際には、ここからほんの数キロのオネリアというところで生まれた伝説の提督なんだ。ライバル同士の二人は長年、火花を散らして戦った」

「じゃあ、アンドレア・ドリアもサンドカンの宿敵のブルック卿みたいに残酷なやつ？」とロレンツォ。

「いいや、厳密に言えば、ドリア提督は善人でドラガットが悪人だ」

「ぼく、ドラガットを応援する」とロレンツォが高らかに言う。

「パパもだ。たまには悪人を応援するのも悪くないよな。

　秋も深まったある朝、ドラガットはあちこちの海を東へ西へと行ったり来たりしたあと、よりにもよって十年にもおよぶ海戦の宿敵、ドリアの手でとらえられ捕虜にされてしまう」

「どうせ、すぐ逃げ出すんだ」我が家の長男が予想する。

「その後、ドラガットは海軍艦隊のガレー船を漕ぐ奴隷として送られる。だが、海賊の威信にかけても、そんなことでこれまでの輝かしい成功を台無しにするわけにはいかない」

「やっぱり逃げ出すんだ」ロレンツォは言いはる。

「それが違うんだ。何年かして、バルバロッサが……」

「神聖ローマ皇帝のフレデリック・バルバロッサ？」とパオラが訊く。ようやくぼくの話に興味が出てきたらしい。

「フレデリックのほうじゃない。北アフリカのバーバリの海賊で、バルバロッサ、やつのひげの色からとってまたの名を赤ひげという男だ。とにかく、この海賊バルバロッサが、ドラガットの身柄と引きかえに法外な身代金をアンドレア・ドリアに支払うんだ」

　そこでブーイングがおこる。ちびっ子観客たちは、大胆不敵で巧妙な脱走劇を期待していたらしい。

「後悔という二文字を知らない不沈のドラガットは、古なじみの海の仕事にもどる。おびただしい数のイタリアの町や船を襲って、一五六四年にアルマ・ディ・タッギアにほど近い、今でもチヴェッツァと呼ばれる山あいの集落にたどり着く。それが今パパたちがいる場所だ。不敵のこの海賊は海上を縦横無尽に漂流するのが大好きで、あちこちのガリオン船や港を手あたり次第に襲撃した。ドラガットは海賊道を独自に極めた男だった。だけど、そんな彼もこの時ばかりは、チヴェッツァの人々の勇気ある抵抗を甘くみていたようだ」

「町のひとたちは彼を殺したの?」ロレンツォが心配そうに尋ねる。

「ドラガットのたび重なる攻撃にもかかわらず、彼らはこの小さな町を自分たちの手で守った。この要塞を築いて海賊に大打撃を負わせたんだ。この襲撃の果てに、オスマントルコの海賊は、悪事を働くものにとってイタリアは危険なところだと思い知って、比較的危険が少ないマルタへ移る。一五六五年、ドラガットはトルコ艦隊とともに、セント・エルモ城塞の包囲攻撃に加わる」

「エルモってどこの名前? このお話にでてくるのってへんな名前ばっかり」

「古代の名前だよ。とにかく、人々は城塞の名前をエルモっていう聖人からとってつけた。六月のなかば、間もなく待ちに待った夏の休暇がはじまるってときになって、ドラガットは敵の狙撃兵が放った大きな鉄の砲弾によってこなごなになった石ころが頭にあたって怪我をする」

「それで?、死んだの?」今回は、子どもたちふたりで口をそろえて訊く。

「まだだ。われらの海賊はそう簡単にくたばらない。果敢に部下たちを率いて攻撃し続けたけど、両耳と口から血がどぼどぼ噴きだした。部下たちはドラガットをかついで前線から後退してテントに運び込んだものの、二日後、彼はあえなくそこで死んだ」

「で、そのあと生き返ったの？　キリストみたいに？」ロレンツォが期待をこめて訊く。

「生き返りはしない。彼の遺体はトリポリに運ばれ、そこで軍葬の礼をつくしてモスクに埋葬される。ドラガットの生涯の敵、アンドレア・ドリアはオスマントルコの海賊の死を知らされると、敬意を表して、飼い猫をドラガットと名づけたという話も伝えられている」

「〝かため〟はどうなったの？」エヴァの疑問が残る。

もしかしたら、少しくらいはぼくの話を信じているのかもしれない。ぼくは先を続けて、完全にでっち上げたディテールをちりばめてエンディングを盛り上げる。

「〝片目〟はマレーシアに行き、そこでサンドカンとヤネズに出会って、彼らと同盟を結んだ。ついでにあだ名も変えた。サルガリの本に出てくるトレマル・ナイクっていう男がそうだ」

「トレマル・ナイクには両眼があるし、それに彼はインド人だよ」ロレンツォがぼくのでたらめを指摘する。

うっかりドジを踏んでしまった。話の迷路を抜け出そうとして、実はトレマル・ナイクは二人いたんだと下手な言いわけをするが、陳腐な創造力のせいでさらなるどつぼにはまっていく。ちょうどそのとき、「要塞はまもなく昼休みのために閉館になります」という、仕事熱心な警備員のアナウンスがあって、ぼくは難を逃れた。

ひとつ確かなことがある。じいちゃんはぼくよりもずっとずっと物語りが上手かった。

その日の午後、山盛りのジェノヴァ名物、手打ちパスタのたっぷりの昼食をとったあと、海辺にあっては逃れ難い宿敵、夏の雷雨の攻撃を受ける。車まであと七、八〇〇メートルのところで捕まり、頭からつま先までずぶ濡れになる。ようやく車にたどりつくと、ぼくらは笑いがとまらなくなる。まるまる十分間は笑い続けただろうか。パオラがぼくの顔を見て、この旅で初めて本当の笑顔を見せる。

おかげで、ぼくたちがその晩に泊まる、今にも倒れそうなおんぼろペンション〈ジーナ〉が、豪華なフォーシーズンズ・ホテルに見えてくる。

六

高速道路を降りたから窓を開け放して外の田舎の風景を楽しめる。ぼくの大好きなイタリアン・ポップと七十年代のシンガーソングライターの曲を聴きながら、車上で午前中を過ごす。昼食前に目的地に到着する。

「さあ、着いたぞ」

「ホテルはどこ？」とパオラ。

「ここにホテルはない。今日はキャンプするんだ！」

子どもたちの歓声が、パオラの「ノー――！」をかき消す。彼女は目をつぶって観念する。ボーイスカウト時代は、しょっちゅう他の銃士たちと一緒にキャンプ旅行をしていた。それがパオラとつき合うようになってから、ぱたりと行かなくなってしまった。彼女に忌み嫌うものがあるとすれば、それはキャンプなのだ。婚約した時、いつか一緒にキャンプに行くと彼女は約束したのだった。それはいつ使ってもいいワイルド・カードだった。だから今日こそ、それを使うことにする。

ぼくは意気揚々と、車をキャンプ場に乗り入れる。

湖畔のキャンプサイトを予約しておいた。車を停めて、サンニオ通りの蚤の市で買ったスーパーテントの設営をはじめる。テント張りにかけては、ぼくの右に出るものはいない。生まれながらの名人なのだ。人にはそれぞれ特技というものがある。テニスだったり、絵を描くことだったり、ピアノの演奏だったり、料理だったり。そう、そしてぼくの特技はテントを張ること。どんな種類のテントでもお手の物だ。今回は広げるだけで勝手に組み立てられる、ポップアップ式の巨大なドーム型のテントを持ってきた。ぼくは若い助手たちに、突然の雨でも浸水しないように、テントのまわりに溝を掘ることや、親指を潰さずに木槌で支柱を打ち込む方法や、エアベッドのふくらませ方などを指導する。ぼくはキャンプに必要なものすべてをこっそり持ってきていた。

パオラはいつの間にかすっかり楽しんでいる自分自身に屈して、使い勝手抜群のキャンプキッチンを組み立てている。大食い家族のための食事に必要なものはすべて持ってきていた。

「また石で火をおこそうか?」と、今では当てこすりぶりもすっかり板についてきたロレンツォが、皮肉たっぷりに訊く。

「いいや。着火剤を持ってきてある。ふたりともお腹ぺこぺこだろう?」

枯れ枝や小枝を集めてくると、ほんの五分ほどでめらめらと燃えるキャンプファイアーが出来上がる。石で丸く囲んであるから防火対策も万全だ。アルミホイルに包んだポテトを焼き、ソーセージをあぶり、豆と卵のシチューを作る。ロイ・ロジャースとその仲間たちですら、満腹でひっくり返りそうなほどの量だ。ぼくたちはパンと一緒に料理をがつがつと平らげる。最後の日まであと数日というところで、自然医からの助言を完全に無視することにする。ぼくのルールはたったひとつ——食べたいものを食べる。食事が終わる頃になって小雨が降りはじめる。ここ何年かの間にイタリアの気候は熱帯的になりつつあるが、公には誰も認めようとしない。夏に雨が降るなんて。

一分後、稲妻と雷をともなった猛烈な土砂降りになる。にわか仕立てのキャンプキッチンを解体する間もなく、ドームテントに逃げ込む。

雨がざんざん降っても、テントの中は安全でからり乾いているのがいつも不思議だなと思う。荒天の脅威がわずか数センチのところまで迫っているのに、内部は気泡によって浸水をまぬがれているのを見ると、まさにとおりすがりの魔法使いの仕業としか思えない。

雷鳴は耳をつんざくほどだけど、ぼくたち四人はテントにごろんと寝そべって、交響楽のコンサートにでも来ているような気分で耳を傾ける。豪雨がやむと外に出て、被害がなかったどうかを点検する。テントは見事に無傷だったが、それもぼくと子どもたちとで掘った排水溝のおかげだ。防水シートをかぶせただけのキャンプキッチンも、ぴかぴかの姿をあらわす。

「なんだかぼうけんみたいだったね！」エヴァが興奮冷めやらぬ声をあげる。

ぼくはふり返って娘に笑いかける。三人をテントの前に並ばせ、ポラロイドカメラのセルフタイマーをセットする。それから急いでみんなと一緒に並んで、作り笑いを顔にはりつける。

カシャ！

それが最後の家族写真になったことには、気づきもしなかった。

五

湖のそばの遊園地ガルダランドの中で、ぼくが一番好きなアトラクションはスペース・ヴァーティゴ《めまい》だ。高さ四〇メートルの塔のてっぺんから超音速にも思える速さで一気に落下して、地面すれすれのところでぴたりと止まる。一台は四人乗り。ぼくらにぴったり。休暇で湖に遊びに来ているオーストリアの若者の団体に囲まれて、ぼくたちも列に並ぶ。ところがエヴァの身長が足りないせいで、安全面から娘はこのアトラクションには乗ることができないと言われ、切符切りの係員と小競り合いになる。仕方なく、娘をここのマスコットのドラゴン、パセリ君にあずける。ドラゴンの中身はきついカラブリア訛りの若者のようだ。

結局ロレンツォとパオラとぼくは、ベルガモから来た女子高生と乗り合わせることになったのだけど、この女の子がまた、そんなに嫌なら乗らなきゃいいのにと思うほど恐怖で青ざめている。車が昇っていく間じゅう泣きながら文句を言っている彼女の横で、ぼくたち三人は興奮のあまり、げらげらと笑いがとまらない。上へ、上へ、上へ、上へ……。下を見るかわりに、ぼくは顔を上げる。空に、天国に近づいているような気分になる。どういう訳か、よく死後の楽園は空の彼方にあると言われる。実際、イタリア語の〝チエーロ〟は空と天国の両方を意味する。だけど欲を言えば、永遠の死後の時間をぼくは海辺で過ごしたい。

突然、乗り物が急降下すると、心臓が口から飛び出しそうになって、背骨に電気が走り抜けるような感覚を覚える。四秒の降下時間が一ヶ月にも感じられる。地上に着くと、ぼくたちは典型的な遊園地大好き人間の例にもれず、たがが外れたように笑い転げる。隣の女の子はまだ泣いている。ぼくらはエヴァと遊んでくれているパセリ君に手をふると、すぐさま、もう一度列に並びなおす。これは一度じゃ物足りない。今回の連れは寡黙な日本人の若者で、彼と一緒に乗っている間じゅうぼくは咳がとまらなくなる。入り口にこんな看板を出しておいた方がいいかもしれない――身長一二〇センチ以下の幼児、心臓疾患を持っている人、及びモリテュラスは入場禁止。胃が痛みだし、胸の上に圧迫感があって、まるでウェイトリフティング中にバーが落ちてきて身動きできなくなったみたいな感覚がする。吐き気がしてきて、心臓が壊れたメトロノームみたいな速さで打つ。地上に戻って来られて心底ほっとする。乗り物を降りると、朝食に食べたもののせいか気分が悪くなったと言い訳しながら、パオラと子どもたちから離れる。妻には心配いらないと合図して、小さな公園みたいなスペースを見つけ、草むらに仰むけになって横たわる。動悸を鎮めようと、ヨガでやるようなゆっくりとした呼吸をする。

臨終の四日前にガルダランドに来るなんてバカ者はぼくぐらいのものだろう。でもぼくは遊園地が大好きなのだ。もし自分だけの楽園を選ぶとしたら、空ではなく、本当は海辺でもない。ガルダランドがいいし、おもちゃの国がいい。

十五分ほどしてパオラたちのもとに戻る。三人はレストランでチーズバーガーとフライドポテトを食べている。

「気分はどう？」と心配そうな声で妻が訊く。

「良くなった。もう大丈夫だ」と、子どもたちに笑いかける。

できるだけいつも笑顔でいるようにしている。子どもたちが安心するだろうから。

エヴァが食べかけのパニーニをすすめてくれる。ぼくは礼を言って断る。食欲はない。そのかわりひどく喉が渇いて、水をボトル一本飲み干す。一日の予定表から食事が消えるのはよくない兆候だとわかっている。

ぼくは席を立って、海賊船のアトラクションに乗りに行こうとみんなを誘う。『宝島』に出てくる昔懐かしい歌まで歌いだす。「十五人の男たち、十五人の男たちが死人の胸に！」

ところが、海賊船にたどり着かないうちにまたも呼吸が苦しくなりはじめ、頭がクラクラして、今にも倒れそうになる。ぼくはベンチに座り込み、パオラに子どもたちを連れて行ってきてほしいと頼む。

「海賊船なら何度も見たから……」

大勢の子どもたちの声や綿菓子の香り、楽し気な歌声、遠くから聞こえる恐怖の歓声に囲まれて、ぼくはその場に座っている。目を半分閉じる。誰も、少しも、ぼくを気にかける者はいない。おもちゃの国のベンチにのびている四十の中年男、鳩の一羽も相手にしてくれない。

四

アッダ川沿いの町インベルサゴに到着した時には、太陽がすでに真上に来ている。ぼくらは車の形をした鋳鉄の鍋の中で、四つの焼き栗みたいになっている。エアコンもほとんど効き目がない。

車を降りて、四人で防波堤をぶらぶらと歩く。

チケットを買い、インベルサゴからヴィラ・アッダをつなぐフェリーに乗り込む。これは現存する世界で唯一の手動フェリーなのだ。両岸の間を鋼鉄のケーブルでつないで、ボートをそのケーブルに引っかけている。船頭がたった一人で岸から岸へボートを渡す。見事なものだ。

この場合、発明者の名前は明白だろう。興味深いこの乗り物は〝ダ・ヴィンチのフェリー〟と呼ばれているからだ。長年にわたって何度も近代化されてきてはいるものの、今なお旧式な外観をとどめていて、子どもたちにも好評だ。ぼくはここぞとばかりに、この特別な発明品について能書きをたれることにする。

「レオナルドはイザベッラというお姫様に恋をしていた。お姫様は若き発明家の住む建物からさほど遠くないお城に住んでいた。二人の若者は初めて会ったその瞬間から、お互いに一目惚れだった。ところがイザベッラの父は、友人でもある他国の王の息子を娘のいいなずけに決めていた。そのため、哀れレオナルドは再びお姫様に会うことすらできなくなってしまった。そこで彼は、頭をひねってイザベッラと連絡をとり続ける方法を編みだした。自分の下宿の屋根からお姫様の寝室の小さな窓へと、細くて黒っぽい紐をこっそりと張り渡したのだ。紐が細くて黒っぽかったために、下からはまったく何も見えなかった。レオナルドはお姫様のハートを射とめようと、夜の静寂の中、そのひもを使って彼女にラブレターや素描を送った。ところがある日、運悪く王様である彼女の父親がその紐を見つけてしまい、勇敢な娘の求愛者をよびつけた。レオナルドは殺すと脅され、若き発明家は泣く泣く恋心を断ちきった。このラブストーリーはハッピーエンドにはならなかった。しかし数年後、レオナルドはこの紐のことを思い出して、フェリーの技術に同じやり方を当てはめたんだ」

「でもなんで、はしにしなかったの？」と、何かにつけ懐疑的なエヴァが尋ねる。

「おそらくお金がかかりすぎたとか、あるいは、両側の土手の地盤が橋の脚の土台を建てられるほど頑丈じゃなかったとか、そんな理由じゃないかな」

「つまり、パパもよくしらないってことね」とチビ助がまとめる。

「でも、まだ話の続きがあるんだよ。それから何年もたって、レオナルドは愛するイザベッラのために、彼の代表作になった〈モナイザ〉を描いたんだ」

こんどはロレンツォから反論があがる。「それを言うなら、〈モナイザ〉じゃなくて〈モナリザ〉でしょ」

「それはただ、最初にあの絵について書かれた美術史の本が誤植だったせいだ」

子どもたちは、ぼくの話をなんだか眉ツバものだと思っているようだったが、信じたふりをしてくれる。彼らに考える暇をあたえないように、ぼくはさっさと次の話にうつる。

「印刷機を発明したのは、誰だか知ってるかい？」

「グーテンベルク！」クイズ番組の出場者がブザーを押す勢いで、ロレンツォが答える。

「正解。じゃあ、現在のプリンターみたいな、自動給紙装置の印刷機を最初に発明したのはだーれだ。なんとレオナルド・ダ・ヴィンチなのだ」

「このレオナルドって、なんだかちょっとやなかんじ」エヴァさまが審判を下す。「あんまりたくさんはつめいしすぎよ」

ぼくたちはその名も〈ダ・レオナルド〉という小さな食堂で昼食をとる。おすすめメニューはシーフードらしく、特に、美味なるも残忍な活魚のフライが名物料理のようだ。

この旅がこのまま永遠に続けばいいのに。旅はゆっくりと、ぼくがずっと望んでいた本物の休暇そのものになってきている。

三

夕暮れ。ガルダ湖のほとりは、等間隔に並べられた松明でライトアップされている。水際まで広がるキャンプ場の広々とした原っぱは、大勢の人々で押し合いへし合いして大にぎわいだ。老いも若きも、小さな子どものいる家族連れも、それぞれ自分たちの場所に落ち着いて、バックパックから小さな白いものをとりだしている。この辺りでは毎年七月の初めに地元の守護聖人のお祭りがひらかれ、これからはじまる特別イベントで盛り上がりは最高潮に達する。ぼくたちの泊まっている小さなキャンプ場でも、このイベントに参加できる。

エヴァとロレンツォはぼくの隣で、まわりの様子をもの珍しそうに眺めている。パオラは二、三歩前を行って、ぼくたちの写真を撮っている。今回の旅行でパオラの古くからの写真熱が再燃したようだ。

「あれ、なあに?」と、エヴァが訊く。

「中国のランタンだよ。中の芯に火を灯すと、ランタンが空にのぼってすいすい飛んでいくんだ」

「気球みたい!」と、ロレンツォはのみ込みがはやい。

「そのとおり。同じ原理だね。熱が上へ行く力を使ってランタンを飛ばすんだ」

「ぼくも欲しい」と長男が言うと、妹もすぐにそれにならう。

ぼくはバックパックを開けて、ランタンを四つ取りだす。

「このために来たんだもの」

ひとりひとりに手渡す。パオラもやって来て自分の分を受けとる。ぼくはポケットからライターを取りだす。

その間に夕方のプログラムがはじまり、司会が〝打ち上げ〟の用意を参加者に呼びかける。気分を盛り上げる感動的な音楽が流れだす。

エヴァが至極当然の質問をする。「パパ、これってなんのため？」

「願い事をして、ランタンに叶えてもらうんだ……。ランタンが空の旅をはじめたらすぐに、どうしても叶えたいことをみんなでいっせいにお願いする……、一番の願い事じゃなきゃだめだよ。そうすると、ランタンがみんなの願いを星に届けてくれる」

ぼくはパオラの方を見る。

「準備はいいかい。アモーレ・ミオ？」

パオラの瞳がうるんで光っているのがわかる。

「いいわ」

音楽が高鳴る。司会者が叫ぶ。「どうぞ！」

ぼくはひとつひとつ、ランタンに火を灯していく。

ロレンツォのが揚がる……。

「願い事をするのを忘れるな！」

次にエヴァの……。

「でも、願い事は口にしちゃいけない。言うと叶わなくなるから！」

それから、パオラの……。

「がんばって、ママ！」

パオラは願いをこめたランタンを放つと、ぼくをひたと見つめる。アモーレ・ミオ、きみの願いがぼくの想像どおりだったとしても、叶えてあげられる自信がないよ。

最後はぼくのランタン……。

ぼくの願いはごくシンプルだ。エヴァとロレンツォとパオラが幸せになってくれること。長く、平穏な人生を送ってくれること。ぼくが星に願うことはそれ以外にない。

ぼくのランタンも他の三つに追いつき、みんな一緒にまわりから立ちのぼっていく何百もの小さな炎に溶けてゆく。灯のパレードが空高く続いてゆく。ホタルの群れのように上方に向かって流れる天の川だ。

ぼくたちは空を見上げて、灯が遠くに消えていくのを眺めながらその場に立ちつくす。四人でハグをする。パオラとぼくは以前のような関係には戻れていないけど、少なくとも家族だ。ぼくの家族なのだ。

二

　ガルダ湖が車の右側をヒューヒューと音をたてて疾走していく。まもなく正午だ。すっかり寝坊してしまった。運転しながらも、突き刺すような腹痛と、やむことのない短く激しい空咳をごまかすのに必死になる。「きっとエアコンのせいだ」もっともらしい口ぶりで子どもたちに言いつくろう。

　パオラが曰くありげな目くばせを送ってよこし、エヴァは何ゆえエアコンを使うべきではないのか、それは環境に悪いからだ、という自説を熱く語る。

　ぼくは頭に血がのぼった娘に微笑む。

「エアコンを発明したのは、誰だか知っているかい？」

　エヴァは首を横にふる。

「ウィリス・ハヴィランド・キャリアーとかいうニューヨークの技師で、一九〇二年のことだ。他の大勢の不運な発明家と違って、ウィリスは利口だったから、彼がたち上げた会社はいまだに続いていて、その間に大もうけして億万長者になった。じゃあ、実際に、世界ではじめてエアコンを設計したのはだーれだ？」

「ダ・ヴィンチ」ロレンツォが答える。

これは楽勝だ。

不屈のこのトスカーナ人は、空気を圧縮して冷やし、導管をとおして建物の中の複数の部屋に送風することを考えついた。つまりは現代のエアコンだ。

いよいよこのあたりで、ダ・ヴィンチに関するぼくの持論を披露したいと思う。彼の業績をつぶさに調べてみると、ある一点が明らかになる。それは、ダ・ヴィンチ自身がこれだけは他人より秀でていると真に思っていたのは、たったひとつしかなかったということだ。つまり、絵を描くこと。他はすべて、仮説、発明、機械や建築物の設計の蓄積であり、実際に建設したのはもっとも単純な設計のものだけで、それ以外はスケッチのみかあるいは当時の技術では実現が困難なためにただの夢想で終わってしまったものがほとんどだ。ではダ・ヴィンチとは実際、何者なのか？　歴史上にきら星のごとく輝く発明家？　それともさらなる何かを秘めた謎の人物？

答えはこうだ。ダ・ヴィンチは何らかの謎めいた理由によって、現代から過去にタイムスリップしてしまった一流のイラストレーターだったのだ。彼はわれわれの時代に関するありとあらゆること、例えばヘリコプターや飛行機、さまざまな機械装置や電気機器についての知識こそあったものの、彼ができたのは、それらをスケッチすることだけだった。実際に作るには至らなかったのだ。その点ではわれわれと大差ない。自転車のような単純な構造のものですら、十五世紀当時に手に入れられる材料を使って、ゼロから組み立てることなど誰ができただろう？　とてもじゃないがぼくには無理だ。ついでに言えば、読者のみなさんにだっておそらく難しいと思う。だけど、絵に描くことならぼくにも間違いなくできたはずだ、それもかなり正確に。つまりダ・ヴィンチ爺さんは、時代を超えた偉大なるペテン師だったというわけだ。実に単純で理にかなった謎解きだろう。コロンボ刑事が言うように、もっとも単純で論理的な解だけが常に正しいのだ。


ぼくはなんとなく運転に集中できないでいる。

どうしてこういう旅を、去年のうちにしておかなかったんだろう？

あるいはおととしでもいい。

どうして毎年家族みんなで出かけなかったんだろう？

どうして家族全員でもっと一緒に過ごさなかったんだろう？

どうしてロレンツォとエヴァが成長していく日々のほんの何日かでも、見逃すようなことをしてしまったんだろう？

答えのあてのない問いだということはわかっている。

「もうすぐ着くよ……」ぼくはみんなに声をかける。

「どこに？」パオラが尋ねる。

あたりを見回すと、突然、彼女の寝ぼけたシナプシスが周囲の田園風景に見覚えがあることに気づいたようだ。ぼくがどこに連れて行こうとしているかピンと来たらしい。正確には、どこに〝再び〟連れて行こうとしているかなのだけど。

「サン・ロッコなの？」

「例の鞭打ちの殉教者の教会だ」とぼくはうなずく。

そこは十年以上前にぼくたちが結婚式を挙げた、ゴシック建築の小さな教会だった。あれ以来一度も来ていない。ぼくらの人生の旅の第一歩だ。

パオラは無言。このサプライズを喜んでいるのかどうかは読みとれない。

到着する頃にはおそらく正午になっているだろう。いくつもの丘にそって曲がりくねる一本道を進んで目的地にたどり着くと、ついにサン・ロッコ教会がわれわれの目前にそのささやかな威容をあますところなく現す。パリのノートルダム大聖堂の縮小版だ。有名なフランス本家の盆栽バージョンとも言える。それにしても、サン・ロッコなんて教会は誰も聞いたことがないと思う。それは市外にある小さな建物で、殺風景な景色の中でそこだけ緑に囲まれた、いかにも典型的なゴシック様式の聖堂だ。

入り口の前の砂利道に車を停める。現実離れした静寂があたりを支配している。蝉が数匹飽かず鳴き続け、その声だけが静けさをやぶる。ぼくたちは車外に出る。あの日のことをぼくは隅々まで思い出す。緊張しながらパオラの到着を待っていた場所、ここに停まっていた車、式を執り行ってくれたカラブリア人の神父、ウォルター師の鉛筆の先のように鋭い顔。

「いいかい、おまえたち。この教会はな、パパとママが結婚式をしたところなんだ」と言ってみるが、若き跡継ぎたちは教会見学にさして興味を示さない。

「ちっこい」ロレンツォの直球コメント。

「パリのやつのコピーじゃないの」エヴァの鋭い指摘。

「中を見てみないか？」とぼくは誘う。反応がない。

「今でもウォルター神父がいるかもしれない……」

四人でポーチにむかう。

ぼくたちが中に入りかけたところで、エヴァが母親を呼びとめる。

「ママぁ、くつのひもがほどけちゃった。むすんで！」いいぞエヴァさん、完璧にパパの指示どおりだ。パオラは娘の靴紐を結ぶために数秒立ちどまる。ぼくはロレンツォをしたがえ、そのまま戸口をまたいで進む。重厚な赤い緞帳をひいて教会の中に入る。

こぢんまりしたその教会は記憶の中の光景そのままで、簡素だけれどなんとも言えない趣がある。自分の持ち場に着くまでにわずか数秒しかない。ロレンツォが左側の会衆席に着く間に、ぼくも急ぐ。

数秒後、パオラとエヴァが入ってくる。その瞬間、突然、教会のオルガンが高らかにウェディングマーチを奏ではじめ、妻は入り口で固まる。教会の中はひと、ひと、ひと。友人たちの大集合だ。誰もかれもがばっちりとめかしこんで、晴れやかな笑顔と拍手を花嫁におくっている。ウンベルトは本当に非の打ちどころのない仕事をしてくれた。やつならやってくれると信じていた。誰一人欠けることなく、みんな勢ぞろいしている。ウンベルトの隣にはコラードもいて、花婿の介添人を務めてくれ（もちろん十二年前と同じ顔ぶれだ)、パオラの同僚の教師たちや、ぼくを質問攻めにしたあの先生の姿も見える。年配の夫婦が何組か、家族ぐるみでつきあいのある友人たち、いつだって退屈なジジ、〈チットチャット・ショップ〉のマッシミリアーノと憂鬱の虫を見事撃退したジャンアンドレア、浮世離れの書店主ロベルト、オスカーにマルティナ、それにたくさんの隣人たち。驚いたことにダルタニャンまでかけつけてくれ微笑みを浮かべている。唯一、姿が見えないのはアシスタントコーチのジャコモで、彼の場合は医師の診断書なしでも欠席を免じてやろう。というのも、〈まっすぐ撃てないギャングたち〉の準決勝の試合が、この日の午後に行われているからだ。

入り口に立っているのはオスカーで、紺色の三つ揃いにどうにか身を押し込んで、防虫剤の匂いを漂わせつつ娘に向かって目尻を下げている。

エヴァは、これからママに面白いサプライズをしかけるよとぼくが教えたとおりに、わざと自分の靴紐をほどいて、見事な演技力を発揮してくれた。対するロレンツォは、教会に集まった大勢の人たちに驚くあまり大声をあげてサプライズの計画を台無しにするんじゃないぞと、前もってきつく言われていた。ウンベルトは参列者全員を何台かのバスに分乗させて街から連れてきてくれた。計画は軍事行動並みに、一分の隙もなく遂行された。すべてが順調に運んでいた。記憶どおりの針金のようなウォルター神父と向かい合って、ぼくは祭壇に立つ。

ぼくの二度目の結婚式は準備万端整った。足りないのは花嫁の同意だけ。

オスカーが腕をパオラに差しだし、再び祭壇に向かって今にも歩きはじめようとしている。

「さぁ、行こうか？　パオラ」

パオラはためらっている。感情の渦にのまれてどうしていいかわからない。彼女にとっては想像もしていなかった展開だろう。

ぼくは祭壇からパオラに笑いかける。

「こんなところで独りで突っ立ってたらバカみたいじゃないか。ぼくを置き去りにしないでくれ」と胸のなかで念じる。パオラが踵を返して出ていってしまうんじゃないかという恐怖に襲われる。だけど、この場にいる全員がぼくを応援してくれている。友人たちの拍手が続く。オルガンがボリュームをいっぱいに上げて、ウェディングマーチを奏で続ける。ぼくの心臓は分速二〇〇回のビートを刻んでいるけど、そんなことにはびくともしないし、ハートにはエネルギーがたっぷりと満たされ、この分だと天に召される時になっても満タン状態だろう。

パオラは微動だにしない。

時が果てしなく刻まれていく。

わかってる、わかってる。確かにこんなのはフェアじゃない。だけど彼女を取り戻すためには、最愛の仲間の助けがどうしても必要だったんだ。結局これが、この一〇〇日間でぼくが絶対にやり抜かなくちゃならなかった、たったひとつの心底大事なことだったんだから。パオラが父親のほうに腕をのばし、二人一緒に祭壇へ向かって一歩踏みだすと、拍手喝采がスタンディングオベーションに変わった。そして、ぼくのハートもローマ花火に姿を変えた。

これは〝結婚の誓いの更新式〟というのだが、誰だか知らないけど、よくもまぁこんな素晴らしいことを考えついたものだ。結婚とは希望の詰まった贈り物の箱で、誓約を更新するとはつまり、その箱を開け中身が気に入ったということを意味している。

「汝、パオラ・デ・ナルディスは、ルチオ・バッティスティーニをふたたび法的な夫とすることを誓いますか？」

パオラがぼくに微笑む。彼女は式の間じゅう、顔をくしゃくしゃにして泣きどおしだ。

「はい、誓います」

「そして汝、ルチオ・バッティスティーニは、パオラ・デ・ナルディスをふたたび法的な妻とすることを誓いますか？」

パオラが輝いて見える。十二年前のような純白のウェディングドレスじゃないが、シンプルでゆったりした黄色いワンピースの首元にサンゴ色のスカーフをふわっと巻いたエレガントな装いのぼくの妻は、生命力に満ちあふれた女神のよう。

「はい、もちろん誓います」

ウォルター神父が微笑む。

「それではここに、あなた方おふたりが再び夫と妻となることを宣言します！」

かつて聞いたことのないほどの盛大な拍手がどっと湧きおこる。ふたりのファーストキスであるかのように、ぼくはパオラにキスをする。このまま永遠に続いて欲しいと願うようなキスを。

嵐のような笑いや拍手や米が降りそそぐ中、ぼくたちは教会から外に出る。子どもたちを腕に抱きあげる。ぼくたちも手のひらいっぱいのバスマティ米をアラミスに向かって投げるが、当人ときたら、いつのまにやらパオラの同僚の中でも一番のべっぴん娘をひっかけている。ロレンツォとエヴァを降ろしたら、いよいよ今日一番の大仕事、参列者全員への別れの挨拶とキスのはじまりだ。

一番長くハグを交わしたのはウンベルトだ。ぼくの持てるありったけのものをハグに込める。なんと得難い友人だろうか。

ぼくはやつのポケットに封筒を滑り込ませる。

「あとで読んでくれ」

「あと？」ウンベルトが訊く。残念ながらこの男は、物置小屋に並んだ道具の中でも一番切れ味の悪い刃物より鈍い。

「あとって言ったらあとだ」

半笑いがウンベルトの顔に浮かぶ。

「ああ……、わかった」

封をあけても大したことは書いてない。ほんの一言、二言だけ。やつがわかってくれるといいが。

『前進しろ。あれこれ考えるな、ウンベルト。ぼくはこれっぽっちも気にしていない』

ウンベルトがパオラを愛していること、そしてその気持ちをぼくへの忠誠心と友情からおし殺してきたことをぼくはずっと知っていた。パオラを見るあいつのまなざしや、微笑みかける表情がそれを語っていた。想いに言葉はいらない。ぼくはただそれを知っている、それで十分だ。どんな問題がおこっても、あいつならパオラをちゃんと支えてくれるだろうし、決して見捨てたりしないだろうということもわかっている。パオラがウンベルトに惚れてくれるよう、やつにはなんとか頑張ってほしいし、子どもたちの父親代わりになってもらいたい。ぼく亡き後、パオラにふさわしい男がいるとすれば、ウンベルト以外には考えられない。つまりは、ウンベルトおじさんからパパへ昇進するだけのことだ。こんな慶ばしいことがあるだろうか。

オスカーの愛情のこもった抱擁に包まれる。今度は彼がぼくに何か手渡す番だった。

「持っていけ。明日の朝めしだ」

そう言って紙袋を手渡す。開けなくても中身はわかっている。袋の底に油染みができているから。

その日の午後は幸福のうちに過ぎていく。ウンベルトが近くの有機農家の経営するプールつきB&Bで、披露宴を準備してくれる。ぼくはロレンツォと一緒にプールで泳ぐ。今ではすっかり水に慣れた息子は、キャノンボールが楽しくてしかたない。ぼくたちは休暇を一緒に楽しむ仲間同士みたいに見える。

即席のダンスフロアと化したプールサイドで、昔懐かしい六十年代のヒット曲に合わせてみんなで踊りまくる。オスカーとマルティナは、『パルプ・フィクション』のジョン・トラボルタとユマ・サーマンのおデブバージョンよろしく大はしゃぎだ。ようやくスローダンスの一曲目がはじまると、ぼくはパートナーの手をとってぎゅっと引き寄せる。スローダンスが時代遅れだなんて誰が決めた？　スローダンスを踊ったことがなければ、その魅力はわからないだろ。娘には、父の腕に抱かれて床から四五センチ浮かびながら、そばでロレンツォと踊っている母の微笑むまなざしのもとで過ごしたこの四分間を、いつまでも忘れないでいて欲しい。

きっかり六時、食前酒が意気高らかにいまにも供されようというちょうどその時、ぼくの携帯電話が鳴る。アシスタントコーチのジャコモからだ。

「ルチオ……、準決勝で勝ったぞ！　九対八！　土壇場で相手チームのキーパーがしくじったんだ」

ぼくは飛び上がって子どもみたいに大喜びする。正真正銘の完璧な一日だ。

いや、〝ほぼ〟完璧な一日か。

〝ほぼ〟の取れた完全なる完璧な一日は、それから数時間後に訪れる。友人たちはB＆Bを去っていった。ウンベルトが残りのゲストのための部屋を街のホテルにとってあった。ぼくたちに用意されたのは、石積みの壁の、窓から山並みが一望できる豪華絢爛なスイートルーム二部屋で、間にドアがあって両室を行き来できるようになっている。休暇を満喫するには申し分ないところだ。

子どもたちが眠りにつくと、ぼくは寝支度を調えようと服を脱ぐパオラを眺める。今日はくたびれ果てたけれど、興奮と感動に満たされた宝石のような一日だった。アドレナリンの効果はまだ続いている。ドラッグテストでもされようものなら、きっと生涯失格だろう。ぼくは彼女を抱き寄せ、むき出しの肩を指でなぞる。彼女は拒まない。

五ヶ月近くもぼくとパオラは愛を交わしていなかった。

このあとの成りゆきは、みなさんのご想像におまかせしよう。ただ、この空白を埋めるためのヒントだけお伝えしておく。ぼくたちは三回愛を交わし（実に八年ぶりのこと）、ばかみたいに笑いころげ、ベッドの支柱の先についた球にパオラのお尻をぶつけてあざを作り、ぼくはぼくでサイドテーブルの角に思いっきり膝を打ったが、幸い子どもたちを起こさずにすんだ。

ぼくたちはおたがいの体に腕を巻きつけながら、午前四時半に眠りについた。これでようやく完全なる完璧な一日となる。

一

前夜、雨戸をきっちりと閉めなかったせいで、無作法な陽光がずかずかと部屋に入り込んでくる。ぼくは気だるいまぶたを半開きにする。パオラもまだ眠っているし、ドアでつながれた隣室の子どもたちでさえいつになく静かだ。ぼくはなんとかベッドから起きだすが、横腹がひっきりなしに鋭く痛む。ただ、息を止めてさえいればなんとかしのげる。だがそれも、全身に広がる疼痛を気にしなければの話だ。体の中がかゆいような、かきたいのにかけずに気が変になりそうな感じがして、まるで蜂の巣をまるごと飲み込んで、蜂たちがいっせいに外に出ようともがいているみたいな、なんとも言えない不快な感覚に襲われる。

ぼくは足を引きずってバスルームに行き、手間取りながらコンタクトレンズを入れ、いつもより長めのシャワーを浴びる。温水を浴び、冷水を浴び、シャワーのすべての目盛りの温度を試して、チクチクするこの耐え難いかゆみをとめようともがく。鎮痛剤のイブプロフェン錠を三錠のんだ。これで数時間は、かりそめの平和が与えられるはずだ。

ガウン姿で部屋にもどると、パオラがもう子どもたちを起こしていた。朝食を食べに階下へおりていき、ぼくとロレンツォとエヴァで、ミスター・マフィンと名づけたゲームに興じる。大きなチョコレート・プラムケーキとそのおかみさんの小さなブルーベリー・マフィンが喧嘩をはじめる。夫妻はこの夏の休暇を海と山のどちらで過ごそうかとあれこれもめている。彼らが行先を決めかねている間に、ぼくたちはムシャムシャと食べてしまう。

今日になってパオラだけが、笑うなんてとてもじゃないけど無理という様子だ。この数週間、我ながらよくやったと思う。旅の間じゅう、痛みと不安を子どもたちになんとか隠しとおしてきた。ロレンツォとエヴァの心の中に、いつもニコニコ笑っているお父さん、バカな冗談ばっかり言っているお父さん、元気いっぱいのお父さんの姿を記憶しておいて欲しいからだ。

朝食後、出発する。運転はぼく。今日は気温が四〇度近いためエアコンを入れる。通風口からたちまちさわやかな涼風が吹きだして、生き返るよう。

高速道路《アウトストラーダ》に入る。目指すは北。

カーステレオのスイッチを入れ、そういえばこれは誰の発明なのか知らないと思いつつ、子どもたちのお気に入りのCDを入れる。ぼくたちは音楽に合わせてすっとんきょうな音程で思いっきり歌い、歌いながら笑いころげる。

「カメレオンが二匹、オウムが一羽、ちびイグアナも二匹、ピンクフラミンゴが一羽、猫にねずみにサイだって。みんなみんな勢ぞろい。なのになのにグリーンドラゴンが二頭、見あたらない！　どっか行った！　逃げ出した！」

後部座席で子どもたちの合唱が寝息にかわる頃、スイスとの国境が近づいてきた。この隙にぼくはべつのCDをかける。

エルビスだ。

『オールウェイズ・オン・マイ・マインド』

ふたりの思い出の曲。

最初のコードが流れると、パオラがすぐに気づく。

おなじみの七秒間の前奏ののち、エルビスのビロードのような歌声が流れだす。

パオラがぼくの手をつかんで強く握りしめてくるけれど、決してこっちを見ようとはしない。車は場の空気が読めるようで、勝手に自動運転に切りかわり高速道路を進んでいく。ぼくたちは過ぎゆく外の景色を眺めながら、曲に聴きいる。エルビスがこの曲をレコーディングしたのはプリシラと別れてまもなくのころで、彼の後悔の念がひしひしと伝わってくる。

曲が終わると、映画のように看板が魔法のごとくあらわれる。『スイス国境、一キロ』まもなく到着だ。


そろそろ昼食の時間になる。何か食べようと、家族経営のこぢんまりしたレストランに立ちよる。ぼくはほとんど食欲がなかったけれどパスタを注文する。本物の食欲はもうず

いぶん前に姿を消していた。子どもたちを見つめながら、この食事の間の一分一秒をあますところなく記憶に叩き込む。いつもの土曜のランチみたいに、みんな無口。

最後の別れの場所はバスターミナルで、ルガノまでぼくを連れていってくれる長距離バスが一台、すでに乗客を待っている。バスの側面の荷物スペースに軽くて小さいスーツケースを預け、子どもたちにキスし、パオラを抱きしめる。抱擁はいつまでも終わりそうもない。子どもたちにはパパは仕事で遠くに行くと話してあった。かなり長期間の仕事なんだ、と。スイスのスポーツジムで働く予定で、そこにはチョコレートの食べ過ぎで減量しなくちゃならない人たちがたくさんいるんだと伝えた。いつかパオラが本当のことを話す勇気を出してくれる日がくるだろう。だけど今日はその日じゃない。

いよいよパオラにとっておきのプレゼントを渡す時がきた。

「これを君に」

ぼくは贈り物用にラッピングした包みを手渡す。妻はぼくを見つめる。

「きょうはママのたんじょう日じゃないわよ！」エヴァが口をとがらす。

「そうだね。だけどこの間のママの誕生日にパパは大失敗しちゃったから、何か別のものをプレゼントしたかったんだ」

パオラが包み紙を破く。中身は特大の学校用ノート。中学校で使うようなやつだ。しかも新品じゃない。妻はわけがわからないといった顔をする。

一ページ目を開けて、パオラは息をのむ。

それはぼくの手書きの『星の王子さま』全編。一字一句飛ばさず、読みやすいように丁寧に、心をこめて書き写した。たっぷり一ヶ月かけて内緒で進めてきたのだ。

「さすがにこの版は持ってないだろ？　世界でたった一冊だ」感極まったパオラはわっと泣き出し、ぼくを抱きしめる。今回は大成功。

　白状すると、これはぼくのアイデアじゃない。ロベルトの提案だった。ぼくが『星の王子さま』のオリジナル初版本を返しに行ったら、ロベルトはひどくがっかりしていた。

　このまま永遠にパオラを抱きしめていたい。だがなんとか彼女を引き離すと、その頰には涙の線が引かれている。うれし涙だ。妻をうれし泣きさせたのはそれこそ何年ぶりだろう。

　そろそろ出発の時刻だけど、とてもバスになんて乗り込めそうにない。キスまたキス、さらにもう一度。どのキスで最後にするかなかなか決められない。いつまでもぐずぐずと時間かせぎをしている。バカな冗談を言って子どもたちを笑わせる。バカな冗談にかけてはかなり自信がある。ぼくはロレンツォの頰を軽くなでる。そしてエヴァの頰も。だけどやりすぎは禁物。これが永遠の別れとは、子どもたちは夢にも思っていない。じゃあまたね。バイバイ《アリベデルチ》。

「わたしがむこうまで運転するわよ」とパオラは言い張る。

「いや、本当にここでいい」

象だって旅の終わりは独りだ。パオラはこのあと何時間も運転して帰らなければならない。みんなと一緒に帰れるのなら、ぼくはどんなものでも差しだすだろう。だけどもう何も残っていない。

バスのクラクションがひとつ鳴ると、ぼくはもう一度パオラに最後の甘いキスをする。運転手はさすがにこれ以上は待てないといった顔だ。ぼくはみんなから離れてバスの扉に向かう。その時、この一〇〇日間ずっと願ってきた言葉が聞こえた。

「チャオ……、アモーレ・ミオ」

ぼくのハートは歓喜の炎で燃え上がる。パオラに向かってひとつうなずき、ぼくはバスに乗り込む。

涙がとめどなく流れ、バスがゆっくりと走りだす。ぼくは窓ガラスに顔を押しつけて、愛しの三人組が徐々に小さく遠くなっていくのを見ている。パオラに「愛している」とテレパシーを送る。彼女は遠くで手をふっている。何かを感じたに違いない。強く、はっきりと。

パオラはその後も焼けつくように熱いアスファルトの上で、両脇にいる子どもたちと手をつなぎ、強烈な日ざしの中でバスが小さな点になるまでその場に立ちつくす。

ぼくは心のなかで思い描く。やがてパオラが落ち着きを取りもどし、子どもたちに微笑んで車にもどるところを。妻の名女優ぶりはぼくがよく知っている。

ぼくの選んだクリニックは、外観だけ見るとリミニあたりのシーサイドホテルを思わせる。

何度かメールのやり取りをしたパトリック・ズーブリゲン医師に出迎えられる。医師はひどく滑稽なドイツ訛りのイタリア語を話し、大げさな握手をする。

短い滞在中のいくつかの手順について説明を受ける。「自殺幇助」という用語は決して使われない。だが話の中身はまさにそのことだ。ぼくの命を奪うのは医師ではない。ぼく自身なのだ。スイスでは法律で認められているが、その〝サービス〟（これをサービスと呼ぶところが気に入った）の利用を希望する者は、他の選択肢の存在を明確に告知されていなければならず、また冷静な判断力を備えている必要がある。

ぼくの新居。

シングルルーム。

一泊のみ。モーテルに泊まるときみたい。

実際、この部屋は〈ベイツモーテル〉にそっくり。

ベイツモーテル・スイス。

一八〇㎡以上はある。広さだけは合格。

壁は不安をあおるセロリ色。

木製ドレッサー。

金属製ベッドに白いシーツ。

壁には額装されたルガノ湖の水彩画。あるいは他の湖かも。

風にはためく薄く白いカーテンは、ホラー映画のワンシーンを連想させる。

両開きのはき出し窓からは、一八〇×九〇センチほどの小さなバルコニーに出られる。

あたり一帯は庭。地平線は見えない。木々の緑と青い空。自然の刑務所みたいだ。

ぴかぴかのバスルームも部屋同様に広く、車椅子でも入れるようになっている。

ここは五つ星ホテル並みの料金の清潔で小さなモーテルだ。いや、五つ星ホテルに一週間は滞在できる。

いずれにせよ、後からクレームをつける客はいない。ここには〝後から〟という言葉は存在しない。


男性の看護師がドアから顔を突きだす。米TVドラマ『ハッピーデイズ』のラルフ・マルフにうり二つで、まずまずのイタリア語で「大丈夫ですか？」と尋ねる。

ぼくは嘘をついて、「はい」と答える。

彼は七時頃に夕食を運んでくると言う。ぼくはメニューは何かと訊く。単なる会話のキャッチボールだ。せいぜいがパスタとインスタントのマッシュポテト、ディスカウント店のフルーツサラダかなんかの、ありがちな病院食だろうと思った。

ところが意外な答えが返ってくる。トマトソースのマカロニにチキンのグリルとローストポテト、さらにはザッハトルテ生クリーム添え。おそらく高血糖症でぼくを殺すつもりなのだろう。

ラルフ・マルフははじける笑顔を見せて部屋を去る。

ぼくの死刑執行人はなかなか感じがいい。もうけものだ。


バルコニーに椅子を出す。そこに腰かける。深呼吸をする。

使い捨てのコンタクトレンズを取ると、世界がぼんやりする。木々と空が溶け合っている。あれが最後のレンズだ。明日の分はない。もう、どうでもいい。

オスカーからもらった紙袋を取りだす。油でべとべとの袋の中身とはすっかり旧知の間柄だ。ドーナツ。

オスカーはぼくにとって特別な存在だ。単なる義理の父なんかじゃない。

砂糖まみれの新しい友をみつめる。

甘い香り。そそられる。セクシーと言ってもいい。

彼女についての悪い噂はどれも真実とは言えない。たとえ真実だとしても気にしない。

一口かじると、混じりけのない快感が体を貫く。

辛抱強く嚙みしだく。ゆっくりと、あわてることなく、時間のかけらの一粒一粒を味わいつくす。

砂糖の粒子が舌の上で溶けていくのを感じる。

二日近く前のドーナツだけど、ぼくにとっては神々の甘露のような味わいだ。
もう一口。
思考が停止する。

この世にはぼくとドーナツだけ。
ぼくは目を閉じる。

海の音まで聞こえてくる。貝殻を耳に当てたときみたいに。
カサカサという物音で我にかえる。
音のするほうを向く。
目を開ける。
右側の手すりに小鳥がひらりと舞いおりた。
たぶん小鳥だと思う。コンタクトレンズがないからよく見えない。
顔を近づけて見てみる。
雀だ。
詮索好きそうなぶしつけな目で、雀がこっちを見る。
ぼくは焦点を合わせようと目を細めて、その雀をよくよく見てみる。
するとなんと、例のあの……、なんてね。こいつがいつもの朝食の供のはずがない。似てはいるけど別の鳥で、体の色つやも見栄えもずっといい。このあたりの生意気なちびっ子雀だ。

ぼくはドーナツを小さくちぎる。腕をのばして手のひらを差しだすと、雀が親指にとまる。ドーナツの欠片をがつがつと突っついて平らげる。

食べ終わると、雀は身を硬くしてもの欲しそうに頭をもたげる。ねえ、もっとおくれよ。情にはほだされないぞ。

残りはぼくのもんだよ、スイス雀くん。

この新しいメシ友は、どうやらこの男は一筋縄ではいかないとすぐにもわかったようで、ろくに礼も言わずにさっさと飛んでいく。敷地の端の木から木へと飛び移り、やがていなくなる。雀のあとを追って行ければいいのに。ぼくの腰かけている椅子を小人の国のロケット発射台にして、一気に飛び立っていくのだ。

立ち上がって庭を見下ろす。

一階のバルコニーからじゃ自殺もできやしない。

まったく愚の骨頂だ。

ぼくは立ったまま手すりにもたれて、残りのドーナツを食べ終える。唇についた砂糖をなめとる。その束の間の美味なる刹那、ぼくは天国の住人になる。

部屋に戻ってベッドに寝そべる。ズボンのポケットから、最後に写したポラロイド写真を取りだして眺める。家族四人そろった幸せな一コマ。

写真をおいて携帯電話を取りあげ、自宅の番号を選ぶ。

みんなもう着いただろうか？

だけど、やめておく。

代わりにウンベルトにかける。

「よう、ルチオ！」ウンベルトは思いっきりわざとらしい陽気な声でこたえる。「今ちょうどパオラたちと話したところだ。無事に家に着いたようで、みんな元気だったよ。そっちはどうだ？」

その質問だけはしてくれるなと思っていたのに。

別のことを訊いてくれ、その質問に答える気はないとぼくは言う。

「ルガノの天気はどうだい？」とウンベルト。

それも却下だ。三番目をたのむ。

ようやくやつは自分の言葉で話し出す。

「手紙、開けちゃったよ。我慢できなかったんだ。許してくれ」

そう言うと思っていた。

ぼくはかすれ声で答える。ああ。許すとも。その後の数分間、ふたりとも無言のまま。お互いにこれまで言い出すことのできなかったすべての言葉が込められた耳をつんざくような沈黙。大人版だんまりゲーム。やつの負け。

「何も心配いらない……。パオラと子どもたちの面倒はぼくがみるから」

これまたそういうと思っていた。ぼくは最後のひと言を無理やり喉から絞りだす。

「ありがとう《グラッィエ》」

そのあと、話がややこしくなる前に最後の頼みごとをする。「アラミスにもよろしく言ってくれ……」

そしてぼくは電話を切る。携帯電話を手にしたままその場を動けずにいる。ウンベルトもきっと同じことをしているに違いない。

その晩の七時、美味しいはずのディナーの皿をぼくは押しやる。パスタはグチャグチャ、チキンはパサパサ、ポテトはネチョネチョだ。その代わり、風味豊かな痛みどめの注射を喜んで堪能させてもらうことにする。モルヒネをダブルで。一晩ぐっすり眠って、夢もたくさん見て、最高のコンディションで目覚めたい。

明日は七月十四日。大事な日。

○

フォーマルなスーツを一着持ってきた。生前はボロいティーシャツとビーチサンダルでみすぼらしかったとしても、死者はたいてい正装だ。

だが、スーツケースからとりだした瞬間、ものすごい違和感に襲われる。ぼくがジャケットとネクタイ姿で死ねるわけがない。

結局、水球チームのジャージの上下を着ることにする。こっちのほうがずっと自分らしい。

ジャージを着てみたものの、鏡にはできるだけ近づかないようにする。今朝は咳がどうにもおさまらないし、頬はますますげっそりとこけている。パオラにさよならを告げてからというもの、ぼくの体は完全に戦意を失ってしまったみたいだ。マラソン選手がなんとかゴールインしたその後一メートルのところで、がっくりとくずおれてしまうのと同じ気分だ。息をするのも辛く、胃が毒矢にでも刺されたみたいに痛む。

窓を開ける。外では庭がひっそりと静まり返っている。陽光までも遠慮がちに別れの挨拶をしに、おずおずと差し込んでくる。

ラルフ・マルフが朝食のトレイを持って背後から現れる。トーストが二枚、小さなプラスチック容器に入ったジャム少々、冷めたコーヒーが一杯、ディスカウントチェーン店のオレンジジュースが一パック。つまり、すでにゴールインして力尽きた人間に、美味しい食事なんて無駄というわけだ。

「ありがとう、でも朝食はいらない」

「そうですか。では、予約は正午ですので」任務に忠実な男性看護師は言う。

「遅れないように行く」

「お迎えにあがりましょうか？　それとも三階に直接いらっしゃいますか？」

「ひとりで行くからいい。庭に散歩に出てもいいかな？」

「ええ、もちろん。ご用がありましたら声をかけてください」

彼が部屋を出ていき、ぼくは残され思いにふける。今頃パオラはひとりキッチンで、子どもたちの朝食の支度をしているだろう。これまでとはまるで違った朝食。

その場に座って約束の時間までどう過ごそうかと思っていると、不意に見捨てられたような、奇妙で荒涼とした気分におおわれる。四歳のときに、母親が女友だちとインドへ出奔して、祖父母のところに置き去りにされた時と同じ感覚だ。母親のことはほとんど何も知らなかったが、自分は捨てられたのだということはわかった。どんなに幼かろうと、自分が捨てられたことに気づかない子どもがこの世にいるだろうか？　すると突然、津波のような衝撃に襲われる。きっとロレンツォとエヴァもぼくに捨てられたのだと思うだろう。自分たちを置いて出て行ったのだろうと。残り時間はもうほとんどないことを思うと、ぼくは椅子に座ったままパニックになる。ぼくの願いとはまるで正反対だ。子どもたちをどれほど愛していたか、ふたりのもとを去るのがどれほど辛いかということをわかってもらいたかったのに。

ようやくぼくは、パオラと何度も言い争ったあげくに、最後まで断固として受けつけなかった問題と向き合う。つまり、子どもたちに真実を告げるのだ。この無菌ルームに座って見慣れないものばかりに囲まれ、思い出だけを唯一の道連れにしていると、子どもたちにきちんとさよならを言わなくてはという、人生で一番強い衝動に駆られる。ドレッサーの上の白い便箋と艶消しシルバーのボールペンは、そのために置かれているのだと合点がゆく。ぼくみたいにやり残したことがある人のために。

「パパはぜんぶおぼえている」ぼくは書きはじめる。

ここにすわってもうすぐ死ぬのをまっていると、おまえたちのいろんなことを、ひとつひとつおもいだす。ロレンツォ、おまえが生まれた日はパパの人生で一番しあわせな一日だった。生まれたばかりのおまえは、それはもう天使みたいだった。パパの大事なものばかりこわす機械オタクになるってわかってたら、一さいの誕生日をむかえるまで毎日毎日、おまえの顔を見るたびにデレデレしたりしなかったのに（冗談だ！　パパのレコードプレーヤーをこわしたときだって、おまえの場合は崇高な使命のためだったんだろう！）。何をやるにもロレンツォは、うらやましくなるほどの集中力でとりくんでいたね。ピアノを弾くときは、がくふの指示どおりにはげしいタッチで一生けんめいに弾く。何かを見るときは、まるで猫がむぼうびなねずみを見るみたいにするどくじっと見る。通り道に何かきょうみ深そうな機械ものがあるときも、いつだって食い入るように見る。パパが水中でささえてやったときも、一生けんめいに浮かぼうとする——そして、自分が本当に水に浮かんでいることが分かったときのおまえの笑顔といったら。水に浮かぶのは思ったより簡単だってことがもうわかっただろう、だから息子よ、これからも泳ぎをつづけるんだ。おまえならかならず浮かぶことができる。いつまでもそのことを忘れるな。それは水の中でも外でもおなじだ。そのかわり、とびきりのごほうびをやろう。おまえがたまにこっそり着てたパパの服があるだろ？　あれをおまえにやるよ。ばっちり似あう男になるんだぞ。これからはおまえが一家の長だ。それがどういうことなのか、いつかわかるときがくると思う。そして、そんなわが家は最高にラッキーだとも思う。

そしてエヴァ、パパの愛するベイビーへ。パパは、しょうらいおまえが出るすべてのとうろんかいをみに行くってやくそくするよ。いちばん前のせきをたのんでおいたからね。きっとエヴァはせいぎのためにいっしょうけんめいに戦って、あちこちのカンキョウハカイについてしらべていることだろうね。もちろんドウブツホゴのかつどうもだ。パパはひとつだって見のがさない。どうやらおまえからはいっときも目がはなせなくなりそうだな。これからも、そういうもんだいにずっととりくみつづけるといいよ、エヴァちゃん。もしかしたらこれからパパが行くばしょには、おまえが知りたがっているこたえがあるかもしれないな。おまえが生まれたとき、パパのじんせいはぱぁっと明るくなった。そして今も、パパのじんせいさいごの日に、ここにすわっておまえたちふたりにてがみを書いているこのときも、キラキラとあかるくてらしてくれている。エヴァのえがおはどれもすべて宝ものだけど、今パパがおもいだすのは、イチジクが入ったアイスクリームをひと口パパにくれたときのえがおだ。それがじめんにおちると、パパがもたもたしてるからよ、と言いながらひどくがっかりしてたっけ。ママとなかよくするんだよ――パパがわからなかったしつもんにも、ママはいつだってこたえてくれるだろう。それからロレンツォともなかよくね。きっとおまえをまもってくれるだろうし、おまえのじんせいのじゃまをするようなやつらとたたかってくれるだろうからね。

シェパードのこと。あのわが家の司令官は、パパがいなくなっておそらく今ごろほっとあんしんのため息をついているだろう――そこで甘い顔をしちゃだめだ。たしかおし入れに、よごれたせんたくものの入ったふくろがあるはずだ。もしあいつが図にのってきたら、そのふくろからせんたくものをとり出して鼻さきにおしつけてやれ。あの犬をつけ上がらせちゃだめだぞ。でないと、やつがカイテキにくらすためにかぞく中にあれこれさしずするようになるからな。

ここの光が消えかかってきた。そろそろ行くじかんだ。でも、どんなにくらくなったって、パパのこころの中には愛がともっている——おまえたちみんなへの愛、これいじょうのぞんだらバチがあたるくらいすばらしい家族への。

愛《コン・アモーレ》をこめて、パパより。

ぼくは備えつけの封筒に手紙をいれて閉じる。しっかりした手つきで、「ロレンツォ＆エヴァ・バッティスティーニ」と宛名を書く。手紙を、ぼくの愛情がぎっしり詰まったちいさな包みを見つめながら、子どもたちが言葉からそれを感じとってくれることを願う。

庭はなかなかきれいだ。このスイス捕虜収容所で唯一、まともなところかもしれない。だけど、散歩でもしようと思っていた気持ちはたちまち体中の痛みに阻まれる。なんとか少しだけ歩いて湖のほとりの芝生にたどり着き、草の上にあおむけになる。目の前に広がる空は、まるでコンピューターでプログラミングされたかのような、あるいはマンガのような均一な薄い青色をしている。

ぼくのまわりで蟻が一匹、長い散歩をしている。

新たにリリパット島にやって来たガリバーになった気分。

目を閉じる。ついにここまで来てしまった。まもなくゲームオーバー。すべてが終わる。エンディング・クレジットが流れる時間だ。

なんだか休暇に出かけたときの感覚に似ている。ホテルの部屋に着いて、荷ほどきをして服をクローゼットにしまったと思ったら、あっという間に帰り支度をする時がきてしまうという、あの感覚だ。

ぼくは眠りに落ちる。夢を見る。

じいちゃんとばあちゃんと一緒にラディスポリの海辺のレストランにいる。ぼくは八歳だ。ぼくの愛しの管理人夫婦は、昔なじみらしい店のウェイターと冗談を言い合っている。ぼくはイカリングのフライを食べながら、サクサクしたのを通りがかりの野良猫に二、三切れ投げてやる。どうやらぼくは幸福らしい。これは実際の経験か単なる想像か、もはや区別がつかない。思い出すこともできない。ぼくはイカを食べ終わり、次にミックスフルーツのアイスクリーム、ホイップクリームのせを注文する。じいちゃんがウェイターに砕いたナッツとチョコレートソースを追加するように頼んでくれる。ぼくはじいちゃんに笑いかける。ひとつ訂正しよう。ぼくは幸福らしいわけじゃない、幸福そのものだ。

「バッティスティーニさん？」

誰かがぼくを呼んでいる。夢を見ていると、決まって誰かに呼ばれるような気がする。

「バッティスティーニさん、起きてください」

目を開けると、ラルフ・マルフの大きくてまん丸な顔が目の前に迫っている。

十二時二十分過ぎだ。寝過ごした。最後の最後にやらかしたこのヘマのせいで、スイス国民が我らイタリア人に対して持っている偏見を上塗りしてしまったかもしれない。

ぼくは片腕で体を支えながら上半身を起こす。

「準備はできています」

手順はすっかり頭に入っている。おさらいずみだ。専門用語では二重注入と言って、二本のピストンをそれぞれ自分自身で押さなくてはならない。一本目は強力な麻酔薬。二本目が毒薬だ。説明のとおり、簡単かつ痛みもない。眠りに落ちたら二度と目覚めることはない。けれどその前にはたくさんの準備段階がある。ストレッチャーに寝かされ、心電図につながれる。説明によれば、一本目の注射のあと二本目を押すまでには一分しかなく、それを過ぎると麻酔薬の効き目があらわれるそうだ。考え直すなら今しかない、とズーブリゲン医師は言う。前にもあったらしい。その場合はストレッチャーから降り、支払いをすませ、家に帰る。すると医師はいかにもスイス的なユーモアで緊張をほぐそうとしてくれるが、ぼくにはまったく効果がない。

「最後に何かお望みは？」

なんてバカなことを訊くんだ。ここは笑うべきなのか？

「ええ、ひとつ」ぼくは答える。「ここに来ないですめばよかった。叶えてもらえます？」

五分後、二本の注射針が腕に挿入される。

自分に考える隙を与えないよう、すぐに一本目のピストンを押す。

ペナルティーシュートのときと同じで、大事なのは何も考えないこと。考えると球への気持ちがぶれて、たいていはやられてしまう。

ぼくの決心は正しかったのだ。他に選択の余地はない。

麻酔薬が血管に流れ込み、ひやりとした感覚がする。

一分間が与えられる。

ラルフ・マルフが笑顔で二本目のピストンを指さす。

「急ぎの用でも？」とぼくは訊く。「今日のシフトはこれで上がりとか？」

どうやらぼくは、死を目前にするといちゃもんをつけたくなる性格だったらしい。わからないものだ。

五十秒。

一瞬、やはりやめておこうかという考えがちらっと頭をよぎる。

ほんのちらっと。

四十秒。

「あーあ」ぼくはつぶやく。

ラルフ・マルフには聞きとれない。

「何ですか？」

「なんでもない。ただなんとなく、残念だなって」

三十秒。

昔からペナルティーシュートは苦手だった。ストレス過多なのだ。ぼくは根っからのゴールキーパーだと思う。弱虫専用のポジション。ストライカーがペナルティーシュートを外せば、彼の負け。キーパーがシュートを防げないのはいつものこと。ぼくは生まれながらのキーパーだ。

二十秒。

かたわらのラルフ・マルフが消えた。代わりにばあちゃんが笑いながらこっちを見ている。来てくれると思っていた。ぼくが困っているときはいつだって来てくれた。いつだってそばにいてくれた。ばあちゃんがぼくの右手をとる。ぎゅっと握る。

「来てくれたんだね……」ぼくはささやく。

ばあちゃんの目がキラキラしている、でも、ただ笑っているだけだ。

十秒。

「今いくよ、ばあちゃん……」

ばあちゃんがうなずく。わかってたんだね。世のばあちゃんたちには、なんだってお見通しだもの。

その瞬間ばあちゃんの手が離れた。そのときが来た。

ぼくは二本目の注射器のピストンに親指を置く。

もう怖くはない。

ピストンをいっぱいまで押す。すると、従順で疑うことを知らないぼくの血管が、あざやかな金色に輝く液体に満たされる。

同じ瞬間、一〇〇〇キロ離れた自宅で昼食の支度をしているパオラは、不意に首筋にひやりとした風を感じる。彼女はあたりを見まわす。窓は閉まっているし、今は夏だ。子どもたちが自分たちの部屋で遊んでいる声が聞こえる。一瞬、何が起きたのかわからない。そして、悟る。

パオラはテラスに出て空を見上げ、あとからあとからあふれ出る涙を止められない。泣かないで、アモーレ・ミオ。どうか泣かないで。

眠気が襲ってきた。ひどい眠気が。

最期に聞こえてきたのはばあちゃんの子守歌だ。ぼくの眠気を覚まさないようにそっと歌う。眠りに落ちたあとも歌い続ける。ぼくのお腹に手を当てて優しく揺らす。ぐっすり眠ったとわかるまで揺らし続ける。いまだかつて、ばあちゃんに看取られて死んだ人がいないなんて悲しすぎる。これは義務化すべきだ。

「ねんねんころりよ……、おころりよ……」

ばあちゃんの声がだんだんと遠のいていく。

「ねんねんころりよ……、おころりよ……」

ぼくは眠る。

やれることはすべてやった。できる限りのことはすべて。ベストではなかったかもしれないが、ベストを尽くしたのは確かだ。

平穏の境地が訪れる。

目覚めたらじいちゃんとばあちゃんに会えて、ぼくは子どもにもどっているのだろう。

一〇〇日は一瞬のうちに過ぎていった。そして今、つゆほどの疑いもなくこう言える。

これらの日々は、ぼくの人生で最高に幸せな一〇〇日間だったと。

その後

その後のこと。

今ではぼくはその後の世界について可能な限りすべてのことを知っているけど、友人たちより先に死ぬことで、唯一、満足すべきことがあるとすればその点くらいだ。言ってみれば、『週刊クロスワードパズル』の巻末の解答を盗み見しているみたいな感じ。

多くは語れない。というのも、ここの内部規定によって外部に漏らしていい情報が制限されているからだ。ここに着くと、門番が（そう〝門番〟なのだ）新入り一人ひとりに、この先、永遠に続く人生を何歳として存在したいかと訊いてくる。なかなか厄介な質問だろ。だからみんな「うーん」とか「えー」とか言って悩んだり、決めた途端に気が変わって文句を言ったりするから、たいてい行列はどんどん長くなってしまう。

人生で一番幸せだったのは何歳の時だったか？

この先ずっと、その年齢のままで存在し続けられるとしたら何歳になりたいか？

ぼくは迷わず答えた。

「八歳になりたいです。よろしくお願いします」

この先ずっと八歳でいられるのだ。たくさんの夢が楽しい空想とクレヨラのクレヨンで彩られていた八歳の頃の自分で。『宝島』か『ピーターパン』のページをめくるだけで、寝室の窓から飛び立っていける八歳のぼく。

そこに過去はない。未来は数百光年先まで果てしなく続く。


昨日、じいちゃんとばあちゃんに再会した。なんと彼らも八歳にしてもらっていた。すごい偶然だ。ぼくたちはしばらくハグしあってから、一日中一緒に遊んだ。ここでの一日はそっちの世界の一週間に当たるくらい長い。じいちゃんは旗取りゲームの達人で、ぼくはかくれんぼの鉄人だ。すべてが夢に見たとおり。じいちゃんとばあちゃんにまた会えて、ぼくは子どもに戻っている。

軽薄で自分勝手なぼくの両親は、どうやらまだこっちに来ていないみたいだ。死後世界の公式データベースで調べてみた。あの二人はまだ地球をうろついているらしいから、みんな、気をつけたほうがいい。最悪だ。

親族以外で会いたい人リストの中にはもちろん、ぼくがずっとお近づきになりたいと熱望していた、あの折衷派のトスカーナ人もいる。

レオナルド・ダ・ヴィンチは十三歳で、鼻持ちならない知ったかぶり野郎だった。小さな修理屋を開いていて、ミッキーマウスの友だちの、馬のホーレス・ホースカラーみたいなやつなんだ。ぼくのキテレツな仮説を検証してみようと話しかけてみたけれど、たいていの十三歳と同様、彼も八歳のガキのお守りなんぞ御免こうむるといったふうだった。うるさい蝿でも追い払うみたいにして、ぼくにむこうへ行けって言うんだ。でも、ありがたいことに、ダ・ヴィンチと友だちになる時間ならこの先無限にある。

今日〈まっすぐ撃てないギャングたち〉は、短いチーム史上、最も重要な試合を戦っている。州大会への出場がかかったプレーオフの最終戦だ。ぼくもハートだけは彼らと一緒にいる。

プールをかこむ野外席は満員御礼で、選手の家族やファンたち一〇〇人以上がひしめいている。ベンチ裏ではジャコモが声をからして叫んでいて、パオラ、ロレンツォとエヴァ、それにウンベルトもいる。

ファースト・クォーター、チームは勇敢にもよく持ちこたえた。二対二の同点だ。マルティノが二点入れる。相手チームのサントスにはつきがなく、シュートするものの、一度はゴールポストに嫌われ、クロスバーには二度も嫌われた。だがまあ、試合とはそういうもんだ。

セカンド・クォーターになって、我々は無残に崩れる。今やスコアは七対五。大量ゴールに高まる興奮で、最高に見ごたえのある試合展開だけど、さすがに選手たちにも徐々に疲れが見えはじめ、士気が下がってきたのがわかる。

みんな、しっかりしろ！

サード・クォーターに入ると我々は勢いを取りもどす。このクォーターで二対一と敵を上まわり、トータルで八対七まで追いあげる。この時点でわずかワンゴールまで迫る。

頼むから、ここであきらめるな。

期待は最高潮に達し、最終クォーターがはじまる。マルティノによる勇気あるロブシュートが、敵のクロスバーの下を上手くすり抜ける。八対八！

さらに、我がチームが逆転のシュートを放つ。

だが、現実はそう甘くない。敵のスター選手に残り時間三分のところで見事なゴールを決められる。スコアは十対八。みんな一気にへこむ。選手たちの表情に敗色がよぎるなか、またしてもマルティノが盛りかえす。マルティノは敵からボールを奪いかえして、振りむきざまにゴールを決め、敵のキーパーの顔に泥を塗ってやる。いよいよ一点差に迫り、試合終了まで残り五十秒。まだ行ける、今ならまだ延長戦に持ちこめる。

五十秒間、誰もが息を殺す。

今こそ最後の猛反撃だ。我々はパスを次々に回し、シュートのチャンスを狙う。最後はマルティノがエースの責任を果たそうとする。四メートルの距離から、水面を横切ってストレートのシュート。誰にも止められない。少なくとも敵のキーパーには不可能だ。だがゴールバーには可能だった。「マジかよぉ!!」という、我がサポーターたちの悲痛な叫び声がいっせいに上がり、対する敵方はワールドカップで優勝したかように狂喜乱舞している。

審判員が「試合終了」の笛を吹く。

我々は戦い、そして負けた。それでいい。ぼくは選手たちを誇りに思う。彼らは最後の一秒まで攻めの姿勢を貫いて、決してあきらめなかった。

観客が立ち上がる。パオラも子どもたちの肩を抱きながら出口に向かう。ゲートを出る寸前、彼女が立ちどまって振りかえる。

パオラはその時はじめて、客席のいちばん端に座っている八歳の少年が自分を見ていることに気づく。

ぼくたちはしばらく見つめ合う。

ぼくだということがパオラにはわかる。ぼくにもそれがわかる。

彼女に笑いかける。

「チャオ、アモーレ・ミオ。それから、ありがとう」

彼女もぎこちなく笑顔を返す。そして最後にもう一度ぼくの顔を見ると、自分を呼んでいるウンベルトの後を急いで追う。ぼくはウンベルトがパオラの手をとって会場の外に出ていくのを見送る。

客席に座って、去っていくパオラの二、三歩後ろに伸びる影を見つめる。

プールには誰もいなくなり、照明がブーンと音をたてて一つまた一つと消えていくと、服を脱いでそっと水の中に身を任せる。

ぼくは今でもバタフライのチャンピオンだ。

そして、泳ぐ、泳ぐ、泳ぐ、泳ぐ、泳ぐ。

ついには、軽やかな泡になる。

著者プロフィール

ファウスト・ブリッツィ

イタリアの脚本家、プロデューサー、映画監督。1968年ローマ生まれ。

本作品は著者による初めての小説で、本国で刊行後ベストセラーとなり、英語をはじめ、スペイン語、ドイツ語など約30ヵ国で翻訳されている。

訳者プロフィール

鈴木 孝子（すずき たかこ）

翻訳家。美術史家。1967年東京都生まれ。米国ピッツバーグ大学大学院美術史学科修士課程修了。

訳書『さいごのじかん — The Last 100 Days — 』（文芸社）。

さいごのじかん ——The Last 100 Days——

2024年12月15日　初版第１刷発行

著　者　ファウスト・ブリッツィ
訳　者　鈴木 孝子
発行者　瓜谷 綱延
発行所　株式会社文芸社
〒160-0022　東京都新宿区新宿1－10－1
電話　03-5369-3060（代表）
03-5369-2299（販売）

印　刷　株式会社文芸社
製本所　株式会社MOTOMURA

ISBN978-4-286-24910-0